STAR WARS™

INTÉGRALE

PREMIÈRE TRILOGIE

Épisodes I - II - III

STAR WARS™

INTÉGRALE

PREMIÈRE TRILOGIE

Épisodes I - II - III

Patricia C. WREDE
D'après un scénario et une histoire
de George Lucas
et Jonathan Hales pour l'épisode II

Traduit de l'américain par
Jean-Claude Mallé (épisode I),
Thomas Bauduret (épisodes II et III),
adaptation par Lucette Valentino (épisode III)

POCKET JEUNESSE
PKJ·

Ouvrage publié sous la direction
de Jacques GOIMARD et Patrice DUVIC.

Titres originaux :
Episode I : The Phantom Menace
Episode II : Attack of the Clones
Episode III : Revenge of the Sith

Loi n° 49-956 du 16 juillet 1949 sur les publications
destinées à la jeunesse : juillet 2015.

Book designed by Maladina Stefan.

ISBN 978-2-266-26069-5

ÉPISODE I

LA MENACE FANTÔME™

Ces milliers de représentants des planètes – unies au sein [illegible] de démocratie – débattaient régulièrement [illegible] situé sur Coruscant, le monde central de la République. Chargés de rédiger les lois, les Sénateurs [illegible]

PROLOGUE

Il y a bien longtemps, dans une très lointaine galaxie…

Avant que l'Alliance Rebelle ne commence à lutter pour la liberté…

Avant que les Chevaliers Jedi ne disparaissent de l'univers…

Avant que l'Empire ne soit fondé et ne se propage dans les étoiles comme une maladie mortelle…

Avant tout cela, la République Galactique gouvernait sagement la majorité des mondes connus…

C'était une ère de paix, défendue par les Chevaliers et les Maîtres Jedi. Ces protecteurs, les meilleurs « gardiens » dont on puisse rêver, mettaient leurs formidables aptitudes guerrières au service de la justice. S'ils étaient les anges tutélaires de la République, les membres du Sénat Galactique, eux, la dirigeaient.

Des milliers de représentants des planètes – unies par leur désir de démocratie – débattaient régulièrement au Sénat, situé sur Coruscant, le monde central de la République. Chargés de rédiger les lois, les Sénateurs arbitraient les conflits qui opposaient parfois certains mondes membres.

LA MENACE FANTÔME

Au fil des siècles, beaucoup de disputes avaient été réglées par le Sénat. À première vue, la querelle sur la taxation des routes spatiales commerciales ne semblait pas différente des autres. La Fédération du Commerce, une organisation si puissante qu'elle avait un délégué au Sénat, désirait contrôler les planètes de la Bordure Extérieure. Bien entendu, celles-ci ne l'entendaient pas de cette oreille.

Le débat s'éternisa.

Mais la Fédération du Commerce perdit patience et passa à l'action. Choisissant pour cible Naboo, une petite planète à demi marécageuse, elle lui imposa un terrible blocus spatial.

Entourée de vaisseaux de guerre, Naboo devint un monde interdit à la navigation stellaire.

Impossible de s'y poser ou d'en décoller !

La Fédération du Commerce espérait que la jeune Reine de Naboo ne résisterait pas longtemps à la pression. Ce précédent aiderait à « convaincre » les autres mondes concernés qu'il valait mieux se soumettre.

Mais la Reine, aussi jeune fût-elle, refusa de céder. Au Sénat, la tension augmenta. Craignant que le blocus ne mène à une guerre ouverte, le Chancelier Suprême demanda de l'aide aux Jedi.

Deux d'entre eux, nommés ambassadeurs de la République, furent chargés de régler le problème.

À les en croire, la mission s'annonçait de tout repos...

CHAPITRE

1

Le croiseur de la République sortit de l'hyperespace, offrant au Jedi Qui-Gon Jinn un premier aperçu de Naboo. Ou plutôt, de la myriade de navires de la Fédération qui l'entouraient… Comme des asticots bien gras, ils brillaient dans le ciel noir, interdisant tout accès à la planète.

Qui-Gon n'en fut pas impressionné. Au fil des décennies, il avait vu des multitudes de vaisseaux. En soi, ceux-ci n'avaient aucune importance. Seuls comptaient les êtres qu'ils transportaient…

L'écran principal s'alluma. Qui-Gon se pencha et regarda par-dessus l'épaule de la jeune femme qui commandait le croiseur.

L'image d'un Neimoidien à la peau cuivrée et aux yeux orange s'afficha.

Un vice-roi de la Fédération du Commerce, pensa le Jedi. *Accueille-t-il en personne tous les visiteurs, ou se limite-t-il aux ambassadeurs ?*

— Capitaine, souffla Qui-Gon, dites-lui que nous voulons le voir immédiatement.

— Compris, monsieur. (La jeune femme regarda de nouveau l'écran.) Avec tout le respect que nous devons à la Fédération du Commerce, les ambassadeurs du Chancelier Suprême désirent être reçus sans tarder à votre bord.

— Bien entendu, bien entendu..., répondit le vice-roi. Comme vous le savez, notre blocus est légal. Néanmoins, nous serons ravis de voir les ambassadeurs...

L'écran redevint noir.

Le vaisseau amiral de la Fédération avança vers le croiseur. Qui-Gon ferma les yeux et s'immergea dans le courant infini de la Force.

Le navire transporte une majorité de Neimoidiens. Et ils sont très nerveux.

Quelque chose d'autre effleurait ses perceptions. Un phénomène qu'il ne parvenait pas à identifier...

L'impression se dissipa quand le croiseur se posa dans le hangar principal du vaisseau de la Fédération.

Qui-Gon rouvrit les yeux. Quoi qu'il ait senti, ce n'était plus là... Il se leva et fit un signe à Obi-Wan Kenobi.

Le visage du jeune Jedi était austère, comme cela semblait de mise lors d'une mission importante.

Qui-Gon soupira. Pour la énième fois, il se demanda ce que Maître Yoda avait en tête, des années plus tôt, en décidant qu'Obi-Wan et lui formeraient un duo.

Le professeur et l'élève. Le Maître et le Padawan. Obi-Wan était doué, mais parfois, il se montrait si… sérieux.

Qui-Gon sourit. Yoda voyait toujours plus loin que les autres. Peut-être avait-il pensé qu'un disciple aussi rigoriste ferait le plus grand bien à un Maître comme Qui-Gon.

Et inversement !

Du Yoda tout craché : compenser le non-conformisme de Qui-Gon par le traditionalisme d'Obi-Wan. Et laisser l'expérience du Maître tempérer l'impétuosité de l'élève.

Le Jedi se promit d'en parler à Yoda dès qu'Obi-Wan aurait passé les épreuves rituelles, accédant ainsi au statut de Chevalier Jedi.

C'est pour bientôt, songea Qui-Gon, bien qu'il n'en eût pas encore informé son Padawan.

Au pied de la rampe d'accès du croiseur, un droïde protocolaire attendait les ambassadeurs. Obi-Wan fronça les sourcils et interrogea son Maître du regard.

Qui-Gon le rassura d'un hochement de tête. Les Neimoidiens, anxieux par nature, préféraient éviter les contacts directs. Pour l'heure, sans doute étaient-ils occupés à chercher le courage d'affronter les deux Jedi.

Le droïde les conduisit dans une salle de conférences ronde. Une cloison en transparacier offrait une vue spectaculaire sur Naboo… et sur la flotte de la Fédération.

Ce n'est pas le meilleur environnement pour des négociations de paix, pensa Qui-Gon.

— Honorables visiteurs, j'espère que vous serez à l'aise ici. Mon Maître ne tardera pas à vous rejoindre.

Le droïde les salua et sortit.

Obi-Wan rabattit la capuche de son manteau, révélant ses courts cheveux noirs et la tresse qui retombait sur une de ses épaules. Plus petit que Qui-Gon, il était rasé de près. Son Maître portait les cheveux longs et une barbe soigneusement taillée.

Le seul point commun des deux hommes était leurs vêtements : les manteaux à capuche et les tuniques couleur sable typiques de leur ordre.

— J'ai un mauvais pressentiment, dit Obi-Wan.

— Je ne sens rien de spécial, répliqua Qui-Gon.

L'infime perturbation de la Force qu'il avait captée un peu plus tôt s'était évanouie. Cela dit, malgré ses vingt-cinq ans et son statut d'apprenti, Obi-Wan était très réceptif.

Qui-Gon avait appris à respecter ses intuitions.

Un nouveau problème en vue ? se demanda-t-il.

— Cela ne concerne pas la mission, Maître, dit Obi-Wan. C'est autre chose... Une impression fugace.

— Ne pense pas à tes angoisses, Obi-Wan, lui conseilla Qui-Gon. Concentre-toi sur le moment présent.

— Yoda dit que je dois me soucier de l'avenir.

— Pas au détriment du présent. Reste sans cesse en contact avec la Force, mon jeune Padawan.

L'inquiétude ne déserta pas tout de suite le visage d'Obi-Wan.

— Oui, Maître, dit-il enfin en hochant la tête.

Les deux hommes regardèrent un moment la flotte de la Fédération.

— Comment le vice-roi réagira-t-il à la requête du Chancelier Suprême ? demanda Obi-Wan.

— Les gens de la Fédération sont des lâches, répondit Qui-Gon. Les négociations seront courtes.

Le Jedi se demanda pourtant s'il avait raison. Même pour un Neimoidien, le vice-roi mettait longtemps à se montrer.

Qui-Gon secoua la tête. Regarder les vaisseaux le perturbait… Il se détourna, s'assit à la table et tenta de se calmer.

Obi-Wan prit place à côté de lui.

— Est-il normal qu'ils nous fassent attendre si longtemps ? s'enquit-il.

— Non… (Le Jedi ferma les yeux et se concentra.) Je sens trop de peur pour un banal conflit commercial.

Nute Gunray, vice-roi de la Fédération du Commerce, était nerveux depuis le début du blocus, bien avant l'arrivée du croiseur de la République.

À présent, sur la passerelle de son navire, face à l'hologramme de Dark Sidious, il était franchement terrifié.

Dark Sidious effrayerait n'importe qui, songea-t-il.

Une piètre consolation !

Le Seigneur Noir des Sith restait pour lui une silhouette sans visage. Même si la Fédération lui était loyale, jamais il n'avait ôté la capuche qui dissimulait ses traits.

Mystérieux et puissant…, pensa Nute Gunray.

Même quand il s'agissait d'un allié, la constatation n'avait rien de rassurant.

À côté du vice-roi, Daultay Dofine menait une conversation difficile avec le Seigneur des Sith.

— Les ambassadeurs sont des Jedi ! conclut-il. Nous ne pouvons pas nous dresser contre eux.

L'image de Sidious s'anima.

— Tu sembles les craindre plus que tu ne me redoutes, Dofine, dit-il de sa voix douce mais menaçante. Cela m'amuse beaucoup.

Dofine se décomposa.

— Vice-roi ! appela Dark Sidious.

Les crêtes crâniennes de Gunray devinrent glaciales. Il dut se forcer à faire un pas en avant.

— Je ne veux plus voir cette vermine de Dofine ! dit Sidious. Compris ?

— Oui, Seigneur, souffla Gunray.

Du regard, il fit signe à Dofine de quitter les lieux.

— Les derniers événements sont malencontreux, continua Dark Sidious comme si de rien n'était. Nous devons accélérer la mise en œuvre de nos plans. Il faut faire débarquer vos troupes.

Nute Gunray écarquilla les yeux, stupéfait. Des milliers de droïdes de combat attendaient dans les soutes de ses navires, mais il n'avait jamais cru devoir les utiliser.

— Seigneur... est-ce bien... légal ?

— Je m'arrangerai pour que ça le soit, déclara Dark Sidious.

Gunray frémit. Au ton de sa voix, on sentait que le Seigneur des Sith ne supportait pas la contradiction. *S'il peut rendre légale une invasion, de quoi d'autre est-il capable ?*

— Et les Jedi ?

— Le Chancelier n'aurait jamais dû les mêler à cette affaire. Tuez-les !

— Oui, Sei-Seigneur, balbutia Gunray.

Même Dark Sidious ne parviendra pas à justifier un tel crime ! Il regarda la silhouette noire et déglutit avec peine. *Mais si je refuse, il sera furieux. L'affronter quand il est de bonne humeur est déjà une épreuve...*

Sidious ricana comme s'il devinait les pensées du vice-roi.

Puis l'hologramme disparut.

Gunray soupira de soulagement et se tourna vers le tableau de commande du vaisseau. Après une pression sur une touche, une vue du hangar principal s'afficha sur l'écran.

Le croiseur de la République était là, vulnérable à toutes les attaques.

Gunray appuya sur une autre touche. Un canon se braqua sur le navire. Le vice-roi écrasa la détente. Le canon fit feu, désintégrant sa cible.

— Un jeu d'enfant, marmonna Gunray. À présent, au tour des Jedi !

Qui-Gon sentit la mort des hommes d'équipage du croiseur. Il bondit sur ses pieds, sabre laser activé.

Voyant Obi-Wan réagir à cette perturbation de la Force, le Maître Jedi hocha la tête, approbateur.

Prêts à frapper, ils regardèrent autour d'eux. Aucune menace n'apparut. Il n'y avait là que le droïde protocolaire. Surpris par la manœuvre des Jedi, le pauvre avait renversé les rafraîchissements qu'il leur apportait.

Qui-Gon fit un signe de tête à Obi-Wan.

Les deux hommes désactivèrent leurs vibrolames, qui cessèrent de bourdonner.

Qui-Gon tendit l'oreille et entendit un léger sifflement.

— Du gaz ! cria-t-il à Obi-Wan.

Il prit une grande inspiration et retint son souffle.

S'ils ne sortaient pas très vite de cette salle, ils n'avaient plus longtemps à vivre.

CHAPITRE 2

L'holocaméra de la salle de conférences ne montrait plus qu'un épais nuage de vapeur verte.

Nute Gunray étudia longuement la scène.

Les Jedi doivent être morts, pensa-t-il.

Il passa à la caméra qui surveillait le couloir, où une escouade de droïdes de combat attendait ses ordres.

— Entrez et désintégrez ce qu'il en reste ! ordonna-t-il.

Les droïdes levèrent leurs armes. Quand l'un d'eux ouvrit la porte, le gaz mortel se répandit dans le couloir.

Nute capta un mouvement au cœur de la vapeur verte. Il se raidit, puis constata que c'était le droïde protocolaire.

Les Jedi sont morts et bien morts ! conclut-il avec satisfaction.

Il tendit une main pour désactiver l'écran.

À cet instant, deux vibrolames, l'une verte et l'autre bleue, déchirèrent le brouillard, décapitant le premier rang de droïdes.

Des alarmes retentirent.

Nute Gunray se pencha sur l'écran pour mieux comprendre ce qui se passait.

— Par l'enfer, qu'est-ce que ça signifie ?

— Avez-vous déjà croisé la route d'un Chevalier Jedi, monsieur ? demanda Rune Haako, son second.

— Pas vraiment. Mais je…

Un écran s'alluma, montrant une série de couloirs clignotant en rouge.

Ils se dirigent vers la passerelle ! pensa Gunray.

— Verrouillez les portes ! ordonna-t-il.

— Cela ne suffira pas, monsieur, dit Rune Haako. Il faut plus que ça pour les arrêter.

Le sabre laser de Qui-Gon foudroya deux droïdes de combat, qui s'écroulèrent dans une gerbe d'étincelles. La porte de la passerelle n'était plus qu'à quelques mètres.

Alors qu'il déviait les tirs d'un droïde, le Jedi sentit une fluctuation dans la Force. Une seconde plus tard, une grappe de droïdes volait dans les airs puis s'écrasait contre une cloison.

Obi-Wan faisait un usage judicieux de ses pouvoirs !

Qui-Gon approuva du chef. Certain que son Padawan se chargerait de l'*intendance* – contenir d'éventuels renforts de droïdes –, il s'attaqua à la porte à grands coups de sabre laser. Aussitôt, il sentit une vague de peur monter de la passerelle. Une série de bruits sourds lui indiqua que tous les sas se verrouillaient.

Le Jedi hocha la tête, presque amusé. Aucun sas ne pouvait retenir un Chevalier de l'Ordre !

Serrant plus fort son sabre laser, il se remit à l'ouvrage. La vibrolame fit rapidement fondre le métal.

Ce ne serait plus long, maintenant…

Qui-Gon sentit une nouvelle fluctuation dans la Force. Une seconde de concentration lui suffit pour l'interpréter.

— Des *droïdes destroyers* ! cria-t-il à Obi-Wan en se détournant de la porte.

— À vue de nez, répondit Obi-Wan, je dirais que nous avons dépassé le stade des négociations.

Mieux vaut avoir de l'humour au milieu d'une bataille que pas d'humour du tout, songea Qui-Gon, fataliste.

Les deux Jedi coururent dans le couloir et se cachèrent dans des alcôves de maintenance. Quelques instants plus tard, les *droïdes destroyers* apparurent. Tirant sur la zone enfumée, devant la porte de la passerelle, ils passèrent près de Qui-Gon et Obi-Wan sans les voir.

Dès qu'ils furent loin, le Maître Jedi fit un signe de tête à son Padawan.

Ils revinrent dans le couloir, derrière les droïdes.

Un des guerriers de métal parut comprendre que quelque chose clochait.

— Passez en mode de biochasse ! ordonna-t-il à ses compagnons. Ils sont derrière nous !

Les droïdes recommencèrent à tirer, dans la bonne direction, cette fois. Qui-Gon et Obi-Wan jouèrent du sabre laser pour renvoyer les tirs à leurs expéditeurs. Hélas, chaque fois qu'un coup faisait mouche, une bulle d'énergie enveloppait la cible, la rendant invulnérable.

— Ils ont des boucliers individuels ! s'écria Obi-Wan.

— Match nul ! répliqua Qui-Gon. Filons d'ici !

Les Jedi n'avaient plus aucun espoir de faire irruption sur la passerelle, beaucoup trop bien défendue. Ils devraient trouver un autre moyen de fuir.

Dans la salle d'apparat aux murs de marbre du palais de Naboo, le Conseil était enfin réuni.

Assise sur son trône, la Reine Amidala observait ses conseillers. Tous les gouverneurs des cités de la planète étaient venus manifester leur soutien à la souveraine.

Contre la Fédération du Commerce, un peuple entier se mobilisait.

Amidala sourit et croisa les mains sur ses genoux.

Elle refusait de toucher le col de sa robe, qui montait presque jusqu'à ses oreilles.

Il est bien droit! se répéta-t-elle. *Il ne peut pas être de travers! Eirtaé a vérifié avant que j'entre ici…*

Sa tenue royale sophistiquée et le maquillage blanc de son visage étaient aussi indissociables de son nouveau statut que les décisions vitales qu'elle prenait chaque jour. Aujourd'hui, son apparence avait une importance particulière, car elle allait s'entretenir avec les représentants de la Fédération du Commerce. Selon eux, une jeune fille de quatorze ans n'était pas assez mûre pour diriger une planète.

C'est sans doute pour ça qu'ils ont pris Naboo pour cible. Mais je vais leur faire voir de quel bois je me chauffe !

L'écran géant s'illumina, montrant le vice-roi de la Fédération, Nute Gunray.

— Vous voilà de nouveau devant moi, Votre Grâce, dit-il. La Fédération est ravie…

Amidala se raidit. Ses paroles étaient d'une impeccable civilité, mais son ton…

Quelle insolence !

— Vous serez moins… ravi… quand vous m'aurez écoutée, vice-roi, lâcha la souveraine de sa voix la plus glaciale. Le blocus est terminé !

La bouche du Neimoidien se tordit pour dessiner une sorte de rictus.

— Je n'en ai pas été informé.

— Cessez ce jeu, vice-roi ! cria Amidala, laissant s'exprimer sa colère. (Consciente que ses conseillers l'approuvaient, elle continua de plus belle :) Je sais que les ambassadeurs du Chancelier sont avec vous, et…

— Quels ambassadeurs ? répliqua Gunray. Vous devez faire erreur…

Étonnée, Amidala se pencha sur l'écran pour dévisager son interlocuteur. Hélas, elle ne put déchiffrer son expression.

— Prenez garde ! dit-elle. La Fédération est allée trop loin !

Il ne peut pas ignorer les émissaires du Chancelier Suprême. Le Sénat ne tolérera plus longtemps ce blocus !

— Majesté, nous ne sommes pas hommes à agir sans l'approbation du Sénat, déclara Gunray avec conviction. Vous faites fausse route…

Joue-t-il la comédie ou croit-il à ses propres mensonges ? se demanda Amidala.

— L'avenir nous dira qui a raison, conclut-elle.

Elle fit signe à un technicien de couper la communication.

Tandis que l'écran redevenait noir, un murmure courut parmi les conseillers.

Pensive, Amidala pianota sur les accoudoirs de son trône.

Puis elle se tourna vers le gouverneur de Theed, la capitale de Naboo.

— Gouverneur Bibble, contactez sur-le-champ le Sénateur Palpatine !

Palpatine représentait Naboo sur Coruscant, le centre nerveux de la République. Si le Chancelier n'avait pas envoyé les ambassadeurs, il saurait pourquoi.

Quand la communication fut établie, le Sénateur parut aussi étonné que la Reine.

— Ça ne peut pas être vrai ! s'exclama-t-il. Le Chancelier m'a assuré… (L'hologramme trembla puis se stabilisa.) … que ses ambassadeurs étaient en chemin. L'image trembla de nouveau et se dissipa.

— Sénateur Palpatine ! cria Amidala.

Elle avait besoin de l'expérience et de l'opinion de cet homme. Il fallait absolument rétablir la communication.

— … doit… négocier…

L'hologramme disparut.

Amidala se tourna vers le capitaine de sa garde, un homme à la peau noire.

— Panaka, que se passe-t-il ?

— Une panne des générateurs ? suggéra Bibble, dubitatif.

— Plutôt un brouillage de la Fédération, dit Panaka.

— Mais…, commença Sio Bibble. Cela… cela ne peut vouloir dire qu'une chose. Une invasion se prépare !

Amidala sentit son cœur se serrer.

— La Fédération n'oserait pas aller si loin, dit-elle, autant pour se convaincre elle-même que pour contredire Bibble.

La guerre et la violence lui répugnaient. C'était la négation de tout ce à quoi croyaient les Naboo.

— Si la Fédération fait une chose pareille, ajouta Panaka, le Sénat lui retirera sûrement sa franchise commerciale.

Il a raison, pensa la Reine. *Et sans franchise, la Fédération perdra ses droits dans les territoires de la Bordure Extérieure. Cela m'étonnerait qu'elle prenne un tel risque.*

— Nous devons continuer à négocier, dit Amidala avec une détermination renouvelée.

— Négocier ? répéta Bibble, incrédule. Comment voulez-vous faire ? Nos communications sont brouillées. Et, d'ailleurs, où sont les ambassadeurs du Chancelier ?

Amidala fut incapable de répondre.

Une chance que les droïdes soient dépourvus d'imagination, pensa Qui-Gon en rampant dans le conduit de maintenance. *Et un grand merci à la Fédération, qui se repose tellement sur eux !*

Des humains auraient fouillé ces tunnels depuis longtemps !

Le Maître Jedi atteignit le bout du conduit et regarda alentour en attendant qu'Obi-Wan le rejoigne.

Le tunnel débouchait dans un immense hangar rempli de TMT – des Transports MultiTroupes – et de grandes barges de débarquement en forme de H.

Sous les yeux des deux Jedi, des dizaines de droïdes entraient dans les transports, où ils se pliaient et se rangeaient sur des râteliers. Sous cette forme, les guerriers de métal occupaient peu de place. Des centaines pouvaient tenir dans un seul TMT.

Dès qu'un transport était plein, il prenait place sur une barge.

Qui-Gon hocha pensivement la tête.

— Une façon d'agir qui ne ressemble pas à la Fédération du Commerce, dit-il.

L'invasion de Naboo devait être prévue de longue date, car on ne formait pas une telle armée de droïdes en un clin d'œil.

— Il faut prévenir les Naboo et contacter le Chancelier Valorum, dit Qui-Gon.

— Comment faire ? demanda Obi-Wan.

— Les barges de débarquement..., répondit Qui-Gon en désignant les navires. Séparons-nous ! Nous monterons chacun dans un vaisseau et nous nous retrouverons sur la planète.

Obi-Wan jeta un coup d'œil aux droïdes de combat. Qui-Gon devina ce qu'il pensait. S'ils se faisaient repérer, il leur faudrait affronter des centaines de guerriers métalliques. En dépit de leur formidable efficacité, ils auraient peu de chances de s'en sortir.

Nous n'avons pas le choix, pensa Qui-Gon. *Il faudra être très discrets.*

— Vous aviez raison sur un point, Maître, déclara Obi-Wan. Les négociations n'ont pas traîné en longueur...

Encore son sens de l'humour réservé aux batailles ! songea Qui-Gon.

Sans répondre, il sortit du conduit et se fondit dans les ombres du hangar. Quelques secondes plus tard, il sentit qu'Obi-Wan l'avait imité. Ensemble, ils avancèrent vers les barges… et vers les droïdes de combat.

CHAPITRE

3

La brume matinale commençait à peine à se dissiper quand Jar Jar Binks sortit des marécages de Naboo à la recherche de son petit déjeuner. Comme la plupart des Gungan, il préférait attraper de la nourriture vivante.

Jar Jar adorait sentir l'air humide caresser les longues oreilles qui lui tombaient jusqu'au milieu du dos. Autour de ses gros pieds, l'eau boueuse était délicieusement tiède.

Tout ce qui manquait à son bonheur, c'était...

Une lueur blanche fugitive attira son regard.

Journée bien commencer! Miam! pensa le Gungan.

Il se baissa, tendit un de ses bras noueux et ramassa le coquillage, qui se referma aussitôt.

Jar Jar se releva et entreprit de l'ouvrir. Quand il eut réussi, son interminable langue arracha la partie comestible de la coquille.

Un repas délicat et savoureux !

Bien manger! Et pas capitaine Tarpals pour faire grands malheurs avec histoires ridicules. Très bon!

Le Gungan regarda autour de lui et se pétrifia.

Une… *chose*… géante sortait du marécage. On aurait dit une énorme tête dépourvue d'yeux. Elle était aussi grosse que les monstres de cauchemar qui émergeaient parfois des eaux.

Les créatures du marécage fuyaient devant elle. Au premier rang courait un grand humain barbu que l'eau fangeuse et les racines emmêlées des arbres ne ralentissaient pas. Pourtant, l'homme perdait du terrain.

Le Gungan réalisa vite que le monstre ne poursuivait aucune de ces proies.

Il se dirigeait droit sur lui, Jar Jar Binks !

— Non ! s'écria-t-il. (Il laissa tomber la coquille vide et agrippa l'humain par le bras.) Secours ! Secours !

— Lâche-moi ! cria le barbu.

Jar Jar s'accrochant à lui comme à une bouée de sauvetage, l'homme l'entraîna dans sa course éperdue.

Le monstre gagna encore du terrain. Au moment où il les rejoignait, l'homme se jeta dans la boue.

Le Gungan tomba avec lui.

Jar Jar sentit un souffle de vent chaud courir le long de son dos. La… chose… passa sans s'arrêter. Quand il se releva, le Gungan la vit s'enfoncer dans la brume.

— *Hourrih !* cria-t-il. (Euphorique, il serra dans ses bras l'humain qui l'avait sauvé.) Moi t'adorer !

L'homme arrêta d'essorer ses vêtements et regarda Jar Jar.

— As-tu un cerveau ? lui demanda-t-il. Tu as failli nous faire tuer tous les deux.

— Moi savoir parler, dit Jar Jar, sidéré.

Cet humain n'avait aucun droit de l'insulter sous prétexte qu'il lui avait sauvé la vie !

À présent que la créature était loin, Jar Jar n'avait plus peur et il sentait des relents de carburant dans l'air humide. Le « monstre » était une sorte de machine, pas un cauchemar venu des abysses.

— Savoir parler n'implique pas que tu es intelligent, répliqua le barbu. À présent, fiche-moi la paix !

Jar Jar regarda l'humain faire volte-face et s'éloigner. Il le suivit.

— Moi rester avec toi ! dit-il. Comment humains dire ? Ah, oui ! Moi devenir ton *homble serviceur*.

— Ce ne sera pas nécessaire…, marmonna le barbu en sondant la brume.

Jar Jar fit rouler ses gros yeux.

Humains jamais rien comprendre ! pesta-t-il.

Il expliqua à son compagnon que les dieux exigeaient qu'il le serve, car il lui devait la vie.

L'homme ne répondit pas. Mais il ne fit pas mine de s'éloigner.

Encouragé, le Gungan se présenta :

— Moi Jar Jar Binks.

— Pas de temps pour les civilités…, grogna l'humain.

— Toi vouloir dire quoi ? demanda Jar Jar.

Il tourna la tête et vit ce que regardait l'homme. Deux étranges machines volantes venaient d'émerger de la brume. Chevauchées par des créatures en métal qui ressemblaient à des squelettes de Gungan, elles poursuivaient un autre humain.

Plus jeune, le menton glabre, il portait le même genre de vêtements que le sauveur de Jar Jar.

— Oh, non ! s'écria le Gungan d'une voix haut perchée. Nous…

Quelque chose l'envoya s'étaler à plat ventre dans la boue.

— Ne te relève pas ! ordonna l'humain barbu.

— … mourir, acheva Jar Jar au moment où deux rayons lumineux jaillissaient des machines volantes.

Sous les yeux ébahis du Gungan, un éclair de lumière verte apparut dans la main de l'humain barbu et renvoya les rayons à leurs expéditeurs.

Les créatures et leurs machines explosèrent, projetant alentour des étincelles et des débris de métal.

Le silence retomba sur le marécage, uniquement troublé par les halètements du jeune humain.

— Désolé, Maître, dit-il enfin. L'eau a mis mon sabre laser en court-circuit.

Il tira de sa ceinture un court tube noir et le tendit au barbu.

L'homme examina l'objet puis regarda sévèrement son compagnon.

— Tu as encore oublié de couper l'alimentation, hein ?

L'autre hocha la tête, penaud. Jar Jar se releva et secoua la tête, compatissant. Oublier les choses était très facile. Ça lui arrivait souvent. Beaucoup trop souvent !

— L'arme sera rechargée dans peu de temps, dit le barbu en la rendant à son compagnon. Mais j'espère que tu retiendras enfin la leçon, mon Padawan.

— Oui, Maître, dit humblement le jeune homme.

Moi détester sermon ! pensa Jar Jar.

— Toi encore sauver moi, hein ? lança-t-il, histoire de changer de sujet.

— Qui est-ce ? demanda le jeune humain sans le moindre enthousiasme.

— Un indigène, répondit le barbu. Fichons le camp avant que d'autres droïdes n'arrivent.

Être traité d'indigène ennuya Jar Jar quelques instants… Puis il saisit le sens des autres paroles de l'humain.

— Autres *drodes*, toi dire ?

Le Gungan avait vu assez de machines pour la journée.

Sans répondre, les deux hommes se mirent à courir. Jar Jar les suivit en réfléchissant aussi vite qu'il le pouvait. Les endroits où il se cachait d'habitude ne lui serviraient à rien contre des machines. Mais celles-ci avaient *volé* au-dessus du marécage. Et elles n'avaient pas l'air d'être conçues pour fonctionner sous l'eau, où il y avait…

— Moi m'excuser beaucoup, dit le Gungan sans cesser de courir, mais meilleur endroit pour sécurité être Otoh Gunga. Moi grandir là. Être ville sûre !

Les deux hommes ralentirent.

— Une ville ? s'étonna le barbu. Peux-tu nous y conduire ?

Jar Jar hésita. Otoh Gunga serait un bon refuge pour les humains, mais pour lui…

— Si bien réfléchir… euh… non ! (Voyant la surprise des humains, il baissa la tête.) Ça être embarrassant, mais… Moi avoir été… banni. Chefs me faire terribles choses si revenir.

Dans le lointain, d'étranges bruits retentirent.

— Tu as entendu ? demanda le barbu. C'est le vacarme de milliers de *terribles choses*. Et elles se dirigent vers nous.

— Quand elles nous trouveront, ajouta le deuxième humain, elles nous écraseront, nous tailleront en pièces puis nous désintégreront.

Jar Jar n'eut pas besoin de se le faire dire deux fois.

— Toi très bien parler, admit-il avec toute la dignité qu'il lui restait. Par là ! Vite !

L'étrange indigène conduisit Qui-Gon et son Padawan sur la berge d'un lac. Après avoir averti ses compagnons qu'ils ne devaient pas s'attendre à un accueil chaleureux, il sauta comme une grenouille et plongea dans l'eau. Les deux Jedi prirent des masques respiratoires à leur ceinture, les mirent sur leur visage et plongèrent à leur tour.

Les rayons du soleil traversaient à peine l'eau boueuse. Un mètre sous la surface, la lumière commença à baisser. Très vite, les deux Jedi ne virent presque plus rien. Tandis que Jar Jar les entraînait dans les profondeurs, Qui-Gon se demanda ce qui leur arriverait s'ils le perdaient de vue.

Le Jedi aperçut de la lumière devant lui. Puis il distingua une rangée de grandes bulles couleur ambre qui brillaient dans l'eau noire, illuminant les environs. Les « bulles » étaient de tailles très différentes, la plus grosse faisant dans les soixante-quinze mètres de haut. Une armature de métal couleur vieux bronze surmontait chaque globe, permettant à ses « murs » de garder leur forme.

Tandis qu'ils approchaient, Qui-Gon vit qu'il y avait des bâtiments à l'intérieur des bulles. Sans se soucier des poissons qui nageaient de l'autre côté des parois, des Gungan déambulaient dans les rues de cette étrange cité.

Qui-Gon chercha du regard une porte – ou plutôt un sas – et n'en trouva pas.

Rien d'étonnant, car Jar Jar continua à nager et... traversa tranquillement la cloison d'une bulle.

Derrière lui, la paroi se referma.

Des membranes hydrostatiques perméables, pensa le Jedi. *Elles retiennent l'eau mais laissent passer les gens. Pas besoin de sas ! Impressionnant !*

Il suivit Jar Jar, se disant que Kenobi et lui atteindraient peut-être le palais de Naboo à temps, après tout…

Les dirigeants d'Otoh Gunga ne se montrèrent pas très coopératifs.

— Nous détester les Naboo ! cria Boss Nass, le chef suprême, quand les Jedi furent conduits devant lui. Et eux nous détester aussi. Penser être très intelligents ! Avoir plus gros cerveaux que Gungan !

Obi-Wan essaya de plaider la cause des sujets d'Amidala, mais Boss Nass ne voulut rien entendre.

— Nous nous ficher des Naboo ! conclut-il, catégorique.

Discuter n'aurait mené nulle part.

Si nous ne gagnons pas rapidement la capitale, pensa Qui-Gon, *les droïdes de la Fédération du Commerce la contrôleront quand nous arriverons*.

Le Jedi fit un geste discret et entra en contact avec l'esprit de Nass. Il utilisa la bonne vieille technique de suggestion mentale de son ordre.

— Aidez-nous au moins à partir rapidement, dit-il.

— Nous vous faire partir vite, déclara le chef des Gungan, réagissant à merveille à la manœuvre de

Qui-Gon. Nous vous donner un bongo. Route plus rapide pour Naboo passer par Abysses. Vous partir !

Qui-Gon remercia Boss Nass et se détourna. Alors qu'ils marchaient vers la sortie, Obi-Wan lui souffla :

— Maître, avez-vous idée de ce qu'est un bongo ?

— Un moyen de transport, j'espère...

Rapide, souhaitons-le.

Soudain, le Jedi s'immobilisa. Des menottes aux poignets, Jar Jar Binks attendait entre deux gardes. À l'évidence, il allait passer en jugement.

Le Gungan chercha le regard de Qui-Gon et gémit :

— Beaucoup aide ne ferait pas de mal à moi...

Obi-Wan fronça les sourcils.

— Nous avons peu de temps, Maître, rappela-t-il.

— Il nous faut un navigateur, répondit Qui-Gon. Ce Gungan nous sera utile.

Et qui a fourré Jar Jar dans le pétrin ? Sans nous, il ne serait jamais revenu.

Qui-Gon se retourna vers les chefs gungan.

— Qu'adviendra-t-il de Jar Jar Binks ?

— Lui doit être puni, décréta Boss Nass. Mis à mort !

Jar Jar gémit de plus belle.

Obi-Wan parut d'abord étonné, puis soucieux. Il n'avait pas mesuré à quel point les problèmes du Gungan étaient graves.

Qui-Gon dévisagea Boss Nass.

— J'ai sauvé la vie de Jar Jar Binks, déclara-t-il. Il a envers moi une dette. (Il fit un geste discret, influençant une nouvelle fois le chef gungan.) Vos dieux exigent que son existence m'appartienne.

— Sa vie être à toi, étranger, déclara Boss Nass. Pouvoir partir avec lui.

Jar Jar regarda l'humain et son compatriote, puis il secoua la tête.

— Moi pas vouloir ! Préférer mourir ici qu'être plus mort dans les Abysses. Dieux, quelles bêtises moi dire ?

Qui-Gon et Obi-Wan échangèrent un long regard tandis que les gardes retiraient ses menottes au Gungan.

Voyager dans les Abysses semble aussi dangereux qu'affronter une armée de droïdes, pensa Qui-Gon. *Mais en prenant ce risque, nous aurons une chance de rejoindre la Reine avant que la Fédération ne la capture*.

Si nous survivons au voyage…

CHAPITRE

4

Par sa seule présence, l'hologramme de Dark Sidious suffisait à plonger dans l'ombre la passerelle du vaisseau neimoidien.

Nute Gunray regarda autour de lui pour s'assurer que le lieutenant Dofine n'était pas en vue – inutile d'énerver le Seigneur des Sith en désobéissant à ses ordres –, puis il déclara :

— L'invasion est en cours, Seigneur.

— Parfait… Je me suis assuré que le Sénat s'engluera dans ses propres procédures. Le temps que l'affaire soit jugée, notre domination du système sera totale et les Sénateurs n'auront plus qu'à l'accepter.

J'aimerais en être aussi sûr que lui, pensa Gunray.

— La Reine est persuadée que le Sénat prendra son parti, rappela le vice-roi sur un ton aussi neutre que possible.

— Amidala est jeune et naïve, dit Sidious, méprisant. La manipuler ne sera pas difficile. Du très bon travail, Gunray !

Le vice-roi soupira de soulagement quand l'hologramme disparut. Affronter Dark Sidious était presque aussi éprouvant pour les nerfs que lutter contre des Jedi.

Quand l'image du Seigneur des Sith se fut effacée, Rune Haako se tourna vers son chef :

— Vous ne lui avez pas parlé de l'évasion des deux Jedi, dit-il.

— Inutile d'évoquer ce sujet avant d'avoir des nouvelles à lui apprendre.

De *bonnes* nouvelles, de préférence. Informé de la fuite des Jedi, Dark Sidious risquait de ne plus se réjouir du tout du succès de l'invasion.

Le bongo promis par les Gungan était un petit sous-marin aux ailes de chauve-souris. Équipé d'une bulle à trois places en guise de cockpit, il était propulsé par un étrange moteur rappelant un entrelacs de tentacules.

Obi-Wan regarda l'engin et ne cacha pas ses doutes. Mais c'était toujours mieux que marcher… ou nager…

Le jeune Jedi prit place sur le siège du pilote.

— Ça être folie ! marmonna Jar Jar en investissant le fauteuil du copilote.

Obi-Wan le foudroya du regard, puis il tourna la tête vers Qui-Gon, assis à l'arrière.

— Maître, pourquoi recueillons-nous toujours des créatures plus pathétiques les unes que les autres ?

Qui-Gon se contenta de sourire.

Le submersible slaloma entre des colonnes de corail et évita des récifs. Quand il plongea, s'enfonçant dans des eaux obscures, Obi-Wan alluma les phares.

La nervosité de Jar Jar augmenta proportionnellement à la profondeur.

Les guides trop inquiets font des erreurs, pensa Obi-Wan. *Lui changer les idées serait judicieux.*

— Pourquoi as-tu été banni, Jar Jar ?

— Ça être longue histoire… Explication être que moi… très maladroit.

— Ils t'ont banni parce que tu es maladroit ? répéta Obi-Wan, sceptique.

Au cours de ses voyages avec Qui-Gon, il avait découvert bien des cultures. Aucune n'avait de loi contre la maladresse.

— Moi provoquer peut-être un ou deux petits accidents, expliqua Jar Jar. Comme détruire bongo préféré du chef, par exemple… Alors moi banni !

Quelque chose heurta la poupe du bongo. Les trois compagnons sursautèrent. Obi-Wan tourna la tête et vit qu'une créature brillante aux allures de gros poisson les suivait. Sa longue langue était enroulée autour de la poupe du submersible. L'appareil vibra sinistrement quand le monstre entreprit de le tirer vers sa gueule.

Jar Jar cria de terreur tandis qu'Obi-Wan actionnait les commandes sans aucun succès.

La créature aquatique les entraînait inexorablement vers ses énormes mâchoires, qui se refermèrent bientôt sur le bongo.

Soudain, le submersible repartit en avant comme une flèche. Stupéfait, Obi-Wan jeta un coup d'œil derrière lui.

Le monstre qui avait essayé de les manger se débattait entre les dents d'une créature encore plus énorme que lui.

— On trouve toujours plus gros que soi, philosopha Qui-Gon tandis qu'Obi-Wan se retournait vers le tableau de bord.

S'il existe un plus gros poisson que celui qui vient d'engloutir notre agresseur, je préfère ne pas faire sa connaissance, songea Obi-Wan. *Pas étonnant que Jar Jar ait répugné à nous accompagner !*

Alors que le bongo contournait des rochers pour s'enfoncer dans un tunnel, les phares perdirent leur luminosité puis s'éteignirent. Obi-Wan entendit un chuintement.

Le monstre avait endommagé le submersible. De l'eau s'infiltrait dans la cabine et des courts-circuits se produisaient en série.

Le ronronnement du moteur se fit moins fort ; ils perdirent de la vitesse.

Obi-Wan tira de sa ceinture un outil multifonctions.

Ça va être du sport ! pensa-t-il.

Il ne pouvait pas couper l'alimentation pour travailler sur les câbles. Au moindre faux mouvement, une décharge électrique le carboniserait.

Jar Jar beugla de panique. Obi-Wan l'ignora : il n'avait pas le temps de materner un Gungan effrayé.

— Du calme, dit Qui-Gon, impassible. Nous ne sommes pas encore en danger.

— Pas encore ? s'étrangla Jar Jar. Monstres autour de nous, fuites partout et moteur en panne ! Quand nous être en danger, vous prévenir moi ?

Obi-Wan dut reconnaître que le Gungan n'avait pas tort.

Il fit plusieurs épissures tout en se demandant s'il atteindrait un jour le niveau de sérénité de son Maître. Sentirait-il la Force aussi clairement que Qui-Gon ? Y aurait-il accès à volonté ?

— Alimentation rétablie, dit-il, remettant ces questions à plus tard.

Les phares se rallumèrent pour éclairer la silhouette d'un énorme poisson, droit devant eux.

— Encore monstres ! lança Jar Jar. Nous être en danger, maintenant ?

Combien de poissons géants y a-t-il dans ces eaux ? se demanda Obi-Wan.

Il actionna les commandes. Le bongo contourna le monstre, qui se lança à sa poursuite.

Obi-Wan poussa le moteur à fond. Le submersible jaillit du tunnel pour se trouver face... à l'anguille géante qui avait dévoré le premier poisson.

Jar Jar cria de nouveau. Obi-Wan vira à bâbord toute en priant pour que ses réparations de fortune tiennent.

La mâchoire du monstre les manqua d'un rien. Histoire de se consoler, l'anguille s'attaqua au poisson qui venait de sortir à son tour du tunnel.

Profitant de cette diversion, Obi-Wan éloigna le bongo de la zone dangereuse.

Des heures durant, les deux Jedi et le Gungan slalomèrent entre des dizaines de monstres aquatiques qui n'avaient qu'une chose en commun : une faim de loup !

Puis les eaux devinrent plus claires et les prédateurs se firent plus rares.

Le bongo remonta vers la surface.

Il émergea.

Le moteur rendit l'âme.

Heureux d'être de nouveau à l'air libre, Obi-Wan ouvrit le cockpit.

C'était moins une ! Nous n'aurions pas été beaucoup plus loin…

Comble de chance, ils ne s'étaient pas perdus ! Theed, la capitale de Naboo, se dressait devant eux dans le lointain.

Jar Jar soupira de surprise et de soulagement.

— Nous plus en danger, dit-il.

Mais dès qu'ils eurent sauté sur la berge, une voix métallique cria :

— Lâchez vos armes !

Les deux Jedi tournèrent la tête. Un droïde de combat, véritable squelette de métal conçu pour tuer, les menaçait de ses blasters.

— J'ai dit : lâchez vos armes !

Qui-Gon activa son sabre laser et coupa le droïde en deux.

Obi-Wan en étudia les débris encore fumants.

L'ennemi est arrivé avant nous, pensa-t-il. *Ça va être plus difficile que prévu...*

La superbe salle du trône de Theed grouillait de droïdes de la Fédération du Commerce.

Cette vision donnait envie de pleurer à Amidala.

Pas question de verser des larmes ! pensa-t-elle. *Je ne leur ferai pas ce plaisir, même si personne ne m'accorde la moindre attention.*

Aussitôt avertie de l'invasion, Amidala avait pris l'identité d'une de ses dames de compagnie. Désormais, c'était Sabé, une amie fidèle, qui portait le maquillage blanc, la robe noire et la couronne de la Reine.

Amidala était devenue l'humble Padmé, vêtue du manteau à capuche traditionnel des dames de compagnie.

J'espère que ça marchera, pensa-t-elle.

Utiliser un double était en accord avec les lois. Mais la jeune souveraine n'avait pas encore eu besoin de recourir à ce subterfuge.

De nouveaux droïdes de combat entrèrent dans la salle, encadrant des prisonniers. Amidala reconnut Panaka et le gouverneur Bibble au milieu d'une dizaine de gardes royaux.

Le vice-roi neimoidien toisa les captifs avec l'arrogance et la satisfaction d'un vainqueur. Il semblait n'avoir rien remarqué d'étrange au sujet de la Reine.

— Comment justifierez-vous cette invasion devant le Sénat ? demanda Sio Bibble.

— La Fédération du Commerce et les Naboo vont signer un traité, répondit Gunray. J'ai... l'assurance... que le Sénat le ratifiera.

Il sourit à la fausse Reine.

— Je ne coopérerai pas, déclara Sabé.

Elle s'en tire bien, pensa Amidala. *Et elle imite ma voix à la perfection.*

Le vice-roi semblait n'avoir aucun soupçon.

— Allons, Votre Grâce, sermonna-t-il Sabé, vous n'aimerez pas le sort que nous réservons à votre peuple en cas de refus. Tôt ou tard, ses souffrances vous persuaderont d'adopter notre point de vue.

Que veulent-ils faire aux Naboo ? se demanda la véritable Amidala.

Gunray se tourna vers un droïde de combat.

— Commander, occupez-vous de ces gens !

— À vos ordres ! répondit le guerrier de métal. (Il regarda un groupe de droïdes qui lui ressemblaient tous comme des frères.) Conduisez-les au camp !

Des camps... Mon peuple sera emprisonné dans des camps ! Et nous ne pouvons rien faire. Les droïdes sont trop nombreux pour nos forces de sécurité.

Un droïde poussa Amidala vers les autres dames de compagnie.

Par bonheur, ma ruse a fonctionné. Ils ne m'ont pas reconnue, et un traité, sans ma signature, n'aura aucune valeur légale. Mais que faire si le vice-roi met ses menaces à exécution ? Puis-je ne pas intervenir si mon peuple souffre ?

Amidala, les dames de compagnie et la fausse Reine sortirent de la salle du trône puis du palais.

CHAPITRE

5

Non loin du palais de Theed, sur un petit balcon, Qui-Gon Jinn étudiait la place centrale de la ville. Les murs des bâtiments étaient couverts de vigne. Devant chaque fenêtre, ou presque, d'autres végétaux aux fleurs roses ou rouges s'épanouissaient dans des bacs et des pots.

Les Naboo aiment les belles choses, pensa le Jedi.

Les arches et les dômes des maisons attestaient aussi leur goût pour la beauté. La seule note discordante, songea le Jedi, c'était les chars d'assaut et les droïdes de combat massés au centre de la place.

Sous la garde de guerriers métalliques, un groupe d'humains sortit du palais. Au milieu des gardes royaux, Qui-Gon reconnut le gouverneur Sio Bibble qu'il avait vu en photo lors du briefing précédant sa mission.

Non loin du gouverneur, le Jedi aperçut une jeune fille au visage maquillé en blanc.

La Reine de Naboo !

Avec un sourire, Qui-Gon la désigna à Obi-Wan et à Jar Jar.

Quand les prisonniers eurent passé le coin du bâtiment, les deux Jedi sautèrent devant eux.

— Êtes-vous la Reine Amidala ? demanda Qui-Gon, ignorant superbement les droïdes de combat.

— Qui êtes-vous ? interrogea la jeune fille au visage blanc.

— Attaquez ces deux hommes ! ordonna le chef des droïdes.

Qui-Gon ne broncha pas quand quatre guerriers de métal avancèrent. Entendant le bourdonnement de la vibrolame d'Obi-Wan, il activa la sienne.

Quelques secondes plus tard, un tas de métal fumant gisait devant les Jedi. Les autres droïdes attaquèrent, mais ils ne faisaient pas le poids. Bientôt, les prisonniers n'eurent plus de gardiens.

— Vous très forts ! lança Jar Jar tandis que les Naboo n'en croyaient pas leurs yeux.

Qui-Gon désactiva son sabre laser, le remit à sa ceinture et s'inclina devant la Reine.

— Majesté, nous sommes les ambassadeurs du Chancelier Suprême...

— Vos négociations semblent avoir tourné court, messieurs, dit Sio Bibble.

— Elles n'ont jamais commencé, rectifia Qui-Gon. Majesté, nous devons contacter la République.

— Nos systèmes de communication sont hors service, déclara un capitaine à la peau noire.

Une précaution classique en cas d'invasion.

— Avez-vous des vaisseaux ? demanda Qui-Gon.

— Dans le hangar principal, répondit le capitaine.

Il conduisit les Jedi jusqu'à la porte arrière du hangar. Le petit groupe entra sans encombre et ne rencontra pas de droïdes dans les couloirs.

Normal, ils étaient tous dans l'immense salle, autour des vaisseaux !

— Ils sont trop nombreux, dit le capitaine, découragé.

— Un problème négligeable, répondit Qui-Gon. Majesté, étant donné les circonstances, je suggère que vous nous accompagniez sur Coruscant.

— Merci, ambassadeur, mais ma place est ici.

Qui-Gon faillit ne pas insister, mais un pressentiment lui glaça les sangs.

— Si vous restez, ils vous tueront.

— Ils n'oseront pas ! s'indigna Sio Bibble.

— Ils ont besoin de la Reine pour leur fichu traité ! renchérit Panaka. La tuer est un luxe qu'ils ne peuvent pas s'offrir.

— La situation n'est pas si simple, objecta Qui-Gon. Le comportement de la Fédération me paraît illogique…

Naboo était une petite planète fort peu peuplée. La Fédération n'avait aucune raison de perdre sa franchise commerciale pour une proie si dérisoire. Sauf si ses actes avaient des motifs cachés…

— Ils vous tueront, Majesté, insista Qui-Gon.

Le gouverneur le dévisagea, puis se tourna vers la Reine :

— Majesté, il a peut-être raison... Notre seul espoir est que le Sénat nous soutienne. Le Sénateur Palpatine aura besoin de votre aide.

— Forcer le blocus sera impossible, intervint le capitaine. Le danger est trop grand.

Qui-Gon observa la Reine tandis qu'elle écoutait ses conseillers. Avec le maquillage blanc, il était difficile de déchiffrer son expression, mais il sentit son indécision.

La souveraine regarda ses dames de compagnie.

— Les deux options sont risquées... pour nous toutes !

Une des jeunes filles s'avança.

— Le danger ne nous effraie pas, Votre Majesté, déclara-t-elle.

— Si vous voulez partir, Votre Grâce, c'est maintenant ou jamais, dit Qui-Gon.

Il nota avec intérêt que l'intervention de la dame de compagnie avait balayé les hésitations d'Amidala.

— J'irai plaider notre cause devant le Sénat, annonça celle-ci.

Ils décidèrent qui ferait partie du voyage. Qui-Gon ne fut pas surpris que la dame de compagnie au franc parler soit sélectionnée. Le capitaine et quelques gardes viendraient aussi. Deux dames de compagnie épauleraient Sio Bibble, volontaire pour rester avec son peuple.

Quand toutes les décisions furent prises, Qui-Gon fit un signe de tête à Obi-Wan.

Les deux Jedi entrèrent dans le hangar. La Reine, ses dames de compagnie et ses gardes les suivirent, Jar Jar fermant la marche.

Le sens de l'esthétique des Naboo était évident, même dans leurs installations les plus techniques. La pierre couleur or des murs contrastait joliment avec les gaines noires des câbles qui couraient un peu partout.

Des chasseurs stellaires N-1 étaient alignés le long d'un mur. Plus loin, des droïdes de combat formaient une haie autour d'un majestueux vaisseau de type J. Dans un coin de la salle, d'autres guerriers de métal surveillaient un groupe de Naboo.

— Il faut libérer ces pilotes, dit le capitaine Panaka.

— Je m'en charge, déclara Obi-Wan.

Il s'écarta de ses compagnons.

Qui-Gon et les autres se dirigèrent vers le vaisseau.

— Où pensez-vous aller ? demanda un droïde de combat, leur barrant le chemin.

— Je suis l'émissaire du Chancelier Suprême, répondit Qui-Gon sans se départir de son calme. J'amène ces personnes sur Coruscant.

— Vous êtes en état d'arrestation ! lança le droïde.

Il leva son blaster, mais le Jedi fut plus rapide, réglant sans coup férir la question d'un coup de son sabre laser.

La Reine et ses dames de compagnie coururent vers la rampe d'accès.

Une nuée de droïdes de combat se précipitèrent à leur rencontre en tirant. Qui-Gon dévia les rayons mortels avec sa vibrolame puis tailla ses adversaires en pièces.

Obi-Wan avait rempli sa mission. Alors que les techniciens et la plupart des pilotes se ruaient vers la sortie, Obi-Wan et un autre homme rejoignirent la Reine.

Des alarmes résonnèrent dans le hangar. Dès qu'il fut sûr que tous ses amis étaient en sécurité, Qui-Gon en termina avec ses adversaires et sauta sur la rampe.

Le vaisseau vibra et se souleva du sol.

— Nous avons réussi ! cria un garde. On s'en va !

— Il nous reste encore à forcer le blocus, lui rappela Panaka, sinistre.

Se souvenant des navires qui entouraient la planète, Qui-Gon dut admettre que le Naboo avait raison. Ils n'étaient pas encore tirés d'affaire, mais Obi-Wan et lui avaient fait tout ce qu'ils pouvaient.

Maintenant, à leur pilote de jouer !

CHAPITRE

6

La nef royale d'Amidala était le vaisseau le plus luxueux sur lequel Obi-Wan eût jamais voyagé. Pour l'heure, il n'avait pas le temps d'apprécier son confort.

Après que Ric Olié, le pilote qu'il avait libéré, se fut précipité dans la cabine de pilotage, le jeune Jedi s'était assuré que la Reine et ses dames de compagnie étaient en sécurité dans leurs quartiers. Puis il avait conduit Jar Jar dans la remise des droïdes astromechs, espérant qu'il n'y ferait pas trop de dégâts.

Alors qu'il se dirigeait vers la passerelle, Obi-Wan sentit que la nef vibrait.

Nous sommes déjà sous le feu ennemi, pensa-t-il.

Quand il entra dans la cabine de pilotage, des alarmes retentirent.

— Il faut rebrousser chemin, monsieur ! dit Ric Olié au capitaine Panaka. Nos boucliers ne résisteront pas.

— Gardez le cap ! répondit le capitaine.

Derrière la baie vitrée, les vaisseaux de la Fédération grossissaient rapidement. Il semblait y en avoir deux fois plus qu'au moment de l'arrivée du croiseur de la République.

Rien d'étonnant, songea Obi-Wan. *Les ennemis paraissent toujours plus nombreux quand ils vous tirent dessus !*

Une nouvelle salve de rayons s'écrasa sur les boucliers de la nef.

— Avez-vous un système d'invisibilité ? demanda Qui-Gon.

— Ce n'est pas un vaisseau de guerre, répondit Panaka. Il n'a aucune arme. Nous sommes un peuple non violent.

Une raison de plus d'attaquer Naboo, pensa Obi-Wan. *Il est beaucoup plus facile d'envahir quelqu'un qui ne se défendra pas.*

La nef vibra violemment.

Un projectile vient de traverser les boucliers...

— Le générateur des boucliers déflecteurs a été touché, annonça Ric Olié.

Un écran s'alluma, montrant les droïdes astromechs qui s'affairaient déjà sur la coque de la nef.

— J'espère qu'ils parviendront à réparer, souffla Ric Olié.

Deux chasseurs de la Fédération canardèrent les droïdes.

Obi-Wan étudia des données sur un écran. Tous les astromechs de la nef étaient sortis dans l'espace.

Il ne leur restait aucune réserve.

— Nous perdons beaucoup de droïdes, dit le jeune Jedi.

— C'est fichu ! lança Ric Olié. Les boucliers ont lâché.

Un autre droïde explosa.

Il n'en restait plus qu'un. En forme de tonneau, un dôme bleu en guise de tête, il travaillait imperturbablement malgré les tirs des chasseurs.

Les rayons le frôlaient, certains le manquant d'un cheveu.

Obi-Wan vit jaillir des gerbes d'étincelles. Un moment, il crut qu'ils venaient de perdre leur dernier astromech. Quand les étincelles se furent dispersées, il constata que le petit droïde bleu battait en retraite vers un sas.

— Puissance rétablie ! cria Ric Olié. Le droïde a réussi ! Boucliers au maximum !

Au bon moment ! songea Obi-Wan.

Ils approchaient de l'ennemi, dont le feu s'intensifia.

Mais les boucliers résistèrent.

— Nous avons fait le plus dur, dit Obi-Wan quand ils eurent traversé le blocus.

— Peut-être pas, rétorqua Ric Olié en désignant un écran technique. L'hyperpropulseur fonctionne mal. Nous n'aurons pas assez de puissance pour atteindre Coruscant.

— Il faudra atterrir quelque part et réparer, dit calmement Qui-Gon.

Il afficha une carte stellaire sur un écran et l'étudia.

Obi-Wan désigna un point sur le moniteur.

— Cette planète, Maître… Tatooine… La Fédération du Commerce n'y a aucune influence.

— Comment le savez-vous ? demanda le capitaine Panaka.

— Elle est sous le contrôle des Hutts…, répondit distraitement Qui-Gon.

— Les Hutts ! s'étrangla Panaka. Sa Majesté ne doit pas aller sur leur planète ! S'ils la découvrent…

— Ils ne seront pas plus tendres avec elle que la Fédération du Commerce, coupa Qui-Gon. Mais il y a une différence : ils ne la cherchent pas ! Ça nous donne un avantage…

Le capitaine parut sur le point d'exploser.

Obi-Wan faillit sourire. Exposé plus souvent qu'à son tour à la logique très particulière de Qui-Gon, il sympathisait de tout cœur avec le Naboo.

Cela dit, ils n'avaient pas le choix. Tatooine était une étape obligée sur le chemin de Coruscant.

— Tuez tous les officiels naboo de haut rang, vice-roi, ordonna Dark Sidious. Lentement, si possible… La Reine Amidala a-t-elle signé le traité ?

Depuis des heures, Nute Gunray redoutait d'entendre cette question.

— Elle a… disparu…, Seigneur. Un navire naboo a réussi à forcer le blocus.

— Trouvez Amidala ! cria Dark Sidious. Vice-roi, je veux que ce traité soit signé !

Nute Gunray lutta pour ne pas reculer.

C'est seulement un hologramme, se raisonna-t-il.

— Seigneur, il est impossible de localiser le vaisseau. Nos capteurs ne sont pas assez puissants.

— Rien n'est impossible pour un Seigneur des Sith !

Sidious leva une main. Un deuxième hologramme apparut à côté de lui. Malgré la sempiternelle capuche, Nute Gunray aperçut des yeux jaunes brillant et un visage entièrement tatoué de rouge et de noir.

Étaient-ce des cornes qu'il distinguait sur le crâne de l'homme – si c'en était un ?

Je ne suis pas sûr de vouloir le savoir…

— Vice-roi, je vous présente mon disciple, Dark Maul, continua Dark Sidious. Il retrouvera le vaisseau !

— J'en suis sûr, Seigneur, répondit Gunray. (Les hologrammes disparurent.) Le contrôle de la situation nous échappe, Rune ! Nous voilà avec deux Seigneurs des Sith sur les bras !

— Nous n'aurions pas dû conclure cet accord, grogna Rune Haako. Qu'arrivera-t-il si les Jedi apprennent l'existence des Seigneurs ?

Nute s'était déjà posé la question.

Il frissonna.

Au moins, nous n'avons plus besoin de chercher la nef royale. C'est le travail de Dark Maul!

Bizarrement, cette idée ne le rassurait pas du tout...

Dès que la nef royale fut en sécurité dans l'hyperespace, Qui-Gon, Obi-Wan et le capitaine Panaka se rendirent dans les quartiers de la Reine pour lui faire leur rapport.

Panaka avait amené le petit droïde bleu.

Qui-Gon laissa le Naboo décrire la bataille et vanter l'héroïsme de l'astromech.

— Ce droïde nous a sauvés, conclut l'officier.

— Il mérite une citation, dit Amidala. Comment s'appelle-t-il ?

Le droïde émit un bip. Panaka se pencha et essuya la poussière qui couvrait sa plaque d'identification.

— R2-D2, Majesté.

— Eh bien, merci beaucoup, R2-D2. Tu es d'une loyauté sans faille. Padmé !

La dame de compagnie favorite de la Reine s'approcha et s'inclina.

— En témoignage de gratitude, nettoie-le du mieux que tu peux. (Amidala se tourna vers le capitaine.) Continuez, je vous en prie...

Panaka regarda Qui-Gon et hésita.

Le Jedi avança.

— Majesté, nous volons vers une planète isolée appelée Tatooine. La Fédération du Commerce n'y a pas d'influence. Une fois le vaisseau réparé, nous partirons pour Coruscant.

— Votre Grâce, intervint Panaka, Tatooine est un monde dangereux contrôlé par des bandits hutts. Je ne suis pas d'accord avec le plan du Jedi.

Ça n'est pas la première fois que ça arrive, et je doute que ce soit la dernière, pensa Qui-Gon, franchement amusé.

— Fiez-vous à mon jugement, Majesté, se contenta-t-il de dire.

La Reine regarda longuement Padmé, puis elle acquiesça.

Cette dame de compagnie a trop d'emprise sur Amidala, songea Qui-Gon. *Ça pourrait poser des problèmes…*

Vaisseaux pas être bon endroit pour Gungan, pensa Jar Jar.

Lorsqu'il touchait quelque chose, quelqu'un lui criait d'enlever ses sales pattes de là. Quand personne ne criait, tout ce qu'il frôlait crachait des ressorts, des étincelles ou des morceaux de métal.

Bien entendu, il se faisait de nouveau enguirlander.

De plus, il n'y avait pas de travail pour lui dans l'espace. Pas l'ombre d'un coquillage à ouvrir ou d'un bongo à guider.

Au fond de la remise à droïdes, le Gungan avait trouvé un bidon d'huile. Pensant qu'il pourrait être utile à quelqu'un, il l'avait ramassé et s'était précipité dans la salle principale de la nef, où Amidala – alias Padmé – était en train de nettoyer R2-D2.

— Salut, salut ! cria le Gungan en passant la porte.

La jeune fille sursauta et cria.

R2 lança une série de bips réprobateurs.

— Désolé, dit Jar Jar, franchement embarrassé. Moi pas vouloir vous effrayer.

— Il n'y a pas de mal…

— Moi découvrir huile ! déclara le Gungan en brandissant son bidon. Vous en avoir besoin ?

Padmé sourit.

— Merci. Ce pauvre petit droïde est dans un sale état.

— Moi Jar Jar Binks.

— Et moi Padmé. Je suis au service de la Reine. (Elle étudia son interlocuteur.) Tu es un Gungan, n'est-ce pas ?

Jar Jar hocha la tête. En règle générale, les Naboo n'appréciaient guerre les Gungan, qui le leur rendaient bien. Mais cette jeune fille paraissait sympathique.

Elle pas crier pour trois fois rien, comme les autres.

— Comment es-tu arrivé sur cette nef ? demanda Padmé.

— Pas vraiment savoir, avoua Jar Jar. (Il réfléchit un instant.) Journée bien commencer, avec bonne nourriture. Et puis… (Il mima le monstre qui l'avait tant effrayé.) Moi peur, puis rencontrer Jedi, et… me retrouver ici sans rien comprendre !

Vaisseaux spatiaux plus dangereux que monstres dans l'eau. Hypropyperseur *pas bon ! Peut-être nous exploser bientôt…*

Le Gungan renonça à traduire ses pensées par des mots.

— Moi toujours très peur, conclut-il.

CHAPITRE

7

Sur Tatooine, Qui-Gon fut surpris par la lumière.

Ayant visité d'autres planètes désertiques, il s'attendait à la chaleur et à la sécheresse de l'air qui lui brûlait les poumons. Les dunes de sable jaune qui se déroulaient à l'infini ne l'étonnaient pas plus que la bise chaude qui soufflait à l'aube ou que l'aspect miteux du spatioport.

Mais la lumière…

À cause des soleils jumeaux, à l'aube et au crépuscule, les bâtiments et les gens étaient affublés d'une ombre double. Le reste de la journée, tout était inondé de clarté.

Qui-Gon trouvait assez ironique qu'un monde aussi lumineux abrite de sombres criminels.

Ric Olié avait posé la nef royale à bonne distance d'un petit spatioport nommé Mos Espa. Au terme de rapides délibérations, il avait été convenu qu'Obi-Wan resterait avec la Reine tandis que son Maître irait chercher les pièces dont ils avaient besoin.

L'hyperpropulseur était tombé en panne après leur atterrissage.

Une chance qu'il ne nous ait pas lâchés dans l'hyperespace ! se dit Qui-Gon en regardant les pièces carbonisées qu'Obi-Wan venait de sortir de leur compartiment. C'était peut-être pour ça qu'il s'était senti si mal à l'aise, ces dernières heures.

Non... Il captait encore des remous dans la Force.

Il se pencha, faisant mine d'examiner l'hyperpropulseur.

— Ne les laisse pas envoyer un message pendant mon absence, souffla-t-il à l'oreille d'Obi-Wan. Et sois vigilant. Je sens une perturbation dans la Force.

— Je la sens aussi, Maître.

Fier de son Padawan, Qui-Gon appela R2-D2 et Jar Jar et se dirigea vers la ville.

Le Jedi et ses compagnons n'avaient pas fait dix mètres quand quelqu'un cria. Qui-Gon se retourna et vit Panaka et Padmé courir vers lui. Non sans déplaisir, il nota que la dame de compagnie était déguisée en paysanne.

— Sa Majesté ordonne que vous ameniez Padmé avec vous, déclara Panaka. Elle veut que sa dame de compagnie observe les lieux.

— La Reine m'a donné assez d'ordres pour la journée, capitaine. Ce spatioport n'est pas un village de vacances.

— Je sais me défendre, dit Padmé. Et je suis assez grande pour prendre soin de moi.

Qui-Gon plissa les yeux. Si l'ordre venait de la Reine, il ne faisait pas de doute que l'idée avait germé dans l'esprit de la dame de compagnie. Avoir une gamine gâtée dans les pattes n'enthousiasmait pas le Jedi, pourtant…

— Je n'ai pas le temps de polémiquer, dit-il. L'initiative n'est pas vraiment judicieuse, mais… (Il jeta à Padmé un regard sévère.) Ne t'éloigne pas de moi !

La dame de compagnie acquiesça et vint se placer aux côtés de R2-D2.

Le droïde bipa joyeusement.

Jar Jar sourit.

En chemin, Amidala remarqua à peine que les soleils jumeaux tapaient durement sur son crâne. Tatooine était tellement différente de Naboo ! L'air sec, le sable, les bâtiments miteux de Mos Espa… Avec tout ça, la chaleur devenait anecdotique !

Amidala avait eu du mal à convaincre Panaka de la laisser partir, mais elle ne regrettait pas ses efforts. *Officiellement, je suis Padmé. Tant que personne n'aura de soupçons, je ne serai pas plus en danger ici que dans la nef.*

Traverser un désert de sable se révéla fatigant.

Dans la ville, la plupart des rues n'étaient pas pavées.

Par bonheur, le passage incessant des véhicules et des gens avait tassé le sol.

Si R2-D2 ne s'était pas plaint pendant le trajet, Jar Jar avait gémi pour deux.

Qui-Gon conduisit ses compagnons dans un marché à ciel ouvert où des montagnes d'objets hétéroclites se dressaient entre de petites boutiques couleur sable.

L'endroit parut peu prometteur à Amidala. Pourtant, Qui-Gon semblait satisfait.

— Nous allons essayer un des revendeurs, dit-il, se dirigeant vers une boutique dominée par une pile de pièces détachées de vaisseaux stellaires.

Quand ils entrèrent, un non-humain rondelet à la peau bleu-gris vola vers eux. Ses ailes battaient si vite qu'Amidala ne parvenait pas à les distinguer.

L'être était deux fois plus petit que Qui-Gon. Il voleta sur place pour que son visage soit au niveau de celui du Jedi.

— *Hi chuba da nago ?* demanda-t-il.

— J'ai besoin de pièces détachées pour un J-type 327 Nubian, répondit le Jedi en basic.

— Je vois, fit le non-humain.

Quand il parlait, son long nez s'agitait en cadence.

— Un Nubian… Nous avons ce qu'il faut en stock.

Il cria quelque chose dans sa langue en direction de la porte arrière de la boutique, puis se retourna vers le Jedi.

— Quel genre de pièces ?

— Mon droïde a une liste…

Un enfant franchit à toute allure la porte arrière de la boutique. Qui-Gon remarqua ses vêtements élimés et estima qu'il devait avoir dans les neuf ans. Le non-humain volant lui dit quelques mots puis s'intéressa de nouveau à son client.

— Allons voir dehors. Je suis sûr que vous trouverez ce qu'il vous faut.

Qui-Gon et R2-D2 suivirent le revendeur. Amidala se demanda si elle devait sortir aussi – après tout, Qui-Gon lui avait ordonné de ne pas s'éloigner de lui –, mais Jar Jar avait visiblement l'intention de ne pas bouger, et quelqu'un devait garder un œil sur lui.

Le Jedi lui avait dit de ne rien toucher, mais il en fallait plus pour décourager un Gungan.

Je reste ici, décida la Reine.

L'enfant s'assit sur le comptoir et entreprit de polir un morceau de métal. Tout en travaillant, il ne quitta pas Amidala des yeux. Mal à l'aise, la Reine se demanda si elle avait un bouton sur le nez ou une feuille dans les cheveux.

C'est ridicule, pensa-t-elle.

Elle sourit et détourna la tête.

— Es-tu un ange ? demanda l'enfant.

— Quoi ? s'exclama Amidala en se retournant.

— Un ange ! répéta le gamin, ses yeux bleus rivés sur la jeune fille. Ce sont les plus belles créatures de l'univers. Elles sont bienfaisantes, gentilles et si jolies que même les pirates de l'espace en ont les larmes aux yeux.

Amidala fut trop surprise pour répondre immédiatement.

— Je n'ai jamais entendu parler des anges, avoua-t-elle enfin.

L'enfant cessa de polir son morceau de métal et la dévisagea.

— Tu dois en être un, dit-il, comme si c'était la chose la plus évidente du monde. Peut-être ne le sais-tu pas…

Dans son palais, Amidala aurait pris ce discours pour de la basse flatterie. Mais l'enfant pensait ce qu'il disait.

Elle eut l'impression de retrouver un ami de toujours. *Pourtant, je viens juste de le rencontrer !*

— Tu es un drôle de petit garçon… Comment sais-tu ces choses-là ?

— J'écoute les marchands et les pilotes qui passent par ici. Je suis un pilote, tu sais ! Un jour, je m'en irai de cette planète.

Amidala ne pouvait pas le blâmer d'avoir envie de quitter Tatooine. À la vue de ses vêtements, elle se demanda s'il avait une chance de réaliser son rêve.

— Tu es un pilote ? Vraiment ?

— Depuis toujours.

Imaginer un bébé dans le cockpit d'un chasseur fit sourire Amidala.

— Tu travailles ici depuis longtemps ?

— Oui. J'avais trois ans, je crois. Ma mère et moi avions été vendus à Gardulla la Hutt, mais elle nous a perdus en pariant sur une Podrace. Watto est un bien meilleur Maître qu'elle.

Vendus ? Maître ? Perdus ?

— Tu es un... esclave ?

L'enfant pointa fièrement le menton.

— Je suis un être humain ! Mon nom est Anakin.

— Désolée... Je ne comprends pas très bien. Ce monde me paraît étrange.

Un bruit les fit sursauter. Amidala se retourna et constata que Jar Jar avait *accidentellement* activé un étrange petit droïde qui marchait au hasard en renversant tout sur son passage.

Jar Jar lui courait derrière, essayant de réparer sa bévue.

Hum... Et j'étais censée le surveiller, pensa Amidala.

— Tape-lui sur le nez ! cria Anakin.

Jar Jar obéit. Le droïde s'immobilisa.

Amidala soupira de soulagement puis éclata de rire devant l'air penaud du Gungan.

Anakin l'imita, mais il reprit vite son sérieux.

Fixant la jeune fille, il déclara :

— Un jour, je t'épouserai.

Amidala rit de plus belle.

Un esclave, mari de la Reine de Naboo ?

Pour lui, se souvint-elle, elle était simplement Padmé…

— J'en suis sûr, ajouta Anakin, nullement déconcerté par la réaction de sa « promise ».

— Tu es vraiment un étrange garçon… Pourquoi dis-tu des choses pareilles ?

— Parce que c'est la vérité…

Amidala ne put s'empêcher de frémir.

— Eh bien, j'ai peur de ne pas pouvoir t'épouser. Tu es trop jeune.

Anakin plongea ses yeux bleus dans les siens.

— Je grandirai, dit-il simplement.

Un frisson courut le long de l'échine d'Amidala. Elle regarda l'enfant, incapable de trouver une réponse.

Il parle comme… un adulte. Et il est si confiant. Qu'est-ce que ça veut dire ?

— Et voilà ! triompha Watto en voletant au-dessus du tas de pièces détachées. Un générateur d'hyperpropulsion T-14 ! Tu as de la chance, l'ami. À propos, combien m'en donneras-tu ?

— Je dispose de vingt mille crédits de la République.

Qui-Gon était ravi. Trouver les pièces si vite signifiait qu'ils quitteraient bientôt la planète.

— Des crédits de la République ? répéta le revendeur, indigné. Ici, ils ne valent rien. Il me faut autre chose qu'une monnaie de singe.

Il fallait bien qu'il y ait un problème..., pensa Qui-Gon.

Par bonheur, celui-ci n'était pas très grave.

— Je n'ai rien d'autre, dit-il. (Faisant le geste discret que tous les Jedi connaissaient, il entra en contact avec l'esprit du revendeur.) Mais ça suffira...

— Non ! grogna Watto en plissant le nez.

Surpris, Qui-Gon fit une deuxième tentative.

— Ça suffira...

— Non, répéta le revendeur, plus fort. L'ami, tu te prends pour un Jedi, avec tes tentatives de contrôle mental ? Je suis un Toydarian. Ces trucs-là ne marchent pas sur moi. (Il se frotta l'index avec le pouce, comme s'il comptait des billets.) Pas d'argent, pas de pièces. Et tu ne trouveras nulle part un autre T-14, tu peux me croire.

C'était la vérité. Les revendeurs se connaissaient bien. S'il y avait eu de la concurrence en vue, le Toydarian aurait accepté les crédits.

Qui-Gon appela Jar Jar et Padmé.

Ils sortirent de la boutique. Dès que le Jedi eut trouvé un coin tranquille, il contacta la nef avec son comlink.

— On va devoir faire du troc, expliqua-t-il.

La réponse le déconcerta.

— Tu es sûr qu'il n'y a rien de valeur à bord ? demanda-t-il à Obi-Wan.

— Rien qui vous permette de négocier, Maître. Le montant est trop élevé.

— Compris. Une autre solution se présentera sûrement.

Il désactiva son comlink et s'engagea dans l'avenue principale de la ville.

— Pas y aller ! dit Jar Jar en retenant le Jedi par la manche. Nous nous faire voler et assommer.

— Ça m'étonnerait, répliqua Qui-Gon. Nous n'avons rien qui en vaille la peine et c'est bien notre problème…

À moins de le résoudre, nous sommes coincés sur Tatooine pour un bon moment !

CHAPITRE

8

Quand il quitta la boutique pour rentrer chez lui, Anakin pensait toujours aux étrangers. Ils semblaient différents des fermiers et des contrebandiers qui commerçaient avec Watto. En particulier Padmé, qui lui paraissait… eh bien, plus différente que les autres !

Anakin avait l'impression de la connaître depuis toujours. Comme s'il l'avait rencontrée avant de naître…

Une idée idiote ! pensa-t-il.

Peut-être, mais il en avait beaucoup de ce genre.

Padmé s'était excusée de l'avoir traité d'esclave.

Personne ne s'était jamais comporté comme ça.

Pendant que je lui parlais, ce que je suis n'avait plus d'importance. Et j'ai oublié tous mes ennuis…

De plus, Padmé l'avait écouté avec un intérêt que ses meilleurs amis et même sa mère ne lui manifestaient pas.

Les étrangers repasseraient peut-être par la boutique avant de repartir… Ils n'avaient rien acheté, pourtant Watto s'était montré moins grognon que d'habitude quand il ratait une vente. Peut-être parce qu'il était le seul à détenir ce que voulaient les clients.

Les étrangers *devraient* repasser à la boutique s'ils voulaient quitter la planète.

Quand il s'engagea dans la rue commerçante de Mos Espa, l'enfant vit un des étrangers devant lui : le non-humain aux longues oreilles.

Sebulba lui cherchait querelle.

Anakin déglutit avec peine.

Sebulba était un Dug – et le plus grand bagarreur de la ville. Doté de quatre membres qui pouvaient faire office de bras ou de jambes, il les utilisait tous lors d'un combat, à condition d'en garder un pour se tenir debout. Ainsi, ses adversaires ignoraient d'où partirait le prochain coup.

Un grand avantage dans la plupart des cas.

La foule s'était massée pour regarder le spectacle. Anakin réprima sa peur jusqu'à ce qu'elle disparaisse presque et se fraya un passage entre les badauds.

— Prends garde, Sebulba, dit-il en hutt, ton adversaire a des relations haut placées.

Si Sebulba me croit, il laissera tomber. Personne n'aime se frotter aux Hutts.

Sebulba cessa de malmener l'étranger.

— Des relations ? Que veux-tu dire, esclave ?

— Les Hutts…, répondit l'enfant, réprimant sa rage d'être traité d'esclave comme il avait étouffé sa peur.

Cet étranger est précieux pour eux. Je n'aimerais pas que tu te fasses découper en tranches avant la course.

— La prochaine fois que nous nous affronterons, minable, ce sera ta fin, ricana Sebulba. Si tu n'étais pas un esclave, je te rosserais sur-le-champ.

— Ouais, marmonna Anakin tandis que le Dug s'éclipsait. Tu détesterais devoir rembourser Watto…

Alors que la foule, déçue, se dispersait, les autres étrangers arrivèrent.

— Votre ami allait être réduit en bouillie, expliqua Anakin. Il voulait se battre avec un Dug.

— Non ! Non ! s'écria le non-humain. Moi pas bouillie ! Refuser finir comme ça. Pas aimer ça !

— L'enfant a raison, dit le grand homme barbu. Tu aurais eu de gros problèmes. (Il se tourna vers Anakin.) Merci beaucoup, mon jeune ami.

— Moi pas bouillie ! insista le non-humain.

— La peur attire les lâches, dit Anakin. En t'écrabouillant, il aurait nié ses propres angoisses. (Le non-humain parut ébahi.) Sois plus courageux à l'avenir…

L'homme barbu lui jeta un regard perçant.

— Cette recette marche pour toi ? demanda Padmé en souriant.

— Jusqu'à un certain point, répondit Anakin en lui rendant son sourire.

Sa peur avait disparu, puisqu'il ne risquait plus de se battre. Pourtant, une petite boule de terreur restait tapie en lui. Elle ne le quittait plus depuis le jour où il avait compris ce que signifiait le mot « esclave ». Il vivait avec elle et avait appris à s'y faire.

Padmé le regarda avec une compréhension qui l'étonna. Avait-elle aussi des peurs secrètes qu'il lui fallait étouffer ?

L'homme barbu fit un geste. Les étrangers se remirent à descendre la rue. Ils ne semblèrent pas s'apercevoir qu'Anakin marchait près d'eux.

Un peu plus loin, ils s'arrêtèrent devant la boutique de fruits de Jira. Tandis qu'il bavardait avec la commerçante, Anakin remarqua que Padmé dévorait les fruits des yeux.

— Je prends quatre pallies, Jira, dit-il. (Il se tourna vers Padmé :) Tu vas adorer.

Anakin plongea une main dans sa poche pour en sortir les quelques pièces qu'il possédait.

Une... deux... trois... Je croyais en avoir quatre !

Dans son excitation, il laissa tomber une pièce.

L'homme barbu se baissa pour la ramasser. Quand son manteau s'entrouvrit, Anakin aperçut l'arme accrochée à sa ceinture.

Un sabre laser ! C'est un Jedi !

Anakin détourna le regard.

Il ne veut pas que les gens le sachent, sinon il porterait son arme bien en vue.

Le Jedi lui rendit sa pièce.

— Hum..., fit Anakin, luttant pour parler d'une voix normale, je pensais avoir plus d'argent. Donne-moi trois pallies, Jira. Je n'ai pas faim.

Le vent se leva. Les commerçants commencèrent à plier boutique.

— Mes vieux os me font mal, dit Jira en tendant les fruits à l'enfant. Une tempête se prépare... Anakin, tu ferais mieux de rentrer chez toi.

— Avez-vous un endroit où vous abriter ? demanda l'enfant au Jedi.

— Nous allons retourner à notre vaisseau...

L'enfant hésita. Même un Jedi ne survivrait pas à une tempête de sable. Mais son nouvel ami ignorait sans doute à quel point ce phénomène météorologique frappait vite.

— Est-il loin ?

— Dans les dunes, répondit Padmé.

— Vous n'y arriverez jamais à temps ! Les tempêtes de sable sont très dangereuses. Venez avec moi !

Voyant que les étrangers le suivaient, il courut vers sa maison.

Devant la nef royale, Obi-Wan sondait le désert sans se soucier du vent qui faisait voler son manteau. Il captait dans la Force la perturbation qui l'inquiétait depuis le début de cette mission. La menace approchait, toujours aussi difficile à identifier. Ils devaient quitter

Tatooine au plus vite ! Hélas, il n'y avait toujours aucun signe de Qui-Gon.

Et cette tempête qui se préparait !

— Ça n'a pas l'air encourageant, dit Panaka. Nous devrions nous abriter et fermer le sas de la nef.

Obi-Wan acquiesça à contrecœur. Même son Maître ne serait pas assez fou pour braver une tempête de sable.

Le comlink de Panaka bipa.

— Nous recevons un message de Naboo, annonça Ric Olié.

— Nous arrivons, répondit Panaka.

Obi-Wan s'était déjà engagé sur la rampe d'accès.

Quand les deux hommes entrèrent dans la cabine, la Reine et ses dames de compagnie regardaient la transmission.

L'hologramme du gouverneur Bibble tremblotait et ses propos étaient entrecoupés par de parasites.

— … pas de nourriture… beaucoup de morts… catastrophe…

Le message était clair. Sa conclusion le fut plus encore :

— Si vous m'entendez, dites-nous que faire. Majesté, vous devez me contacter…

— C'est un piège, déclara Obi-Wan, espérant qu'il ne se trompait pas. Il ne faut pas répondre.

Si nous utilisons les communications, la Fédération du Commerce nous localisera. Sans hyperpropulsion, nous serons faciles à attraper.

La Reine et Panaka se regardèrent, dubitatifs.

— Pas de transmission ! insista Obi-Wan.

Il les toisa du regard jusqu'à ce qu'ils hochent la tête.

L'hologramme recommença à transmettre son message...

Qui-Gon avait rarement vu des maisons aussi petites que celles des esclaves de Mos Espa. Pour entrer, le Jedi dut baisser la tête.

— Maman ! Maman ! Je suis là ! cria Anakin.

Qui-Gon sourit. La Force était avec cet enfant. Elle le faisait littéralement rayonner. Mais pourquoi le destin avait-il amené le Maître Jedi jusqu'ici ? Aussi doué qu'il soit, Anakin était trop vieux pour suivre un entraînement. En principe, les Maîtres travaillaient avec des enfants assez jeunes pour que leurs émotions ne soient pas trop fortes ni trop ancrées en eux.

Pourtant, cette rencontre ne devait rien au hasard, Qui-Gon l'aurait juré. Il fallait être prudent et voir comment tournaient les choses.

L'arrivée d'une femme aux cheveux noirs arracha Qui-Gon à ses pensées.

Ce doit être la mère d'Anakin, se dit le Jedi.

La réaction de la femme confirma cette déduction.

— Anakin, qui sont ces gens ?

— Des amis à moi, maman. Voilà Padmé, et... Au fait, je ne connais pas vos noms !

— Je m'appelle Qui-Gon Jinn, et je vous présente Jar Jar Binks.

R2-D2 bipa, indigné.

— Et voilà notre vaillant droïde, R2-D2, ajouta Padmé.

— Je suis en train d'en fabriquer un ! s'exclama Anakin. Vous voulez le voir ?

— Anakin ! lança la mère d'un ton plus dur que nécessaire. Que font ces étrangers chez nous ?

— Une tempête de sable se prépare. Écoute !

Le vent soufflait de plus en plus fort.

Nous nous sommes abrités à temps, songea Qui-Gon.

— Votre fils a eu la gentillesse de nous proposer un refuge, expliqua-t-il.

La femme ne s'adoucit pas pour autant. Tandis qu'Anakin conduisait Padmé et R2 dans sa chambre pour qu'ils admirent son droïde, le Jedi sortit d'une pochette de sa ceinture une poignée de capsules nutritives qu'il tendit à la maîtresse de maison.

— Ça devrait suffire pour nous tous, dit-il.

— Merci beaucoup ! s'exclama la femme.

Sa soudaine amabilité confirma au Jedi qu'elle avait redouté de devoir nourrir ses hôtes. Sans doute n'avait-elle pas grand-chose à partager.

— Désolée d'avoir été si abrupte, dit-elle. Je ne m'habituerai jamais aux surprises d'Anakin.

— C'est un enfant très spécial.

— Oui, dit la femme avec un regard où l'étonnement et l'inquiétude se mêlaient. Je sais… Eh bien, je vais préparer le repas.

Le comlink de Qui-Gon bipa. C'était Obi-Wan, qui lui répéta le message de Sio Bibble.

— La Reine est bouleversée ! conclut-il. Mais nous n'avons pas envoyé de réponse.

— C'était certainement un piège.

— Et si c'était vrai ? demanda Obi-Wan. Si les Naboo mouraient par centaines ?

— Dans les deux cas, il ne nous reste pas beaucoup de temps pour agir, dit Qui-Gon en coupant la communication.

La Fédération du Commerce sait que nous sommes sur Tatooine… Fouiller une planète n'est pas facile, mais le temps presse quand même ! Et j'ignore toujours comment forcer Watto à nous vendre les pièces…

CHAPITRE 9

Les murs de la chambre d'Anakin étaient couleur sable comme ceux de tous les bâtiments aperçus par Amidala dans Mos Espa. La pièce contenait presque autant d'objets hétéroclites que la boutique de Watto.

Anakin conduisit son amie devant un établi où reposait un droïde. Un seul de ses yeux était en place, et ses membres n'avaient pas encore de « carrosserie ».

— Il est génial, non ? dit fièrement Anakin. (Hésitant, il ajouta :) Bien sûr, il n'est pas encore tout à fait fini…

— Il est superbe ! le rassura Amidala.

— Tu l'aimes vraiment ? demanda l'enfant. C'est un droïde protocolaire. Il aidera maman. Regarde !

Anakin appuya sur un bouton. Le droïde bourdonna, agita les membres et se leva.

— Comment allez-vous ? demanda-t-il d'un ton très… protocolaire. Je suis C-3PO, spécialisé dans les relations entre les humains et les cyborgs. Puis-je vous être utile ?

— Il est parfait ! s'exclama Amidala, impressionnée.

Dans son palais, elle avait rencontré une multitude de techniciens. À sa connaissance, aucun ne s'était donné la peine de fabriquer un droïde pour s'amuser.

Décidément, Anakin était un enfant étonnant.

R2-D2 s'approcha de C-3PO et bipa frénétiquement.

— Plaît-il ? lança C-3PO à l'astromech. Que voulez-vous dire par « nu » ? Qui est nu ?

R2 bipa de plus belle. Le droïde protocolaire regarda ses membres.

— Mes composants sont visibles ? Mon Dieu ! C'est très embarrassant !

— Ne t'en fais pas, dit Anakin, j'arrangerai ça bientôt. (Il se tourna vers Amidala.) J'ai construit aussi un Podracer. Après la tempête, je te le montrerai.

Amidala ne put s'empêcher de sourire devant l'enthousiasme de l'enfant. Mais qu'était un Podracer ? Ça paraissait… élaboré… pour un garçon si jeune.

Anakin ne parut pas remarquer sa perplexité. Jubilant, il lui montra une série de gadgets plus mystérieux les uns que les autres.

Puis sa mère les appela pour le dîner…

Le repas commença très bien, car Shmi Skywalker faisait une excellente soupe.

La conversation tourna vite autour de l'esclavage. Avec autant de tact que possible, Amidala demanda pourquoi les esclaves n'essayaient pas de s'échapper.

— Nous avons tous des émetteurs implantés dans le corps, répondit Shmi d'une voix neutre.

— J'ai essayé d'utiliser un scanner pour les localiser, ajouta Anakin, mais ça n'a pas marché.

Shmi lui sourit et continua :

— À la première tentative d'évasion…

— … on nous fait exploser ! compléta Anakin.

— Ça cruel ! s'indigna Jar Jar.

Sans trop réfléchir, Amidala surenchérit :

— Je ne peux pas croire que l'esclavage existe encore dans la galaxie. Les lois de la République…

— La République n'existe pas pour nous, coupa Shmi. Pour survivre, nous devons nous débrouiller seuls.

Embarrassée, Amidala baissa la tête. Les choses étaient si différentes sur Naboo.

Une idée désagréable lui traversa l'esprit : *Est-ce le sort qui attend ma planète ?*

Un long silence suivit.

Puis Anakin demanda :

— Avez-vous déjà vu une Podrace ?

Désireuse de ne plus gaffer, Amidala secoua la tête. À côté d'elle, Jar Jar darda sa longue langue pour voler une prune dans un bol posé à l'autre bout de la table.

Qui-Gon foudroya le Gungan du regard puis répondit à Anakin :

— Sur Malastare, il y a des Podraces. Un sport de vitesse très dangereux…

— Je suis le seul humain capable d'y participer ! dit Anakin.

Sa mère lui jeta un regard courroucé qu'il lui retourna sans vergogne.

— Maman, je ne me vante pas ! C'est la vérité !

— Si tu pilotes vraiment un Podracer, dit Qui-Gon, tu dois avoir des réflexes de Jedi.

Il fit la démonstration des siens en attrapant au vol la langue de Jar Jar, qui volait de nouveau vers les prunes.

— Ne recommence pas ! avertit le Jedi.

Il lâcha la langue. Comme un élastique, elle retourna promptement dans la bouche de Jar Jar.

— Je… je me demandais, fit Anakin, hésitant. Vous êtes un Chevalier Jedi, non ?

— Pourquoi penses-tu ça ?

— Votre sabre laser… Seuls les Jedi en portent.

À la surprise d'Amidala, Qui-Gon ne parut pas gêné par le tour que prenait la conversation. Se penchant vers l'enfant, il souffla :

— Et si j'avais tué un Jedi pour lui voler son arme ?

— Impossible, dit sereinement Anakin. Personne ne peut tuer un Jedi.

De la tristesse passa sur le visage de Qui-Gon, si furtivement qu'Amidala se demanda si elle avait rêvé.

— J'aimerais que ce soit vrai, soupira-t-il.

— J'ai rêvé que j'étais un Jedi, continua Anakin. Je revenais sur Tatooine pour libérer les esclaves. (Il se tut, étudiant Qui-Gon.) Es-tu venu nous libérer ?

— J'ai peur que non, répondit le Jedi.

— Je ne te crois pas, insista l'enfant. Pour quelle autre raison serais-tu ici ?

Quelle tristesse ! pensa Amidala. *Que lui dire ?*

Elle ne voulait pas mentir à Anakin, mais il était si jeune et ils le connaissaient si peu…

S'il claironnait partout que Qui-Gon était un Jedi, cela déjà risquait de leur attirer des ennuis. Lui révéler en outre toute la vérité aggraverait les choses.

— Je vois que tu n'es pas du genre à gober des mensonges, dit Qui-Gon. Anakin, tu ne dois parler de nous à personne… Nous sommes en route pour Coruscant et notre mission doit rester secrète.

— Coruscant ! s'exclama Anakin. Comment avez-vous échoué dans la Bordure Extérieure ?

— Notre vaisseau a une panne, dit Amidala. Nous serons bloqués sur Tatooine tant qu'il n'aura pas été réparé.

Amidala jugeait étrange le comportement du Jedi. Si elle n'intervenait pas, quels autres secrets révélerait-il à ces gens ?

— Je peux vous aider ! s'écria Anakin. Aucune réparation ne me résiste.

— Je te crois, lui assura Qui-Gon. Mais d'abord, nous devons acheter des pièces de rechange.

— Personne vouloir en vendre à nous, lâcha Jar Jar, sinistre.

— Les revendeurs ont sûrement une faiblesse, dit Amidala.

— Le jeu, répondit Shmi. Ici, tout le monde parie sur ces maudites courses.

— Les Podraces, souffla Qui-Gon. La cupidité peut être une puissante alliée, si on sait l'utiliser.

— J'ai construit un Podracer ! lança Anakin. C'est le plus rapide de tous les temps ! Il y a une course demain. Vous pourrez y engager mon Podracer. Il est terminé et…

— Anakin, arrête ! dit Shmi. Watto ne permettra pas…

— Il ne sait pas que j'ai un Podracer, coupa l'enfant. S'il croit que c'est le vôtre, il acceptera peut-être de me le laisser piloter.

— Je refuse que tu coures, Anakin ! cria Shmi. C'est une chose affreuse !

La réaction de la femme étonna Amidala. Puis elle se souvint des paroles de Qui-Gon : « *Un sport de vitesse très dangereux.* »

— Maman, j'adore ça ! protesta l'enfant. Et mes amis ont des problèmes. Le prix du vainqueur suffira largement à payer Watto.

— Nous vraiment dans mouise, renchérit Jar Jar.

— Ta mère a raison, dit Qui-Gon. (Amidala soupira de soulagement.) Shmi, connaissez-vous sur Tatooine un ami de la République susceptible de nous prêter assistance ?

À contrecœur, la femme hocha négativement la tête.

— Nous devons les aider, maman ! insista Anakin. Tu dis toujours que l'univers va mal parce que les gens ne sont pas solidaires.

— Anakin, arrête…, souffla Shmi.

L'enfant renonça. Ils recommencèrent à manger en silence.

Puis Amidala n'y tint plus.

— Qui-Gon Jinn n'a pas l'intention de faire courir des risques à votre fils, dit-elle. Nous trouverons une autre solution.

— Anakin dit vrai, soupira Shmi. C'est le seul moyen. Que j'aime ça ou non, il peut vous aider. (Elle fixa Qui-Gon.) C'est son destin !

— Ça veut dire oui ? s'enquit Anakin.

Amidala se tourna vers le Jedi, espérant qu'il refuserait de nouveau.

Qui-Gon se contenta de hocher la tête.

Il faut que je lui parle, pensa la Reine. *Il ne peut pas laisser faire ça…*

Les tours de Coruscant alignées à l'infini derrière l'hologramme de Dark Sidious composaient un arrière-plan vertigineux. Mais Dark Maul n'était pas assez stupide pour se laisser distraire. Il fit un rapport bref et concis, comme son Maître les aimait.

— Tatooine est peu peuplée, conclut-il. À condition que le repérage soit fiable, je les trouverai vite.

Si les fuyards avaient répondu à l'appel de Bibble, l'affaire aurait déjà été dans le sac. Mais Dark Sidious ne s'intéressait jamais aux plans infructueux.

— Occupe-toi d'abord des Jedi, dit-il. Ensuite, tu n'auras aucune difficulté à ramener la Reine sur Naboo pour qu'elle signe le traité.

Dark Maul eut un frisson d'anticipation.

— Nous allons enfin révéler notre existence aux Jedi ! jubila-t-il. Et nous prendrons notre revanche.

— Tu as suivi un excellent entraînement, mon jeune apprenti. Les Jedi ne te résisteront pas. Il est trop tard pour qu'ils puissent nous arrêter. Tout se passe comme prévu. Bientôt, la République sera sous mon contrôle.

CHAPITRE 10

Le lendemain matin, Qui-Gon retourna à la boutique de Watto. Padmé l'accompagnait. Avant qu'ils franchissent le seuil, elle le retint par le bras.

— Trouvez-vous judicieux de tout parier sur un enfant que nous ne connaissons pas ?

Qui-Gon la regarda sans répondre.

— La Reine n'approuvera pas, insista Padmé.

— Elle n'a pas besoin de le savoir.

Padmé le dévisagea, puis elle s'assit sur un tonneau, devant la porte de la boutique.

— Eh bien, *je* n'approuve pas ! riposta-t-elle.

La petite dame de compagnie découvre que son influence a des limites, pensa le Jedi.

Il passa la porte, légèrement étonné par l'assurance dont faisait preuve la gamine.

L'écho d'une conversation lui fit oublier la dame de compagnie.

Watto et Anakin se turent et le regardèrent.

— L'enfant prétend que vous voulez être son commanditaire pour la course, dit le Toydarian. Comment comptez-vous faire ? Les crédits de la République ne…

— Mon vaisseau servira de garantie, coupa le Jedi.

Il sortit de sa ceinture un petit holoprojecteur et l'activa. Une minuscule image de la nef royale apparut.

— Pas mal…, admit Watto.

— La nef est en état de marche, si on excepte la panne de l'hyperpropulseur.

— Pourquoi vouloir faire piloter le gosse ? demanda Watto. Pendant la dernière course, il a bousillé mon Podracer.

Anakin fit un pas en avant.

— Ce n'était pas ma faute ! Sebulba m'a fait un coup en traître. J'ai sauvé le Podracer ! Enfin, plus ou moins…

— C'est vrai ! admit Watto en riant. Ce petit est doué, c'est sûr !

— J'ai… hum… gagné un Podracer à un jeu de hasard, dit Qui-Gon. C'est le plus rapide qui soit.

— J'espère que vous n'avez pas assassiné une de mes connaissances pour lui voler son bien ! plaisanta Watto. D'accord ! Vous fournissez le Podracer et le vaisseau en garantie des droits de participation. Moi, je fournis le gamin. Et on partage les bénéfices cinquante/cinquante.

— Cinquante/cinquante ? Pour ça, il faudrait que vous régliez les droits d'engagement. Voilà ma proposition : vous gardez les gains et vous nous donnez les pièces. En cas de défaite, le vaisseau sera à vous.

Watto hésita.

— Vous gagnez dans les deux cas, insista le Jedi.

— Marché conclu ! dit Watto.

Régler les derniers détails demanda peu de temps. Partie prenante dans la course, Watto donna même sa journée à Anakin pour qu'il puisse préparer le « Podracer de Qui-Gon ».

Le Jedi et la Reine retournèrent dans le quartier des esclaves, où Padmé, R2-D2 et Jar Jar aidèrent Anakin et ses amis à travailler sur l'engin de course.

Qui-Gon appela Obi-Wan pour l'informer du nouveau plan.

Aussi peu enthousiaste que Padmé, le jeune Jedi n'essaya pas de menacer son Maître des foudres de la Reine.

Il me connaît depuis assez longtemps pour savoir que ça ne servirait à rien ! pensa Qui-Gon.

Au moment où il désactivait son comlink, Shmi apparut sur le porche arrière de la maison et regarda le Podracer et les mécaniciens improvisés qui s'affairaient autour.

Qui-Gon s'approcha d'elle.

— Vous devez être fière de votre fils, dit-il. Il donne sans rien demander en échange.

— Il ignore la cupidité, renchérit Shmi. Il a…

Elle s'arrêta et regarda Qui-Gon, se demandant si elle devait continuer.

— … des pouvoirs hors du commun, acheva le Jedi.

— Oui, souffla Shmi.

— Il voit les choses avant qu'elles ne se produisent, ajouta Qui-Gon. C'est pour ça qu'il semble avoir des réflexes si rapides. Une caractéristique des Jedi…

— Il mérite mieux qu'une vie d'esclave.

— La Force est inhabituellement puissante en lui, c'est évident…

Qui-Gon sentait que la Force était aussi avec Shmi. Mais il n'y avait pas de comparaison avec son fils. De qui Anakin tenait-il ses pouvoirs ?

— Qui est son père ? demanda le Jedi.

Shmi détourna le regard.

— Il n'en a pas… Je l'ai porté puis mis au monde, c'est tout… Impossible d'expliquer ce qui est arrivé.

Qui-Gon ne faisant aucun commentaire, elle le regarda de nouveau.

— Il était… spécial… dès le début. Pouvez-vous l'aider ?

— J'ai peur que non… S'il était né sur le territoire de la République, nous l'aurions remarqué plus tôt, et il serait devenu un Jedi. Il a tout pour ça. Mais il est trop vieux.

En parlant, Qui-Gon se demanda si les choses étaient aussi tristement simples.

Le Conseil des Jedi ferait peut-être une exception pour un candidat si doué.

La Force ne pouvait pas l'avoir mis en présence de l'enfant par hasard. Il en était certain !

Anakin ne s'était jamais senti aussi heureux. Son Podracer marchait à merveille. Il n'en doutait pas, mais entendre rugir les moteurs changeait tout. Il participerait à la Course de la Boonta Eve, et Padmé le regarderait.

Cette fois, il gagnerait. Il le savait !

Je dois l'emporter ! Pour Padmé !

Comble de bonheur, Anakin avait un Chevalier Jedi à ses côtés, même s'il ne devait pas rester longtemps. Avec un soupir d'aise, il inclina la tête pour contempler les étoiles.

— Tiens-toi tranquille, Anakin, dit Qui-Gon. Laisse-moi nettoyer cette coupure.

La blessure n'était rien. Anakin en avait souvent eu des pires. Mais comment contredire un Jedi ?

— Il y a tant d'étoiles ! dit-il. Ont-elles toutes des planètes ?

— Pour la plupart, oui…

— Quelqu'un les a-t-il *toutes* visitées ?

— Ça m'étonnerait…

— Je veux être le premier ! Partir de Tatooine, aller là où personne ne saura que j'étais un esclave, voir tous les endroits que Padmé connaît, et… ouille !

Quelque chose lui avait piqué le bras.

— Voilà ! Tu es comme neuf ! dit le Jedi en essuyant une goutte de sang sur le bras de l'enfant.

— Anakin ! appela Shmi, c'est l'heure de te coucher !

Qui-Gon avait recueilli le sang sur une petite puce.

— Qu'avez-vous fait ? demanda Anakin.

— Une petite vérification, pour voir si tu n'as pas d'infection.

L'enfant le regarda, soupçonneux.

— Je n'ai jamais vu…

— Anakin ! Je ne te le redirai pas ! lança sa mère.

Elle dut pourtant se répéter, car Anakin ne réagit qu'à la troisième injonction, juste avant qu'elle ne soit vraiment en colère.

Pourtant, il avait encore des questions à poser au Jedi. Mais Qui-Gon lui fit signe d'y aller.

— Il faut te reposer… Une rude journée t'attend.

Anakin hésita encore.

— Bonne nuit, Anakin !

Les adultes, quelle plaie ! pensa Anakin.

Hélas, il devait obéir.

Il courut vers la porte de la maison.

Qui-Gon regarda l'enfant entrer chez lui, puis il introduisit la puce dans son comlink et appela le vaisseau.

Obi-Wan répondit immédiatement.

— Analyse l'échantillon de sang que je t'envoie, dit Qui-Gon.

— Ça ne prendra qu'une minute, Maître…

— Je veux une numération des midi-chlorelles, précisa le Jedi.

Les midi-chlorelles, symbiotes des créatures vivantes, véhiculaient la Force. Plus ils étaient nombreux dans les cellules d'un individu, mieux il était à même de la sentir.

Qui-Gon aurait parié que le résultat d'Anakin serait hors normes.

Mais jusqu'à quel point ? se demanda-t-il.

— Analyse terminée, annonça Obi-Wan.

Il se tut.

— Résultat ?

— Il doit y avoir un problème avec la transmission…

Qui-Gon appuya sur le bouton testeur du comlink.

— Je t'envoie un signal pour vérifier.

— Bizarre, dit Obi-Wan quelques secondes plus tard. La transmission semble normale, mais le résultat est aberrant. Plus de vingt mille midi-chlorelles au…

— C'était donc ça ! s'exclama Qui-Gon.

Avec un taux de midi-chlorelles pareil, l'enfant devait être formé, quel que soit son âge. Voilà pourquoi la Force l'avait mis en présence d'un Jedi.

— Maître Yoda lui-même n'a pas un taux aussi élevé, dit Obi-Wan.

— Aucun Jedi ne l'a, souffla Qui-Gon.

Mais ça va changer !

L'enfant restait pourtant un esclave. Comment le faire quitter Tatooine en toute sécurité ? L'acheter était impossible, puisqu'ils n'avaient même pas de quoi payer des pièces de rechange.

— Maître, que signifie tout ça ? demanda Obi-Wan.

— Je n'en suis pas sûr, répondit Qui-Gon avant de couper la communication.

Il devait réfléchir.

S'allongeant, il regarda les étoiles…

Le vaisseau noir des Sith atterrit dans le désert de Tatooine. Aussitôt, Dark Maul consulta les écrans techniques pour s'assurer que personne ne l'avait repéré. Il avait fouillé presque toute la planète. Pas question de laisser échapper ses proies par imprudence !

Une fois sûr que nul ne l'avait remarqué, Dark Maul sortit du navire et porta ses électrobinoculaires à ses yeux. Il lui restait trois villes à vérifier.

Je tiendrai bientôt les Jedi et la Reine, pensa-t-il.

Deux droïdes sondes par cité suffiraient à faire le travail. Dark Maul saisit un code sur le tableau de commande miniature qu'il portait au poignet.

Six sphères noires sortirent du vaisseau, se groupèrent par deux et filèrent vers leurs destinations.

Bientôt ! jubila Dark Maul.

CHAPITRE 11

Les soleils jumeaux venaient de se lever quand Amidala, toujours déguisée en Padmé, alla examiner le Podracer. Voyant l'engin de plus près, elle comprit les angoisses de Shmi.

Le Podracer était une sorte de char tiré par deux moteurs Radon-Ulzer gonflés. Le compartiment pilote de l'engin était juste assez grand pour contenir Anakin et le tableau de bord. Par contraste, les moteurs semblaient énormes.

R2-D2 était toujours occupé à peindre le Podracer.

— J'espère que tu auras bientôt fini, dit Amidala.

Le droïde lança un bip affirmatif.

La Reine aperçut Kitster, un ami d'Anakin, monté sur un eopie. Il tenait un autre animal par la bride.

L'heure du départ a sonné…

Elle enjamba Anakin, qui finissait sa nuit allongé près du Podracer. Il avait l'air si jeune… Et tout reposait sur lui !

S'il ne gagne pas, qu'adviendra-t-il de mon peuple ?

La Reine se pencha et caressa la joue de l'enfant, qui s'étira et la regarda.

— Je rêvais de toi, dit-il. Tu menais une armée à la bataille.

— Quelle horreur ! Je déteste me battre !

Un frisson courut le long de l'échine d'Amidala. Pourquoi cet enfant la bouleversait-il autant ?

— Ta mère veut que tu fasses ta toilette. Nous partons bientôt.

Anakin se leva. Apercevant son ami et les eopies, il désigna le Podracer.

— Attache les bêtes aux moteurs, Kitster, dit-il. Padmé, je vais faire vite. Où est Qui-Gon ?

— Jar Jar et lui sont déjà partis.

L'enfant courut vers la maison.

Je n'aime pas le plan du Jedi, pensa Amidala. *Mais il est trop tard pour reculer.*

À en juger par la foule qui grouillait dans le hangar des Podracers, la Course de la Boonta Eve était un événement important. Qui-Gon reconnut des ressortissants de presque toutes les planètes de la Bordure Extérieure, de Malastare à Tund. Tous les concurrents avaient amené leur Podracer « customisé » plus une équipe de droïdes et de mécaniciens. Le prix du vainqueur devait être très intéressant...

Watto voletait aux côtés de Qui-Gon sans prêter grande attention aux engins de course.

— Je veux prendre possession de la nef dès la fin de la compétition, dit-il.

— Un peu de patience, mon ami à la peau bleue, répliqua le Jedi. Avant le coucher du soleil, tu auras ton argent et nous serons partis.

Avec ou sans Anakin Skywalker ? Bien qu'il ait passé une partie de la nuit à réfléchir, le Jedi ignorait toujours comment libérer l'enfant et sa mère. Mais il trouverait une solution.

— Pas si la nef m'appartient, dit Watto. Je te préviens, Jedi : n'essaie pas de me rouler !

— Tu ne crois pas à la victoire d'Anakin ?

— Ce garçon est remarquable pour un humain, mais Sebulba gagnera. Comme toujours ! J'ai parié sur lui…

Voilà l'occasion que j'attendais !

— Je relève le défi ! lança le Jedi.

Watto cessa de sourire.

— Que veux-tu dire ? demanda-t-il.

— Mon nouveau Podracer contre Anakin et sa mère !

— Un Podracer contre des esclaves ? Pourquoi pas ? Mais seulement un. La mère. L'enfant n'est pas à vendre.

— Anakin est tout petit. Il ne vaut pas grand-chose. Le Podracer, en revanche…

Watto secoua la tête.

— Les deux, ou je ne parie pas, insista Qui-Gon.

— Aucun Podracer ne vaut deux esclaves.

— Alors je veux l'enfant, dit le Jedi.

Shmi rêvait de liberté pour son fils. Elle comprendrait.

Mais Anakin ?

Watto sorti de sa poche un cube de chance rouge et bleu.

— Laissons décider le hasard… Bleu, ce sera l'enfant, rouge, sa mère.

Watto lança le cube. Qui-Gon invoqua la Force et influença le petit objet. Bleu ! C'était gagné !

— Tu as remporté la première manche, étranger, mais tu perdras la partie, grogna Watto. Alors, qu'importe ta minable victoire…

Rassuré par cette idée, il éclata de rire.

Tandis que Watto s'éloignait vers les tribunes, le Podracer d'Anakin arrivait en fanfare.

Juchés sur un eopie attelé à un des moteurs, Padmé et l'enfant rayonnaient. Kitster montait le deuxième animal, qui remorquait le second moteur. Enfin, martial, R2-D2 tirait le Podracer, Shmi le chevauchant comme un landspeeder.

Watto s'arrêta près de l'eopie d'Anakin.

— Tu devrais empêcher ton ami de parier, lança-t-il en hutt, ou il finira par m'appartenir aussi !

Le Toydarian s'envola.

— Que voulait-il dire ? demanda Anakin.

— Je t'expliquerai plus tard, répondit le Jedi.

Inutile de mettre plus de pression sur les épaules du gamin. L'enjeu l'énervait déjà assez comme ça.

— Ce Podracer est génial ! s'exclama Kitster. Je suis sûr que tu finiras la course, cette fois, Anakin !

Padmé regarda l'enfant.

— Tu n'as jamais gagné ni même *terminé* une compétition ? dit-elle, horrifiée.

— Aujourd'hui, je gagnerai !

— Bien sûr, intervint Qui-Gon d'une voix rassurante. Occupons-nous du Podracer, à présent...

Du coin de l'œil, il vit que Padmé le regardait, mais la dame de compagnie pouvait bien ronger son frein. Anakin tenait leur destin entre ses mains.

Pendant qu'ils vérifiaient les moteurs, Qui-Gon sentit la surexcitation de l'enfant se transformer en une nervosité plus normale. Le Jedi soupira de soulagement. Bien qu'il ne doutât pas de la Force, elle ne pouvait pas se manifester à travers un esprit embrumé par la peur.

Le commissaire de course ordonna aux participants de prendre position. Anakin rejoignit les autres pilotes pendant que ses amis et les eopies remorquaient le Podracer jusqu'à la ligne de départ. Les tribunes étaient noires de monde.

Il doit y avoir cent mille spectateurs, songea Qui-Gon. *La course est un événement interplanétaire...*

Des toiles aux couleurs vives protégeaient les places les plus chères et une multitude de boutiques proposaient des boissons et de la nourriture.

La course se déroulait pour l'essentiel dans le désert, hors de vue des spectateurs, munis de petits écrans qui leur permettaient de ne pas perdre une miette du spectacle.

L'excitation était générale.

Un Troig bicéphale fit un bref discours de présentation. Qui-Gon vit que plusieurs Hutts occupaient une grande loge au centre des tribunes. Tous les pilotes s'inclinèrent devant eux.

— Sa Seigneurie Jabba le Hutt, annonça une des têtes du Troig, vient d'entrer dans le stade.

Le Hutt salua la foule.

Tandis que Kitster détachait les eopies, Jabba annonça le nom et la planète d'origine de tous les concurrents.

Shmi serra Anakin dans ses bras.

— Fais attention à toi, dit-elle.

— C'est juré, maman. Je serai prudent.

Shmi se dirigea vers les tribunes. Anakin vérifia les fixations qui reliaient les moteurs au Podracer.

— Anakin Skywalker, de Tatooine ! lança Jabba.

Les applaudissements crépitèrent.

Anakin salua ses admirateurs et se remit au travail.

Un bon signe, songea Qui-Gon. *Il ne se laisse pas distraire*.

Il était temps de quitter la piste. Qui-Gon fit signe à Padmé et à Jar Jar de rejoindre Shmi dans les tribunes.

Le Gungan se tourna vers Anakin.

— Ça très dangereux, dit-il. Moi espérer que les dieux être avec toi.

L'enfant sourit à son ami.

Quand Padmé s'approcha, Qui-Gon se raidit. Mais elle se contenta d'embrasser Anakin et de lui souffler :

— Tu es notre seul espoir…

— Compte sur moi !

Le Hutt ayant fini sa présentation, la foule vibra d'excitation. Le départ était pour bientôt !

Qui-Gon aida l'enfant à prendre place dans le Podracer et s'assura qu'il était solidement harnaché.

— Tout va bien ?

Anakin hocha la tête.

— N'oublie pas : concentre-toi sur le moment présent. Ne pense pas, fie-toi à ton instinct.

C'était tout ce qu'il pouvait dire pour aider le gamin à tirer parti de la Force qui coulait à flots en lui. Sans entraînement, des conseils plus spécifiques auraient perturbé le jeune pilote.

— Que la Force soit avec toi, ajouta le Jedi.

Il s'éloigna.

Des dizaines de moteurs vrombirent à l'unisson.

À toi de jouer, Anakin !

CHAPITRE 12

Entendant son moteur rugir, Anakin sentit une excitation familière monter en lui. La peur était présente aussi... Mais celle-là – l'angoisse de la course – était la seule qu'il trouvait agréable. Il allait oublier Watto et sa condition d'esclave ! En compétition, il contrôlait son destin. Qu'il perde ou qu'il gagne, ce serait à cause de ses décisions, pas de celles de son propriétaire. Un jour, il avait essayé de l'expliquer à sa mère. Mais les courses l'inquiétaient trop pour qu'elle l'écoute vraiment.

Quand le feu passa au vert, Anakin ne pensa plus à rien. Il démarra, espérant s'assurer une bonne position dès le départ. Le Podracer bondit en avant...

... Mais les moteurs crachotèrent et s'éteignirent.

Non, c'est impossible !

Anakin pianota sur le tableau de bord tandis que les autres Podracers passaient devant lui et fonçaient vers le désert. Enfin, il vit où était le problème. L'injecteur avait été réglé sur son ouverture maximale et les moteurs étaient noyés.

Mais pourquoi ? R2 a vérifié. Kitster également. Et moi aussi...

Il perdit quelques précieuses secondes de plus à attendre que le carburant excédentaire s'évapore, puis il essaya de démarrer. Les moteurs répondirent.

Sans se demander s'ils n'allaient pas caler de nouveau, Anakin se lança à la poursuite des autres Podracers. En négociant le premier virage, il vit une colonne de fumée s'élever au pied d'un rocher.

Un pilote a viré trop large... Je devrai faire attention à ça au prochain tour.

Il passa sans peine sous une série d'arches de pierre. Sans autres Podracers autour de lui, c'était un exercice enfantin.

Bientôt, il aperçut des concurrents attardés. Accélérant, il s'apprêta à les dépasser.

Si je m'en débarrasse vite, j'aurai encore une chance de gagner...

Un Podracer se déporta pour lui barrer la route. Anakin s'écarta, mais son adversaire fit un nouvel écart.

Nous approchons d'un ravin. C'est là que j'ai quitté la piste, pendant l'avant-dernière course.

Anakin ralentit pour être à bonne distance de son adversaire. Au moment où celui-ci sautait le ravin, il poussa les moteurs au maximum de leur puissance.

Le Podracer partit en trombe. Il survola l'abîme, passa au-dessus de l'engin qui lui bloquait le passage et atterrit rudement sur le sol. D'un coup d'œil aux voyants, Anakin s'assura qu'il n'y avait pas de casse.

Ça a marché ! Dommage qu'on soit hors de vue. J'espère que Padmé a suivi la manœuvre sur son écran.

L'enfant aperçut un autre Podracer renversé sur le bord de la piste. Un étrange instinct le poussa à décrire une large boucle avant de s'approcher de l'épave.

Un instant plus tard, un projectile ricocha sur l'arrière du Podracer.

Des Raiders Pillards Tuskens ! Heureusement que j'ai zigzagué.

Il accéléra, ralentit, puis accéléra de nouveau afin d'offrir une cible moins facile aux bandits du désert.

Plus aucun tir ne l'atteignit.

Anakin rattrapa d'autres Podracers et les dépassa sans grand problème grâce à la puissance de ses moteurs. Dans le lointain, il vit les tribunes géantes.

Encore deux tours et je suis revenu dans le peloton. C'est jouable !

Se débarrasser d'une nouvelle grappe d'adversaires lui prit presque un tour.

Bientôt, il aperçut les Podracers de tête.

Il n'avait plus que cinq pilotes devant lui. Accélérant encore, l'enfant négocia un virage difficile… et traversa un nuage de poussière et de fumée.

Encore un Podracer sur le carreau !

Anakin s'écarta pour ne pas heurter les débris de l'engin.

Au sortir du nuage de poussière, il s'aperçut qu'il avait dépassé trois concurrents supplémentaires. Devant lui, il ne restait plus que le Podracer de Sebulba, reconnaissable à la forme bizarre de ses moteurs.

Je vais te montrer ce que sait faire un esclave !

Se penchant sur le tableau de bord, il accéléra au maximum et rattrapa Sebulba au moment où il passait devant les tribunes.

Plus qu'un tour…

Côte à côte, les deux Podracers continuèrent leur course folle. Soudain, un clapet s'ouvrit sur le moteur droit de Sebulba, lâchant un jet de gaz d'échappement surchauffé sur les Radon-Ulzer d'Anakin.

C'est pour ça que les autres Podracers se sont crashés ! Il a fait fondre leurs moteurs !

Anakin freina juste à temps. Furieux de la malhonnêteté de Sebulba, il prit le virage suivant à la corde et réussit un impeccable dépassement.

Conserver la première place se révéla plus difficile que de la conquérir. Sebulba se colla à lui, manquant lui faire quitter la piste à chaque virage.

C'est le dernier tour ! Je dois tenir !

Mais quelque chose clochait dans le Podracer, au niveau du moteur gauche. Le compensateur d'inertie était à demi arraché. Anakin voulut utiliser le système auxiliaire. Il ne fut pas assez rapide et Sebulba en profita pour le dépasser.

Pas question de perdre maintenant !

Sebulba était passé Maître dans l'art de fermer la porte à ses adversaires. Et il n'y avait plus de ravin en vue. Impossible d'utiliser la ruse qui avait si bien réussi avec le premier pilote, au début de la course.

Je dois trouver autre chose…

Quand ils abordèrent le dernier tournant, Anakin fit mine de vouloir le prendre à la corde. C'était comme ça qu'il avait doublé Sebulba la première fois.

Le Dug, trop malin pour se laisser avoir à deux reprises, lui ferma la porte.

Anakin s'écarta et prit l'extérieur.

Il ne parvint pas à passer, mais amena son Podracer au niveau de celui de Sebulba.

La ligne d'arrivée approchait. Le Dug fit volontairement une embardée, percutant le Podracer d'Anakin.

Il essaye de me sortir de la piste !

Sebulba répéta sa manœuvre. Les deux Podracers s'imbriquèrent l'un dans l'autre.

L'enfant dut lutter pour garder le contrôle de son engin. Du coin de l'œil, il vit que son adversaire souriait en voyant approcher la ligne d'arrivée. Il essaya de se dégager du Podracer de Sebulba, mais n'y parvint pas.

Furieux, Anakin insista. Il ne pouvait pas s'écarter, mais il lui restait toujours la possibilité d'accélérer.

Il y eut un choc violent.

Se fiant à son instinct, Anakin continua de foncer vers la ligne d'arrivée à travers un nuage de fumée et de flammes.

De la fumée et des flammes ! Sebulba aurait quitté la piste ?

Anakin passa la ligne d'arrivée.

Il coupa ses moteurs et entendit un tonnerre d'applaudissements. Puis il vit Kitster courir vers lui.

Tournant la tête, il aperçut Sebulba. Fou de rage, le Dug sautait autour de l'épave de son Podracer.

Il n'avait pas franchi la ligne !

Il s'est planté ! J'ai gagné !

Anakin déboucla son harnais et se leva.

J'ignorais que la victoire était si délectable… Mais j'adore cette sensation.

Il sauta à terre et eut à peine le temps de serrer Kitster dans ses bras avant que la foule envahisse la piste pour le porter en triomphe.

CHAPITRE 13

Watto fut très mécontent d'avoir perdu son pari. Pour obtenir les pièces détachées et se faire confirmer la libération d'Anakin, Qui-Gon dut le menacer de recourir à l'arbitrage des Hutts.

Après avoir eu gain de cause, le Jedi emprunta ses deux eopies à Kitster pour ramener les pièces à la nef. Bien que la course soit finie, il se sentait toujours mal à l'aise et pressé de quitter Tatooine.

Quand le petit groupe eut rejoint le vaisseau, Obi-Wan s'occupa immédiatement de transférer la livraison à bord. Padmé se précipita vers les quartiers de la Reine, sans doute pour lui faire son rapport.

Jar Jar l'accompagna.

— Je retourne en ville avec les eopies, dit Qui-Gon à Obi-Wan quand les pièces furent déchargées. Un travail à finir… Je ne serai pas long.

— Pourquoi ai-je l'impression que nous allons recueillir une autre forme de vie pathétique ? demanda le jeune Jedi tandis que son Maître enfourchait un eopie.

Ce garçon comprend vite, songea Qui-Gon.

— C'est grâce à lui que nous avons les pièces, dit-il d'une voix qu'il espérait ferme.

Obi-Wan roula des yeux.

— Occupe-toi des réparations, pour qu'on puisse partir au plus vite.

— Compris, Maître. Ce ne sera pas long.

Toujours inquiet, Qui-Gon entra dans Mos Espa, tenant le deuxième eopie par la bride. Après avoir vendu *son* Podracer pour une somme coquette, il rendit les eopies à Kitster et partit à la recherche d'Anakin.

Il le découvrit en train de se rouler dans la poussière avec un jeune Rodien bâti comme un colosse. Une foule d'enfants de toutes les espèces regardait le combat.

— Que se passe-t-il ? demanda Qui-Gon.

La lutte cessa et les deux garçons se relevèrent.

— Il m'a accusé d'avoir triché ! dit Anakin.

— Tu sais que ce n'est pas vrai, mais il faut tolérer les opinions des autres. Te battre ne les changera pas.

Anakin foudroya le Rodien du regard, mais il acquiesça. L'homme et l'enfant partirent en direction du quartier des esclaves.

Qui-Gon sortit l'argent obtenu en échange du Podracer.

— C'est pour toi, dit-il. (L'enfant l'interrogea du regard.) J'ai vendu le Podracer…

La bagarre oubliée, Anakin courut joyeusement vers sa maison.

Qu'éprouvera-t-il en apprenant qu'il est libre ? se demanda le Jedi. *Et en découvrant que sa mère ne l'est pas ?*

Après l'excitation de ces dernières heures, faire le ménage reposait Shmi. Le Jedi et ses amis seraient bientôt partis. Quant à la course…

Elle essaya de ne plus y penser. Voir Anakin en vainqueur l'avait ravie. Mais à présent, Watto exigerait qu'il participe à toutes les compétitions.

Shmi ne pouvait oublier les épaves de Podracers en feu.

Si cela arrivait à Anakin…

La porte s'ouvrit ; son fils entra en trombe.

— Maman ! Maman ! Qui-Gon a vendu le Podracer ! (Il posa une bourse pleine à craquer dans les mains de sa mère.) Nous sommes riches !

— C'est merveilleux ! s'exclama Shmi.

Tandis qu'elle serrait Anakin dans ses bras, elle aperçut le Jedi dans l'encadrement de la porte.

— Votre fils est libre, dit-il.

Shmi crut que ses jambes allaient se dérober. Elle avait entendu les paroles du Jedi… et compris ce qu'elles sous-entendaient. Anakin était libre, mais pas elle !

Pendant que l'enfant bondissait de joie et bombardait le Jedi de questions, elle lutta pour maîtriser ses sentiments. Qui-Gon avait fait ce qu'elle désirait : aider Anakin. Son fils avait enfin une chance de bonheur. Elle devait l'aider à la saisir.

— Tes rêves vont se réaliser, Anakin, dit-elle. Tu es libre ! (Elle se tourna vers Qui-Gon.) L'emmènerez-vous ? Va-t-il devenir un Jedi ?

— Notre rencontre n'était pas une coïncidence. Rien n'arrive par hasard ! Anakin, la Force est avec toi, mais le Conseil des Jedi risque de ne pas t'accepter.

— Je vais devenir un Jedi ! s'exclama l'enfant. Je voyagerai dans l'espace avec vous… et tout ça ?

Qui-Gon s'agenouilla.

— Anakin, devenir un Jedi est très compliqué. Si tu réussis, ta vie ne sera pas facile.

— Mais c'est ce que je veux ! J'en rêve depuis toujours. Maman, je peux y aller ?

Incapable de parler, Shmi regarda le Jedi, qui hocha imperceptiblement la tête.

— Anakin, c'est ton destin. Toi seul peux choisir.

L'enfant fit mine de répondre. Il se ravisa et réfléchit. Il regarda Shmi puis Qui-Gon.

— Je veux y aller, dit-il simplement.

— Alors, fais tes bagages ! lança le Jedi. Nous n'avons pas beaucoup de temps.

Anakin serra Shmi dans ses bras puis courut vers sa chambre. Sur le seuil, il se retourna, l'air inquiet.

— Et maman ? demanda-t-il. Est-elle libre ? Tu viens avec nous, n'est-ce pas ?

Qui-Gon regarda Shmi, puis se tourna vers l'enfant.

— J'ai essayé d'acheter sa liberté. Watto a refusé.

— Mais l'argent du Podracer…

— Ça ne suffirait pas…

Anakin parut assommé. Shmi s'assit sur une chaise et lui fit signe d'approcher.

— Ma place est ici, et mon avenir aussi. Il est temps que tu me quittes. Je ne peux pas partir…

— Alors, je reste. Je refuse que les choses changent.

— Les en empêcher est impossible, pas plus qu'on ne pourrait interdire à nos soleils de se coucher. Écoute ce que te dit ton cœur, Anakin. Il sait ce qui est juste.

L'enfant baissa la tête. Shmi sentit qu'il tremblait.

— Tu me manqueras beaucoup, maman, dit-il en levant vers sa mère des yeux pleins de larmes.

Et toi, tu me manqueras à chaque seconde…

— Je t'aime, mon fils. (Elle serra Anakin dans ses bras.) À présent, dépêche-toi.

Shmi regarda son fils courir vers la chambre. Tentant d'oublier la vie solitaire qui l'attendait, elle se tourna vers le Jedi.

— Merci…

— Je prendrai soin de lui, vous avez ma parole. Supporterez-vous le choc ?

Shmi hocha la tête.

— Il est resté si peu de temps avec moi, murmura-t-elle, presque pour elle-même.

Le premier droïde sonde revint beaucoup plus tôt que prévu. Un excellent signe, selon Dark Maul, qui étudia les enregistrements avec soin, puis sourit triomphalement.

Je tiens les Jedi ! Ils sont dans les dunes de Mos Espa.

Dark Maul enfourcha son speeder. Après avoir ordonné au droïde sonde de voler à sa vitesse maximale, il le suivit dans le désert.

CHAPITRE 14

Anakin fit ses bagages rapidement. Il aurait voulu emmener C-3PO, mais le droïde était trop grand. Il l'activa le temps de lui dire adieu, puis alla retrouver Qui-Gon.

Kitster attendait son ami dehors.

— Je pars, lui dit Anakin. Dans un vaisseau spatial !

— Vraiment ? Tu me manqueras. N'oublie jamais que tu étais mon meilleur ami…

— Je n'oublierai pas, promit l'enfant, bouleversé.

Je dois partir ! J'en rêve depuis toujours, mais…

Il serra Kitster dans ses bras et courut rejoindre Qui-Gon en essayant d'oublier ce qu'il laissait derrière lui. Il n'y avait pas que Kitster et C-3PO. Tous ses amis lui manqueraient. *Ils ne sont pas là. Je ne leur aurai même pas dit adieu…*

Anakin ralentit le pas. Il se retourna et vit sa mère sur le seuil de la maison. Quand elle lui sourit tristement, il craqua.

Courant vers elle, des larmes dans les yeux, il s'exclama :

— Je ne peux pas partir ! C'est impossible !

Shmi s'agenouilla et l'enlaça. Un instant, Anakin crut que tout était rentré dans l'ordre.

Sa mère lui ébouriffa les cheveux.

— Anakin, dans la vie, il faut souvent faire des choses qu'on croit impossibles. Je sais combien tu es fort, mon fils. Tu réussiras.

Anakin hocha la tête, mais il n'était pas convaincu.

— Te reverrai-je ? demanda-t-il.

— Que te dit ton cœur ?

— Il espère que oui..., répondit l'enfant.

En général, il était *certain* des choses, comme quand il avait dit à Padmé qu'il l'épouserait un jour. Mais là, il désirait si fort revoir sa mère qu'il était incapable de... *prévoir*.

— Et je crois qu'il a raison, ajouta-t-il.

— Alors, nous nous reverrons, affirma Shmi.

— Maman, je serai bientôt un Jedi et je reviendrai te libérer. C'est juré !

— Où que tu ailles, souffla sa mère, mon amour t'accompagnera. À présent, sois courageux et ne te retourne plus !

Anakin l'embrassa une dernière fois. Les jambes flageolantes, il se dirigea vers Qui-Gon.

Je ne me retournerai pas, maman. Regarde bien !

Je suis fort et tu seras fière de moi. Je ne me retournerai pas…

Qui-Gon marcha en silence aux côtés de l'enfant. Quand ils eurent quitté le quartier des esclaves, il fit signe à Anakin de s'engager dans une rue, sur leur gauche.

— Nous devons passer voir Watto…

— Pourquoi ? demanda Anakin, étonné.

— Pour neutraliser ton transmetteur…

Cela ne prit pas longtemps. Pourtant, en sortant de la boutique, Anakin eut l'impression d'être une personne différente.

Je n'aurais pas cru que cesser d'être un esclave serait si… étrange…, pensa-t-il.

Vif comme l'éclair, le Jedi saisit son sabre laser, l'activa et l'abattit dans l'ombre d'une porte cochère.

Une sphère noire, coupée en deux, tomba sur le sol.

— Qu'est-ce que c'est ? demanda Anakin.

— Un droïde sonde… (Le Jedi s'agenouilla pour examiner les débris.) Un modèle inhabituel… Je n'en ai jamais vu de pareils.

Il se releva et regarda alentour.

— Viens ! dit-il à Anakin en partant à grandes enjambées.

L'enfant eut du mal à tenir le rythme, mais il fit ce qu'il pouvait et parvint à ne pas être trop distancé.

Bientôt, la silhouette de la nef royale se découpa dans les dunes. Tout avait l'air normal et paisible.

Mais le Jedi ne ralentit pas.

Soudain, il se retourna et cria :

— Anakin, à terre !

Sans hésiter, l'enfant se jeta à plat ventre sur le sable brûlant. Il entendit un sifflement et sentit un souffle de vent le frôler. Quand il releva la tête, il vit un homme en manteau à capuche noir sauter d'une moto-speeder pour se camper devant Qui-Gon.

L'homme activa son sabre laser à la lame rouge.

Un autre Jedi ? Pourquoi attaquerait-il Qui-Gon ?

Tandis que les deux guerriers s'affrontaient, l'enfant se releva.

— Anakin ! cria Qui-Gon. Cours vers la nef ! Et dis au pilote de décoller !

Anakin sprinta, espérant qu'il arriverait à temps.

— Tous les systèmes sont opérationnels, annonça Ric Olié. Nous pourrons partir dès le retour de Qui-Gon.

Très bien, songea Obi-Wan. *Pourquoi suis-je toujours aussi inquiet ? Quelque chose ne va pas…*

Le capitaine Panaka entra en trombe dans la cabine de pilotage. Padmé et un jeune enfant le suivaient.

— Qui-Gon a des ennuis ! lança Panaka. Il dit que nous devons décoller.

Olié commença à pianoter sur le tableau de bord avant que l'officier n'ait fini sa phrase. La nef décolla, rampe d'accès toujours dépliée.

— Je ne vois rien…, dit le pilote en sondant le désert.

À travers un hublot, Obi-Wan repéra un petit nuage de poussière dans le lointain. À l'intérieur, il sentit une puissante perturbation de la Force.

Son Maître était là !

— Par ici ! dit-il à Olié. Volez au ras des dunes…

Le pilote obéit. Quand ils se furent approchés du nuage de poussière, Obi-Wan distingua la lueur de deux vibrolames.

Deux ? pensa-t-il. *Panaka a raison : mon Maître a des ennuis…*

Le jeune Jedi espéra que Qui-Gon verrait la rampe de la nef quand ils passeraient à côté de lui.

Il renonça à utiliser la Force pour avertir son Maître qu'ils arrivaient. Dans un duel aussi serré, la moindre distraction pouvait être fatale.

Il verra la rampe, j'en suis sûr !

Quand la nef royale frôla les deux combattants, Obi-Wan sentit l'harmonie revenir dans la Force. Soulagé, il lâcha un gros soupir.

Il a réussi !

— Qui-Gon est à bord, dit-il à Olié. Partons d'ici !

Obi-Wan se leva et se dirigea vers le sas de la nef. L'enfant le suivit…

Couvert de sueur et haletant, Qui-Gon gisait sur le sol de métal. Quand il entendit des pas, il se releva à demi.

Je ne l'ai jamais vu dans un état pareil après un combat, pensa Obi-Wan. *Si nous n'étions pas venus à son secours…*

— Vous allez bien ? demanda l'enfant, exprimant à voix haute les inquiétudes du jeune Jedi.

— Je crois…, souffla Qui-Gon.

Il s'assit sur le sol et s'efforça de reprendre son souffle.

— Voilà une surprise que je ne suis pas prêt d'oublier !

— Qui était-ce ? s'enquit Obi-Wan.

— Je l'ignore… Mais ce guerrier maîtrise rudement bien l'art de combattre des Jedi.

Un renégat ? s'étonna Obi-Wan. *Impossible !*

Du regard, son Maître lui fit comprendre qu'ils en reparleraient plus tard.

— Je parie qu'il en voulait à la Reine, continua Qui-Gon.

— Croyez-vous qu'il nous suivra ? demanda l'enfant. Rassuré de voir que le Jedi n'était pas blessé, il semblait plus curieux qu'angoissé.

— Dans l'hyperespace, répondit Qui-Gon, nous serons en sécurité. Mais je pense qu'il connaît notre destination.

— Qu'allons-nous faire ? insista Anakin.

Obi-Wan lui jeta un regard sévère. À un moment pareil, il n'aurait pas dû ennuyer ainsi Qui-Gon.

Celui-ci ne parut pas agacé par ces questions pressantes.

— Nous serons patients, répondit-il. Anakin Skywalker, je te présente Obi-Wan Kenobi.

— Ravi de vous rencontrer, dit l'enfant.

Tendant la main à Obi-Wan, il le vit vraiment pour la première fois.

Ses yeux s'arrondirent.

— Vous êtes aussi un Jedi !

Obi-Wan eut du mal à résister à ce bel enthousiasme.

Mais à quoi pense Qui-Gon ? se demanda-t-il. *Mêler un gamin à une mission aussi dangereuse ! Et qu'en ferons-nous sur Coruscant ?*

Dubitatif, le jeune Jedi regarda Anakin.

Encore une question sans réponse…

CHAPITRE 15

On gèle sur ce vaisseau ! pensa Anakin en essayant en vain de s'endormir. Dans le dortoir, personne ne semblait s'en soucier, puisque des ronflements montaient de toutes parts. Après une heure à trembler sous sa couverture, l'enfant renonça. La salle principale était un peu mieux chauffée. Nul ne verrait d'inconvénient à ce qu'il se recroqueville dans un coin.

En entrant, il constata qu'il n'était pas le seul à avoir eu cette idée. Allongé sur un fauteuil, Jar Jar marmonnait en dormant. Un peu plus loin, R2-D2 était en mode veille.

Anakin s'assit contre une cloison.

Il frissonnait toujours. Pas moyen d'avoir chaud !

C'est un environnement si différent, pensa-t-il tristement. Qui-Gon et Padmé étaient trop occupés pour lui parler et personne d'autre à bord ne se souciait de lui.

Enfin, à l'exception de Jar Jar et de R2…

Quitter maman était une erreur ! Je veux rentrer chez moi !

Un bruit de pas, dans le couloir, lui fit tendre l'oreille. Padmé entra dans la salle. L'air fatiguée, elle semblait si triste qu'Anakin se sentit encore plus mal. Il se fit tout petit, espérant qu'elle ne le verrait pas.

Padmé s'approcha d'un écran, l'activa et regarda l'enregistrement d'un message entrecoupé par des parasites. Anakin n'entendit pas un mot, car le son était très bas, mais Padmé parut encore plus accablée.

Puis elle tourna la tête et l'aperçut.

— Ça va ? demanda-t-elle en s'approchant de lui.

— J'ai froid, avoua Anakin en essayant de ne pas trembler.

Padmé prit son châle et le lui mit sur les épaules.

— Tu viens d'une planète très chaude, et l'espace est glacial.

— Tu as l'air triste, souffla Anakin.

— La Reine s'inquiète… Son peuple souffre… et il meurt ! Elle doit convaincre le Sénat d'intervenir. (Elle secoua la tête.) J'ignore ce qui va arriver…

Comment l'aider ? se demanda Anakin. *Je ne sais absolument rien sur les Reines. Il faudra que j'apprenne…*

Il se sentait atrocement seul. Padmé, une dame de compagnie d'Amidala, appartenait à un monde dont il ne connaissait rien. Quand ils arriveraient sur Coruscant, elle suivrait sa maîtresse et lui irait… là où on entraînait les Jedi.

Mais Qui-Gon avait dit que le Conseil des Jedi ne l'accepterait peut-être pas. Si c'était le cas…

— Moi aussi, j'ignore ce qui va m'arriver, souffla-t-il. Peut-être ne te reverrai-je jamais.

Il plongea une main dans sa poche et en sortit un pendentif.

— Je l'ai fait pour toi, dit-il sans oser regarder Padmé dans les yeux. Comme ça, tu ne m'oublieras pas. Je l'ai sculpté dans un petit morceau de japor. (Il lui tendit le bijou.) Il te portera bonheur…

Padmé prit le cadeau et l'examina.

— Il est magnifique, mais je n'aurais pas eu besoin de ça pour ne pas t'oublier.

Anakin releva la tête et lui sourit.

Padmé passa le pendentif à son cou.

— Anakin, pas mal de choses changeront quand nous atteindrons la capitale. Mais pas mon affection pour toi !

— J'ai aussi beaucoup d'affection pour toi, dit l'enfant. Mais… mais…

— … Ta mère te manque, acheva Padmé d'une voix douce.

Elle se pencha et serra Anakin dans ses bras.

Il s'abandonna contre elle. Ce n'était pas pareil qu'avec sa mère, mais ça le rassurait.

Et c'était tout ce qui lui restait désormais…

Hérissée de tours, Coruscant ressemblait à une pelote d'épingles géante. Au fil des siècles, la cité avait envahi toute la planète, un cas unique dans la galaxie. Empruntant les navettes et les passerelles, certains habitants se déplaçaient de gratte-ciel en gratte-ciel sans jamais poser un pied sur le sol.

Si on lui avait donné le choix, Obi-Wan aurait de loin préféré un monde désertique comme Tatooine. Mais Coruscant était la capitale de la République et elle abritait le Temple des Jedi.

Nous pouvons nous estimer heureux d'y être arrivés entiers ! pensa le jeune Jedi tandis que Ric Olié posait le vaisseau sur une plate-forme d'atterrissage.

Le Chancelier Suprême Valorum, actuel président du Sénat, attendait la Reine en compagnie du Sénateur Palpatine, représentant de Naboo sur Coruscant. Émacié, les cheveux blancs, le chancelier semblait très tendu. Calme et souriant, Palpatine resplendissait dans sa toge.

Il salua la Reine et lui présenta le chancelier.

— Votre Grâce, dit ce dernier, c'est un honneur de vous rencontrer. Sachez que tout le monde ici s'inquiète pour votre planète. J'ai convoqué une session extraordinaire du Sénat pour que vous puissiez exposer votre cas.

— Je vous remercie, chancelier…

Les salutations terminées, Palpatine conduisit Amidala et sa suite dans une navette. Obi-Wan entendit le

Sénateur dire quelque chose au sujet de la complication des procédures.

Le jeune Jedi secoua la tête.

Elle vient d'arriver et il lui parle déjà de politique. Après tout, c'est pour ça qu'elle est venue…

Surpris, Obi-Wan vit la Reine faire signe à Anakin et à Jar Jar de monter avec elle dans la navette. Le jeune Jedi allait intervenir quand son Maître indiqua à l'enfant qu'il pouvait y aller.

Il a arrangé les choses avec Amidala avant notre atterrissage, comprit Obi-Wan.

Tandis que la navette décollait, Qui-Gon se tourna vers le Chancelier Suprême.

— Je dois me présenter immédiatement devant le Conseil des Jedi, dit-il. La situation s'est… compliquée…

Voilà pourquoi il ne voulait pas d'Anakin et de Jar Jar dans nos pattes, comprit Obi-Wan.

Il regarda son Maître et fronça les sourcils. Qui-Gon était très inquiet, cela se voyait. Y avait-il autre chose que l'attaque dans le désert ?

Ne m'aurait-il pas tout dit ?

Je suis contente de me retrouver dans ma peau, pensa Padmé, redevenue Amidala.

C'était également très difficile à cause des responsabilités qui pesaient sur ses épaules et que Padmé n'avait pas. Un instant, elle regretta cette belle insouciance.

Mais son peuple l'avait élue Reine et il comptait sur elle.

C'est pour ça que je suis sur Coruscant...

Elle avait repris sa vraie personnalité lors de leur entrée dans l'atmosphère. À présent, dans le bureau de Palpatine, elle préparait son intervention devant le Sénat.

Palpatine avait mis plus de la moitié de ses quartiers à la disposition de la délégation royale. Les pièces étaient aussi vastes que celles du palais de Naboo, un agréable changement après les petites cabines de la nef.

Fatiguée par le voyage, Amidala avait quelque difficulté à se concentrer.

— La République n'est plus ce qu'elle était..., dit Palpatine. Le Sénat regorge de délégués carriéristes soucieux de leur intérêt personnel et qui défendent exclusivement leur monde natal. Plus personne ne se préoccupe de l'intérêt général. La basse politique domine et tout sens civique a disparu. (Il soupira.) C'est écœurant. Je ne veux rien vous cacher, Majesté : il y a peu de chances que le Sénat réagisse à l'invasion...

— Le chancelier Valorum semble penser qu'il reste un espoir...

— Hélas, Votre Grâce, le chancelier a peu de pouvoir. De nos jours, les bureaucrates dominent !

Si c'est vrai, ce voyage aura été inutile. Je ne peux pas me résigner à cette idée.

— Quelles options avons-nous ?

— Le mieux serait de favoriser l'élection d'un nouveau chancelier. Un homme qui contrôlerait les bureaucrates et nous rendrait justice. Vous pouvez demander un vote de défiance contre Valorum.

— Il est notre plus fidèle soutien. N'y a-t-il pas une autre solution ?

— Oui : porter notre affaire devant les tribunaux.

— Le temps nous manque ! coupa la Reine, perdant son calme pour la première fois. Les tribunaux sont encore plus longs à se décider que le Sénat. (Sa voix se durcit.) Notre peuple meurt. Il y a chaque jour davantage de victimes ! Il faut arrêter la Fédération du Commerce avant qu'il ne soit trop tard.

— Votre Majesté, j'ai peur que nous ne devions nous montrer réalistes. Pour le moment, il faut accepter la domination de la Fédération.

Amidala dévisagea le Sénateur. Comment pouvait-il dire des choses pareilles ? Avait-il séjourné trop longtemps sur Coruscant et oublié le peuple qu'il représentait ?

— Il n'en est pas question !

Je trouverai un moyen d'arrêter cette invasion ! Tant pis si je dois affronter tous les bureaucrates de Coruscant !

La salle du Conseil des Jedi était située au sommet du temple, sous les tourelles qui le couronnaient. Les murs de transparacier de la pièce circulaire offraient une vue impressionnante sur Coruscant.

Qui-Gon était souvent venu rendre compte de ses missions aux conseillers.

Aujourd'hui, Obi-Wan et lui se tenaient devant les douze Maîtres Jedi qui dirigeaient l'ordre. Représentants de nombreuses espèces, c'étaient les véritables Sages de la galaxie.

Qui-Gon évoqua rapidement les événements de Naboo et passa très vite sur la course. En revanche, il décrivit en détail son combat dans les dunes de Tatooine.

— Je crois que j'ai affronté un Seigneur des Sith, conclut-il.

Il y eut un lourd silence. Qui-Gon sentit la surprise et l'angoisse des conseillers.

Puis Mace Windu, un des doyens de l'assemblée, prit la parole :

— Un Seigneur des Sith ? répéta-t-il, incrédule.

— Impossible ! dit Ki-Adi-Mundi, ses sourcils froncés touchant presque ses crêtes crâniennes. Les Sith ont disparu depuis des millénaires.

Les oreilles de Maître Yoda palpitèrent.

— Si les Sith impliqués sont, la République en danger sera…

— Les Seigneurs des Sith ne peuvent pas être de retour sans que nous le sachions, déclara Mace Windu.

— Difficile à voir le Côté Obscur est…, répondit Yoda.

Les conseillers hochèrent la tête.

— Découvrir qui est ce guerrier nous devons !

— Je crois qu'il se manifestera de nouveau, dit Ki-Adi-Mundi.

— Il n'a pas attaqué Qui-Gon par hasard, approuva Mace Windu. La Reine était sa véritable cible.

Yoda regarda Qui-Gon.

— Avec la Reine rester tu devras, dit-il. La protéger il faut.

— Nous mobiliserons toutes nos ressources pour savoir qui t'a attaqué, ajouta Mace Windu. Que la Force soit avec toi, Qui-Gon.

Les autres conseillers répétèrent la formule consacrée, signifiant que l'entretien était terminé. Mais Qui-Gon ne bougea pas.

— Qui-Gon, davantage à dire tu as ? demanda sèchement Yoda.

— Avec votre permission... (Yoda acquiesça.) J'ai été témoin d'une convergence de la Force...

Les conseillers murmurèrent.

— Une convergence, tu dis ? répéta Yoda.

— Qui avait une *personne* pour point focal ? demanda Mace Windu.

— Un jeune garçon. Ses cellules présentent la plus forte concentration de midi-chlorelles que j'ai relevée sur un être vivant. (Il marqua une pause.) Il est possible qu'il ait été *conçu* par des midi-chlorelles.

— Tu fais référence à la prophétie, dit Mace Windu. A celui qui apportera l'équilibre ultime à la Force. Et tu crois qu'il s'agit de ce garçon…

Il lança au Jedi un regard sceptique.

— Je n'oserais pas…, commença Qui-Gon.

— Mensonge c'est ! l'interrompit Yoda. Ton opinion révéler tu dois !

— Je demande que cet enfant soit mis à l'épreuve.

Les membres du Conseil des Jedi se regardèrent longuement.

— Qu'il soit entraîné pour un Jedi devenir, tu demandes ? s'enquit enfin Yoda.

— Je l'ai rencontré par la volonté de la Force, insista Qui-Gon. C'est une certitude pour moi. Il ne peut pas s'agir d'un hasard. Trop de choses sont arrivées…

— Si c'est ainsi, amène-le devant nous, dit Mace Windu.

— Mis à l'épreuve il sera…, ajouta Yoda.

Qui-Gon fit une révérence. Puis Obi-Wan et lui sortirent de la chambre du Conseil.

CHAPITRE

16

La salle des délibérations du Sénat, énorme et circulaire, évoquait une arène. Le long des murs, devant une série de portes, les capsules salons des Sénateurs flottaient en attendant que les débats commencent. Certaines étaient déjà occupées et les conversations allaient bon train.

Amidala parvint à ne pas écarquiller les yeux devant ce somptueux spectacle. Elle était là pour convaincre les Sénateurs d'aider Naboo, pas pour faire du tourisme.

Une nouvelle fois, Palpatine lui souffla d'imposer l'élection d'un nouveau Chancelier Suprême.

Il connaît mieux que moi les intrigues de Coruscant, songea la souveraine. *Mais Valorum a tant fait pour nous... J'espère ne pas devoir me retourner contre lui.*

Au sommet de la colonne centrale – son perchoir – le chancelier annonça que les représentants de Naboo allaient s'adresser au Sénat. La capsule salon d'Amidala flotta jusqu'au milieu de la salle.

La Reine avait hâte de prendre la parole. Pourtant, ce fut Palpatine qui commença, faisant l'historique de la dispute entre Naboo et son adversaire. Les représentants de la Fédération essayèrent de l'interrompre, mais Valorum les réduisit au silence.

— À présent, conclut Palpatine, je laisse la parole à la Reine Amidala, venue défendre notre cause.

Quand la souveraine se leva, les applaudissements crépitèrent.

— Honorables Sénateurs, dit-elle, je m'adresse à vous dans des circonstances dramatiques. Ma planète a été envahie par les droïdes de la Fédération du Commerce. C'est une violation flagrante des lois de la République.

— Objection ! cria le Sénateur de la Fédération. Il n'y a aucune preuve.

Des preuves ? J'ai tout vu de mes yeux ! s'indigna Amidala.

Elle voulut répondre, mais le Sénateur insista :

— Nous demandons qu'une commission soit envoyée sur Naboo pour établir les faits.

Une commission ? Mon peuple meurt ! Valorum ne prendra pas cette proposition au sérieux...

D'autres Sénateurs intervinrent en faveur du respect des procédures. Le chancelier leur prêta une oreille attentive.

Palpatine a peut-être raison. Si Valorum ne nous soutient pas...

— La requête est acceptée, déclara enfin le chancelier. Reine Amidala, êtes-vous d'accord pour différer votre motion jusqu'à ce qu'une commission ait enquêté sur vos accusations ?

Ils ne m'ont même pas laissé finir de parler !

— Je refuse de différer la motion. Je suis ici pour que cette atteinte à la souveraineté de Naboo cesse immédiatement. (Elle prit une grande inspiration.) Je demande un vote de défiance contre le chancelier.

— Quoi ? s'étrangla Valorum. Non !

Dans la salle, les Sénateurs murmurèrent, puis se consultèrent du regard. Bientôt, la motion fut soutenue.

La Fédération du Commerce proposa la création d'une commission pour discuter de l'organisation d'un scrutin, mais le Sénat la rejeta.

— Un vote ! Un vote ! Un vote ! scandèrent la plupart des Sénateurs.

Palpatine se pencha vers la Reine.

— Vous voyez, Majesté ? Le Sénat nous soutient. Valorum sera renversé et le prochain chancelier ne laissera pas la Fédération poursuivre ses exactions.

Amidala regarda son émissaire. Il semblait sûr de son fait et très serein, comme s'il ne voyait pas qu'elle regrettait d'avoir dû trahir un des plus fidèles amis de Naboo. On eût même dit que tout cela l'amusait…

L'assemblée décida que le vote aurait lieu le lendemain. Avant de descendre de son perchoir, Valorum se tourna vers la capsule salon de Naboo.

— Palpatine, je pensais que vous étiez un allié et un ami. Comment avez-vous pu me faire ça ?

Palpatine inclina tristement la tête, mais Amidala crut voir un sourire flotter sur ses lèvres.

Il est content parce que nous avons une chance d'obtenir justice, se rassura-t-elle. *Je n'avais pas le choix. La commission aurait mis des mois à étudier la situation…*

En dépit de toutes ces bonnes raisons, la Reine devina que l'expression de Valorum – celle d'un homme trahi – hanterait ses rêves pendant longtemps.

Les rayons du soleil couchant baignaient d'une lumière rouge le petit balcon du Temple des Jedi.

La vue sur Coruscant était extraordinaire. Pourtant, remarqua Obi-Wan, Qui-Gon ne s'y intéressait pas. Son esprit était dans la salle du Conseil des Jedi, où Anakin Skywalker comparaissait devant les douze sages.

Obi-Wan soupira.

— Le garçon ne sera pas accepté, Maître. Il est beaucoup trop vieux.

— Anakin deviendra un Jedi, répondit Qui-Gon. Je te le garantis.

Cette confiance venait-elle d'une des rares visions du futur qu'avaient les Maîtres Jedi ? Ou Qui-Gon était-il résolu à entraîner l'enfant même si le Conseil s'y opposait ?

— Ne défiez pas le Conseil, Maître. Ce serait la fois de trop !

— Je ferai ce que je dois faire.

Il va encore s'opposer à l'autorité des anciens.

— Maître, si vous obéissiez aux règles, vous seriez déjà membre du Conseil des Jedi.

Qui-Gon ne répondit rien.

Il peut se montrer si têtu !

— Maître, cette fois, je ne vous soutiendrai pas…

Et je refuse de voir ce qui vous arrivera…

À la surprise d'Obi-Wan, Qui-Gon sourit.

— Il te reste encore beaucoup à apprendre, mon jeune Padawan.

Mal à l'aise, Obi-Wan s'intéressa de nouveau aux lumières de la ville.

Les tests des Jedi ne ressemblaient pas à ce qu'attendait Anakin.

Ils me paraissent peut-être bizarres parce que je suis trop vieux…

Le Jedi nommé Mace Windu tenait un écran que l'enfant ne pouvait pas voir.

À mesure que les images changeaient sur l'appareil, elles défilaient dans la tête d'Anakin, qui devait dire ce qu'elles représentaient. Au début, ce fut facile. Puis les images passèrent si vite dans son esprit que l'enfant n'eut plus le temps de trouver le mot adéquat.

Quand Mace Windu éteignit l'écran, Anakin se détendit un peu.

— Très bien, mon enfant, dit Yoda. Comment te sens-tu ?

— J'ai froid, monsieur, répondit Anakin sans réfléchir.

Depuis son départ de Tatooine, il ne cessait de frissonner.

— Peur tu as ? demanda Yoda.

— Non, monsieur.

Ce n'est pas le genre de froid dont je voulais parler.

— Changer de vie t'effraye ? insista Mace Windu.

Oh ! C'est ça qu'ils veulent dire !

— Je ne crois pas...

— Essaye de connaître tes propres sentiments, lui conseilla Mace Windu.

— Tes pensées sont focalisées sur ta mère, précisa Ki-Adi-Mundi.

— Elle me manque, admit Anakin.

— Peur de la perdre tu as, dit Yoda.

— Quel rapport avec mon avenir de Jedi ? s'insurgea Anakin.

Les Chevaliers n'ont-ils pas le droit d'avoir une mère ?

— Un grand rapport, répondit Yoda. La peur au Côté Obscur conduit. La peur à la colère mène. Et la colère à la haine ouvre la voie... Alors la souffrance vient.

— Je n'ai pas peur ! explosa Anakin.

Désiraient-ils tous qu'il échoue ?

— Un Jedi toujours dévoué à l'ordre doit être, dit Yoda. En toi, beaucoup de peur je sens…

Anakin respira à fond. Comme il le faisait sur Tatooine, il comprima sa peur jusqu'à ce qu'elle n'existe presque plus.

Presque !

Espérant que cela suffirait, il pointa le menton et répéta :

— Je n'ai pas peur !

Maître Yoda ferma à demi les yeux et souffla :

— Alors, continuer nous allons…

Tandis que Mace Windu rallumait l'écran, Anakin se demanda s'il venait de réussir une des épreuves… ou de la rater !

CHAPITRE 17

Sous un ciel obscur, ses myriades de lumières rendaient Coruscant plus belle et moins impersonnelle.

Pourtant, songea Amidala, *cette cité-planète reste froide et artificielle*.

Cela faisait une demi-heure qu'elle était devant une fenêtre des quartiers de Palpatine, et elle n'avait pas aperçu une tache de vert.

Coruscant est faite de métal et d'acier. Pas étonnant que le Sénat préfère les joutes politiques au bien-être de mon peuple…

Jar Jar Binks approcha. Il se désintéressa du spectacle et regarda la Reine.

— Toi penser que Naboo mourir ?

— Je n'en sais rien…, répondit Amidala, un grand vide dans le cœur.

C'est bien de Jar Jar d'être aussi direct ! J'ai fait tout ce que j'ai pu, mais la diplomatie n'a pas suffi. Si la République ne nous aide pas, Naboo périra.

— Gungan mourir aussi, pas vrai ?

— J'espère que non, souffla Amidala.

Mais elle n'était guère convaincue.

Jar Jar dut sentir son désespoir, car il enchaîna :

— Gungan pas mourir sans lutter ! Nous guerriers ! Avoir grande armée ! (Il jeta un regard en biais à la Reine.) C'est pour ça que vous pas nous aimer !

Avant qu'Amidala puisse répondre, la porte s'ouvrit et le capitaine Panaka entra dans la pièce.

Palpatine le suivait.

— Majesté, déclara Panaka, le Sénateur Palpatine a été choisi par une partie de ses collègues. Il sera candidat au poste de chancelier !

— Une formidable surprise ! renchérit le Sénateur. Mais pour une fois, elle est bonne ! Si je suis élu, je vous promets de restaurer la démocratie dans la République. C'en sera fini de la corruption !

Qu'ai-je à faire de la démocratie et de la corruption quand mon peuple se meurt ? pensa la Reine.

Mais ce genre de choses ne se disaient pas.

— Sénateur, le temps que vous preniez le dessus sur les bureaucrates, j'ai peur qu'il ne reste rien de nos villes, de notre culture et de nos compatriotes...

Palpatine se rembrunit.

— Je comprends vos angoisses. Mais la loi est en faveur de la Fédération.

Amidala se détourna.

— Je n'ai plus rien à faire ici, dit-elle.

Coruscant était le champ de bataille de Palpatine.

La place de la Reine étant auprès de son peuple, l'heure de rentrer à la maison avait sonné.

— Capitaine Panaka, préparez la nef royale au décollage !

— Majesté, implora Palpatine, restez en sécurité sur Coruscant !

— Tant que le Sénat n'aura pas condamné cette invasion, je ne serai en sécurité nulle part !

Palpatine n'insista pas.

Les douze conseillers regardèrent Obi-Wan et Qui-Gon rejoindre Anakin au centre de la salle du Conseil des Jedi. Obi-Wan se demanda si les Maîtres avaient l'air si graves parce que l'enfant venait de réussir les épreuves… ou parce qu'il les avait ratées.

— Raison tu avais, Qui-Gon, déclara Yoda.

— Le sang de cet enfant présente un taux très élevé de midi-chlorelles, dit Mace Windu.

— La Force est très puissante en lui, ajouta Ki-Adi-Mundi.

— Ainsi, nous allons le former ! triompha Qui-Gon.

Les conseillers se regardèrent.

— Non, dit Windu. Il ne sera pas entraîné. Il est trop vieux et il y a en lui trop de colère.

Je le savais ! pensa Obi-Wan. *Après le refus du Conseil, mon Maître ne pourra plus rien faire.*

— C'est l'Élu ! insista Qui-Gon en posant les mains sur les épaules d'Anakin. Vous le voyez bien !

— Lourd de nuages l'avenir de cet enfant est, dit Yoda. Cachés par sa jeunesse…

Qui-Gon prit une profonde inspiration.

— Je l'entraînerai ! lança-t-il. Il est désormais mon Padawan.

Abasourdi, Obi-Wan regarda son Maître.

Avait-il ça en tête depuis le début ?

— Un Padawan tu as, dit Yoda. Impossible d'en avoir un second.

— L'ordre l'interdit, rappela Mace Windu.

— Obi-Wan est prêt…

Qui-Gon se tourna vers le jeune Jedi.

Il espère que je vais l'aider ! comprit Obi-Wan. *Eh bien, si ce gamin l'intéresse plus que moi, grand bien lui fasse !*

— Je suis prêt à passer les épreuves, affirma-t-il.

— Si tôt ? ironisa Yoda. Qu'en sais-tu ?

— Il est un peu trop rigide, ajouta Qui-Gon, et il lui reste beaucoup à apprendre sur la Force, mais il réussira. Je ne peux plus rien lui apprendre.

Il pense ce qu'il dit, songea Obi-Wan. *Ce n'est pas seulement à cause d'Anakin. Mais pourquoi ne pas m'avoir averti ?*

— Le Conseil décide, déclara Yoda. Encore à apprendre il a.

— Nous n'avons pas le temps de polémiquer ! intervint Mace Windu. Le Sénat va élire un nouveau

Chancelier Suprême. Amidala retourne chez elle. Cela mettra sous pression la Fédération du Commerce…

— Alors se remontrera le tueur, ajouta Yoda.

— Qui-Gon, accompagne la Reine sur Naboo et découvre qui est le guerrier qui t'a attaqué, ordonna Mace Windu. Nous devons savoir si les Seigneurs des Sith sont de retour…

— Le destin de l'enfant plus tard sera décidé, conclut Yoda.

Obi-Wan soupira de soulagement. Différer la décision empêcherait Qui-Gon de se dresser contre le Conseil.

Le jeune Jedi sursauta quand son Maître reprit la parole. Qu'allait-il encore faire ?

— J'emmène Anakin. Il n'a nulle part où aller. Je dois prendre soin de lui.

— Il est sous ta protection, répondit Mace Windu. Le Conseil ne s'y oppose pas.

— L'entraîner tu ne dois pas ! dit Yoda. Avec toi garde-le, mais pas de formation !

— Protège la Reine et n'interviens pas si une guerre éclate, ajouta Mace Windu. Que la Force soit avec toi !

Encore sous le choc de la décision du Conseil des Jedi, Anakin attendait près de la nef royale. Il était tellement sûr de devenir un Jedi ! Qu'allait-il faire de sa vie ? Accompagner Qui-Gon lui rappellerait sans cesse tout ce qu'il ne pouvait pas avoir.

Au moins, je n'ai pas raté les tests, pensa-t-il. *Je suis simplement trop vieux...*

Une piètre consolation ! En plus de tout, Qui-Gon et Obi-Wan se disputaient à cause de lui.

— Ce garçon est dangereux, Maître ! Tous les conseillers l'ont senti. Pourquoi pas vous ?

— Son destin est incertain, pas menaçant, répliqua Qui-Gon, vaguement irrité. Le Conseil décidera de son avenir. Cela devrait te suffire ! Maintenant, embarque !

Traînant les pieds, Obi-Wan s'engagea sur la rampe d'accès. Anakin leva les yeux quand Qui-Gon s'approcha de lui.

— Maître Qui-Gon, je ne veux pas être un problème...

— Tu n'en es pas un, Anakin.

C'est faux... Sans moi, vous ne vous seriez pas disputé avec Obi-Wan.

Comme s'il lisait dans son esprit, le Jedi regarda gravement l'enfant.

— Je n'ai pas le droit de t'entraîner, mais je veux que tu me regardes et que tu sois attentif. N'oublie jamais : ta vision détermine *ta* réalité. Reste près de moi et il ne t'arrivera rien de mal.

Anakin acquiesça.

Qui-Gon n'avait pas le droit de l'entraîner, mais il pouvait peut-être répondre à ses questions.

— Maître... je me demandais... Que sont les midichlorelles ?

— Des formes de vie microscopiques qui résident dans les cellules de tous les êtres vivants et qui communiquent avec la Force.

— Ils sont en moi ?

— Dans tes cellules… Ce sont nos symbiotes.

— Symb… quoi ?

— Des créatures qui cohabitent et qui en tirent des avantages mutuels. Sans les midi-chlorelles, la vie n'existerait pas sous sa forme actuelle et nous ne connaîtrions pas la Force. Ils nous transmettent sans cesse ses volontés.

— Vraiment ?

— Quand tu sauras apaiser ton esprit, tu les entendras.

Anakin secoua la tête.

— Je ne comprends pas.

— Avec du temps et de l'entraînement, ça changera.

Je n'ai pas droit à une formation, pensa Anakin en suivant le Jedi sur la rampe d'accès. *Au moins, je vais revoir Padmé. Et si je me débrouille intelligemment, j'apprendrai beaucoup de choses en posant les bonnes questions à Qui-Gon.*

C'était moins bien qu'un entraînement de Jedi, mais ça valait mieux que rien.

Devant le palais de Naboo, la nuit dissimulait les droïdes de combat qui occupaient la ville. Tout semblait paisible, et pourtant…

Dans la salle du trône, un hologramme imposant se dressait devant Nute Gunray, qui frissonnait en le regardant.

Il fait juste un peu froid…

— La Reine est en route pour Naboo, dit Dark Sidious. Désormais, elle ne peut plus nous être utile. Tuez-la dès son arrivée.

— Oui, Seigneur.

Derrière Gunray, Rune Haako sursauta.

Quand la communication sera finie, il me rappellera combien Dark Sidious est dangereux.

Mais il était beaucoup trop tard pour rompre leur alliance avec le Seigneur des Sith.

— La planète est-elle pacifiée ? demanda Dark Sidious.

— Oui, Seigneur, répondit Gunray, content d'avoir une bonne nouvelle à apprendre à son allié. Nous avons les choses en main. Tout va bien.

— Excellent, dit le Seigneur. Je m'assurerai que rien ne change au Sénat. Et je vous envoie Dark Maul. Il s'occupera des Jedi.

— Bien, Seigneur, fit Gunray en frissonnant de plus belle.

Il faisait vraiment trop froid dans la salle du trône. Un droïde de maintenance devrait s'occuper du chauffage !

L'hologramme disparut.

ÉPISODE I

— Un Seigneur des Sith ici ! s'exclama Rune Haako, horrifié.

— La Reine revient, lui rappela Gunray. Et les Jedi sont avec elle. Voulez-vous les affronter ?

— Bien sûr que non ! Mais…

— Dark Maul s'occupera d'eux. Nous n'aurons qu'à capturer Amidala.

— Et à l'exécuter…

CHAPITRE 18

Après avoir consulté Panaka et ses dames de compagnie, Amidala décida qu'elle redeviendrait Padmé dès que la nef entrerait dans l'espace de Naboo.

En attendant, elle garda ses atours royaux et son maquillage blanc. Pendant le voyage, elle ne quitta guère ses quartiers, méditant sur son peuple et sur l'invasion.

Tous ses conseillers pensaient que retourner sur Naboo était une mauvaise idée. Qui-Gon Jinn aussi semblait intrigué par sa décision. Pourtant, défier la Fédération semblait la seule chose à faire, même si la Reine ignorait comment s'y prendre. Se contenter de partager le destin de son peuple était insuffisant. Mais comment combattre les armées de droïdes de la Fédération ?

Armée ! Jar Jar avait parlé d'une armée ! Il était persuadé que les siens lutteraient. Si les Naboo avaient été plus proches des Gungan, l'invasion n'aurait peut-être pas réussi si facilement.

Et si les deux peuples coopéraient maintenant ?

Cela signifiait qu'une guerre éclaterait...

La Fédération est l'agresseur. Quand la diplomatie échoue, il faut se battre !

Une idée naquit dans l'esprit de la Reine. Le plan serait risqué, mais le séjour sur Tatooine et la course lui avaient appris qu'il fallait de l'audace pour triompher.

Alors que la nef approchait de Naboo, Amidala convoqua ses conseillers.

Le capitaine Panaka ne cacha pas son inquiétude.

— Je ne comprends toujours pas votre décision de rentrer, Majesté. Dès que nous aurons atterri, la Fédération vous capturera et vous forcera à signer un traité.

— Il a raison, dit Qui-Gon. Je ne vois pas ce que vous entendez faire, Votre Grâce.

— Je veux rendre Naboo à son peuple.

— Nous ne sommes qu'une douzaine, Majesté, rappela Panaka. Et nous n'avons pas d'armée !

Qui-Gon sourit et secoua la tête.

— Mon Padawan et moi ne pourrons pas combattre pour vous. Notre mission se limite à vous protéger.

— Je sais, dit la Reine. (Elle regarda le coin où le Gungan se tapissait.) Jar Jar Binks !

L'interpellé regarda autour de lui comme si quelqu'un d'autre était censé répondre.

— Moi, *Majestic* ?

— Oui, toi !

C'était la partie du plan dont elle n'avait parlé à personne. Les Naboo et les Gungan se détestaient. Mais si elle convainquait Jar Jar, peut-être pourrait-elle faire de même avec le reste de son peuple.

— J'ai besoin de ton aide, mon ami…

Anakin passa presque tout le voyage dans la cabine de pilotage avec Obi-Wan et Ric Olié, qui répondit gentiment à ses questions sur la navigation stellaire.

Si je ne peux pas devenir un Jedi, peut-être ferai-je un bon pilote ?

Olié lui assura qu'il était très doué et Obi-Wan sembla d'accord. Ils le laissèrent même occuper un moment le siège du copilote. Mais dans l'hyperespace, il n'y avait pas grand-chose à faire…

Tout le monde se raidit quand la nef approcha de Naboo. Pourtant, lorsqu'ils sortirent de l'hyperespace, ils découvrirent un seul vaisseau de la Fédération.

— Ils ont levé le blocus ? s'étonna Panaka.

— On ne bloque pas un port quand on le contrôle, lui rappela Obi-Wan.

— Pourquoi avoir laissé un navire en orbite ? demanda Ric Olié.

— C'est le vaisseau amiral droïde, répondit Obi-Wan.

— Il nous a probablement repérés, dit Panaka.

— Nous n'avons pas beaucoup de temps, renchérit Obi-Wan.

En un clin d'œil, tous se furent préparés à quitter la nef. Alors qu'ils attendaient de débarquer, Anakin reconnut Padmé parmi les dames de compagnie de la Reine.

— Padmé ! cria-t-il joyeusement en courant vers son amie, qu'il n'avait plus vue depuis leur départ de Coruscant. Où étais-tu ?

— Anakin ? Que fais-tu ici ?

— Je suis avec Qui-Gon... Mais le Conseil ne m'a pas accepté. On m'a trouvé trop vieux.

— Il va y avoir du danger.

— Vraiment ? Où allons-nous ? Je peux vous aider ?

— Je crois qu'une guerre se prépare..., soupira Padmé. La Reine a pris la décision la plus difficile de sa vie. Elle ne croit pas à la violence, Anakin. Nous sommes un peuple pacifique.

— Je veux vous aider ! répéta l'enfant. Et je suis content de te revoir.

Le sourire que lui fit Padmé était tendu, mais il se réjouissait tant d'être avec elle qu'il ne s'en inquiéta pas.

Ric Olié posa la Nef Royale dans les marécages des Gungan.

Dès qu'ils eurent débarqué, Obi-Wan se mit en quête de Qui-Gon. Pendant le voyage, les deux hommes s'étaient évités à cause de leur querelle sur Coruscant.

Bientôt, ils se retrouveraient au milieu d'une guerre. Obi-Wan voulait s'expliquer avec son Maître tant qu'il en avait l'occasion.

Il le rejoignit au bord du lac.

— Jar Jar est allé contacter les siens, Maître, dit Obi-Wan, ne sachant par où commencer.

— Parfait…

— Pensez-vous que le plan de la Reine marchera ?

— Les Gungan ne seront pas faciles à convaincre et nous ne pourrons pas utiliser nos pouvoirs pour aider Amidala…

Obi-Wan hésita. Il avait tant à dire !

Pendant le voyage, il avait commencé à apprécier Anakin et à mesurer son potentiel. Comme il avait été stupide de croire que Qui-Gon voulait simplement se débarrasser de lui !

— Je suis désolé de m'être mal comporté, dit-il. Il n'est pas dans mes prérogatives de contester votre jugement sur l'enfant. Et je suis content que vous me pensiez prêt à passer les épreuves.

Qui-Gon le regarda longuement, puis il sourit.

— Tu as été un bon Padawan, dit-il. Tu es plus sage que moi, Obi-Wan. Je suis sûr que tu deviendras un grand Jedi.

— Ce sera grâce à votre enseignement, Maître.

Des bulles montèrent à la surface du lac. Jar Jar émergea et regagna la berge.

Tous se rassemblèrent autour de lui.

— Personne ! Tous partis ! Avoir eu combat, moi croire.

— Penses-tu que les tiens soient prisonniers ? demanda Panaka.

— Ils ont plutôt dû être massacrés, dit tristement Obi-Wan.

Les armes primitives des Gungan ne pouvaient pas grand-chose contre les blasters de la Fédération.

— Non, répondit Jar Jar. Moi pas croire. Eux aller dans endroit sacré. *Drodes* pas les trouver.

— Sais-tu où est cet endroit sacré ? demanda Qui-Gon.

Jar Jar hocha la tête et s'enfonça dans le marécage.

Obi-Wan interrogea son Maître du regard. Haussant les épaules, celui-ci suivit le Gungan.

J'espère que ce n'est pas loin, pensa Obi-Wan. *Les droïdes de combat ne tarderont pas à nous tomber dessus*.

CHAPITRE 19

Alors c'est ça, la planète de Padmé ! pensa Anakin tandis qu'il pataugeait dans le marécage. *Plutôt mouillée…*

L'enfant n'avait jamais vu autant d'eau de sa vie. Même l'air était humide. On avait l'impression de respirer de la soupe !

Froide !

Jar Jar s'arrêta devant des arbres qui ressemblaient, selon Anakin, à tous ceux qu'ils avaient vus jusque-là.

— Être ici, dit-il.

Un bruit étrange sortit de sa gorge.

Des soldats gungan émergèrent de la brume. Ils chevauchaient d'étranges créatures qui rappelaient des oiseaux géants dépourvus d'ailes.

Ils conduisirent Jar Jar et ses compagnons dans les ruines d'un immense temple. Par endroits, des têtes de statues sortaient encore de l'eau. Mais la boue, inexorablement, les submergerait…

Il y avait des Gungan partout, certains perchés sur le crâne des statues. Anakin reconnut les chefs à leurs vêtements sophistiqués.

L'un d'eux avança et regarda le petit groupe.

— Jar Jar, toi être puni, cette fois ! Qui être les autres ?

La Reine des Naboo avança. Padmé, Panaka et les deux Jedi prirent position derrière elle.

Ayant reçu l'ordre de rester près de Qui-Gon, Anakin vint se placer à ses côtés.

C'est super ! pensa-t-il. *Aux premières loges !*

— Je suis Amidala, la Reine des Naboo. Je viens à vous en paix...

Le chef des Gungan ricana.

— Naboo mauvais. Eux attirer *drodes* ! Et *drodes* détruire nos maisons. Vous mauvais. Mourir, peut-être...

Panaka regarda nerveusement autour de lui. Tous les Gungan avaient levé leurs armes.

Qui-Gon et Obi-Wan ne semblaient pas inquiets. En conséquence, Anakin ne le fut pas non plus.

Ils ont sûrement un plan...

La Reine paraissait aussi mal à l'aise que son capitaine.

— Nous voulons nous allier...

— Seigneur des Gungan ! coupa une voix.

Anakin tourna la tête.

Padmé ! Pourquoi interrompt-elle la Reine ?

Le chef des Gungan parut aussi surpris que l'enfant.

— Qui toi être ? demanda-t-il tandis que Padmé se plaçait à côté de la Reine.

— La véritable Amidala… (Elle désigna la jeune fille au visage maquillé de blanc.) C'est Sabé, mon double et ma… protection.

Anakin en resta bouche bée.

Padmé, la Reine ? C'est impossible !

— Je suis navrée d'avoir joué cette comédie, mais il fallait bien assurer ma sécurité. (Elle regarda les Gungan.) La Fédération du Commerce a détruit tout ce que nous avons mis si longtemps à bâtir. Les Gungan se cachent et les Naboo sont dans des camps. (Elle hésita.) Je vous implore de nous aider…

Padmé s'agenouilla. Panaka et ses hommes en crièrent d'indignation, mais elle les ignora.

— Nous sommes vos humbles serviteurs, déclara la Reine. Notre destin est entre vos mains.

Panaka, ses hommes et les dames de compagnie s'agenouillèrent aussi. Qui-Gon et Obi-Wan échangèrent un regard puis les imitèrent.

Anakin fit comme eux, toujours abasourdi par la nouvelle : Padmé était la Reine de Naboo !

Le chef des Gungan éclata de rire.

— Vous pas penser être supérieurs aux Gungan. Moi aimer ça. Peut-être devenir amis…

Padmé et les siens se relevèrent, sourire aux lèvres.

Comme un automate, Anakin se redressa aussi. Ses yeux ne parvenaient pas à se détacher de Padmé.

La Reine Amidala ! Elle n'aura plus jamais le temps de me parler !

Il se sentait vide, comme le jour où il avait quitté sa mère. Qui-Gon lui posa une main sur l'épaule, mais cela ne le rassura pas.

C'est une Reine et je ne deviendrai pas un Jedi... J'aurais dû rester chez moi !

Après un bref conseil de guerre, Amidala envoya le capitaine Panaka voir ce qui se passait dans la capitale.

En attendant son retour, elle conféra avec les généraux gungan. Un plan fut vite mis au point.

— Quelle est la situation, capitaine ? demanda Amidala quand l'officier fut de retour.

— Presque tous les nôtres sont dans des camps. Quelques policiers et une poignée de gardes ont organisé une résistance clandestine. J'ai ramené la plupart de leurs officiers. L'armée de la Fédération est plus puissante que nous le pensions. (Il hésita.) Majesté, je doute que nous puissions gagner...

Amidala sourit.

— La bataille sera un leurre. Les Gungan attireront les droïdes de combat hors de la ville. Pendant ce temps, nous y entrerons. Quand nous serons près du palais, il faudra créer une diversion pour que nous puissions capturer le vice-roi. Sans lui, ses troupes seront perdues. (Elle se tourna vers les deux Jedi, qui n'avaient pas dit un mot depuis qu'elle avait révélé publiquement sa véritable identité.) Qu'en pensez-vous, Chevaliers ?

— Le vice-roi sera bien protégé, rappela Qui-Gon.

— Le plus difficile sera d'entrer dans la salle du trône, précisa Panaka. Après, ce sera simple.

— Beaucoup de Gungan risquent de tomber, ajouta Qui-Gon en regardant Boss Nass.

— Nous prêts à faire ce qu'il faut...

— Nous enverrons nos pilotes détruire le vaisseau amiral droïde, dit Amidala. Si nous réussissons, les droïdes ne seront pas plus dangereux que des boîtes de conserve.

C'est moi qui ai entraîné les Gungan dans cette aventure. Il me revient d'empêcher qu'ils meurent tous...

— Un plan bien conçu, approuva Qui-Gon. Mais risqué ! Les tirs de vos chasseurs ne traverseront peut-être pas les boucliers du vaisseau amiral droïde.

— Et si le vice-roi s'échappe, ajouta Obi-Wan, il reviendra avec une autre armée.

— C'est pour ça que nous devrons réussir ! déclara Amidala. Tout dépend de cette partie du plan.

Le vice-roi n'a pas l'air très content, songea Dark Maul.

Apprendre de mauvaises nouvelles à Dark Sidious avait de quoi déprimer n'importe qui. Pourtant, son

Maître ne semblait pas contrarié de savoir que la Reine levait une armée.

— Elle est plus bête que je ne le pensais, se contenta de dire le Seigneur quand Gunray eut fini son rapport.

— Nous envoyons le gros de nos troupes à la rencontre de cette bande de primitifs, expliqua le vice-roi. Et nous n'attendons pas beaucoup de résistance.

— Je sens que les choses sont plus compliquées que ça, Maître, dit Dark Maul. (Il ignora le regard noir de Nute Gunray.) Les deux Jedi manipulent peut-être la Reine…

— Ils ne peuvent pas s'impliquer, répondit Sidious. Leur mission est de protéger Amidala. Même Qui-Gon n'oserait pas outrepasser ses ordres. (Il réfléchit.) Tout ça est à notre avantage…

— Vous êtes d'accord pour que nous attaquions, Seigneur ? demanda Gunray.

— Écrasez ces minables ! Écrasez-les tous !

CHAPITRE 20

L'armée des Gungan se mit en marche un peu avant l'aube.

Amidala partit quelques minutes plus tard avec un petit groupe de gardes naboo, quelques pilotes et une poignée de droïdes astromechs ramenés par Panaka. Qui-Gon, Obi-Wan et Anakin se joignirent à ce groupe.

La Reine portait une tenue de combat de la Garde naboo.

Elle conduisit ses compagnons derrière les chutes d'eau, puis leur fit emprunter un chemin dérobé pour entrer dans la ville.

Les rues étaient désertes. Face à ce spectacle, Amidala serra les mâchoires de rage.

Cette ville appartient à mon peuple et la Fédération du Commerce la lui a volée. J'ai eu raison de revenir.

Aux abords du hangar principal de la Flotte Naboo, le petit groupe se sépara. Panaka et la majorité des gardes allèrent prendre position de l'autre côté de la place. Amidala, les Jedi et les pilotes s'approchèrent de la porte du hangar.

Amidala vit Qui-Gon s'agenouiller près d'Anakin.

— Quand nous serons entrés, tu trouveras un endroit sûr où te cacher. Et tu n'en bougeras pas !

— Compris, répondit l'enfant, pas vraiment convaincu.

— Et tu n'en bougeras pas ! répéta Qui-Gon avec un regard sévère.

Amidala espéra que le garçon obéirait. S'il lui arrivait malheur, jamais elle ne se le pardonnerait.

Derrière les chars d'assaut de la Fédération, de l'autre côté de la place, quelque chose bougea. Le capitaine Panaka était prêt à frapper. Levant une petite lampe-laser, Amidala lui fit signe de passer à l'action.

Quelques secondes plus tard, ses hommes et lui ouvrirent le feu sur l'ennemi.

Les droïdes de combat et les blindés se ruèrent vers l'extrémité de la place pour riposter. La porte du hangar n'étant plus défendue, Amidala et ses compagnons la franchirent.

Un détachement de droïdes de combat gardait les chasseurs naboo. Les tirs fusèrent de toute part.

En accord avec leurs ordres, Obi-Wan et Qui-Gon n'attaquèrent pas directement les droïdes. Utilisant leurs sabres laser, ils se contentaient de détourner les rayons ennemis.

Avec un sourire, Amidala remarqua que les tirs ainsi repoussés allaient immanquablement foudroyer un droïde de combat. En fin de compte, les deux Jedi faisaient plus de dégâts que la Reine et ses compagnons.

— À vos vaisseaux ! ordonna Amidala aux pilotes.

Les hommes et leurs droïdes astromechs se précipitèrent vers leurs appareils.

Anakin ? Où est Anakin ? se demanda la Reine.

Elle détruisit un nouveau droïde de combat.

J'espère qu'il a trouvé une bonne cachette, comme Qui-Gon le lui a ordonné.

Aussitôt entré dans le hangar, Anakin se glissa sous un des chasseurs. Le refuge se révéla sûr jusqu'à ce que les pilotes naboo sautent dans leurs appareils et commencent à décoller.

Quand l'enfant regarda autour de lui à la recherche d'une autre cachette, R2-D2 bipa pour attirer son attention. Le droïde était en place dans le compartiment spécial d'un chasseur. Tous les pilotes ayant trouvé un vaisseau, celui-là n'irait nulle part.

Anakin courut, puis sauta dans le cockpit du chasseur.

Quand la bataille se calma un peu, il sortit prudemment la tête pour voir où en étaient ses amis. Qui-Gon, Obi-Wan et Padmé – *Amidala! C'est la Reine Amidala!* – se dirigeaient vers la sortie arrière en compagnie des gardes naboo.

— Hé ! cria Anakin. Attendez-moi !

— Anakin ! lança Qui-Gon. Reste dans ce chasseur et n'en bouge pas !

— Mais…

— Reste dans ce chasseur ! répéta le Jedi.

Il lui tourna le dos et alla rejoindre ses compagnons.

Un silhouette noire se découpa dans l'encadrement de la porte du hangar. Les Naboo reculèrent.

Obi-Wan et Qui-Gon avancèrent.

— On s'en occupe…

Comme les Jedi, le guerrier se débarrassa de son manteau à capuche. En découvrant son visage, Anakin ne put s'empêcher de crier. La figure de l'homme était entièrement couverte d'un tatouage noir et rouge. Sur son crâne, au lieu de cheveux, pointaient de courtes cornes.

Qui-Gon et Obi-Wan activèrent leurs sabres laser. Le guerrier sortit le sien. Quand il l'activa à son tour, une vibrolame rouge apparut à chaque extrémité de l'arme.

Un sabre laser double ! pensa Anakin.

Le guerrier tatoué eut un sourire cruel.

Puis il attaqua.

Soudain, R2 lança une série de bips affolés. Derrière eux, à l'autre bout du hangar, six *droïdes destroyers* venaient d'entrer. Ils se mirent en position de combat et tirèrent sur la Reine.

— Non ! s'exclama Anakin. R2, nous devons intervenir !

R2 bipa affirmativement. Le tableau de bord du chasseur s'illumina.

— Bonne idée ! approuva Anakin. Voyons un peu…

Il fit pivoter l'appareil vers les droïdes puis étudia les commandes, légèrement différentes de celles de la nef.

Où sont les détentes des lasers ?

Anakin appuya sur un bouton. Le vaisseau vibra violemment.

Mauvais ! Si j'essayais celui-là ?

Cette fois, les lasers firent feu, détruisant deux droïdes.

— Super !

Anakin jeta un coup d'œil derrière lui. Les Jedi et l'homme au sabre laser double étaient en train d'en découdre au milieu du hangar. La Reine et ses compagnons venaient de franchir la porte.

Elle est en sécurité !

Les *droïdes destroyers* prirent pour cible le chasseur d'Anakin. L'enfant pianota sur des touches en essayant de se rappeler les instructions de Ric Olié. *Sur la droite ! Les boucliers sont toujours sur la droite !*

Le chasseur se souleva du sol. R2 bipa frénétiquement.

— Je sais bien qu'on décolle ! Je vais couper les moteurs.

Oui, mais comment ? Peut-être ce commutateur… C'est le dernier que j'ai touché.

Au lieu de s'immobiliser, le chasseur fila comme une flèche en direction de la porte principale du hangar.

R2 lança des bips pleins de reproche.

— Je n'y suis pour rien ! se défendit Anakin tandis que le chasseur prenait de l'altitude.

L'armée des Gungan avait belle allure. Montés sur leurs kaadus – les oiseaux géants sans ailes – des centaines de guerriers en armure équipés d'électrolances avançaient fièrement. Des multitudes d'autres les suivaient à pied. Derrière ces fantassins, les fambaas, d'énormes reptiloïdes, transportaient les générateurs de champ de force. Un peu plus loin, des chariots remplis de boules d'énergie suivaient la colonne.

L'armée se mit lentement en position sur la plaine.

Jar Jar Binks aurait donné cher pour être ailleurs. Avant même que la bataille commence, il était tombé plusieurs fois de son kaadu, manquant blesser un de ses camarades avec son électrolance.

De plus, son armure était très inconfortable. *Moi très mauvais guerrier, vraiment…*

Pourtant, Boss Nass l'avait bombardé général à cause des « services rendus à son peuple ». Non content de devoir combattre, Jar Jar marchait en tête de la troupe avec le général Ceel et les autres officiers.

Moi détester ça !

Quelqu'un cria. Jar Jar releva les yeux et aperçut les dizaines de chars d'assaut qui se mettaient en position de l'autre côté de la plaine. *Ça commencer ! Misère !*

— Activez le bouclier ! ordonna le général Ceel.

Les fambaas avancèrent. Un rayon de lumière rouge jaillit d'un générateur et décrivit un arc de cercle pour se connecter à l'antenne d'un autre. Le phénomène se répéta, passant de fambaa en fambaa jusqu'à ce que le bouclier protège toute l'armée.

Il était temps, car les chars d'assaut de la Fédération venaient d'ouvrir le feu.

Quand les rayons ennemis rebondirent contre le bouclier, Jar Jar et ses compagnons poussèrent des cris de défi.

Les chars d'assaut cessèrent le feu et s'écartèrent.

Des TMT avancèrent. Leurs soutes s'ouvrirent et déversèrent des multitudes de droïdes de combat.

Les Gungan se turent quand cette marée de métal se mit en marche.

Sur un ordre du général Ceel, les premières lignes de Gungan jetèrent leurs électrolances sur les droïdes, dont plusieurs s'écroulèrent.

Jar Jar ne vit pas s'il avait fait mouche, mais il espéra que oui.

Les Gungan utilisèrent leurs frondes pour lancer des boules d'énergie sur leurs adversaires.

Quand les droïdes de combat atteignirent la lisière du champ de force, Jar Jar et ses hommes chargèrent.

La bataille se déroula dans la plus parfaite confusion. Aussi adroit que d'habitude, Jar Jar s'empêtra dans les câbles d'un droïde à demi détruit dont les blasters tiraient toujours.

Le Gungan s'efforça d'orienter son encombrant fardeau vers l'ennemi. Il eût été inconvenant qu'un général tire sur ses propres troupes.

Quand il parvint à se dégager, il vit que des *droïdes destroyers* sortaient à présent des TMT.

Ça tourner très mal! songea-t-il.

Les *droïdes destroyers* se lancèrent à l'attaque…

Obi-Wan n'avait jamais participé à un combat aussi dur.

Ainsi, c'est cela, un Seigneur des Sith, pensa-t-il en parant une attaque.

Rester vivant mobilisait toutes ses compétences. Le Seigneur des Sith semblait brouiller le contact d'Obi-Wan avec la Force, l'empêchant de prévoir les coups de son adversaire.

Le guerrier noir força Qui-Gon et son Padawan à reculer. Ils sortirent du hangar et s'engagèrent dans un long couloir qui menait au générateur principal de la ville. Le Seigneur des Sith sautait d'une passerelle à une autre. Les Jedi le suivaient, Qui-Gon passant toujours le premier.

Obi-Wan essaya d'approcher de son adversaire, qui parvint à le déséquilibrer et à le faire tomber de la passerelle.

Obi-Wan atterrit plusieurs niveaux plus bas. Il leva les yeux, cherchant le moyen le plus rapide de retourner au combat.

À son tour, Qui-Gon fit tomber le Seigneur des Sith, qui atterrit deux étages plus bas, se rétablit souplement et courut vers une petite porte.

Qui-Gon sauta et se lança à la poursuite du guerrier.

Obi-Wan monta sur la bonne passerelle.

Les trois hommes franchirent la porte et s'engouffrèrent dans un couloir. Soudain, des cloisons d'énergie apparurent en plusieurs points du corridor : des champs de force mortels destinés à arrêter les intrus !

Obi-Wan regarda devant lui. Quatre cloisons le séparaient de son Maître. Le Seigneur était bloqué entre la cinquième et la sixième.

Qui-Gon s'assit contre le mur et commença à méditer.

Obi-Wan comprit qu'il avait besoin d'un instant de répit. Après le combat, sur Tatooine, il lui avait paru épuisé.

Obi-Wan regarda la cloison d'énergie. Dans une minute ou deux, elle disparaîtrait et le combat recommencerait.

Notre adversaire ne peut pas fuir. Au bout de ce couloir, il n'y a sûrement qu'un puits de fusion. Je pourrai courir au secours de Qui-Gon…

Il préféra ne pas penser à ce qui arriverait s'il n'y parvenait pas.

CHAPITRE

21

Le palais grouillait de droïdes de combat. Amidala et ses groupes en détruisirent des dizaines, mais il semblait y en avoir toujours plus.

— Nous perdons un temps précieux ! cria la Reine quand ils rencontrèrent d'autres ennemis au détour d'un couloir.

— Essayons un autre chemin ! répliqua le capitaine Panaka.

Il désintégra une fenêtre avec son blaster. Amidala et lui franchirent l'ouverture béante. Quelques gardes les suivirent pendant que les autres, avec l'aide des dames de compagnie, retenaient les droïdes de combat.

La Fédération du Commerce ne surveillait pas l'extérieur du palais. Utilisant leurs fusils à grappins, Amidala et ses compagnons se hissèrent jusqu'à l'étage qu'ils visaient. L'ascension n'était pas facile, mais ça valait mieux que d'affronter une horde de droïdes.

Quand ils furent au niveau voulu, Panaka désintégra une autre fenêtre. Le petit groupe sauta dans un couloir. Au bout, la Reine aperçut la porte de la salle du trône.

Nous avons presque réussi !

Hélas, deux *droïdes destroyers* vinrent se camper devant la porte. Tournant la tête, Amidala en vit également deux à l'autre extrémité du couloir.

Contre ces droïdes-là, se battre serait de la folie… Avant qu'on en ait détruit un, ils nous auront réduits en bouillie…

Amidala lâcha son arme.

— Jetez vos blasters ! ordonna-t-elle. Ils ont gagné cette manche.

— Mais…, protesta Panaka.

— Capitaine, j'ai dit de jeter les armes !

Elle foudroya l'officier du regard jusqu'à ce qu'il obéisse. Ses hommes l'imitèrent.

Les *droïdes destroyers* avancèrent et poussèrent leurs prisonniers dans la salle du trône.

Les *droïdes destroyers* traversaient le champ de force en roulant puis ils se remettaient en configuration de combat et tiraient aussitôt.

Un générateur fut touché. Il explosa, tuant le fambaa qui le portait et une douzaine de Gungan.

Ça mauvais, pensa Jar Jar.

Le bouclier faiblit. Dans quelques instants, il aurait disparu.

— Battez en retraite ! cria le général Ceel.

Jar Jar ne se le fit pas dire deux fois. Comme les autres Gungan, il détala.

Derrière les fuyards, les chars d'assaut se mirent en mouvement. Le général droïde qui commandait les forces de la Fédération n'avait pas été long à tirer avantage de la défaillance du champ de force.

Les chars d'assaut ouvrirent le feu.

Une explosion désarçonna Jar Jar de son kaadu.

Le pauvre Gungan vola dans les airs et atterrit… sur le canon d'un char d'assaut. Le pilote du blindé fit tourner l'arme de droite à gauche pour se débarrasser de son passager, qui s'accrocha comme un beau diable.

Au moins, canon pas tirer sur Gungan pendant ce temps, pensa Jar Jar, héroïque.

Malheur de malheur! se reprit-il. *Moi idiot! Moi mourir ici!*

Un Gungan approcha son kaadu du char d'assaut et attira l'attention de Jar Jar, qui sauta en selle derrière son sauveur.

Peut-être moi pas mourir tout de suite!

Un rayon laser frôla les deux cavaliers. L'enfer se déchaînait!

Reine dire que ses pilotes arrêter les drodes. Elle devrait se presser, ou nous tous mourir!

Le chasseur d'Anakin avait atteint l'espace. R2 bipait de plus en plus nerveusement.

— Le pilote automatique est enclenché, dis-tu ? répondit Anakin. Je sais, mais que veux-tu que j'y fasse ? (Une autre série de bips.) R2, essaye de trouver une solution !

Le droïde répliqua qu'il ne faisait que ça…

Devant lui, Anakin voyait les chasseurs de Naboo tourner comme des abeilles autour d'un énorme navire.

Ce doit être le vaisseau amiral droïde…

Des chasseurs droïdes étaient sortis du navire pour attaquer les Naboo.

L'appareil d'Anakin le conduisait au combat…

— R2 ! remets-nous en manuel !

Le droïde bipa une réponse. Espérant qu'elle était positive, Anakin bascula un commutateur.

Le chasseur répondit !

— Tu as réussi ! Bravo !

L'enfant prit le contrôle de l'appareil et zigzagua pour éviter les tirs ennemis.

Puisque je suis là, pourquoi ne pas essayer d'en abattre un ? Ça me ferait quelque chose à raconter à Pad… à la Reine Amidala.

Mais piloter un appareil inconnu au milieu d'un combat n'était pas facile. Plus par chance que par habileté, Anakin évita les chasseurs droïdes de la Fédération. *Peut-être que la Force est avec moi ? Ou bien… Oups !*

Un rayon laser venait de frôler le cockpit.

R2 bipa.

— Je sais que ce n'est pas une Podrace ! cria Anakin au moment où un autre tir toucha son chasseur et le fit partir en vrille.

Anakin essaya de redresser. Il filait droit sur le navire de la Fédération !

Il tira comme un fou sur le manche à balai. Le chasseur répondit mollement.

Je vais m'écraser contre le vaisseau amiral droïde ! Non ! Il y a une ouverture !

Anakin ralentit – percuter une cloison ne lui disait rien ! – et orienta son appareil vers ce qui se révéla être l'entrée d'une sorte de hangar à vaisseaux.

L'enfant slaloma entre des droïdes et des transporteurs. Puis il trouva le bon bouton et la poussée s'inversa.

Le chasseur s'immobilisa à quelques mètres d'une cloison.

Anakin soupira de soulagement et étudia le tableau de bord.

— Tous les voyants sont au rouge. Surchauffe générale !

Les cloisons d'énergie disparurent. Obi-Wan partit à la course. Plus loin, Qui-Gon affrontait de nouveau le Seigneur des Sith. Échangeant des coups terribles, les deux combattants tournaient autour du puits de fusion.

Je vais y arriver !

À cet instant, les lasers se réactivèrent. Obi-Wan accéléra, mais il ne fut pas assez rapide et resta coincé derrière l'ultime cloison.

Trop tard ! Il était de nouveau piégé, incapable d'aider Qui-Gon.

Une seconde, Obi-Wan eut l'impression que l'adversaire de Qui-Gon portait un masque noir.

Le jeune Jedi frissonna.

Ce n'est pas comme ça devrait être ! C'est moi qui suis censé combattre le Seigneur Noir !

Obi-Wan secoua la tête pour s'éclaircir les idées. Le Seigneur des Sith ne portait pas de masque. L'illusion était créée par la lumière des lasers se reflétant sur son tatouage…

Qui-Gon se battait avec une rage qu'il ne lui avait jamais vue. Pourtant, l'impression demeurait : *C'est moi qui devrais lutter, pas lui !*

Le Maître Jedi para un coup vicieux puis contre-attaqua. Le Seigneur des Sith esquiva et abattit la poignée de son sabre laser sur le menton de Qui-Gon, qui tituba, à moitié groggy.

Le guerrier noir eut un sourire de triomphe. Il frappa de nouveau, cette fois avec une de ses lames.

Qui-Gon s'écroula.

— Non ! cria Obi-Wan.

L'écho de son hurlement fut étrange, comme si une autre voix s'était jointe à lui pour exprimer le même désespoir.

ÉPISODE I

La cloison d'énergie disparut.

Oubliant ses sentiments, Obi-Wan avança vers le guerrier noir.

Seul…

CHAPITRE 22

Dans la salle du trône, le vice-roi neimoidien, entouré de droïdes, sourit quand Amidala le toisa d'un regard méprisant.

— Votre petite insurrection est terminée, Majesté, dit-il. Il est temps de signer notre traité.

La porte se rouvrit. Sabé apparut, vêtue d'une robe d'apparat et maquillée en blanc.

Derrière elle, Amidala vit les débris fumants de plusieurs droïdes.

Gunray regarda les deux Reines sans comprendre.

— Je ne signerai pas de traité, déclara Sabé. Vous avez perdu !

Elle fit volte-face et détala.

— Poursuivez-la ! cria Gunray. Celle-ci n'est qu'une doublure !

Tandis que la majorité des droïdes se ruait hors de la pièce, Amidala s'approcha du trône. Gunray se tourna vers elle.

— Ta Reine ne m'échappera pas !

Comme accablée, Amidala se laissa tomber sur le trône. Discrètement, elle appuya sur un bouton. Un compartiment secret s'ouvrit. Les blasters étaient toujours dedans !

La Reine en lança un à Panaka, en prit un et ouvrit le feu sur les droïdes qui protégeaient Gunray.

Un garde naboo courut vers le panneau de commande de la porte. *Très bonne idée !* pensa Amidala. *Nous serons tranquilles pour un moment !*

Elle appuya sur le bouton de fermeture de la porte pendant que l'homme brouillait le code.

— Vice-roi, dit la Reine, l'occupation de Naboo est terminée.

— Ne soyez pas idiote ! lança Gunray, qui semblait pourtant terrifié. Vous êtes trop peu nombreux. Bientôt, des dizaines de droïdes viendront me libérer.

Pas si mes pilotes détruisent le vaisseau amiral droïde ! pensa la Reine.

Ils n'avaient pas encore réussi, puisque les guerriers de métal étaient toujours en action.

Quels ennuis ont-ils ?

Sur le tableau de bord d'Anakin, les voyants étaient toujours rouges.

— R2, on est encore en surchauffe…, souffla-t-il, espérant que l'astromech l'entendrait, et pas les droïdes de combat qui entouraient son appareil.

— Où est ton pilote ? demanda une voix métallique.

Ils ne m'ont pas vu ! pensa Anakin tandis que R2 répondait.

— Tu es le pilote ? dit le droïde de combat, sceptique. Fais voir ton identification !

Sur le tableau de bord, les voyants passèrent au vert.

— Oui ! cria Anakin en allumant les moteurs.

— Sors de là ! beugla le droïde. Ou je te désintègre !

— Essaye toujours ! riposta Anakin en activant les boucliers.

D'autres guerriers de métal vinrent à la rescousse de leurs camarades.

Ça devrait les arrêter ! pensa Anakin en ouvrant le feu avec ses lasers. Pour faire bonne mesure, il tira quelques torpilles.

Si les lasers firent mouche, les torpilles ratèrent leur cible et s'engouffrèrent dans une sorte de long couloir obscur.

— Raté ! pesta l'enfant.

Quelques secondes plus tard, il entendit les torpilles exploser dans les entrailles du vaisseau. Au fond du couloir, il vit un éclair de lumière aveuglante.

J'ai quand même fait des dégâts !

— R2, fichons le camp d'ici !

Anakin orienta le chasseur vers la sortie et poussa les moteurs à fond. L'appareil franchit la porte du hangar et fila dans l'espace, poursuivi par une langue de feu.

Super ! C'est encore mieux qu'une course !

Derrière lui, le vaisseau amiral droïde commençait à imploser. Sa coque se craquelait déjà.

Si Padmé pouvait voir ça ! exulta Anakin.

Les droïdes de la Fédération avaient encerclé les Gungan, capturant leurs officiers.

— Ça très mauvais, dit Jar Jar au général Ceel. Grosse catastrophe.

— Moi espérer que les choses se passer mieux pour la Reine…, répliqua le général.

Soudain, tous les droïdes devinrent fous. Certains s'immobilisèrent tandis que d'autres tournaient en rond. Les chars d'assaut zigzaguaient et les engins volants s'écrasaient sur le sol.

Puis tout mouvement cessa.

Les Gungan se regardèrent, stupéfaits. Jar Jar avança et tapota la poitrine d'un droïde de combat, qui s'écroula.

— Bizarre, dit le Gungan.

La Reine tenir promesses. Nous gagner, on dirait…

Le Seigneur des Sith attaquait sans relâche, poussant Obi-Wan vers le puits de fusion. Tous les efforts du Jedi pour tromper la garde de son adversaire échouaient. Il se fatiguait tandis que le guerrier noir paraissait très frais.

À quelques pas du puits de fusion, Obi-Wan dut esquiver un coup vicieux. Le Seigneur des Sith bondit avant qu'il n'ait pu reprendre son équilibre. D'un coup puissant, il fit basculer le jeune Jedi dans le gouffre.

Le temps sembla ralentir. Obi-Wan crut entendre la voix de son Maître : *Fie-toi à la Force, mon jeune Padawan !*

Des années plus tôt, Yoda lui avait donné cet ordre énigmatique : *Fais ou ne fais pas ! Essayer n'existe pas !*

Il comprit enfin ces deux phrases. Tout en tendant la main vers un barreau qui dépassait de la paroi du puits, il pensa : *C'est pour ça que je n'étais pas vraiment bon. J'essayais, et ça ne suffit pas !*

Sur le muret, le Seigneur des Sith le regardait en souriant. Histoire de s'amuser, il flanqua un coup de pied dans le sabre laser d'Obi-Wan et le regarda tomber.

Puis il leva son arme pour porter le coup de grâce.

Obi-Wan lâcha le barreau, s'écarta de la paroi du puits et se catapulta vers le muret.

Porté par la Force, il franchit l'obstacle sans peine et, dans le même mouvement, sauta par-dessus le Seigneur des Sith. Il se rétablit, fit voler jusqu'à sa main le sabre laser lâché par Qui-Gon et frappa sans se retourner.

La vibrolame de Qui-Gon s'enfonça dans la poitrine du Seigneur Noir et carbonisa ses chairs.

Le guerrier tatoué tomba dans le puits en hurlant. Obi-Wan sentit un remous dans la Force au moment où il mourut.

Après avoir désactivé son sabre laser, le jeune Jedi courut vers son Maître.

— C'est trop tard…, dit Qui-Gon d'une voix tremblante. C'est…

— Non !

— Obi-Wan, promets-moi de…

Le Jedi luttait pour parler. Obi-Wan sentit l'effort qu'il fournissait pour ne pas s'abandonner à l'appel de la Force.

— … d'entraîner l'enfant…

— Oui, Maître…

Le visage de Qui-Gon était gris et sa voix faiblissait. Obi-Wan dut se pencher pour entendre.

— C'est l'Élu… Il apportera l'équilibre… ultime… à la Force… Forme-le !

Dehors, les Naboo fêtaient déjà leur victoire.

Et Qui-Gon venait de rendre son dernier soupir !

Obi-Wan aurait voulu nier la réalité. Ainsi, il aurait pu imaginer qu'il lui restait encore des années à vivre aux côtés de l'homme qui avait été plus qu'un père pour lui – et le seul qu'il eût jamais connu.

Mais cela n'aurait servi à rien. La réalité était là, indépassable.

Les yeux pleins de larmes, Obi-Wan s'agenouilla près de la dépouille de son Maître.

Dehors, les Naboo continuaient à se réjouir.

CHAPITRE

23

Le lendemain, on annonça que le nouveau Chancelier Suprême serait bientôt sur Naboo.

Mieux vaut tard que jamais, songea Amidala, bien qu'elle dût admettre qu'elle aurait été très heureuse de le voir arriver si son plan avait échoué.

Le navire du chancelier se posa devant le hangar principal de la flotte naboo.

Entourés de gardes, Nute Gunray et Rune Haako attendaient d'embarquer pour Coruscant.

Tandis que la rampe d'accès se dépliait, la Reine se tourna vers Gunray.

— Vice-roi, vous aurez du mal à vous expliquer devant le Sénat…

— À mon avis, ajouta Panaka, vous pouvez dire adieu à votre franchise commerciale !

Obi-Wan et le capitaine escortèrent les deux Neimoidiens jusqu'au navire.

Palpatine en sortit le premier, suivi par des gardes de la République. Une douzaine de silhouettes en bure de Jedi fermaient la marche.

Obi-Wan s'arrêta pour leur parler.

Amidala alla accueillir le nouveau chancelier.

— Félicitations pour votre élection, dit-elle. Je suis ravie de vous revoir.

— Je me réjouis de revenir chez moi, Majesté. Mais c'est vous qu'il faut féliciter. Votre courage a sauvé notre peuple.

Beaucoup de héros sont morts, pensa Amidala. *Des Naboo, des Gungan et Qui-Gon Jinn…*

Cette nouvelle l'avait blessée plus qu'elle ne l'aurait cru possible.

— Demain, nous célébrerons notre victoire, dit-elle à Palpatine. Ce soir, nous pleurerons ceux qui ne sont plus là pour s'en réjouir…

Obi-Wan décrivit aux douze conseillers sa bataille contre le guerrier noir. Quand il eut fini, Mace Windu fronça les sourcils.

— Il n'y a pas de doute, dit-il. C'était bien un Seigneur des Sith.

— Toujours deux ils sont…, déclara Yoda. Pas plus, pas moins. Un Maître et un apprenti.

— Lequel a péri, selon vous ? demanda Mace Windu. Le Maître ou l'apprenti ?

Tous les Jedi se regardèrent. Aucun ne put répondre à cette question.

Quoi qu'il en soit, pensa Obi-Wan, *il en reste un de vivant. Si celui-ci était le disciple, j'espère ne jamais affronter le Maître !*

Kenobi présenta sa requête aux conseillers. Après avoir passé les épreuves et accédé au grade de Chevalier Jedi, il entendait se charger d'Anakin Skywalker comme l'aurait fait Qui-Gon.

Je ne serai jamais à son niveau, mais je peux former l'enfant…

Les douze Maîtres se retirèrent pour délibérer.

En fin d'après-midi, ils convoquèrent Kenobi.

À la grande surprise du jeune Jedi, seul Yoda l'attendait dans une petite salle du palais.

Obi-Wan s'agenouilla et attendit le verdict des Maîtres.

— Chevalier Jedi le Conseil te fait, dit Yoda, les sourcils froncés. Mais pour que l'enfant ton Padawan devienne, je n'ai pas donné mon accord !

— Qui-Gon croyait en Anakin. Et moi, je crois en Qui-Gon.

— L'Élu cet enfant est peut-être… Mais l'entraîner dangereux sera !

Un frisson courut le long de l'échine d'Obi-Wan.

Pourtant, il leva la tête.

— Maître Yoda, j'ai promis à Qui-Gon d'entraîner

Anakin. S'il le faut, je me passerai de l'approbation du Conseil.

— L'insolence de Qui-Gon en toi je sens ! Mais de te rebeller tu n'auras pas besoin. (Il soupira.) Le Conseil d'accord est. Le jeune Skywalker ton apprenti sera.

Anakin regardait le bûcher funéraire de Qui-Gon. Tout le monde était là : la Reine Amidala, le capitaine Panaka et ses hommes, Jar Jar et les chefs gungan, le chancelier Palpatine et les douze membres du Conseil des Jedi.

Anakin les étudia un moment, puis il posa de nouveau les yeux sur le bûcher où les flammes enveloppaient déjà la dépouille de Qui-Gon.

En restant près de lui, disait-il, j'étais en sécurité… J'ai tout perdu. Maman, mes amis, Padmé et maintenant Qui-Gon…

Quand des mains se posèrent sur ses épaules, Anakin leva la tête.

— Il ne fait plus qu'un avec la Force, Anakin, souffla Obi-Wan. Tu dois le laisser partir !

— Que va-t-il m'arriver ?

— Je suis ton Maître, désormais…

Anakin sursauta.

Maître ? Pas simplement tuteur ? Je vais devenir un Jedi !

Comme s'il lisait dans l'esprit de l'enfant, Obi-Wan hocha la tête et sourit.

— Tu seras un Jedi. C'est juré !

Un peu réconforté, Anakin regarda de nouveau les flammes.

Je travaillerai dur pour être un grand Jedi ! promit-il à Qui-Gon tandis que les étincelles du bûcher s'élevaient dans le ciel nocturne.

Vous serez fier de moi, Maître.

Et Obi-Wan le sera aussi !

ÉPISODE II
L'ATTAQUE DES CLONES™

PROLOGUE

Il y a bien longtemps, dans une galaxie lointaine, très lointaine…

Mille générations durant, la paix régna parmi les nombreux mondes de la République Galactique.

Chargés de la maintenir, les Chevaliers Jedi avaient su éviter maints conflits, souvent par la négociation, parfois par leur science du combat, occasionnellement en faisant appel au mystérieux pouvoir de la Force. Les Jedi n'érigeaient pas les lois – c'était le rôle du Sénat Galactique. Ils se bornaient à les faire appliquer en usant de méthodes d'une redoutable efficacité.

Mille générations s'écoulèrent ainsi, sans conflit majeur à l'échelle intergalactique. Seuls quelques mondes étaient entrés en guerre. Naboo était de ceux-là.

À la suite d'un différend portant sur les voies commerciales, cette petite planète aquatique avait été la cible d'une attaque de la puissante Fédération du Commerce. Une vaste armée de droïdes avait fait nombre de blessés et de tués parmi les habitants de Naboo. La planète n'avait dû son salut qu'à l'héroïsme de sa jeune Reine, Padmé Amidala, et aux efforts des Jedi.

L'expérience marqua profondément Padmé. Au terme de ses deux mandats de Reine, elle brigua le poste de Sénateur Galactique et devint la représentante de Naboo au Sénat. Cette fonction lui permit de continuer à défendre la cause pacifiste. Et il y avait fort à faire.

Au fil des siècles, le Sénat s'était mué en une lourde machine bureaucratique. La grogne gagnait les Sénateurs. Certains parlaient même de quitter la République pour former leur propre gouvernement. Ces Séparatistes ne constituaient pas une véritable menace. Du moins jusqu'au jour où le Comte Dooku, un ancien Chevalier Jedi, les unifia sous son commandement.

Un nombre croissant de systèmes solaires se rallièrent à eux, augmentant les craintes des Sénateurs de voir le conflit déboucher sur une guerre ouverte. Dans ce contexte – et tout le monde le savait –, les Jedi n'étaient pas assez nombreux pour garantir la paix.

Pour la première fois depuis mille générations, le Sénat dut envisager la possibilité de lever une armée.

La tension monta d'un cran, les uns redoutant le chaos causé par les Séparatistes, les autres craignant de voir s'évanouir tout espoir de solution pacifique avec la création d'une armée. Padmé Amidala fut parmi les premiers Sénateurs à lutter contre cette idée. Son discours au Sénat fut particulièrement convaincant, la brève invasion de Naboo dix ans plus tôt ayant raffermi sa passion pour la cause pacifiste. Cependant, plus d'un partisan de la levée d'une armée souhaitait la voir disparaître pour de bon.

Consciente du danger, Padmé partit néanmoins pour Coruscant afin de voter contre la Loi de Conscription.

CHAPITRE

1

Le nez collé au hublot de son vaisseau spatial, Padmé Amidala fixait la planète qui grossissait à l'horizon. *Même vue de l'espace*, se dit-elle, *Coruscant est différente des autres mondes*. La plupart des planètes dévoilaient une face au soleil, chatoyante de couleurs – les verts des mondes forestiers, les bleus des planètes aquatiques, les éclats brillants des astres de glace, ou encore les jaunes des déserts de sable tels que Tatooine. À l'inverse, la face plongée dans l'obscurité laissait filtrer par endroits de pâles lueurs signalant l'emplacement de vastes cités.

Mais le versant ensoleillé de Coruscant apparaissait uniformément gris, du gris métallique des millions d'immeubles et de plates-formes qui la recouvraient totalement. Tandis que, dans les ténèbres du versant opposé, ces mêmes bâtiments scintillaient d'une chaude lumière ambrée. *Sur Coruscant, la nuit est plus attirante que le jour*, se dit Padmé.

Escorté de trois chasseurs, le croiseur royal de Naboo

amorça sa descente vers la plate-forme d'atterrissage qui lui était allouée. Padmé se serait bien passée d'une escorte. Mais le Capitaine Typho, officier de sécurité d'une valeur éminente, avait insisté, convaincu qu'elle courait un grand danger.

Les trois lobes de la plate-forme d'atterrissage étaient en vue. Le croiseur royal se dirigea vers celui du milieu, les chasseurs se répartissant les autres, deux appareils d'un côté, le troisième de l'autre. Le Capitaine Typho, qui pilotait l'un des chasseurs, descendit de son cockpit et retira son casque.

— Nous voici arrivés, dit-il.

Padmé l'entendit à peine. Elle venait d'apercevoir Dormé, une de ses servantes gardes du corps, qui l'attendait sur la plate-forme au milieu du personnel de l'astroport. Dormé paraissait tendue. *Elle se fait du souci*, se dit Padmé. *Elle ne sait pas que le voyage s'est déroulé sans encombre*.

La rampe du vaisseau coulissa. Sous le regard du personnel de l'astroport, les gardes de Padmé descendirent, suivis du reste de l'équipe sénatoriale.

À peine avaient-ils débarqué qu'un poing invisible frappa Padmé, la projetant au sol. Une déflagration, entrecoupée de cris de terreur, emplit ses oreilles ; en même temps, une image s'imprimait sur sa rétine – celle du croiseur royal ravagé par une violente explosion. *Le Capitaine Typho avait raison*, pensa-t-elle, puis : *Cordé ! J'espère qu'elle n'a rien !*

Entre deux quintes de toux, elle se releva et courut vers l'épave : il fallait qu'elle sache. Au pied de la rampe, plusieurs silhouettes gisaient, recroquevillées : parmi elles, celle de Cordé, la doublure de Padmé Amidala… Cette fois-ci, l'illusion avait été un peu trop convaincante.

Padmé arracha son casque et prit son sosie dans ses bras.

— Cordé…

Celle-ci ouvrit les yeux, jeta un regard vitreux à Padmé, semblant, un bref instant, la reconnaître.

— Je suis désolée, Maîtresse, fit-elle d'une voix faible. Je crains de… d'avoir échoué.

Padmé sentit la vie se retirer de la jeune femme.

— Non, murmura-t-elle. Non !

Pas ici ! pas maintenant ! alors que moi, je suis saine et sauve !

Elle n'était pas en sécurité sur Coruscant. Le Capitaine Typho avait bien prévu une attaque, mais en cours de vol, quand il était encore possible de s'échapper. Voilà pourquoi il avait insisté pour que Padmé pilote un des chasseurs.

— Inutile d'employer une doublure si vous vous trouvez à ses côtés, avait-il dit. Si quelqu'un attaque le vaisseau, il vous tuera toutes les deux. Vous devrez être *près* du croiseur, non *à bord* du croiseur.

Elle avait suivi son plan, et Cordé venait de mourir… alors que tout danger semblait écarté.

La voix du Capitaine Typho résonna à ses oreilles comme l'écho de ses sombres pensées.

— Mademoiselle... Vous êtes toujours en danger.

Padmé souleva doucement le cadavre de Cordé. Levant les yeux, elle vit d'autres corps inertes : ceux de deux de ses gardes, d'une autre servante. Des larmes lui brûlèrent les yeux.

— Je n'aurais jamais dû revenir, murmura-t-elle.

— Ce vote est très important, lui rappela Typho. Vous avez fait votre devoir et Cordé le sien. Venez, maintenant.

Padmé hésita tout en ravalant ses larmes. Le moins qu'elle puisse faire était de se souvenir des visages de tous ces gens qui avaient donné leur vie pour sauver la sienne. *Leur sacrifice ne sera pas inutile*, se dit-elle. *Je ferai tout pour ça.*

— Mademoiselle... S'il vous plaît...

Une pointe de détresse perçait dans la voix du Capitaine Typho. Il avait raison : elle ne devait pas rester là. La jeune Reine posa un dernier regard autour d'elle afin d'imprimer dans sa mémoire l'image de la catastrophe. Derrière elle, un léger gémissement se fit entendre. C'était son fidèle droïde, R2-D2. Mais elle ne se retourna pas. Elle avait à faire.

Padmé dut se changer avant de se rendre à la salle du Sénat, ce qui lui prit plus de temps qu'elle ne l'aurait cru. Lorsqu'elle fit son entrée, flanquée de ses gardes, la plupart des plates-formes volantes couvrant les murs de l'immense arène étaient occupées, et la session avait déjà commencé. En gagnant sa place, elle saisit quelques bribes des vociférations de l'un des Sénateurs :

— … besoin de renforcer la sécurité avant qu'une guerre n'éclate.

Celui qui hurlait ainsi n'était autre qu'Orn Free Taa, le Sénateur de Twi'leckk, une créature grasse à la peau bleue et l'un des plus grands défenseurs de la Loi sur l'Enrôlement Militaire.

— Dois-je rappeler au Sénat que nous sommes toujours en pourparlers avec les Séparatistes ? lança fermement le Chancelier Palpatine.

Comment arrive-t-il à conserver son calme face à un tel assaut de provocations ? pensa Padmé. Mais Palpatine semblait ne jamais s'offusquer des cris de colère qui fusaient tout autour de lui.

— L'objectif de cette assemblée est de maintenir la paix, reprit le Chancelier, non de déclarer la guerre.

Tandis que les cris redoublaient, Padmé activa les commandes de sa plate-forme, qui s'éleva dans les airs. D'une main experte, elle contourna les autres plates-formes flottantes regroupées au centre de l'arène. Au passage, elle identifia leurs occupants – Ask Aak de Malastare, Darsana de Glee Anselm et, bien sûr, Orn Free Taa, tous partisans de cette loi. Elle était arrivée au bon moment.

À peine eut-elle pris place parmi les orateurs qu'elle s'écria :

— Nobles collègues, je suis de tout cœur avec notre Chancelier Suprême ! Éviter la guerre a toujours été notre priorité. Cela doit le rester !

À la stupéfaction de Padmé, l'arène se figea un court instant dans un silence absolu. Puis de tous côtés montèrent des applaudissements et des cris joyeux. Même Orn Free Taa et Ask Aak participèrent à la liesse générale, quoique de façon moins enthousiaste.

— C'est avec surprise, et surtout avec joie, que je donne la parole à Padmé Amidala, la déléguée de Naboo, déclara le Chancelier Palpatine, une émotion inhabituelle dans la voix.

Ils doivent être au courant de l'explosion, se dit Padmé. Eh bien, que celle-ci serve au moins à souligner l'importance de l'enjeu.

— Il n'y a pas une heure, j'ai été l'objet d'une tentative d'attentat criminel, commença-t-elle. Une de mes gardes du corps et six autres personnes ont été froidement assassinées.

À l'évocation de Cordé, sa voix chancela, mais elle se ressaisit. Elle devait absolument leur prouver à quel point il était important d'éviter la guerre.

— J'étais la cible, continua-t-elle. Mais je pense, et c'est plus grave, que cet attentat visait avant tout la mesure de sécurité dont nous débattons aujourd'hui. Vous le savez, je suis opposée au recrutement d'une armée… mais dans cette assemblée se dissimule un être capable de tout pour faire passer cette motion.

Il y eut quelques huées. Padmé conserva son calme, mais elle fut consternée de voir que tant de ses collègues étaient prêts à cautionner cette entreprise.

— Je vous mets en garde, reprit-elle. Si vous votez en faveur de cette loi, la guerre suivra, avec son cortège de drames. J'ai déjà vécu cela ; je ne veux plus jamais le revivre.

Elle haussa la voix pour couvrir les cris provenant des autres plates-formes.

— Réveillez-vous, Sénateurs ! Ouvrez les yeux ! N'opposons pas la violence à la violence des Séparatistes !

Elle n'obtint pour toute réponse qu'un brouhaha de grognements et de huées.

Orn Free Taa vint coller sa plate-forme contre la sienne et s'adressa au Chancelier :

— Avant tout, nous devons débattre de ma motion visant à reporter le vote. C'est la loi.

Padmé le dévisagea d'un air furieux. Du haut de la tribune centrale, le Chancelier Palpatine lui jeta un regard de sympathie tout en répondant, du ton ferme qu'il avait pris pour remettre à sa place Ask Aak un peu plus tôt :

— Étant donné l'heure tardive et la gravité de cette motion, nous continuerons le débat demain. En attendant, la séance est ajournée.

Que fait-il ? se demanda Padmé. *Est-il donc persuadé que le vote nous sera défavorable ?*

Un petit écran émit un bip pour annoncer l'arrivée d'un message. Padmé le lut discrètement. Le Chancelier lui demandait de le rejoindre dans son bureau pour un entretien privé. Peut-être pourrait-il répondre à ses questions.

Le bureau du Chancelier Palpatine se trouvait au sommet d'un gratte-ciel dominant le Sénat. Un canapé aux coussins bleus, suffisamment large et profond pour accueillir pratiquement toute forme de vie peuplant la République, faisait face au bureau du Chancelier. Des tapis richement brodés recouvraient le sol, et de grandes baies vitrées laissaient entrer la lumière de tous côtés. Tranchant avec le caractère paisible de ce lieu, deux gardes royaux casqués et vêtus de leurs tenues rouges encadraient la porte.

Yoda appréciait les fenêtres panoramiques, mais le reste ne l'impressionnait guère. Le Chancelier avait certainement mérité ce luxe : personne ne pouvait nier qu'il avait travaillé dur pour préserver la République et la paix. Mais les Jedi préféraient des intérieurs plus simples. Ce faste faisait donc palpiter les oreilles de Yoda.

— Mes amis, dit le Chancelier d'une voix lasse aux quatre Jedi qui lui faisaient face, je ne sais si je pourrai retarder le vote encore bien longtemps. De nouveaux systèmes solaires ne cessent de rejoindre le camp des Séparatistes.

La peur se répandait comme un cancer chez les Sénateurs, ce qui ne faisait qu'empirer la situation. *La peur alimente le Côté Obscur*, se dit tristement Yoda. L'explosion du croiseur royal de Naboo était un exemple flagrant du chaos qui s'étendait sur la République. *Le prévoir, nous aurions dû – le prévoir et l'empêcher.* Mais les Jedi n'avaient rien vu venir. De nombreuses vies avaient été emportées, et, maintenant, les menaces de sécession des Séparatistes pouvaient mener à la guerre civile.

— S'ils font bel et bien sécession… commença Mace Windu à contrecœur, mais Palpatine l'interrompit :

— Je ne laisserai pas détruire une République qui a duré mille générations ! Mes négociations ne peuvent échouer !

Peur, le Chancelier n'a pas, pensa Yoda. Il pouvait ressentir, même à distance, les angoisses des Sénateurs telles qu'elles se reflétaient dans la Force. Palpatine, lui, irradiait de confiance et de détermination. Et pourtant, tous savaient que ses efforts avaient seulement retardé la Loi d'Enrôlement Militaire, sans pour autant l'éliminer.

Mace Windu regarda Palpatine d'un air grave et reprit :

— Si les Séparatistes prennent leur autonomie, les Jedi ne seront pas assez nombreux pour protéger la

République. Nous sommes des garants de la paix, pas des soldats.

Derrière lui, Ki-Adi-Mundi acquiesça. Palpatine regarda longuement la petite assemblée, puis se retourna.

— Maître Yoda, croyez-vous que tout ceci débouchera vraiment sur une guerre ?

Yoda ferma les yeux et replia ses longues oreilles flexibles afin de mieux percevoir l'avenir qui bouillonnait dans la Force. Le Côté Obscur pesait sur elle comme une chape de brouillard, obstruant la vision limpide des événements. Et plus il s'aventurait dans les profondeurs de la Force, plus les ténèbres gagnaient en densité. Les éclairs bleus et verts des sabres lasers, en bien petit nombre, perçaient le brouillard ; il entrevit aussi des lueurs d'un rouge incandescent qui ne pouvaient être le fait d'un Jedi.

— Pire que la guerre, je le crains, murmura-t-il. Bien pire !

— Que sentez-vous, Maître ? demanda aussitôt Mace Windu.

— Le Côté Obscur a tout envahi, répondit Yoda en secouant la tête. Impossible à discerner, le futur est. Mais ceci, je sais… (Il ouvrit les yeux.) Leur devoir, les Jedi feront.

Les autres le regardèrent, plongés dans leurs pensées, pendant que Palpatine allait répondre à un signal d'appel sur son bureau. Yoda regarda derrière lui sans sourire. Durant les neuf cents années de sa vie de Jedi, la République avait connu de nombreuses crises. Mais celle-ci s'annonçait différente : le Côté Obscur n'avait jamais été si puissant.

La porte du bureau s'ouvrit. Avant même que la délégation de Sénateurs Loyalistes n'entre dans la pièce, Yoda perçut une présence familière. Avec un sourire triste, il se leva et s'avança pour accueillir Padmé Amidala. Malgré la tentative d'assassinat et les nombreux morts dans son entourage, elle avait insisté pour remplir son devoir.

Bien que son visage fût serein, Yoda sentit sa douleur. Et c'est à elle qu'il s'adressa :

— Padmé, cette tragédie sur la plate-forme d'atterrissage, terrible est.

Padmé hocha faiblement la tête, incapable de parler.

— En vous, la Force brûle, jeune Padmé, continua Yoda en la tapotant gentiment du bout de sa canne. Vous voir en vie, chaud au cœur me fait.

— Merci, Maître Yoda, répondit Padmé. (Elle se tourna vers les autres Jedi.) Avez-vous une idée du responsable de l'attentat ?

— Nos services de renseignements se tournent vers les Lunes de Naboo, dit Mace Windu. Ils surveillent ces collecteurs d'épices mécontents…

Padmé fronça les sourcils.

— Je ne voudrais pas vous contredire, mais j'irais plutôt chercher du côté du Comte Dooku.

Même l'officier de sécurité de Padmé parut étonné de sa déclaration. Visiblement, sa maîtresse ne lui avait pas fait part de sa théorie. Les autres Sénateurs échangèrent des murmures fébriles, à l'exception de Bail Organa, qui examinait Padmé d'un air pensif. Mace Windu et Ki-Adi-Mundi se regardèrent. Puis Mace dit gentiment :

— N'oubliez pas, Mademoiselle, que le Comte Dooku fut jadis un Jedi. Il n'irait pas commettre un assassinat. Ce n'est pas dans sa nature.

— Lorsque le temps s'assombrit, trompeuses deviennent les apparences, intervint Yoda avant que la jeune femme ait pu répliquer.

Il regarda ses collègues en agitant ses oreilles d'un air de réprobation. Ceux-ci auraient dû savoir qu'il ne fallait présumer de rien ; et ce n'était ni le lieu ni l'heure de débattre du caractère d'un ancien Jedi. Il était temps d'aborder le plus important.

— Une chose reste sûre : en grand danger, vous êtes.

Soucieuse, Padmé fronça les sourcils. Le Chancelier Palpatine l'observa un moment, puis se posta devant les baies vitrées. Tout en contemplant la ville, il dit :

— Maîtres Jedi, puis-je suggérer de mettre Padmé Amidala sous votre protection ?

— Croyez-vous que cela soit vraiment sage par des temps aussi troublés ? demanda Bail Organa en jetant un coup d'œil à Padmé.

— Chancelier, reprit celle-ci, si je puis me permettre, je ne crois pas que la situation…

— … soit si grave, compléta Palpatine à sa place. Non, Sénateur. Mais moi, je le veux.

— Je vous en prie, Chancelier ! implora Padmé. Je ne souhaite pas qu'on augmente ma garde !

Le Chancelier lui jeta un regard légèrement réprobateur.

— Je comprends qu'un accroissement de la sécurité puisse vous gêner, mais si c'est l'un de vos familiers…

Il se tut un instant, l'air pensif. Puis il sourit.

— Un vieil ami tel que… Maître Kenobi ? fit-il tout en interrogeant Mace Windu du regard.

— C'est possible, répondit lentement Mace. Il vient de rentrer d'Ansion, où il réglait un désaccord frontalier.

Palpatine se tourna à nouveau vers Padmé :

— Vous devez vous souvenir de lui, Mademoiselle. Il a veillé sur vous durant l'affaire du blocus.

— Ce n'est pas nécessaire, Chancelier ! insista Padmé.

— Faites-le pour moi, s'il vous plaît ! supplia presque Palpatine. Je serai plus tranquille. Aujourd'hui, nous avons tous eu très peur. Je ne pourrais supporter de vous perdre.

Padmé soupira et acquiesça.

— Je vais ordonner immédiatement à Obi-Wan de se présenter à vous, Mademoiselle, fit gravement Mace Windu.

Ki-Adi-Mundi et lui se levèrent les premiers pour quitter la pièce. Yoda s'arrêta en chemin. Il regarda Padmé, qui se mordait la lèvre de frustration, puis se pencha pour lui dire à l'oreille :

— Padmé, trop de la politique, vous vous souciez, pas assez de vous-même.

Padmé le regarda d'un air surpris. Yoda eut un léger sourire.

— Du danger que vous encourez, soyez consciente, Padmé. Notre aide, acceptez.

En quittant le bureau, Yoda eut la joie de voir que Padmé avait l'air plus pensive qu'ennuyée. Son cœur était pur, mais elle agissait de façon trop impulsive. Il vaudrait mieux qu'elle cesse de réfléchir et laisse la sagesse gouverner ses passions.

La porte de l'ascenseur coulissa, laissant passer un courant d'air frais et humide. *Padmé a réglé le climatiseur pour bénéficier d'un environnement semblable à celui de Naboo*, se dit Anakin. Durant ces dix dernières années, il avait eu tout le temps de s'habituer à des planètes trop froides ou trop humides – mais pour lui, qui était né sur Tatooine, il faisait *toujours* trop froid ou trop humide. Cependant, ce climat-là était différent. Il lui rappelait son premier vol spatial à bord du croiseur royal de Naboo, lorsque Padmé l'avait retrouvé dans la grande salle en pleine nuit, frissonnant de froid. Elle lui avait passé son manteau sur les épaules… il se souvenait encore de l'odeur de la soie rouge. Il se secoua et suivit Maître Obi-Wan. Tous deux sortirent de la cabine d'ascenseur.

Anakin espérait que Padmé viendrait les accueillir en personne, mais le comité d'accueil se limitait à une créature : Jar Jar Binks. Les grandes oreilles orangées du Gungan pendaient sur ses robes, et son salut maladroit montrait qu'il était toujours aussi lourdaud, malgré toutes ces années au contact de la Politique Galactique.

Obi-Wan ne put s'empêcher de sourire.

— C'est bon de te revoir, Jar Jar.

— Et voici voussa apprenti, fit Jar Jar en tentant de prendre un air digne, puis il regarda Anakin de plus près : Nooooon ! Ani ? Nooon ! Petit Ani ? Tissa grand-grand !

— Salut, Jar Jar, répondit Anakin en souriant.

Il espérait que le Gungan ne parlerait pas à tout le monde de l'enfant qu'il avait connu sur Naboo. Néanmoins, Jar Jar avait l'air si heureux de le voir qu'il laissa le Gungan le serrer dans ses bras.

— Ella attendire voussa, reprit-il, et le cœur d'Anakin fit un bond.

Jar Jar le regarda à nouveau et secoua la tête.

— Ani… missa pas y croire !

Lorsqu'il eut fini de s'extasier, il les mena à une chambre qui s'ouvrait sur le couloir principal. Anakin perçut vaguement la clarté et l'élégance discrète du lieu. Son attention était toute tournée vers Padmé et une de ses servantes, qui discutaient avec un Capitaine de l'armée de Naboo portant un bandeau sur l'œil.

Anakin s'arrêta net. La lumière faisait luire les replis de la coiffure de Padmé et un long manteau de velours bleu drapait sa mince silhouette. L'ancienne Reine de Naboo était encore plus belle qu'à quatorze ans, dans les souvenirs qu'il chérissait depuis dix ans. La simple idée que quelqu'un pût comploter contre elle lui brisait le cœur. Il entendit à peine Jar Jar qui s'exclamait :

— Regardez, Sénateur ! Les Jedi arrivassés !

Ils se retournèrent. En voyant Obi-Wan, Padmé dut le reconnaître, car elle sourit et se leva pour l'accueillir. *Elle m'a à peine regardé*, se dit Anakin.

— Quelle joie de vous revoir, Mademoiselle, dit Obi-Wan.

Padmé sourit et lui serra la main.

— Après bien trop de temps, Maître Kenobi. Je suis heureuse que nos chemins se croisent à nouveau. (Elle hésita avant de continuer :) Mais je crains que votre présence en ces lieux ne soit inutile.

— Je suis sûr que le Conseil des Jedi a ses raisons, répondit simplement Obi-Wan.

Padmé lâcha la main d'Obi-Wan et passa devant Anakin. Il posa son regard sur elle. Elle sembla perplexe en le voyant. Finalement, elle s'exclama :

— Ani ?

Anakin acquiesça. Padmé l'examina encore, puis dit d'une voix douce :

— Mon Dieu, comme tu as grandi !

— Vous aussi, répondit Anakin. Je veux dire, votre beauté n'a fait que croître. Et vous êtes bien menue… (*Dans mes souvenirs, elle était beaucoup plus grande que moi !*) … pour un Sénateur, je veux dire. (*Alors là, bravo ! Elle va me prendre pour un idiot.*)

Padmé se contenta de rire en secouant la tête.

— Oh ! Ani, pour moi, tu seras toujours le petit garçon que j'ai connu sur Tatooine !

Déconfit, Anakin baissa les yeux. *Je ne suis plus un gamin !* Heureusement, Obi-Wan rompit le cours de cette embarrassante conversation :

— Vous remarquerez à peine notre présence, Mademoiselle, je vous le garantis.

— Je vous suis très reconnaissant d'être venu, Maître Kenobi, intervint le Capitaine Typho. Le danger est bien plus grand que la Reine Amidala ne veut l'admettre.

— Ce que je désire, affirma Padmé, ce n'est pas un surcroît de gardes, mais savoir qui veut ma mort.

Obi-Wan fronça les sourcils.

— Nous sommes là pour vous protéger, Sénateur, pas pour mener l'enquête.

Anakin ne put supporter de voir Padmé dans l'embarras :

— Nous découvrirons qui cherche à vous tuer, je vous le promets ! balbutia-t-il.

Obi-Wan lui jeta un regard sévère et dit d'un ton sans réplique :

— Nous avons un ordre de mission, mon cher élève Padawan, et nous nous y tiendrons.

— Euh… Je voulais dire… dans l'intérêt de notre devoir, qui est de la protéger, bien sûr, répondit maladroitement Anakin.

Comment pourraient-ils assurer sa protection s'ils ignoraient qui était derrière cette tentative d'assassinat ?

Comme s'il lisait dans ses pensées, Obi-Wan secoua la tête.

— Nous n'allons pas recommencer cette discussion, Anakin. Et tu obéiras à mes ordres.

— Pourquoi ? s'entêta le jeune Jedi.

Il savait qu'il abordait un terrain glissant, mais la vie de Padmé était en jeu.

— Comment ça ?

— Pour quoi croyez-vous qu'on nous ait envoyés ici, sinon pour découvrir l'assassin ? fit Anakin. Enquêter fait implicitement partie de notre mission.

Au moins, cette fois-ci, Obi-Wan l'écoutait.

— Nous suivrons les instructions du Conseil, jeune homme, et tu apprendras à rester à ta place.

Anakin acquiesça, mais non sans remarquer qu'Obi-Wan n'avait pas réaffirmé qu'ils étaient censés servir de gardes. Pour l'instant, cela lui suffisait. Il reviendrait à la charge plus tard.

— Votre simple présence suffira peut-être à dissiper le mystère, dit Padmé. Maintenant, avec votre permission, je vais me retirer.

Anakin la regarda partir d'un œil sombre pendant qu'Obi-Wan et le Capitaine discutaient des arrangements à prendre. Puis le Capitaine s'en alla à son tour, les laissant avec Jar Jar, qui répétait inlassablement combien il était content de les voir.

— Elle ne m'a même pas reconnu, Jar Jar.

Les mots lui avaient échappé sans même qu'il s'en rendît compte.

— Depuis la dernière fois, je n'ai cessé de penser à elle, et elle m'a complètement oublié.

Jar Jar cligna des yeux, puis dit avec une gentillesse surprenante :

— Ella heureuse. Plus-plus que missa l'avoir vue depuis longtemps.

— Anakin, intervint Obi-Wan, tu te laisses dominer par tes pensées négatives. Ressaisis-toi. Padmé était contente de nous voir. Maintenant, allons inspecter les mesures de sécurité…

Voilà qui l'occuperait utilement.

— Bien, Maître.

Zam Wesell dirigea son speeder contre la paroi du gratte-ciel et le mit en vol stationnaire. Son contact l'attendait déjà, prêt à partir. Elle eut un reniflement de mépris. Pourquoi Jango Fett s'obstinait-il à porter cette armure de combat Mandorienne ? *Cela ne m'étonnerait pas qu'il la mette même lorsqu'il n'est pas en mission.*

Elle pensa à changer de forme rien que pour l'ennuyer. Les Métamorphes pouvaient revêtir l'apparence de n'importe quelle race ; c'était une des raisons pour lesquelles Zam Wesell était une chasseuse de primes si réputée. Étant donné la façon dont le plan de Fett était tombé à l'eau, c'était le moment de le lui rappeler. Elle sourit derrière le voile qui cachait la partie inférieure de son visage. Elle avait accepté de collaborer avec Fett sur ce contrat, mais n'était pas censée le caresser dans le sens du poil. D'un autre côté, ils étaient bien obligés de travailler main dans la main. Elle décida d'économiser son énergie.

Si Jango pensait la même chose d'elle, son casque n'en laissait rien transparaître.

— Cette fois-ci, dit-il sans préambule, nous devrons tenter une approche un peu plus subtile. Mon client s'impatiente.

Sans blague ! se dit Zam, mais elle se contenta d'opiner.

— Nous n'avons pas droit à l'erreur, reprit l'autre. Prends ça. (Il lui tendit un tube court et épais.) Mais fais bien attention. Ils sont extrêmement venimeux.

À travers les parois transparentes, elle vit plusieurs kouhuns – des créatures d'une trentaine de centimètres qui ressemblaient à des vers pourvus de centaines de pattes. Venimeux…

CHAPITRE 2

Hormis la clarté qui filtrait sous les portes, le principal couloir du Temple Jedi était plongé dans l'obscurité. Yoda avait toujours apprécié ce jeu d'ombres et de lumière, mais ce soir, alors qu'il parcourait ce même couloir en compagnie de Mace Windu, le spectacle l'attristait. Il lui rappelait un peu trop l'emprise croissante du Côté Obscur.

Mace Windu rompit le silence.

— Pourquoi n'avons-nous pas pu prévoir l'attentat contre Padmé ? fit-il, soucieux.

— Cette perturbation dans la Force, l'avenir dissimule, répondit calmement Yoda.

Windu fronça les sourcils.

— La prophétie se réalise. Le Côté Obscur se répand.

— Et seuls ceux qui ont choisi le Côté Obscur, ce que l'avenir nous réserve peuvent percevoir, renchérit Yoda.

Il ne comprenait que trop l'inquiétude de Mace. Si les Jedi étaient si efficaces, c'était en bonne partie grâce à leur capacité à anticiper l'avenir. Les jeunes gens s'appuyaient souvent – trop, peut-être – sur ce don de double vue. Au bout de neuf cents ans, on finit par voir les choses différemment. Yoda s'inquiétait moins de la diminution de cette faculté essentielle que de l'importance grandissante du Côté Obscur, cause première de leur aveuglement.

Au bout d'un bref silence, Mace dit :

— Déjà dix ans, et les Sith ne sont toujours pas réapparus.

— Là ils sont, néanmoins, répondit Yoda.

Mace Windu connaissait les courants de la Force. Cette compétence lui permettait non seulement de scruter ses propres sentiments, mais de plonger au cœur même du problème.

— Une certitude, cela est.

Mace hocha la tête. Ils continuèrent en silence leur marche vers la lumière.

Un remous dans la Force tira Anakin de sa méditation. Quelqu'un approchait. Son sabre laser se trouva dans sa main avant même qu'il ait ouvert les yeux. La présence se faisant plus nette, il sourit et replaça l'arme dans son étui. C'était Obi-Wan qui revenait de son inspection.

La porte des appartements de Padmé coulissa, et Obi-Wan entra.

— Le Capitaine Typho a posté un bon nombre de gardes aux étages inférieurs, dit-il. Un assassin ne pourrait jamais passer. Et ici ?

— Tout est silencieux comme dans une tombe, répondit Anakin sans réfléchir, frissonnant après coup de ses propres paroles.

Il croisa le regard d'Obi-Wan et répondit à sa question muette.

— Je n'aime pas rester là, à attendre qu'il lui arrive malheur.

Obi-Wan opina de la tête d'un air compréhensif et tira un écran miniature d'une des poches de sa ceinture. Un instant plus tard, il fronça les sourcils. Sur l'écran, il pouvait voir R2-D2 déconnecté, affalé dans un coin de la chambre de Padmé, mais ne voyait ni le lit, ni la jeune femme.

— Que se passe-t-il ? demanda Obi-Wan.

Anakin haussa les épaules.

— Elle a recouvert la caméra. Je crois qu'elle n'aime pas savoir que je la surveille.

— Elle a perdu l'esprit ? fit Obi-Wan en secouant la tête.

— Elle a programmé R2-D2 pour qu'il nous prévienne si quelqu'un s'introduit chez elle.

— Ce n'est pas une intrusion que je redoute, répondit Obi-Wan. Il y a bien d'autres moyens de tuer un Sénateur.

— Je m'en doute, mais cela nous donnerait une occasion de capturer cet assassin. N'est-ce pas, Maître ?

Obi-Wan écarquilla les yeux.

— Tu te sers d'elle comme d'un *appât* ?

— C'était son idée ! se défendit Anakin. Ne vous inquiétez pas, il ne lui arrivera rien. Je perçois tout ce qui se passe dans cette pièce.

Dès qu'il s'agissait de Padmé, ses liens avec la Force semblaient démultipliés. Il aurait presque pu entendre sa respiration.

— Faites-moi confiance.

— C'est trop risqué, insista Obi-Wan. Et tes sens ne sont pas si affinés, jeune apprenti.

— Et les vôtres ?

— Personne n'est infaillible, répondit Obi-Wan.

Mais il ne fit pas mine de réveiller Padmé, et Anakin réprima un sourire de satisfaction. L'assassin pouvait toujours venir ! Au bout d'un moment, Obi-Wan dit :

— Tu as l'air fatigué.

— Je dors mal ces jours-ci, admit Anakin.

— À cause de ta mère ? demanda doucement Obi-Wan.

— Je ne sais pourquoi elle hante ainsi mes rêves.

Ou plutôt mes horribles cauchemars. Sa mère était douce et forte ; et des quelques années où ils avaient vécu ensemble, il gardait le souvenir d'une période paisible, sans souffrance ni menace. Tout le contraire de ses rêves. Il haussa les épaules.

— Je ne l'ai pas revue depuis que j'ai quitté Tatooine.

— Avec le temps, les rêves finissent par se dissiper.

Pas ceux-ci. Au contraire, ils étaient de plus en plus fréquents. Mais il ne voulait pas en discuter avec Obi-Wan ; pas maintenant. Obi-Wan ne pouvait comprendre ; il n'avait jamais rencontré Shmi Skywalker.

— Je préférerais rêver de Padmé, ajouta-t-il pour changer de conversation. Être si près d'elle, c'est… enivrant.

— Surveille tes pensées, Anakin, rétorqua Obi-Wan. Elles peuvent te trahir. Tu as prêté allégeance à l'Ordre des Jedi – un tel serment ne se rompt pas si facilement. Et n'oublie pas : Padmé est une politicienne. Tu ne peux lui faire confiance.

— Elle n'est pas comme les autres membres du Sénat, Maître, répondit Anakin, blessé par cette critique inattendue.

Obi-Wan haussa les épaules.

— Je sais d'expérience que les Sénateurs ne pensent qu'à s'attirer les bonnes grâces de ceux qui financent leurs campagnes. Ils oublient les bienfaits de la démocratie, du moment qu'il s'agit d'obtenir des fonds.

— Un autre de vos sermons, Maître ? grogna Anakin.

La politique et l'économie l'ennuyaient, et, quand Obi-Wan démarrait là-dessus, il pouvait en parler pendant des heures.

— De plus, ajouta-t-il, pas de généralisations hâtives. Le Chancelier ne me semble pas corrompu.

— Palpatine est un politicien avisé, répondit Obi-Wan. Il sait très bien manipuler les sentiments et les préjugés des Sénateurs.

— Il me semble être quelqu'un de bien, dit fermement Anakin. Mon instinct me dit…

Il se tut, frappé par une sensation de menace provenant de la chambre de Padmé. Il regarda son Maître.

— Je l'ai senti aussi, dit ce dernier, et tous deux foncèrent comme un seul homme vers la porte.

Padmé! Anakin se jeta sur le lit. Son sabre laser bourdonna en fendant l'air. Derrière lui, il entendit un bruit de verre brisé, mais n'y prêta pas garde. Il fixait les deux créatures de cauchemar qui sifflaient sur l'oreiller, à quelques centimètres de Padmé, en agitant leurs langues venimeuses. *Des kouhuns! Comment ont-ils pu entrer?* Son revers passa à un cheveu du visage figé de la jeune femme et coupa en deux les horribles vers.

Sabre laser en main, Anakin se retourna. Obi-Wan avait disparu. Alors seulement, il remarqua la fenêtre fracassée, les lumières des immeubles et des engins volants qui se découpaient sur le tapis noir de la nuit. Puis il distingua un droïde-sonde qui s'éloignait dans le trafic, son Maître agrippé à deux de ses antennes. *Voilà comment les kouhuns sont entrés dans la chambre!* Puis une autre idée le traversa: *mais nous sommes au moins au centième étage! Si Obi-Wan lâche prise…*

Anakin se retourna d'un bond. Padmé était assise toute droite sur son lit et fixait d'un regard horrifié le droïde-sonde qui s'éloignait rapidement. Le Capitaine Typho et ses gardes firent irruption dans la pièce.

— Occupez-vous d'elle ! aboya Anakin en se ruant vers l'ascenseur.

Ce n'était pas une si bonne idée que ça, se dit Obi-Wan, suspendu au droïde.

L'engin lui décocha une décharge électrique, et il faillit lâcher prise. S'il tombait d'une telle hauteur, même la Force ne pourrait le sauver. Il saisit un câble à l'arrière du droïde, tira dessus... le débrancha et l'appareil fut privé d'électricité. Les secousses s'interrompirent et le système antigravitique cessa à son tour de fonctionner ! Ils tombèrent comme une pierre sur une hauteur de trente étages, avant qu'Obi-Wan ne rebranche le câble. *Décidément, ce n'était pas une bonne idée !*

Et ils reprirent leur rodéo. Dans ses efforts pour déloger Obi-Wan, le droïde se cogna aux murs des bâtiments, passa à quelques centimètres d'un toit, se jeta dans les fumées d'échappement brûlantes d'un speeder. Obi-Wan resta cramponné à ses antennes. S'il ne réussissait pas à capturer le droïde, ils n'auraient toujours pas le moindre indice quant à l'identité de l'assassin. Et il n'osait penser aux plans délirants qu'Anakin et

Padmé pourraient concocter, maintenant que leur tentative de l'utiliser comme appât avait échoué !

Le droïde plongea vers une alvéole creusée au flanc d'un immeuble, encore bien loin du sol. Obi-Wan aperçut alors un vieil air-speeder jaune ainsi qu'une silhouette brune tapie dans cette trouée. La silhouette brandit un fusil laser.

— Voilà qui n'annonce rien de bon ! marmonna Obi-Wan.

Une gerbe d'explosions fleurit tout autour de lui. *Si seulement je pouvais utiliser mon sabre laser…*

Mais il ne pouvait dégainer son arme sans lâcher une main, et, en ce cas, le robot trouverait un moyen de lui faire lâcher prise. Il pouvait juste espérer que l'assassin soit mauvais tireur.

Il n'eut pas cette chance : une décharge frappa le droïde de plein fouet. L'explosion envoya Obi-Wan dans les airs. Sonné, il vit s'approcher un speeder et attrapa de justesse l'arrière de l'appareil. Alors qu'il se hissait dans la cabine, il constata que le pilote n'était autre que son apprenti. Obi-Wan atteignit le siège passager et s'y laissa tomber.

— C'était dingue ! s'écria Anakin. J'ai failli vous perdre dans le trafic.

— Pourquoi as-tu mis si longtemps ? répondit-il en guise de remerciements.

— Oh, vous savez, Maître, je n'arrivais pas à dénicher un speeder à mon goût, avec un cockpit ouvert et un moteur assez rapide... Puis, comme vous vous en doutez, il fallait trouver une couleur inhabituelle...

Tout en plaisantant, il fit monter le speeder presque à la verticale, poursuivant l'inconnu qui avait tiré sur Obi-Wan.

— Si tu perfectionnes tes dons au sabre comme ton humour, jeune Padawan, tu pourras rivaliser avec Maître Yoda.

— Je croyais que c'était déjà le cas, répondit Anakin en souriant.

— Dans tes rêves uniquement... Attention !

Obi-Wan se cramponna aux flancs du speeder alors qu'Anakin évitait les engins qui encombraient le trafic. Des décharges de blaster sifflèrent à leurs oreilles : l'assaillant leur tirait dessus.

— Hé, doucement !

— Désolé, fit Anakin en passant à quelques millimètres d'un énorme bus volant. J'oubliais que vous n'aimez pas ces engins, Maître.

— Ils ne me dérangent pas, mais vu ta façon de conduire, c'est du suicide.

— Je pilotais un speeder avant même de savoir marcher, fit remarquer Anakin d'un air confiant tout en frôlant un train aérien d'assez près pour en arracher la peinture. Je sais ce que je fais.

Oui, mais il suffit d'une seule erreur...

— Ralentis, bon sang !

Anakin ne l'écouta pas. L'assassin tentait de les semer au milieu d'un convoi de lourds véhicules de transport. Il effectua quelques virages entre les immeubles, se glissant avec adresse dans des espaces incroyablement étroits. Anakin le suivit avec des gestes tout aussi précis.

— Le voilà ! s'exclama Obi-Wan en désignant le speeder jaune, qui quittait la voie centrale pour tourner à l'angle d'un bâtiment.

Anakin vira brusquement pour le suivre.

Obi-Wan comprit quelle direction prenait leur adversaire – droit dans un tunnel.

— Attends ! N'entre pas là-dedans !

— Ne vous en faites pas, Maître, fit Anakin d'une voix rassurante…

Et il plongea dans le tunnel.

On dirait qu'il cherche à me ménager, se dit Obi-Wan. *Mais c'est… Oh, non!* La lumière qui brillait devant eux ne signalait pas la fin du tunnel, mais l'arrivée d'un énorme tram chargé de passagers.

Le criminel et Anakin firent demi-tour in extremis. Ils sortirent du tunnel juste avant le tram à grande vitesse.

— Désolé, Maître, fit Anakin. Ne vous en faites pas : ce type va se tuer d'un instant à l'autre.

Quelqu'un va finir par se tuer, se dit Obi-Wan, *pourvu que ce ne soit pas nous…*

Ils frôlèrent de si près une rangée de drapeaux que l'aile faillit accrocher l'un d'eux. Le speeder eut un soubresaut lorsque la bannière s'enroula autour de sa proue.

— C'était trop près, remarqua Obi-Wan.

— Enlevez-le ! rétorqua Anakin.

— Quoi ?

Un instant, Obi-Wan ne comprit pas ce qu'Anakin voulait dire ; puis il réalisa que le drapeau bouchait une des entrées d'air. Leur moteur risquait de caler.

— Nous perdons de la puissance ! Dépêchez-vous !

Il n'y avait plus qu'une chose à faire. Obi-Wan rampa sur le réacteur jusqu'à ce qu'il puisse arracher le bout de tissu. Aussitôt, le speeder fit une embardée, regagnant toute la vitesse qu'il avait perdue. Sous le choc, Obi-Wan perdit l'équilibre : il glissa en arrière sur plus d'un mètre avant de se raccrocher.

— J'ai horreur que tu fasses ça, râla-t-il en regagnant son siège.

— Désolé, Maître.

Cette fois-ci, Obi-Wan eut l'impression qu'il était un peu plus sincère. *Rien qu'un peu.*

L'incident leur avait coûté de précieuses secondes, et le speeder de l'assassin avait pris de l'avance. Anakin joua de ses instruments comme un musicien et regagna le terrain perdu.

Hé ! Un instant !

L'assassin se dirigeait tout droit vers une raffinerie énergétique.

— Il ne faut pas s'approcher de ces générateurs ! fit Obi-Wan. C'est dangereux ! N'y va pas !

Mais Anakin continua de poursuivre l'autre speeder. La présence des deux véhicules déclencha d'immenses arcs électriques, si proches que la peau d'Obi-Wan se hérissa.

Ce dernier ravala ses commentaires jusqu'à ce qu'ils soient sortis de la raffinerie, puis il dit d'un ton sarcastique :

— Pour sûr, c'était un sacré spectacle !

— Dément, répondit Anakin sans quitter des yeux le speeder.

— Je suis heureux de voir que nous sommes d'accord, faillit dire Obi-Wan.

Mais leur ennemi vira à angle droit et s'arrêta devant l'entrée d'une ruelle. Puis il ouvrit le feu à bout portant.

— Arrête-toi ! cria Obi-Wan.

S'ils continuaient ainsi, ils iraient s'écraser contre l'autre speeder – non, peut-être pas. Il restait un espace étroit juste au-dessous de l'appareil de l'assassin. Et Anakin l'avait remarqué.

— Nous pouvons passer, dit Anakin.

Tout à coup, ils se retrouvèrent sous le véhicule, mais l'engin frôla un tuyau et tournoya tandis qu'Anakin luttait pour reprendre le contrôle. Obi-Wan vit qu'ils s'approchaient dangereusement des deux piliers d'une grue. Le speeder heurta quelque chose, et une immense boule de gaz les enveloppa. L'appareil partit en vrille et cala.

Je ne devrais plus le laisser conduire.

— Tu as bien failli nous tuer !

— Nous sommes toujours en vie, il me semble, fit Anakin, évasif, tout en tripotant ses instruments.

Le moteur toussa et redémarra. Anakin sourit, ce qui rendit Obi-Wan plus furieux encore. Son apprenti ne l'écoutait même pas.

— Cette course-poursuite ne rime à rien !

Son ton parut enfin attirer l'attention de son apprenti.

— J'aurais pu l'avoir…

— Mais tu ne l'as pas eu. Et maintenant, nous l'avons perdu pour de bon !

Soudain, une explosion secoua le speeder. Obi-Wan se baissa en entendant le *pzing* des tirs de laser tout proches.

— Je n'en suis pas si sûr, dit Anakin, et il fit cabrer le speeder pour échapper au piège.

CHAPITRE 3

À travers les flammes et la fumée, Anakin vit leur proie regagner le trafic. La course-poursuite tournait à l'absurde. Le speeder jaune descendit en virant sur la gauche et disparut entre deux immeubles. Anakin sourit et partit vers la droite. *Alors là, s'il compte faire ce que je crois…*

— Où vas-tu ? s'écria Obi-Wan. Il est descendu de l'autre côté.

Son Maître lui en voulait toujours. Anakin soupira.

— Maître, si cette poursuite se continue, ce crétin va finir en cendres. Personnellement, je préférerais découvrir son identité et celle de son employeur. Je viens de prendre un raccourci.

— On dirait que tu as perdu sa trace.

Anakin arrêta le speeder, qui resta en suspension entre deux bâtiments géants.

— Je suis désolé, Maître, fit-il machinalement.

S'il tentait de lui expliquer maintenant, il se ferait de nouveau disputer. Or, il n'avait pas une seconde à perdre. Il vit alors ce qu'il attendait et se mit à compter mentalement les secondes.

— Tu parles d'un raccourci... marmonna Obi-Wan. Il est parti dans la direction opposée. Anakin...

— Excusez-moi un instant, coupa le jeune homme, et il sauta du speeder pour tomber comme une pierre dans le vide.

Le minutage était parfait : leur proie était là, quelques étages en contrebas. Anakin se reçut sur le toit du speeder jaune. Avant qu'il ait pu trouver un point d'appui, le pilote mit les gaz, et le jeune Jedi faillit lâcher prise. Puis, alors qu'Anakin remontait péniblement le long de la coque, l'ennemi freina brutalement. Anakin fut projeté en avant, mais, au dernier moment, il s'empara d'une des antennes du speeder. L'assassin ouvrit le feu sur lui.

Anakin évita les premières décharges, puis réussit à se mettre hors de portée sous la coque. Le tueur redémarra. Anakin jeta un coup d'œil vers le haut : Obi-Wan avait pris les commandes de l'autre speeder et gagnait du terrain sur eux. *Parfait : maintenant, ce type doit s'occuper de deux adversaires au lieu d'un seul.*

Anakin se hissa lentement sur le toit du speeder. Il tira son sabre laser et se mit à découper le métal. Mais un coup de feu provenant de la cabine le délesta de son arme, qui disparut dans le vide. *Il faut que je désarme ce type*, pensa le jeune Jedi. Le trou percé dans le toit n'était pas assez grand pour qu'il se glisse dans la cabine, mais il pouvait y passer le bras. Il plongea sa main dans l'habitacle et, avec l'aide de la Force, il arracha son blaster à l'assassin.

Celui-ci, surpris, leva la tête. Un bref instant, le regard d'Anakin croisa les yeux d'une femme. *Hé, ce type n'en est pas un ! Ils ont envoyé une femme pour abattre Padmé !* Anakin utilisa la Force pour confirmer cette observation et sentit un frisson inhabituel. *C'est bien une femme, mais pas aussi humaine qu'elle en a l'air. Une Métamorphe ?* Celle-ci se transforma soudain en Clawdite. Surpris, Anakin desserra sa prise sur le blaster. Un coup partit et perfora le plancher du speeder.

Déstabilisé, l'appareil plongea vers le sol. Anakin ne put rien faire, sinon se cramponner du mieux possible. Au dernier instant, le pilote réussit à redresser la machine et à la poser en catastrophe. L'engin malmené partit en glissade, crachant des gerbes d'étincelles tandis que les badauds s'écartaient de son chemin. Anakin passa par-dessus le speeder et atterrit au milieu de la rue.

Cette femme est presque aussi bon pilote que moi, se dit Anakin.

Il se releva juste à temps pour la voir sauter de l'épave et partir en courant. Il la suivit, se frayant un passage dans une foule de droïdes cabossés et d'extraterrestres à l'air peu recommandable. *On se croirait sur Tatooine…*

Anakin gagnait du terrain sur son adversaire, mais, soudain, elle bifurqua pour s'engouffrer dans un night-club, l'*Outlander*. Haletant, Anakin atteignit l'entrée au moment où un autre speeder effectuait un atterrissage beaucoup moins spectaculaire. Obi-Wan en descendit, brandissant le sabre laser d'Anakin. *Flûte ! Je vais me faire sonner les cloches*.

— Elle est entrée dans ce club, Maître, expliqua Anakin dans l'espoir de détourner l'attention d'Obi-Wan.

— Patience… Sers-toi de la Force. Réfléchis.

Réfléchir ? Pendant que l'assassin prenait la fuite ?

— Il est entré là pour se cacher, soupira Obi-Wan, pas pour fuir.

— Oui, Maître.

Obi-Wan lui tendit son sabre laser.

— Tiens. La prochaine fois, essaie de ne pas le perdre.

Je ne m'en tire pas trop mal. Anakin hocha la tête et tendit la main… Mais Obi-Wan retira l'arme.

— Le sabre d'un Jedi est son bien le plus précieux.

— Oui, Maître.

— Il doit le garder sur lui constamment.

— Je *sais*, Maître.

— Cette arme, c'est ta vie même.

Anakin se retint de lever les yeux au ciel.

— J'ai déjà entendu tout ça.

— Mais tu n'as rien retenu, Anakin.

Obi-Wan finit par lui tendre son sabre laser. Anakin s'en empara avant qu'il ne change d'avis.

— Je ferai de mon mieux, Maître.

Obi-Wan soupira et se tourna vers le night-club.

— Pourquoi suis-je persuadé que tu finiras par avoir ma peau ? répliqua-t-il d'un ton presque badin.

Un frisson glaça l'échine du jeune homme.

— Ne dites pas ça, Maître ! bafouilla-t-il. Vous êtes comme un père pour moi. Je vous aime. Je ne veux pas qu'il vous arrive quoi que ce soit.

Je ne veux pas vous perdre comme j'ai perdu ma mère. Anakin frémit en se rappelant ses rêves. Est-ce qu'Obi-Wan allait paraître à son tour dans ses cauchemars ?

Obi-Wan le regarda et dit d'un ton mi-figue, mi-raisin :

— Alors, pourquoi refuses-tu de m'écouter ?

— Je fais de mon mieux !

Obi-Wan acquiesça, puis scruta la salle bondée et dit de ce même ton docte :

— Tu le vois ?

— Je crois que c'est une femme.

Anakin parcourut rapidement la foule des yeux, mais ne vit personne qui ressemblât à leur assaillant. Il se souvint à cet instant de l'étrange sensation qu'il avait éprouvée et ajouta :

— Une Métamorphe.

— Alors, tu dois redoubler de prudence.

Anakin écarquilla les yeux de surprise. Son Maître hochait la tête en direction de la salle.

— Va la chercher. Moi, je vais prendre un verre, dit Obi-Wan en fendant la foule.

Anakin se mit à explorer les recoins de la salle. Toutes sortes de créatures le dévisagèrent avant de détourner leur regard ; la plupart étaient trop grandes, ou trop petites, ou encore avaient trop d'appendices pour être son assassin. *Obi-Wan doit être vraiment inquiet.* Cela ne lui ressemblait pas de laisser son apprenti faire tout le travail. Quoique, peut-être… *La voilà !* Anakin venait de repérer l'agresseur, qui se tenait au bar, juste dans le dos d'Obi-Wan. Elle braquait un blaster…

Avant que le jeune Jedi ait pu l'avertir, Obi-Wan virevolta. Son sabre laser bourdonna, rompant le silence qui s'était abattu sur la salle, et trancha le bras de la criminelle. Anakin se précipita vers le bar. Il sentit la douleur de l'assassin… et la colère croissante des créatures qui les entouraient. Son Maître restait calme et concentré, comme toujours. *Il avait prévu ce qui allait se passer*, pensa Anakin, indigné. *Il a joué lui-même le rôle de l'appât !* Puis il se retrouva aux côtés d'Obi-Wan. La tueuse gisait à ses pieds. Un peu plus loin, son bras – et son blaster – baignaient dans une flaque de sang.

— Pas de panique, dit Anakin à la foule. Affaire d'État. Retournez à vos verres.

Les clients obtempérèrent. Apparemment, personne n'avait envie d'affronter deux sabres lasers, surtout après une telle démonstration. Obi-Wan éteignit son arme et, un instant plus tard, Anakin fit de même. Ils portèrent la blessée hors du club.

— Savez-vous qui est celle qu'on vous a chargée de tuer ? demanda Obi-Wan tout en pansant son épaule.

— Padmé, Sénateur de Naboo, répondit la Métamorphe.

— Qui vous a embauchée ?

La femme dévisagea Obi-Wan d'un air furieux.

— Ce n'était qu'un contrat. Et le prochain assassin ne commettra pas la même erreur que moi.

— Un nom ! exigea Anakin, aidé par la puissance de la Force. Dites-le-nous !

— Un chasseur de primes appelé…

Soudain, la femme eut un soubresaut, cligna des yeux et mourut. Anakin entendit un sifflement et distingua une silhouette en armure munie d'un jetpack, juste avant qu'elle ne disparaisse derrière le bâtiment. *Un chasseur de primes ! Sans doute celui qui l'a embauchée. Et nous ne pouvons pas l'attraper : le speeder est devant le club.*

Obi-Wan se pencha en avant. Ses doigts effleurèrent le cou de la femme, et il brandit un dard épais qu'il tendit à Anakin.

Et nous ne savons toujours pas qui veut tuer Padmé, pensa Anakin. *Quel gâchis !*

CHAPITRE

4

Tôt le lendemain matin, ils retournèrent au Temple pour rendre compte de leur équipée aux membres du Conseil des Jedi. Obi-Wan avait horreur de faire des rapports incomplets, mais, cette fois-ci, il n'avait pas le choix.

Le Conseil siégeait en cercle, une façon de souligner que ses membres étaient égaux ; néanmoins, tout le monde savait que Maître Yoda et Maître Windu étaient les plus respectés. Lorsque Obi-Wan eut terminé son récit, il y eut un silence. Tous les regards se tournèrent vers Yoda. Celui-ci étudia brièvement le visage de ses confrères comme pour recueillir leur vote sans qu'une parole soit échangée, puis il déclara :

— Traquer ce chasseur de primes, vous devez, Obi-Wan…

— Et plus important encore, ajouta Mace Windu, vous avez pour mission de découvrir l'identité de son commanditaire.

Obi-Wan sentit qu'Anakin, posté derrière lui, se détendait. Le jeune homme ne doutait pas un seul instant que son Maître puisse découvrir l'assassin.

— En ce qui concerne Padmé Amidala, conseilla Obi-Wan, il lui faudra une protection.

— S'en charger, votre Padawan va, dit Yoda.

Obi-Wan jeta un regard consterné au Maître. Anakin, seul avec Padmé... *Il est trop jeune, et il s'intéresse trop à elle*. Mais Obi-Wan ne pouvait exprimer ses pensées sans une bonne raison. Or, il n'avait qu'un vague sentiment. Il se tut donc.

— Anakin, dit Mace Windu, vous escorterez Padmé Amidala jusqu'à sa planète d'origine. Elle y sera plus en sécurité. Et n'empruntez aucun moyen de transport répertorié. Faites-vous passer pour des réfugiés.

— Il sera difficile de persuader Padmé Amidala de quitter la capitale, fit remarquer Anakin.

Il est encore capable de penser, se dit Obi-Wan, soulagé. Tant qu'Anakin réfléchirait au lieu de foncer tête baissée, il s'en sortirait.

Les oreilles de Maître Yoda pivotèrent.

— Jusqu'à ce que le tueur soit hors d'état de nuire, vos décisions, elle devra respecter.

Anakin n'avait toujours pas l'air convaincu – et il avait raison, pensa Obi-Wan. *Le Sénateur Amidala n'appréciera pas d'avoir à obéir à quelqu'un. Encore moins à quelqu'un qui reste le petit garçon de ses souvenirs !* Mace Windu les regarda tous les deux d'un air pensif avant de déclarer :

— Anakin, présentez-vous au Sénat et demandez un entretien au Chancelier Palpatine.

Les autres membres du Conseil acquiescèrent. Obi-Wan devait reconnaître que c'était une excellente idée. Si une personne pouvait persuader Padmé de suivre les conseils du Jedi, c'était bien Palpatine. Alors, pourquoi ce sombre pressentiment refusait-il de le quitter ?

Anakin dépassa le Sénat et pénétra dans l'énorme bâtiment voisin. Il n'était allé que très rarement dans le bureau du Chancelier, et toujours en compagnie de son Maître. Le bureau de Palpatine occupait le dernier étage du gratte-ciel.

Il exposa le problème au Chancelier Palpatine.

— Je lui parlerai, dit Palpatine. Padmé Amidala ne refusera jamais d'obéir à un ordre officiel. Je la connais suffisamment pour vous l'assurer.

— Merci, Votre Excellence, répondit Anakin.

Il jeta un dernier regard de l'autre côté de la fenêtre – où s'étendait l'interminable ville, vue qui ne cessait de le fasciner.

Le Chancelier lui sourit d'un air satisfait.

— Ainsi, mon jeune Padawan, ils vous ont enfin confié une mission, dit-il. Votre patience a porté ses fruits.

— Votre bienveillance plus que ma patience, répondit Anakin.

L'intérêt manifesté par Palpatine lui allait droit au cœur, comme toujours.

À leur première rencontre, sur Naboo, juste après la guerre, Anakin n'avait que neuf ans. Il n'aurait pas cru que le Chancelier se soucierait de quelqu'un d'aussi insignifiant que lui. Mais Palpatine s'était alors engagé à suivre de près la carrière d'Anakin, et il avait tenu ses engagements. Le Chancelier était un homme de parole. Anakin ne comprenait pas pourquoi Obi-Wan voulait qu'il se méfie du politicien.

— Mes conseils n'y sont pour rien, Anakin, fit le Chancelier, très sérieux. En temps voulu, tu apprendras à suivre tes intuitions. Alors, tu seras invincible. (Il raccompagna Anakin à la porte.) Je l'ai dit et je le redis : de tous les Jedi que j'ai rencontrés, tu es le plus doué.

Un frisson de plaisir parcourut Anakin. Venant du Chancelier, ce compliment n'en avait que plus de valeur.

— Merci, Votre Excellence, dit-il.

Palpatine sourit, comme s'il comprenait l'importance de ses paroles pour le jeune homme.

— Je te vois devenir le plus puissant des Jedi, Anakin. Plus que Yoda lui-même.

Anakin ne put que balbutier des remerciements, mais en sortant du bâtiment, il avait l'impression de flotter au-dessus du sol.

La séance du Conseil à peine levée, Obi-Wan partit à la recherche de Yoda. Il ne pouvait exprimer ses doutes en public sans rabaisser Anakin, mais rien ne l'empêchait de demander conseil au Maître en privé.

Ce dernier faisait le circuit des halls du Temple dans un fauteuil aérien. Il était en pleine discussion avec Maître Windu, qui le suivait à pied. Tous deux lui jetèrent un regard bienveillant.

— Je m'inquiète pour mon Padawan, leur dit Obi-Wan. Il n'est pas prêt à entreprendre une mission en solo.

Yoda pencha la tête pour lui jeter un regard en coin.

— La bonne décision, le Conseil pense avoir prise, Obi-Wan.

— Ce garçon a des dons exceptionnels, ajouta Mace Windu.

— Mais il a encore tant à apprendre, dit Obi-Wan. Et ces mêmes dons l'ont rendu… arrogant.

À sa grande surprise, Yoda l'approuva.

— Oui ! Oui, renchérit-il. De plus en plus commun chez les Jedi, c'est un défaut. Trop sûrs d'eux-mêmes, ils sont. Même les plus âgés, les plus expérimentés.

— Souviens-toi, Obi-Wan, dit Maître Windu. Si la prophétie se réalise, ton apprenti sera le seul qui pourra rétablir l'équilibre dans la Force.

— … s'il suit le bon chemin, ajouta Obi-Wan sans réfléchir.

Il réalisa ce qu'il venait de dire et frissonna. Les prophéties étaient des armes à double tranchant, et le Côté Obscur de la Force ne cessait de croître. Bien sûr, Anakin ne ferait jamais ce choix, mais…

Que se passerait-il s'il se tournait vers le Côté Obscur ?

Padmé jeta une veste de soie sur son sac de voyage, puis l'y plaça avec un soin exagéré. Après tout le mal qu'elle s'était donné pour parvenir à temps à Coruscant afin de voter, voilà qu'on l'en chassait ! *Sois honnête : tu n'aimes pas qu'on te raccompagne chez toi ; un point, c'est tout*. Mais le Chancelier Palpatine avait été très clair sur cette décision.

Elle surprit le regard inquiet de Dormé, et soupira. Elle ne devrait pas se défouler sur des malheureux nullement responsables de sa colère. Elle posa une jupe dans le sac et jeta un regard courroucé vers l'entrée, où Anakin et Jar Jar Binks papotaient comme si de rien n'était. *Voilà* le *responsable !* Cet apprenti Jedi monté en graine avait convaincu le Sénateur Palpatine de la chasser de Coruscant.

Jar Jar croisa son regard et parut gêné. Padmé soupira de nouveau. À voir l'expression de Jar Jar, Anakin ne lui avait pas expliqué toute l'affaire. Il en était sûrement incapable : après tout, il n'était pas Sénateur. Elle se força à sourire et s'adressa au Gungan :

— Je prends un congé prolongé. Il vous incombe de prendre ma place au Sénat. Représentant Binks, je sais pouvoir compter sur vous.

— Missa honoré recevoir ce lourdingue fardeau, fit Jar Jar, un rien pompeux. Missa accepter avec beaucoup, beaucoup humilité et…

Padmé alla le serrer dans ses bras, ce qui lui fit oublier ses beaux discours.

— Tu es un ami, Jar Jar, mais je ne veux pas te retenir. Je suis sûre que tu as beaucoup à faire.

— Bien sûr, Mademoiselle.

À peine fut-il sorti que Padmé se tourna vers Anakin.

— Je n'apprécie nullement de devoir me cacher, dit-elle.

Anakin leva les mains d'un geste apaisant.

— Ne vous en faites pas. Le Conseil a ordonné une enquête ; Maître Kenobi ne tardera pas à retrouver ce chasseur de primes.

Comme si c'était ça, le problème ! Padmé fronça les sourcils :

— Je n'ai pas lutté pendant un an contre la Loi d'Enrôlement Militaire pour être absente lors de la décision finale !

— Parfois, il faut savoir oublier son orgueil et faire ce qu'on nous demande.

On dirait qu'il fait la leçon à un enfant ! Ce n'est pas parce qu'il a tant grandi…

— Mon orgueil ? répéta-t-elle en se redressant, drapée dans sa dignité de Sénateur. Ani, tu es jeune et tu ne connais rien à la politique. Je me passe fort bien de ton opinion.

Il la regarda longuement. Puis il murmura :

— Ne m'appelez pas comme ça.

Padmé oublia sa colère.

— Mais je t'ai toujours appelé comme ça. C'est ton nom, n'est-ce pas ?

— Mon nom est Anakin, dit-il, et dans sa voix, elle entendit l'écho de ce bambin de neuf ans qui lui affirmait : *Je m'appelle Anakin et je suis un être humain.* Lorsque vous m'appelez Ani, on dirait que je suis encore un petit garçon. Et ce n'est pas le cas.

— Je suis désolée, Anakin, fit-elle avec sincérité. Tu as grandi, personne ne peut dire le contraire.

Anakin rougit et baissa les yeux.

— Seul Maître Obi-Wan ne s'en est pas aperçu.

— Nos mentors ont tendance à connaître nos moindres défauts, plus que nous ne le voudrions, fit Padmé, se souvenant de ses propres instructeurs sur Naboo.

— Ne vous méprenez pas, dit-il en relevant les yeux. Obi-Wan est un grand mentor, aussi sage que Maître Yoda et aussi puissant que Maître Windu. Je suis heureux et honoré d'être son apprenti. Mais...

Il hésita, comme s'il n'était pas sûr de pouvoir exprimer ce qu'il voulait dire. Padmé acquiesça d'un air rassurant et, au bout d'un moment, il reprit :

— Quoique je ne sois qu'un élève Padawan par bien des aspects, j'ai une longueur d'avance sur lui. Je sais que je suis prêt à passer les épreuves ! Et lui aussi le sait. Mais il me trouve trop impulsif.

On aurait dit qu'il avait longuement répété sa tirade dans sa tête.

— D'autres Jedi de mon âge ont passé les épreuves et ont réussi. Je sais que j'ai commencé mon apprentissage sur le tard, mais Obi-Wan ne veut pas me laisser progresser.

— Ce doit être agaçant, fit Padmé en refrénant un sourire.

— Pire que ça ! explosa Anakin. Il ne cesse de me critiquer. Il ne veut jamais m'écouter ! Il ne comprend pas. Ce n'est pas juste !

Malgré elle, Padmé éclata de rire. Anakin la regarda, surpris, et elle secoua la tête.

— Je suis désolée, mais, un instant, j'ai cru entendre le petit garçon que j'ai connu… Lorsque tout ne se passait pas comme il le désirait.

— Je ne pleurniche pas ! insista Anakin.

— Je ne voulais pas te blesser.

— Je sais, répondit doucement Anakin, et elle sut qu'il comprenait.

— Anakin, dit-elle au bout d'un moment, ne cherche pas à grandir trop vite.

— J'ai grandi ! Vous-même le reconnaissez.

Ses yeux plongèrent dans les siens. L'intensité du regard d'Anakin était déroutante. Il y avait bien longtemps qu'on ne l'avait pas fixée ainsi – sans voir en elle le membre du Sénat ou la Reine Amidala, mais la femme qu'elle était.

— Je t'en prie, ne me dévisage pas comme ça, dit-elle.

— Pourquoi ?

— Parce que je peux voir ce que tu penses.

Elle ne voulait pas dire ça, pas avec une telle franchise.

— Ah ! (Anakin éclata de rire.) Alors, vous aussi avez des pouvoirs de Jedi ?

Padmé se détourna. Cet ex-esclave n'avait pas le droit de se moquer d'elle.

— Cela me met mal à l'aise.

— Désolé, Mademoiselle.

Anakin semblait sincère, mais Padmé avait l'impression qu'il se riait toujours d'elle. Elle serra les lèvres et s'éloigna d'un pas décidé pour finir ses bagages.

CHAPITRE 5

Obi-Wan, le Capitaine Typho et Dormé escortèrent Anakin et Padmé jusqu'aux quais d'embarquement de marchandises de l'astroport. En son for intérieur, Obi-Wan trouvait qu'ils étaient trop nombreux. Mais il était difficile de renvoyer le Capitaine Typho, chef de la sécurité de Padmé, et celle-ci s'inquiétait pour sa nouvelle doublure, la servante qui se ferait passer pour « Amidala », dans l'espoir de confondre les assassins. Il n'avait donc pas cherché à les dissuader de venir. En revanche, il avait été très clair : seuls Padmé et Anakin monteraient à bord du petit transporteur qui les emmènerait aux docks. Un groupe composé d'un Jedi, d'un officier de Naboo en uniforme et de la pseudo-Amidala ne passerait pas inaperçu. Or, c'était précisément par souci de discrétion qu'ils empruntaient un cargo ordinaire pour quitter Coruscant.

Anakin et Padmé portaient d'amples robes de paysannes aux tons gris et bruns. Anakin avait noué sa tresse de Padawan sous sa nuque afin qu'elle soit moins voyante. Un Padawan Jedi accompagnant une jeune femme à bord d'un transport de réfugiés, la situation était assez incongrue pour attirer toutes sortes de commentaires. Pour la centième fois, Obi-Wan conclut que leurs déguisements feraient illusion.

Le transporteur finit par s'amarrer au quai. Pendant que Padmé et Dormé échangeaient des adieux poignants, Obi-Wan prit Anakin à l'écart. Ignorant la grimace de son apprenti, il répéta ses instructions avec une légère emphase :

— Anakin, tu vas rester sur Naboo. Ne fais rien sans m'avoir consulté au préalable, moi ou le Conseil.

— Oui, Maître, répondit-il du ton de celui qui a déjà entendu tout ça maintes et maintes fois.

Obi-Wan soupira. Il aurait bien voulu le croire. Il ne pensait pas qu'Anakin irait lui mentir : il était sûr que son apprenti voulait suivre ses instructions. Mais le garçon était impulsif, trop sûr de lui et de ses capacités. S'il le jugeait nécessaire, il oublierait ses promesses et mettrait en danger toute l'opération. *C'est le seul moyen d'assurer la sécurité de Padmé*, se dit Obi-Wan. *Le dernier assassin, cette Métamorphe, avait bien failli réussir*. Et pourtant, Obi-Wan ne pouvait se débarrasser d'un sombre pressentiment.

Padmé mit fin à ses adieux et les rejoignit. Son visage était grave. Obi-Wan hocha la tête et dit :

— Je ne tarderai pas à déjouer ce complot, Mademoiselle. Vous serez de retour en un rien de temps.

— Je vous serai très reconnaissante d'agir avec célérité, Maître Jedi, répondit-elle d'un ton formel.

— Il faut y aller, déclara Anakin.

Ils se dirigèrent vers la porte du navire, où les attendait R2-D2.

— Que la Force soit avec toi, dit Obi-Wan à Anakin.

— Que la Force soit avec vous, Maître, répondit Anakin.

En voyant disparaître Anakin, Padmé et R2-D2 dans la foule, Obi-Wan ne put s'empêcher de murmurer au Capitaine Typho :

— J'espère qu'il ne fera rien d'inconsidéré.

Le Capitaine Typho secoua la tête.

— C'est davantage d'elle que je me méfierais.

Ils attendirent en silence que le cargo s'en aille. Obi-Wan exerça même ses dons de Jedi pour s'assurer qu'Anakin et Padmé étaient bien à bord – il redoutait qu'à la dernière minute, la jeune femme réussisse à convaincre son apprenti de la laisser filer.

Une fois assuré que tout était en ordre, Obi-Wan dirigea le transport vers le secteur diplomatique de Coruscant. Laissant Dormé et le Capitaine Typho remplir leur dangereux rôle de leurre, il se rendit au Temple Jedi. Il avait promis à Padmé de conclure son enquête au plus vite et voulait se mettre au travail sur-le-champ.

Des laboratoires d'analyse du Temple, un seul était libre. Obi-Wan tira le dard toxique qui avait tué la Métamorphe et le mit sur le plateau à sensors.

— Je dois savoir d'où vient cet objet et qui l'a fabriqué, dit-il au droïde analyste.

— Un instant, je vous prie.

Le droïde avala le plateau et se mit à l'ouvrage.

Obi-Wan attendit en voyant défiler des données et des diagrammes sur l'écran du droïde. Puis, à son grand étonnement, il s'éteignit.

— Les relevés n'identifient pas son origine, annonça le droïde. Comme vous pouvez le voir sur l'écran, cette arme ne provient d'aucune culture connue. Elle a probablement été faite à la main par un guerrier indépendant de toute société répertoriée. Veuillez vous écarter du plateau, je vous prie.

Et l'analyste apparut à nouveau, lui rendant son dard.

— Excusez-moi, dit Obi-Wan, pouvez-vous faire une seconde tentative ?

— Maître Jedi, nos archives sont des plus complètes, dit le droïde. Si je ne peux déterminer d'où vient cet objet, personne n'en est capable.

Obi-Wan regarda le dard. *Personne n'en est capable, hein ? Hmmm, je me demande si…*

— Merci de votre assistance, dit-il au droïde en empochant le dard.

Il dit pour lui-même :

— Je sais qui pourra l'identifier.

En quittant le cabinet, il aurait juré avoir entendu un reniflement méprisant dans son dos.

À première vue, le restaurant *Dex* ressemblait à n'importe quel établissement bas de gamme de cette partie de la ville : des tables marron le long des murs, un carrelage ciré, un comptoir aux chromes rutilants. Cependant, *Dex* sentait moins mauvais que la plupart des cantines de même acabit où Obi-Wan s'était aventuré.

La serveuse droïde qui nettoyait les tables se montra plutôt coopérative lorsqu'il lui dit qu'il cherchait Dexter.

— C'est pour une affaire personnelle, dit-il.

La droïde le toisa longuement, puis elle lança en direction de la trappe de service :

— Quelqu'un veut te voir, chéri. (Baissant légèrement la voix, elle ajouta :) Un Jedi, apparemment.

Une grosse tête passa par la trappe, accompagnée d'un nuage de vapeur.

— Obi-Wan ! s'exclama joyeusement Dexter. Assieds-toi ! Je suis à toi dans une seconde !

Avec le sourire, Obi-Wan choisit une alcôve déserte. Rassurée, la serveuse droïde apporta deux tasses d'ardees fumant. Un instant plus tard, Dexter émergea de l'arrière-salle. Il n'avait pas beaucoup changé depuis leur dernière rencontre – un peu plus âgé, un peu plus chauve et peut-être un peu plus gros, même si quelques kilos de plus ou de moins ne changeaient pas grand-chose. Tout sourire, il se glissa sur la banquette face à Obi-Wan.

— Alors, mon ami, que puis-je faire pour toi ? demanda-t-il en agitant ses quatre bras.

— Me dire ce qu'est ce machin, dit Obi-Wan en glissant le dard sur la table.

Dexter écarquilla les yeux.

— Fichtre, en voilà une surprise ! murmura-t-il.

Avec une délicatesse surprenante de la part d'une créature si massive, il ramassa le dard et le retourna.

— Je n'en ai pas vu depuis le temps où j'étais prospecteur à Subterrel, au-delà de la Bordure Extérieure.

— Sais-tu d'où ça vient ? demanda Obi-Wan, se penchant en avant.

Dexter eut un grand sourire.

— Ce machin appartient aux cloneurs. Tu as affaire à un dard de Kamino.

Alors, personne n'est capable de déterminer ce que c'est, hein ? se dit Obi-Wan avec satisfaction.

— Un dard de Kamino ? Je me demande pourquoi il ne figure pas dans nos archives !

— Tu vois ces drôles d'encoches ? fit Dexter. C'est à ça qu'on les reconnaît. Tu sais, vos droïdes de laboratoire ne déchiffrent réellement que les symboles. (Et il ajouta d'un air rusé :) J'aurais cru que vous autres Jedi auriez plus de considération pour la sagesse que pour le savoir.

— Et si les droïdes étaient doués de raison, nous ne serions pas là, n'est-ce pas ? continua Obi-Wan.

Tous deux éclatèrent de rire. Obi-Wan regarda à nouveau le dard et reprit son sérieux.

— Kamino… fit-il pensif. Ça ne me dit rien. Fait-elle partie de la République ?

— Non, c'est au-delà de la Bordure Extérieure ; à douze parsecs au sud du Labyrinthe de Rishi. Ces Kaminoiens ne se montrent pas. Ce sont des cloneurs. Sacrément bons, en plus !

Obi-Wan regarda Dexter en réfléchissant.

— Des cloneurs ? Ils sont pacifiques ?

— Cela dépend, répondit très sérieusement Dexter.

— De quoi, Dex ?

— De tes bonnes manières… et de l'épaisseur de ton portefeuille.

La cale du cargo était sombre et surpeuplée ; rien à voir avec les grands espaces lumineux du croiseur royal de Naboo. *C'est pourtant ainsi que la plupart des humains voyagent à travers l'espace*, se dit Padmé. Cela lui rappela le temps où elle était bénévole dans un groupe humanitaire de Shadda-Bi-Boran, lorsqu'elle avait huit ans. Des années qu'elle n'y avait pas pensé.

Elle étudia les visages qui l'entouraient. Certains semblaient las et marqués par la vie, d'autres débordaient d'espoir. Personne ne lui paraissait avoir une tête d'assassin. *Mais à quoi ressemble un assassin ? Je n'en ai jamais vu... Juste ce droïde à ma fenêtre la nuit dernière.*

Derrière elle, Anakin remua une fois de plus dans son lit. Depuis qu'il s'était endormi, il n'avait cessé de se tourner et se retourner. Padmé se demandait si son sommeil était toujours aussi agité, lorsqu'elle l'entendit gémir :

— Non ! Non, Maman, non !

Elle se pencha sur lui et remarqua qu'il était trempé de sueur. Elle posa doucement une main sur son bras dans l'espoir de le réveiller en douceur.

Apparemment, Anakin avait le sommeil léger. Il ouvrit les yeux et la regarda sans la reconnaître.

— Quoi ?

— Tu semblais faire un cauchemar, lui dit Padmé.

Anakin lui jeta un regard pénétrant. Padmé détourna les yeux et vit s'approcher R2-D2, qui portait deux morceaux de pain. Elle cligna des yeux, un peu surprise de voir le petit droïde lui tendre un tube de bouillie pour remplir deux bols. *Je croyais qu'on ne servait pas les droïdes à bord. Mais j'ai toujours su que R2-D2 était débrouillard.*

— Tu as faim ? demanda-t-elle à Anakin.

Il acquiesça ; elle lui passa un des bols.

— Merci.

— Nous sommes passés en vitesse-lumière il y a déjà un moment, dit Padmé d'un ton neutre.

S'il ne désirait pas parler de ses cauchemars, elle ne l'y obligerait pas.

— J'ai hâte de revoir Naboo. Depuis mon départ, je n'ai cessé d'y penser. C'est de loin le plus beau pays que j'aie jamais vu.

Tout en parlant, il la fixait d'un regard intense, comme pour renforcer le sens caché de ses paroles.

Padmé était nerveuse. Elle ne voulait pas de ses sous-entendus, pas davantage qu'il se mette à idéaliser Naboo et… son peuple. Il serait certainement déçu.

— Avec l'âge, les perceptions changent.

— Parfois, oui, répondit Anakin, toujours avec ce même regard. Et il arrive que la réalité soit plus belle encore.

Gênée, Padmé baissa les yeux et avala une bouchée de bouillie. *Il est temps de changer de sujet.*

— Ce doit être dur de consacrer sa vie aux Jedi, dit-elle. Ne pas pouvoir faire ce qu'on veut, aller où l'on veut…

Elle se rappela, trop tard, qu'à leur première rencontre, Anakin n'était qu'un esclave, bien moins libre de ses mouvements qu'un apprenti Jedi. Pour lui, cette existence était une libération et non un asservissement. Mais Anakin poursuivit :

— … ou encore vivre en compagnie de ceux qu'on aime.

— Vous avez le droit d'aimer ? Je croyais que le code Jedi le prohibait.

— L'attachement, la possession sont interdits, énonça lentement Anakin. Mais la compassion, que je définirais comme un amour inconditionnel, est essentielle à l'existence d'un Jedi. Donc, on peut dire que nous sommes encouragés à aimer.

Ce jeune homme réfléchi et sérieux était-il le même Anakin que le petit garçon de ses souvenirs ?

— Tu as bien changé, dit-elle sans réfléchir.

— Pas vous, enchaîna Anakin. Vous êtes exactement telle que je vous voyais dans mes souvenirs, dans mes songes. Et je doute que Naboo ait beaucoup changé aussi.

Il rêve de moi ? Elle ne savait si cette idée l'enchantait ou l'effrayait.

Elle changea de sujet :

— Tout à l'heure, tu rêvais de ta mère, n'est-ce pas ?

Anakin détourna les yeux.

— Oui. Il y a si longtemps que j'ai quitté Tatooine ; mes souvenirs d'elle sont de moins en moins clairs, je ne veux pas les perdre. Et ces derniers temps, elle hante mes nuits… Des visions particulièrement nettes. Des cauchemars… (Sa voix se radoucit.) Je m'inquiète pour elle.

Je comprends qu'il préfère rêver de moi… et de Naboo, bien sûr. Padmé le regarda avec une tendresse nouvelle. Il baissa la tête et se remit à manger. *Il est plus inquiet qu'il ne veut le reconnaître. Et c'est un Jedi : il sait des choses.*

Un frisson d'appréhension la parcourut ; elle se souvenait de cette femme douce et forte qu'elle avait rencontrée sur Tatooine, il y avait bien longtemps. Elle voulait croire que rien ne pouvait lui arriver, mais Shmi Skywalker était une esclave, comme son fils, et Tatooine recelait bien des dangers…

CHAPITRE 6

Les archives Jedi étaient l'un des endroits du Temple qu'Obi-Wan préférait, à la fois paisible et bourdonnant d'activité. Les rangées d'ordinateurs qui brassaient silencieusement un immense savoir constituaient la banque de données la plus riche de toute la Galaxie. Et, quelle que soit l'heure du jour ou de la nuit, il y avait toujours trois ou quatre Jedi attablés devant une console à étudier des statistiques ou à chercher une information.

Aujourd'hui, ce n'était pas seulement les consoles qui étaient occupées ; quatre ou cinq Jedi potassaient des listings d'imprimante.

Obi-Wan demanda à son unité centrale les coordonnées de Kamino, mais, à sa grande surprise, cette planète n'entrait pas dans les données. Après avoir passé une demi-heure à parcourir en vain les banques de données, il appuya sur le bouton d'appel des archivistes. Puis il se leva, s'étira et se mit à faire les cent pas en prenant grand soin de ne pas déranger les autres Jedi.

Il s'arrêta devant une rangée de bustes en bronze. Celui qui lui faisait face représentait le Comte Dooku. Il examina avec intérêt ce long visage ciselé à la mine sévère, tentant vainement d'y déceler quelque indication du chemin qu'il allait suivre. Futur chef du Mouvement Séparatiste ? De ceux qui pouvaient plonger la République dans la guerre civile… *Comment un Jedi pouvait-il tomber si bas, même s'il avait quitté l'Ordre ? Et pourquoi l'avait-il quitté ?* Cela s'était produit peu après la guerre de Naboo. Obi-Wan était alors loin du Temple, et trop accaparé par ses nouvelles fonctions officielles de Chevalier Jedi ; quand il était revenu à Coruscant, le Comte était déjà parti. Il n'avait jamais su ce qui s'était passé.

Il entendit un frôlement et se retourna. La grande archiviste des Jedi, Jocasta Nu, se tenait à ses côtés. Avec ses cheveux gris, son visage mince et son corps longiligne noyé dans ses robes, elle semblait bien frêle ; difficile de croire qu'elle soit plus qu'une bibliothécaire soudée à son bureau. Obi-Wan savait qu'il ne fallait pas s'y fier. Dans sa jeunesse, Jocasta avait été une formidable guerrière. Et si, aujourd'hui, elle passait la majeure partie de son temps à gérer les archives des Jedi, il lui arrivait encore de partir en mission.

— Vous avez requis mon aide ? demanda-t-elle.

Obi-Wan s'arracha à la contemplation du buste.

— Oui, en effet.

Jocasta eut un sourire complice :

— Ce visage respire la puissance, n'est-ce pas ? C'est un des Jedi les plus brillants que j'aie eu l'honneur de connaître.

— Je n'ai jamais su les raisons de son départ, dit Obi-Wan. Dans toute l'histoire du Temple, vingt Jedi ont démissionné, pas plus.

Jocasta Nu était une Jedi, elle aussi. Elle devait s'être posé les mêmes questions.

— Les vingt Égarés, soupira l'archiviste. Le Comte Dooku est le dernier d'entre eux – et le cas le plus douloureux. (Elle se tut avant de reprendre :) Personne n'aime en parler. Ce fut une grande perte pour le Temple.

— Que s'est-il passé ? demanda Obi-Wan sans hésiter.

— Eh bien, le Comte Dooku n'était jamais tout à fait d'accord avec les décisions du Conseil. (Elle décocha à Obi-Wan un regard indéchiffrable.) Un peu comme votre ancien Maître, Qui-Gon Jinn…

— Vraiment ?

Voilà qui était surprenant… et déconcertant. *Mais Maître Qui-Gon Jinn n'aurait jamais abandonné l'Ordre. Jamais.*

— Oh, oui ! Ils se ressemblaient sur bien des points. Des libres penseurs. Des idéalistes…

Elle regarda le buste et reprit comme si elle parlait toute seule :

— Il cherchait toujours à s'améliorer. Il voulait être le plus grand de tous les Jedi. Au sabre laser, en combat traditionnel, il n'avait pas d'égal. Sa connaissance de la Force était… unique.

Un peu comme Anakin, se dit Obi-Wan en se renfrognant. Jocasta soupira et tourna la tête comme si elle ne pouvait plus supporter de regarder le buste.

— Vers la fin, je crois qu'il avait perdu sa foi en la République. C'est pour ça qu'il est parti. Il avait toujours beaucoup attendu du gouvernement. Il a disparu pendant neuf ou dix ans avant de réapparaître à la tête du Mouvement Séparatiste.

Obi-Wan attendit, mais elle semblait vouloir en rester là.

— Intéressant, finit-il par prononcer, bien que je ne sois pas sûr d'avoir tout compris.

— Eh bien, je présume que vous ne m'avez pas appelée pour que je vous donne une leçon d'histoire. Quel est votre problème, Maître Kenobi ?

Obi-Wan désigna l'écran qu'il avait employé.

— Je cherche un système planétaire du nom de Kamino. Il ne semble pas être répertorié dans les archives.

— Kamino ? répéta Jocasta. Ce nom ne me dit rien. Voyons voir. (Elle étudia l'écran un moment.) Vous êtes sûr d'avoir les bonnes coordonnées ?

— D'après mes informations, il devrait se trouver dans ce quadrant, au sud du Labyrinthe de Rishi.

— Pas de coordonnées ? demanda l'archiviste en fronçant les sourcils. Vous avez récolté vos informations auprès d'un pilier de bistrot ?

Obi-Wan pensa à Dex et eut un sourire.

— C'est à peu près ça.

Jocasta le regarda d'un air sceptique.

— Vous êtes sûr que ce monde existe ?

— Absolument.

Elle le regarda encore, puis hocha la tête.

— Je vais effectuer un scan gravitationnel.

Ses doigts effleurèrent les instruments, et l'image sur l'écran se modifia. Elle l'examina un instant et désigna un point précis.

— Il y a là quelques données contradictoires. La planète que vous cherchez a peut-être été détruite.

— Cela serait répertorié dans les archives, non ?

— En toute logique, oui, admit l'archiviste. (Elle le regarda et secoua la tête.) Cela m'ennuie de vous le dire, mais il semblerait que le système que vous recherchez n'existe pas.

Obi-Wan pensa au dard toxique dans sa poche.

— C'est impossible. Les archives doivent être incomplètes.

Jocasta se raidit comme s'il l'avait personnellement insultée.

— Nos archives sont immenses et sécurisées, rétorqua-t-elle. Une chose est sûre : si un élément n'y est pas, c'est qu'il n'existe pas !

Obi-Wan commençait à connaître la chanson – *Si je ne peux déterminer d'où vient cet objet, personne n'en est capable*... Il fixa la carte sur l'écran et, soudain, fronça les sourcils. Des anomalies gravitationnelles... *quelque chose, en tout cas*, s'était passé à l'endroit où, d'après Dexter, se tenait le système Kamino. Quoi qu'en disent les archives.

Obi-Wan secoua la tête. Tout ceci ne rimait à rien. D'après les archives Jedi, l'assassin avait été tué par un dard non identifié provenant d'un monde inexistant. Il ne savait pas ce qui était le plus dérangeant – que son enquête finisse en queue de poisson ou qu'il découvre de telles failles dans le système d'information des Jedi. Et il n'avait pas d'autres moyens de se renseigner.

Il remercia l'archiviste et copia la carte sur un lecteur portatif afin d'y réfléchir plus tard. *Il devait bien y avoir quelqu'un qui pourrait lui indiquer vers où chercher*.

La planète Naboo était encore plus belle et odorante que dans les souvenirs d'Anakin. Les dômes de la ville d'un rose doré, les fleurs embaumant l'air, la musique lointaine des cascades – rien n'avait changé. Sauf que, cette fois-ci, il n'y avait pas d'armée de droïdes à affronter, ce qui était plutôt un avantage. À part le froid, tout était parfait.

Padmé semblait apprécier tout autant que lui de retrouver Naboo. Elle voulut qu'ils se rendent directement de l'astroport au Palais, afin de faire son rapport à la Reine. Une fois qu'ils furent d'accord, elle abandonna en partie son attitude hautaine et déterminée de membre du Sénat. Elle ressemblait davantage à la Padmé qu'Anakin avait connue sur Tatooine, lorsqu'il était tout petit. Il se demanda comment avait été son enfance à elle :

— Dites-moi, rêviez-vous de pouvoir et de politique lorsque vous étiez petite ?

Étonnée, Padmé éclata de rire et se tourna vers lui :

— Non, je n'y pensais pas du tout. (Elle prit un air pensif, perdue dans ses souvenirs.) Mon élection est due en grande partie à mon profond désir de réformer le système. Je n'étais pas la plus jeune Reine de l'histoire – mais, a posteriori, je me demande si j'étais assez mûre pour remplir cette fonction.

Elle se tourna vers le Palais, et son regard s'attarda sur une surface polie plus neuve que les autres, là où les ravages d'une décharge de blaster avaient été dissimulés.

— Je ne sais si j'y étais vraiment préparée, murmura-t-elle.

— Vos sujets pensent que vous avez fait du bon travail, reprit Anakin dans l'espoir de lui remonter le moral. J'ai entendu dire qu'ils voulaient amender la Constitution pour que vous puissiez garder votre poste.

— La popularité n'a rien à voir avec la démocratie, Ani, répondit Padmé. Les gens souhaitent faire ce qu'ils veulent, pas nécessairement ce qu'il leur faut. À vrai dire, j'attendais avec soulagement la fin de mon double règne… mais quand la Reine m'a demandé de siéger au Sénat, je n'ai pas pu refuser.

— Je pense que la République a besoin de vous, affirma Anakin alors qu'ils atteignaient les marches du Palais. Je suis heureux que vous ayez choisi de la servir.

Padmé lui sourit, et ils entrèrent dans le bâtiment. Une aide les accompagna en haut des escaliers qui menaient à la salle du trône aux murs de marbre. C'était étrange de voir sur le trône la Reine Jamillia, revêtue des attributs royaux, alors que, dans les souvenirs d'Anakin, cette place revenait à Padmé. Mais les femmes de chambre en robes rouge vif étaient les mêmes, tout comme certains conseillers de la Reine. Anakin reconnut même l'un d'entre eux, Sio Bibble, qui était resté à Naboo durant la guerre.

La Reine accueillit Padmé comme une vieille amie.

— Nous nous faisions du souci pour vous, fit-elle, prenant les mains de Padmé. Je suis si contente que vous soyez saine et sauve.

— Merci, Votre Grandeur, dit Padmé. J'aurais juste aimé pouvoir mieux vous servir en restant à Coruscant pour assister au vote.

— Étant donné les circonstances, Mademoiselle, fit Sio Bibble d'un air sévère, c'était la seule décision que Sa Grandeur puisse prendre.

— Combien de systèmes ont-ils rejoint le Comte Dooku et les Séparatistes ? demanda la Reine.

— Des milliers, répondit Padmé. Bien d'autres s'apprêtent à abandonner la République. Si le Sénat vote en faveur de la création d'une armée, je suis certaine que tout ceci finira par une guerre civile. Votre Grandeur, continua-t-elle, d'après certaines rumeurs, la Fédération du Commerce ne se serait pas dissoute comme on le lui a ordonné.

La Reine Jamillia parut surprise et sceptique à la fois. Anakin ne pouvait l'en blâmer : après ce que la Fédération avait fait sur Naboo, il était inconcevable qu'on lui laisse garder son armée de droïdes de combat. Mais Anakin redoutait que Padmé ne soit dans le vrai, et se demandait pourquoi les Jedi n'avaient pas mené l'enquête. Il ne se souvenait que trop de la guerre de Naboo, et l'idée que la Fédération du Commerce ait pu échapper à un châtiment bien mérité le faisait grincer des dents.

— Nous devons garder foi en la République, affirma la Reine Jamillia. Le jour où nous cesserons de croire en la démocratie, elle s'effondrera.

— Prions pour que ce jour n'arrive jamais ! murmura Padmé.

— Entre-temps, nous devons penser à notre propre sécurité, continua la Reine.

Anakin se crispa. Comptait-elle vraiment en discuter devant tout cet aréopage ? Mais Sio Bibble fit un geste de la tête, et le reste de la Cour s'en alla. Lorsqu'il ne resta plus que lui et la Reine, il regarda Anakin et demanda :

— Que nous suggérez-vous, Maître Jedi ?

Anakin ouvrit la bouche, mais Padmé le devança.

— Anakin n'est pas encore Jedi, Conseiller. C'est un élève Padawan. Je me disais…

— Holà ! un instant, intervint Anakin.

Un Padawan reste un membre de l'Ordre, et c'est ma mission ! De plus, elle n'avait pas à enfoncer le clou. Sa natte de Padawan était bien visible ; Sio Bibble l'avait certainement remarquée, et il savait ce qu'elle signifiait.

— Je t'en prie ! lança Padmé par-dessus son épaule. (Elle se tourna à nouveau vers la Reine et reprit :) Je pensais pouvoir m'installer dans la Contrée des Lacs. On y trouve des endroits relativement coupés du monde.

Elle n'a pas à me rabaisser comme ça ! pensa Anakin, fou de rage.

— Excusez-moi, Mademoiselle, dit-il froidement. C'est moi qui suis chargé de votre sécurité.

Padmé se retourna :

— Ani, c'est ma vie qui est en jeu, et je suis ici chez moi. Je connais bien cette planète ; c'est même pour ça qu'on m'y a renvoyée. Je pense que, dans ce cas précis, tu devrais profiter de mon avantage.

Ce n'est pas la question, et vous le savez très bien ! faillit bégayer Anakin, mais il surprit le regard amusé qu'échangeaient la Reine et Sio Bibble, et ravala ses réprimandes. Padmé voulait le faire sortir de ses gonds : la preuve, elle l'avait à nouveau appelé Ani. Néanmoins, sa colère ne devait en aucun cas prendre le pas sur sa mission. Il inspira profondément et grommela :

— Pardon, Mademoiselle.

— Parfait, dit la Reine. En ce cas, nous sommes d'accord. (Elle se leva et regarda Padmé.) Hier, j'ai accordé une audience à votre père. Il espère que vous irez rendre visite à votre mère avant de repartir. Votre famille est très inquiète.

Voilà qui n'était pas prévu au programme, mais ne devrait pas causer de gros problèmes de sécurité. Et... Anakin ne s'était jamais demandé à quoi pouvait ressembler la famille de Padmé.

Les enfants de quatre ans s'entraînaient avec application. La Force irradiait de ces jeunes de différentes espèces, et Yoda avait grand plaisir à leur enseigner les rudiments de l'art des Jedi. Chacun brandissait un sabre laser miniature de basse puissance et portait un casque d'exercice ; cette protection obturait la vision, si bien qu'ils devaient s'en remettre à la Force pour frapper les petits droïdes qui dansaient autour d'eux. Au milieu de tous ces jeunes esprits si concentrés, Yoda en oubliait presque son âge avancé.

— Ne réfléchis pas, dit-il en sentant flancher l'un d'entre eux. Sens. Ne sois qu'un avec la Force. De t'aider, elle ne manquera pas.

L'enfant se détendit, et son coup atteignit la cible. Yoda sourit. Puis il perçut un tout autre mouvement à l'autre bout de la pièce. Obi-Wan passa la porte ; Yoda sentit qu'il avait l'esprit ailleurs.

— Cela suffit, mes amis, fit Yoda. Un visiteur, nous avons. Bon accueil, faites-lui.

Pendant que les enfants éteignaient leurs sabres lasers, Yoda s'avança lentement.

— Maître Obi-Wan Kenobi, le Clan de l'Ours je vous présente, fit-il en désignant les enfants.

Obi-Wan les salua d'un hochement de tête, puis se tourna aussitôt vers Yoda.

— Désolé de vous déranger, Maître.

— Comment vous aider, puis-je ?

— Je cherche une planète que m'a décrite un vieil ami, quelqu'un de confiance. Mais elle n'apparaît pas dans les archives.

— Perdu une planète, Maître Obi-Wan a. Bien embêtant, c'est !

Un des enfants étouffa un petit rire. Yoda fit semblant de ne pas l'avoir remarqué.

— Liam, les rideaux. Un problème intéressant, voilà. (Il s'avança vers Obi-Wan tout en agitant sa canne vers la classe.) Venez, jeunes gens, rassemblez-vous autour du lecteur de cartes. Vos esprits, éclaircissez ; de trouver la planète perdue, nous allons essayer. Bobby, s'il te plaît, la lumière.

Les enfants obéirent et, tandis que la lumière diminuait, ils s'agglutinèrent autour du lecteur de cartes : ils ne l'avaient encore jamais vu à l'œuvre. Une exclamation de surprise retentit lorsque Obi-Wan tira une petite boule de verre – les archives cartographiques portables – et la posa sur le plateau au sommet du lecteur. Lorsque l'hologramme en trois dimensions représentant la Galaxie apparut, emplissant une grande partie de la pièce, tous restèrent bouche bée. Des étoiles plus ou moins brillantes semblaient flotter dans la salle, et certains enfants tentèrent de les attraper.

Obi-Wan se plaça au centre de l'hologramme.

— La gravité attire toutes les étoiles vers ce point précis. Il devrait donc y avoir une autre étoile à cet endroit-ci… mais elle n'y est pas.

— Encore plus intéressant, intervint Yoda. Toujours là la gravité rémanente est, mais l'étoile et toutes ses planètes disparu ont. Comment est-ce possible ? (À nouveau, il se tourna vers la classe.) Maintenant, mes enfants, la première chose qui vous vienne à l'esprit quelle est ? Une réponse ? Une pensée ? Une personne ?

Il y eut un silence. Puis un garçon leva la main. Yoda hocha la tête.

— Maître ! Quelqu'un a pu l'effacer de la mémoire centrale.

— Oui ! renchérirent joyeusement les autres. Ce doit être ça. Quelqu'un l'a effacée !

Obi-Wan se tourna vers les enfants. Une petite fille le regarda d'un air très sérieux et expliqua :

— Si la planète avait explosé, sa gravité se serait dissipée.

Yoda gloussa de plaisir devant l'intelligence de ses élèves et l'expression stupéfaite d'Obi-Wan.

— Merveilleux, l'esprit d'un enfant est. Ce Padawan dit vrai. Au cœur du puits gravitique, rendez-vous et votre planète trouverez.

Obi-Wan, toujours secoué, récupéra sa carte avant de tourner les talons pour s'en aller.

— Maître Yoda, dit-il au moment de passer la porte, qui pourrait avoir effacé des informations des archives ? Cela semble impossible, n'est-ce pas ?

La Force brille dans cet homme. Il peut voir au-delà de ses préoccupations du moment. Yoda fronça les sourcils, mais il ne pouvait refuser de répondre à une question aussi pertinente.

— Dangereux et inquiétant, ce mystère est, admit-il. Seul un Jedi peut avoir effacé ces dossiers. (Il sentit l'inquiétude d'Obi-Wan et acquiesça.) Qui, et pourquoi, difficile de répondre. Méditer là-dessus, je vais. Que la Force soit avec vous !

Obi-Wan répéta la formule de politesse avec plus de sincérité qu'à l'habitude, même entre Jedi. En retournant à son cours, Yoda se surprit à hocher la tête. *Que la Force soit avec nous tous !*

CHAPITRE 7

Obi-Wan inspecta une dernière fois le chasseur stellaire. Le droïde R4 tournoya dans l'embrasure de l'aile du petit appareil blanc et rouge. Tout semblait en ordre.

À ses côtés, Maître Windu le regardait d'un air solennel.

— Faites bien attention, dit-il. Cette perturbation dans la Force ne cesse de s'accroître.

Obi-Wan acquiesça. Tous les Jedi la sentaient – et même certains élèves, disait-on.

Il n'en était que plus inquiet pour Padmé et Anakin. *Peu m'importe l'avis du Conseil : ils n'auraient pas dû lui confier cette mission. Il est trop attiré par elle.* Maître Windu lui demanda ce qui n'allait pas. Obi-Wan soupira.

— Je crains qu'Anakin ne puisse assurer la protection de Padmé Amidala, dit-il.

— Pourquoi ? demanda calmement Mace Windu.

— Il a… un lien émotionnel avec elle, qui date de son enfance. Maintenant, ça le trouble, ça le distrait…

— Obi-Wan, interrompit Mace Windu, vous devez avoir confiance en lui. Il choisira le bon chemin.

Obi-Wan acquiesça. Pourtant, il ne pouvait s'empêcher de se demander si Maître Windu comprenait vraiment ce qu'il essayait de lui dire. Peut-être devrait-il laisser un message à Maître Yoda. Non : Maître Windu lui raconterait tout et, quoi qu'il en soit, il était trop tard pour prendre des dispositions. *Anakin devra se débrouiller seul*. Il monta à bord du chasseur stellaire et appuya sur le bouton commandant la fermeture du cockpit.

— Que la Force soit avec vous ! dit Mace Windu.

La planète Kamino était exactement là où elle devait se trouver. Obi-Wan fronça les sourcils et marmonna quelques mots à l'adresse de R4. Malgré l'avis de Maître Yoda, il refusait de croire que quelqu'un ait pu trafiquer les archives du Temple ; pourtant, le fait était là. *Qui a pu faire une chose pareille ? Et qu'a-t-on effacé d'autre ?* Il secoua la tête et chassa ces questions de son esprit. C'était à Maître Yoda de s'en occuper. Sa mission était de traquer ce mystérieux chasseur de primes en armure argentée.

Sa demande d'instructions pour l'atterrissage fut reçue par une Kaminoienne qui se présenta sous le nom de Taun We.

— Vous voulez vous poser à Tipoca City ? lui demanda-t-elle. Il y a une plate-forme accessible au sud ; je vous transmets ses coordonnées.

Obi-Wan prit tout son temps. Le soleil de Kamino venait d'une étoile en fusion, et la surface de la planète était principalement composée d'eau. Cette combinaison faisait que ce monde était constamment recouvert d'une chape de nuages de pluie. *Sur Kamino, un jour sans orage et sans vent qui vous ramène la pluie en plein visage, c'est une belle journée !* se dit Obi-Wan tout en luttant avec les commandes. Une fois le vaisseau posé, il enfila son manteau, puis courut à travers la pluie sombre et battante vers une tour située à l'extrémité de la plate-forme. Lorsqu'il s'en approcha, une porte coulissa. Il se rua à l'intérieur de l'édifice.

Le grondement de la tempête stoppa net quand la porte se referma sur lui. Les murs intérieurs d'un blanc luminescent éclairaient le hall de la tour d'une lumière froide et uniforme. Un instant, cette clarté aveuglante obligea Obi-Wan à cligner des yeux.

— Maître Jedi, dit une voix douce, c'est bon de vous voir.

Obi-Wan repoussa sa capuche détrempée, essuya la pluie qui ruisselait de son visage, et vit Taun We qui l'attendait. Au cours de leur brève discussion par écrans interposés, il avait pu voir ses grands yeux en amande et sa peau de porcelaine. Mais sa haute taille et son extrême minceur l'étonnèrent. Plus surprenante encore était sa joie évidente tandis qu'elle continuait :

— Le Premier ministre vous attend.

— Je suis attendu ?

Quelqu'un avait-il prévenu ces gens ? Et pourquoi ?

— Bien sûr ! répondit-elle gaiement. Il a hâte de vous voir. Après toutes ces années, nous commencions à croire que vous ne viendriez jamais. Veuillez me suivre.

Tout cela est bien étrange, se dit Obi-Wan en parcourant les longs couloirs de la ville. Cependant, ni la frayeur ni le désarroi n'émanaient de son guide ou des autres êtres qu'il croisa. La Kaminoienne et lui empruntèrent un véritable labyrinthe avant de déboucher directement dans un vaste bureau. La pièce n'avait pas de fenêtre, mais s'en passait fort bien : ses murs brillaient de la même luminescence glaciale que les couloirs. À leur entrée, un Kaminoien se leva poliment de son siège, placé derrière un grand bureau de verre et de métal. Taun We le présenta : Lama Su, le Premier ministre.

Les échanges de civilités terminés, Lama Su lui dit :

— J'espère que vous apprécierez votre séjour. Heureusement, vous êtes arrivé au meilleur moment de la saison.

Parce que c'est ça qu'ils appellent un temps radieux ? Mais Obi-Wan se souvint de ce que Dex lui avait dit : ces gens étaient à cheval sur les bonnes manières. Il sourit et acquiesça.

— Grâce à vous, je sais que je suis le bienvenu.

— Vous serez heureux d'apprendre que nous sommes dans les temps, continua Lama Su. Deux cent mille unités sont déjà prêtes et un autre million est en chemin.

Deux cent mille unités... Unités de quoi ?

— Voilà... une bonne nouvelle, dit-il prudemment.

— Veuillez dire à Sifo-Dyas, votre Maître, que nous sommes confiants : sa commande sera respectée en temps et en heure. Il va bien, j'espère ?

Obi-Wan cligna des yeux.

— Excusez-moi – Maître... ?

— Le Maître Jedi Sifo-Dyas. (Lama Su s'avança.) Il est toujours membre actif du Conseil des Jedi, n'est-ce pas ?

— Je crains que Maître Sifo-Dyas n'ait été tué, il y a dix ans de cela, dit lentement Obi-Wan.

Plutôt onze ou douze, je crois – mais je peux me tromper. Je demanderai à Maître Yoda, plus tard.

— Je suis désolé de l'apprendre, fit Lama Su avec sincérité, et Obi-Wan ne perçut aucune intonation mensongère dans sa déclaration. Mais je suis sûr qu'il aurait été fier de l'armée que nous lui avons construite.

Une armée ? D'après Dexter, les Kaminoiens étaient des cloneurs. *Un million d'unités*, pensa Obi-Wan le cerveau embrumé. *Une armée d'un million de soldats. C'est bien assez pour conquérir la République*. Il avala sa salive, puis hésita, cherchant la meilleure façon de formuler sa question.

— Dites-moi, Monsieur le Premier ministre, lorsque mon Maître vous a commandé cette armée, vous a-t-il dit à qui il la destinait ?

— Mais bien sûr, répondit Lama Su d'un ton rassurant. Elle est pour la République.

Pour la République ? Obi-Wan essayait péniblement d'y voir clair. Sifo-Dyas avait commandé cette armée dix ans plus tôt – ce devait être juste après la guerre de Naboo. Sifo-Dyas était un Jedi des plus puissants. Avait-il pu prévoir si longtemps à l'avance qu'ils en auraient besoin ?

Lama Su se leva et reprit :

— Vous devez avoir hâte d'inspecter personnellement les unités.

Il n'a aucune idée de la vérité ! pensait intérieurement Obi-Wan tout en disant à haute voix :

— Je suis là pour ça.

Après une brève visite à la famille de Padmé, Anakin l'escorta jusqu'à la Contrée des Lacs. Le pavillon que Padmé avait choisi était magnifique – comme tout ce qu'on trouvait sur Naboo –, et aussi isolé qu'elle le lui avait promis. L'île sur laquelle il était érigé faisait partie d'un archipel verdoyant, serti au milieu d'un lac au bleu profond, lui-même situé au pied d'une chaîne de montagnes. Le gardien leur proposa d'en faire le tour sur un aqua-speeder, ce qui donna à Anakin tout le temps d'étudier la disposition des lieux, et d'en être satisfait. En effet, quiconque approcherait du pavillon se ferait repérer de loin. Anakin se détendit et admira le paysage.

Le pavillon lui-même lui sembla bien grand, quoiqu'il fût minuscule au regard des palais qui bordaient les rues de la capitale. Il s'arrêta sur la terrasse et s'accouda à la balustrade de marbre. Devant s'étendait un jardin fleuri. Padmé le rejoignit, et il n'eut aucun mal à s'arracher au spectacle grandiose des montagnes lointaines.

— J'aime cette eau, dit Padmé d'un ton rêveur.

— Moi aussi, répondit Anakin en la regardant. Je suppose que cela vient de ma naissance sur une planète désertique.

Padmé le regarda du coin de l'œil, puis se tourna à nouveau vers le lac en contrebas.

— Souvent, nous nous étendions sur le sable pour sécher au soleil, et nous cherchions à deviner le nom des oiseaux rien qu'en écoutant leur chant.

— Je n'aime pas le sable. C'est dur, rugueux, irritant, et ça s'infiltre partout. Mais pas ici. Ici, tout est doux… et lisse.

Sans réfléchir, il lui toucha le bras. Padmé, nerveuse, jeta sur lui un regard et retira son bras en feignant de montrer une île.

— Il y avait un très vieil homme qui vivait sur cette île. Il faisait du verre à partir du sable, et s'en servait pour fabriquer des vases et des colliers. (Elle sourit et le regarda comme pour mieux partager ses souvenirs.) Ils étaient magiques.

— Ici, tout est magique, fit Anakin en plongeant son regard dans les beaux yeux bruns de Padmé…

— On pouvait regarder à l'intérieur du verre et y voir l'eau et les vagues, continua Padmé en baissant les yeux. Cela semblait si réel… pourtant, ça ne l'était pas.

— Parfois, lorsqu'on croit très fort qu'une chose est réelle, elle le devient.

— Je pensais que si l'on plongeait dans ses profondeurs, on pouvait s'y noyer, fit Padmé, mais elle ne semblait plus parler du verre.

— Je le crois aussi.

Une douce chaleur émanait de tout son être, et il ne pouvait détacher son regard de Padmé. Il ne voulait pas la quitter des yeux. Il voulait rester là, avec elle, pour toujours. Il se pencha et l'embrassa.

D'abord, elle ne lui résista pas ; puis, soudain, elle lui échappa. Ce geste brusque lui fit reprendre ses esprits, et il la lâcha.

— Non. Nous n'aurions pas dû faire ça, dit Padmé.

— Je suis désolé, répondit Anakin.

Il ne regrettait pas de l'avoir embrassée. Il regrettait qu'elle en soit troublée.

— Lorsque je suis avec vous, mon esprit ne m'appartient plus.

— C'est cette situation, renchérit Padmé en évitant de le regarder. Le stress…

— La vue, ajouta doucement Anakin.

Et ses yeux s'attardèrent sur les douces courbes de son cou.

Lama Su et Taun We emmenèrent Obi-Wan faire le tour du propriétaire, à commencer par la zone de duplication où des rangées entières d'embryons croissaient dans des bocaux de verre remplis de liquide amniotique.

— Très impressionnant, dit Obi-Wan.

— J'espérais que cela vous plairait, répondit Lama Su, tout sourire. Les clones sont capables de penser par eux-mêmes. En cela, ils sont nettement supérieurs aux droïdes.

Vous les fabriquez à la chaîne, mais ce sont des êtres humains, pas des droïdes. Obi-Wan pouvait sentir la Force en chacun d'eux, comme dans tout être vivant. Mais il resta calme et impassible. Ils passèrent dans une banale salle de classe, remplie de garçons de dix ans. Tous arboraient les mêmes traits énergiques sous les mêmes cheveux noirs bouclés.

— Vous avez mentionné une croissance accélérée, dit Obi-Wan d'un ton neutre.

— Ah oui ! répondit Lama Su. C'est essentiel. Sinon, il faudrait une éternité avant qu'ils atteignent l'âge mûr. Maintenant, nous avons diminué ce temps de moitié.

— Ceux-là ? fit Obi-Wan en scrutant la classe.

— Nous les avons commencés il y a cinq ans, répondit Lama Su, apparemment satisfait de son effet de surprise.

Prochain arrêt : la salle à manger. Des centaines de jeunes gens tous identiques étaient attablés. À nouveau, Obi-Wan retrouva les mêmes cheveux, les mêmes traits. Même leur expression était identique.

— Comme vous le verrez, ils sont totalement soumis et acceptent n'importe quel ordre sans discuter, expliqua Lama Su. Nous avons modifié leur structure génétique pour qu'ils soient moins indépendants que le modèle d'origine.

— Qui donc était ce modèle ? demanda Obi-Wan.

— Un chasseur de primes, un certain Jango Fett, répondit Lama Su sans tiquer. Nous pensions qu'un Jedi serait le choix idéal, mais Sifo-Dyas a choisi personnellement Jango.

Un chasseur de primes ! Obi-Wan ne laissa rien transparaître de son enthousiasme.

— Où se trouve-t-il maintenant ?

— Il habite ici, libre d'aller et venir à sa guise. (Lama Su fit signe à Obi-Wan de passer dans les chambrées et continua.) En plus de ses honoraires, extrêmement élevés, Fett n'a demandé qu'une chose : un clone non altéré pour son usage personnel. Curieux, non ?

— J'aimerais bien rencontrer ce Jango Fett, dit Obi-Wan.

Oui. Je le voudrais vivement, très vivement même.

— Je serais très contente d'arranger cela, lui dit Taun We.

Leur dernier arrêt, dit Lama Su, serait les salles d'entraînement. Obi-Wan le suivit sur un balcon. En contrebas, dans une immense cour, des milliers d'êtres, revêtus d'armures blanches toutes semblables, s'exerçaient. *Il me l'avait dit : une véritable armée*, pensa Obi-Wan.

— Magnifique spectacle, n'est-ce pas ? dit fièrement Lama Su.

Obi-Wan acquiesça lentement. Un froid glacial lui nouait l'estomac. *La seule chose qu'on puisse faire avec une armée, c'est la guerre*. Mais les Jedi n'étaient pas des va-t-en-guerre ; bien au contraire, leur travail consistait à faire respecter la paix et les lois de la République sans laisser parler les armes. Obi-Wan regardait fixement les innombrables rangées de clones défilant au pas. Si seulement Sifo-Dyas était encore en vie pour lui expliquer à quoi rimait tout cela !

CHAPITRE

8

Comme promis, à la fin de leur tournée d'inspection, Taun We emmena Obi-Wan voir Jango Fett. Obi-Wan nota soigneusement l'itinéraire qu'ils empruntaient et, une fois qu'ils furent arrivés aux appartements de Jango Fett, il examina encore plus attentivement le mécanisme d'ouverture et de fermeture de la porte.

À la grande surprise d'Obi-Wan, c'est un garçon d'une dizaine d'années qui vint leur ouvrir. Il arborait les mêmes cheveux noirs et bouclés et les mêmes traits durs que les jeunes clones qu'il avait vus s'entraîner, mais son expression était plus attentive, plus éveillée. *Ce doit être le clone non modifié de Jango Fett*, se dit Obi-Wan.

— Boba, ton père est-il là ? demanda Taun We.

Le garçon l'examina un instant, puis hocha la tête d'un air las.

— Pouvons-nous le voir ?

— Bien sûr, fit Boba sans bouger d'un centimètre.

Lorsqu'il se décida à les laisser passer, Obi-Wan eut l'impression d'avoir été soumis à un test, qu'il avait réussi – de justesse.

Ils entrèrent dans un appartement de taille modeste dont la banalité impressionna même Obi-Wan. En y regardant de plus près, il constata qu'il était propre et bien rangé. Jango Fett devait habiter là depuis plus de dix ans, et pourtant il y avait peu d'effets personnels. *C'est un chasseur de primes ; il ne sait jamais qui peut sonner à sa porte ou s'il devra partir en catastrophe.*

— P'pa ! cria Boba. Taun We vient te voir !

L'interpellé sortit de la pièce d'à côté. Bien que la filiation avec les clones fût indéniable, il semblait plus âgé – une trentaine d'années à vue de nez –, et il se déplaçait avec une aisance que les clones ne pouvaient imiter. Une cicatrice labourait un côté de son visage, mais, même sans cette marque extérieure, personne ne pouvait s'y tromper : c'était un homme dur, impitoyable. Il salua Taun We d'un hochement de tête et jeta un regard soupçonneux à Obi-Wan.

— Bienvenue, Jango ! dit Taun We. J'espère que votre voyage a été fructueux.

— Plutôt, répondit-il sans quitter Obi-Wan des yeux.

— Je vous présente le Maître Jedi Obi-Wan Kenobi. Il est venu voir où nous en étions.

— Vraiment ?

Le ton de Jango était glacial, et il toisait le nouveau

venu d'un œil soupçonneux. Obi-Wan eut un sourire désarmant.

— Vos clones sont impressionnants. Vous devez en être fier.

— Je ne suis qu'un homme comme les autres qui cherche à se faire une place au soleil, Maître Jedi, répondit Jango.

— Comme nous tous, n'est-ce pas ?

Obi-Wan regarda derrière le chasseur de primes. À travers la porte entrouverte, il venait de remarquer une armure qui gisait sur le sol de la chambre. Avant qu'il ait pu l'examiner en détail, Jango fit un pas de côté, se plaçant entre le Jedi et la porte.

— Vous êtes déjà allé jusqu'à Coruscant ? demanda Obi-Wan tout en se déplaçant lui aussi sur le côté.

Jango lui cacha à nouveau la porte.

— Une fois ou deux.

— Récemment ?

— Possible.

— Alors, vous devez connaître Maître Sifo-Dyas.

— Boba, ferme la porte, dit Jango au gamin.

Il eut un sourire peu amène pendant que le garçon obéissait.

— Maître qui ? demanda-t-il.

— Sifo-Dyas, répéta Obi-Wan. N'est-ce pas le Jedi qui vous a embauché pour ce travail ?

— Jamais entendu parler. C'est un nommé Tyranus qui m'a recruté, sur l'une des Lunes de Bogden.

— Sifo-Dyas nous a dit d'attendre Jango pour entamer le processus de clonage, précisa Taun We. Et il s'est posé sur Géonosis au moment même où votre Maître Jedi l'avait prévu. Jusqu'à votre arrivée, nous avons suivi ses directives : personne ne devait savoir que les Jedi étaient impliqués dans cette affaire.

Curieux, pensa Obi-Wan.

— Notre armée vous plaît ? demanda Jango Fett d'une voix fielleuse.

— J'ai hâte de la voir en action, répondit Obi-Wan.

Le chasseur de primes eut un sourire désagréable.

— Ils feront leur travail. Je vous le garantis.

Et d'après toi, quel sera ce travail ? Mais il ne pouvait poser cette question sans éveiller encore davantage les soupçons du chasseur de primes. Obi-Wan se contenta d'acquiescer.

— Merci de votre accueil, Jango, dit-il cordialement.

— C'est toujours une joie de recevoir un Jedi.

Obi-Wan s'en alla en compagnie de Taun We, se demandant si le ton sarcastique du chasseur de primes était ou non le fruit de son imagination.

Le Jedi fit ses adieux à Lama Su et se laissa guider vers la plate-forme où il avait garé son chasseur stellaire. La pluie et le vent étaient encore plus violents que dans ses souvenirs, mais, une fois dehors, il se drapa dans sa cape et fit semblant de vérifier quelque chose jusqu'à ce que les Kaminoiens le laissent seul. Il fit alors un signe à R4. Il devait envoyer sur-le-champ un message à Maître Yoda et Maître Windu pour les mettre au courant de ce qu'il avait découvert. De plus, il avait besoin de leurs conseils. Cette situation était trop complexe pour qu'il coure le risque de faire le moindre faux pas.

Padmé était bien déterminée à oublier le baiser d'Anakin. Pourtant, ce souvenir ne cessait de la hanter, surgissant dans son esprit chaque fois que le Jedi la regardait – parfois même lorsqu'il ne la regardait pas. Elle aurait dû lui en vouloir à mort.

Mais comment pouvait-elle être furieuse contre lui qui était d'une humeur si gaie, si exubérante ? Il se moqua gentiment d'elle jusqu'à ce qu'elle cesse de parler politique.

Mais le soir, alors qu'ils se tenaient face à la cheminée où brillait une bonne flambée, Padmé se demanda s'ils avaient bien fait de venir ici. *C'est le choix idéal*, se répéta-t-elle pour la centième fois. Un pavillon lointain, isolé, avec une bonne vue dans toutes les directions : il correspondait parfaitement à ce qu'ils désiraient.

Anakin, elle en était sûre, s'intéressait à elle. Et plus elle restait à ses côtés, surtout ici, dans cet endroit qui évoquait ses plus doux souvenirs d'enfance... *Arrête*, se dit-elle. *Tu as beaucoup à faire. Tu ne peux te permettre de tomber amoureuse*. Mais sa résolution ne faisait pas disparaître ce vide au creux de son estomac, ni ce sentiment de... bonheur qu'elle ressentait chaque fois qu'elle le voyait. Et pas moyen d'effacer le souvenir de ce baiser...

Elle entendit un bruissement et leva les yeux pour voir Anakin qui se penchait vers elle. *Il va m'embrasser à nouveau*, pensa-t-elle, et alors même qu'elle détournait la tête, Padmé savait qu'elle ne demandait pas mieux.

— Non, Anakin, fit-elle, mais sa voix reflétait plus de tristesse que de fermeté.

Anakin la regarda. Au bout d'un moment, il se mit à parler d'une voix douce – sans l'assurance qui lui était habituelle.

— Depuis le jour où je vous ai rencontrée, il y a bien des années, il ne s'est pas passé un seul jour sans que je pense à vous. Et maintenant que nous sommes à nouveau réunis, je souffre le martyre. Et cela ne fait qu'empirer, jour après jour. À l'idée de vous perdre, mon estomac se retourne et ma bouche se dessèche. Je ne peux plus respirer. Ce baiser que nous n'aurions jamais dû échanger m'obsède, et je prie pour qu'il ne devienne pas une cicatrice. Vous êtes une plaie dans mon âme, la source vive de mon tourment. Que puis-je faire ? Quoi que vous me demandiez, j'obéirai.

À n'importe quoi ? Comme d'oublier ce baiser ? De cesser de me regarder comme tu le fais ? Que nous retournions à nos existences respectives et agissions comme s'il ne s'était rien passé ? Elle aurait dû exprimer tout cela à voix haute, mais elle ne put s'y résoudre.

Après un silence, Anakin reprit :

— Souffrez-vous autant que moi ? Je dois savoir la vérité.

Padmé détourna la tête.

— Je… Je ne peux pas. C'est impossible.

— Tout est possible, assura-t-il, reprenant confiance. Padmé, écoutez-moi…

— Non, rétorqua Padmé, c'est toi qui vas m'écouter.

Pourquoi devait-elle être raisonnable pour deux ?

— Nous vivons dans la réalité. Reviens-y. Tu étudies pour devenir Chevalier Jedi. Je suis membre du Sénat. Si tu suis ton raisonnement jusqu'à sa conclusion logique, il nous emmènera là où nous ne pouvons aller – quoi que nous puissions ressentir l'un pour l'autre.

— Alors, vous ressentez bien quelque chose ! exulta Anakin.

N'avait-il rien écouté de ce qu'elle lui disait ?

— Les Jedi n'ont pas le droit de se marier, énonça-t-elle lentement et clairement, comme si elle s'adressait au petit garçon de ses souvenirs au lieu de ce beau jeune homme qui… Tu seras chassé de l'Ordre. Je ne te laisserai pas compromettre ton avenir.

Au bout d'un instant, Anakin répondit :

— Vous me demandez de me rendre à la raison. Mais j'en suis incapable. Croyez-moi, j'aimerais pouvoir supprimer mes sentiments d'un simple effort de volonté, mais c'est impossible.

— Je refuse de me laisser entraîner dans cette histoire, affirma-t-elle. J'ai plus important à faire que de tomber amoureuse.

Elle aurait voulu en être convaincue, mais ses mots lui paraissaient bien vains.

— Nous ne sommes pas obligés de rendre publique notre liaison, dit Anakin. Nous pourrions… garder le secret.

— Alors, nous vivrions dans le mensonge, répondit doucement Padmé. Ce serait encore plus insupportable. (Elle le regarda dans l'espoir qu'il comprenne et accepte la dure réalité.) Pourrais-tu vivre comme ça, Anakin ?

Il y eut encore un long silence, et elle finit par redouter qu'il ne répondît pas. Mais il finit par dire :

— Vous avez raison. (Il fixa les flammes et ajouta dans un souffle.) Cela nous détruirait.

Padmé frissonna. Anakin avait prononcé ces derniers mots avec une conviction effrayante. Elle aurait dû être satisfaite, mais elle ne pouvait s'empêcher de penser que rien n'était joué. Comment pourraient-ils lutter contre leurs sentiments ?

Plus Obi-Wan avançait dans son récit, plus Yoda s'inquiétait. Il perçut le même sentiment chez Mace Windu. Mais tous deux attendirent patiemment qu'Obi-Wan ait fini – l'hologramme était faible et ils ne voulaient pas perdre le moindre détail.

— Pensez-vous que ces cloneurs soient impliqués dans le complot visant à assassiner Padmé Amidala ? demanda Mace lorsque Obi-Wan eut terminé.

— Non, Maître. Ils ne semblent pas avoir de mobile.

— De conclusions prématurées, tu ne dois pas tirer, Obi-Wan, fit Yoda d'un ton réprobateur. Clair, ton esprit doit rester si tu veux vraiment, à la tête de ce complot, découvrir qui est.

— Oui, Maître, répondit Obi-Wan. Ils disent qu'un certain Sifo-Dyas a lancé l'opération de clonage, il y a dix ans de cela, mais j'ai l'impression qu'il a été tué bien avant de passer cette commande. Le Conseil a-t-il jamais autorisé la création d'une telle armée ?

— Jamais, affirma Mace Windu d'un ton sans réplique. Celui qui a contacté les Kaminoiens n'avait pas l'aval du Conseil Jedi.

Yoda fronça les sourcils. Vu les circonstances, ils n'avaient pas besoin d'une nouvelle énigme.

— Aux arrêts, ce Jango Fett, vous allez mettre, dit-il à Obi-Wan. Amenez-le au Temple. L'interroger, nous allons.

— Oui, Maître. Je vous recontacterai lorsque je me serai emparé de lui.

L'hologramme disparut peu à peu. Mace Windu éteignit le récepteur. *Prendre des précautions, nous devons*, se dit Yoda. *Dans ce labyrinthe de possibilités et de tromperies, nous frayer un chemin, nous pouvons.*

Cette nuit-là, Padmé dormit plutôt mal. Alors que le matin approchait, elle entendit des cris étouffés venant de la chambre d'Anakin, mais ils s'interrompirent avant qu'elle ne décide de se rendre à son chevet. Sans doute un autre cauchemar.

Elle se réveilla tôt et décida d'aller s'installer sur le balcon. Elle avait besoin d'air frais pour s'éclaircir les idées. En arrivant sur le balcon, elle réalisa qu'Anakin l'y avait devancée. Elle ne l'avait pas remarqué tout de suite, car il se tenait assis les jambes croisées, en pleine méditation. Elle tourna les talons.

— Ne partez pas !

— Je ne veux pas te déranger, dit-elle.

— Votre présence est réconfortante.

— Tu as encore fait un cauchemar, cette nuit, dit-elle au bout d'un moment.

— Les Jedi ne font pas de cauchemars, répondit-il amèrement.

— Je t'ai entendu.

— J'ai vu ma mère. Aussi nettement que je vous vois. (Il avala sa salive.) Elle souffre, Padmé. Ils la tuent à petit feu ! Elle a si mal…

Frappée par son ton, Padmé ne répondit pas. Anakin se releva et ferma les yeux comme s'il ne pouvait supporter de la regarder. Puis il les rouvrit et dit d'un ton malheureux :

— Je vais désobéir à mon ordre de mission, qui est de vous protéger. Je sais que je serai puni, peut-être radié de l'Ordre des Jedi. Mais je dois partir. Je dois aller à son secours. (Il baissa les yeux.) Je suis désolé, Padmé, murmura-t-il. Mais je n'ai pas le choix.

Il doit bien y avoir une autre solution, se dit Padmé. Elle ne pouvait supporter de le voir si malheureux… Puis elle eut une illumination.

— Je viens avec toi.

Anakin la dévisagea, incrédule. Padmé soutint son regard et continua :

— Comme ça, tu continueras d'assurer ma protection. Tu ne failliras pas à ta mission.

Elle n'était toujours pas sûre qu'il ait compris. Enfin, il inspira profondément et dit :

— Et Maître Obi-Wan ?

Padmé eut un soupir : c'était bon de voir renaître en lui l'espoir et la détermination. Une part d'elle-même s'effrayait de détenir un tel pouvoir sur une personne – il lui suffisait d'un mot ou deux pour restaurer la confiance et la bonne humeur d'Anakin. Un mot ou deux, du moment qu'ils venaient d'elle. Elle repoussa cette idée et sourit en lui prenant la main.

— Je présume que rien ne nous oblige à tout lui raconter, non ?

CHAPITRE

9

Obi-Wan éteignit son transmetteur. *Mettre Jango Fett aux arrêts. Ben voyons !* Il regarda les torrents de pluie qui s'écoulaient sur la verrière de son vaisseau et soupira. Puis il remit sa capuche et retourna discrètement dans les couloirs de Tipoca City.

La Force lui permit d'éviter tous ceux qu'il croisait, et il put atteindre les appartements de Jango Fett sans encombre. À sa grande surprise, la porte coulissa dès qu'il l'effleura, et il sut aussitôt ce qu'il allait trouver à l'intérieur. Les chambres n'étaient plus si propres et bien rangées. Les tiroirs étaient béants, et les quelques effets personnels qu'ils contenaient avaient disparu. *Je savais qu'il était prêt à quitter les lieux au débotté, mais pas si vite !*

Ils n'étaient pas partis depuis bien longtemps : il y avait moins d'une heure qu'Obi-Wan les avait laissés. Il examina l'ordinateur mural et trouva rapidement la plate-forme d'atterrissage où Fett garait son vaisseau, *Slave 1… Un nom approprié pour l'appareil d'un chasseur de primes!* Le vaisseau était toujours là. Obi-Wan prit juste le temps d'imprimer une carte et de trouver le chemin le plus court jusqu'à la plate-forme. Puis il quitta l'appartement à toute allure.

Lorsqu'il arriva à destination, les deux Fett étaient en train de charger leur véhicule. Jango passait des caisses à Boba. Il avait revêtu son armure argent et or et son jetpack: pas de doute, c'était bien l'homme qui avait tué la Métamorphe devant le night-club. Celui-ci lui tournait le dos; Obi-Wan fonça sous la pluie dans l'espoir de le prendre par surprise. Mais le garçon le vit arriver et cria:

— P'pa!

Jango Fett se retourna en dégainant son blaster. Obi-Wan tira son sabre laser juste à temps pour éviter la décharge. Il se trouvait à la hauteur de Fett et fit tournoyer son arme.

— Boba, monte à bord! cria Jango.

Fett actionna ses fusées dorsales et s'éleva tout droit dans l'air, évitant le coup d'Obi-Wan. Ce dernier se retourna: Jango passait par-dessus sa tête pour atterrir derrière lui. Le chasseur de primes tira plusieurs dards toxiques. Obi-Wan les intercepta de son sabre laser, les renvoya sur Jango qui les évita à son tour, quelques-uns rebondissant sur son armure.

Soudain, le chasseur de primes s'éleva à nouveau, hors de portée du sabre laser. Un instant plus tard, une roquette siffla tout près d'Obi-Wan et alla percuter un pan de la tour d'atterrissage. L'explosion envoya le Jedi rouler au sol, lui arrachant son sabre laser. *Le garçon dans le vaisseau – il me tire dessus!* Jango Fett aussi, mais il pouvait repousser ses projectiles avec son arme… enfin, s'il récupérait son sabre laser !

Jango Fett atterrit juste devant lui. Obi-Wan chargea et le saisit. *Comme ça, Boba ne peut tirer sans risquer de toucher son père*. Mais Jango employa à nouveau ses fusées et, une fois en l'air, repoussa Obi-Wan d'un coup de pied. Le Jedi s'affala lourdement et glissa sur la surface lisse et détrempée de la plate-forme tout en cherchant désespérément un point d'appui.

Subitement, quelque chose se referma sur ses poignets. *Un lasso !* pensa Obi-Wan, puis il fut traîné vers une colonne de soutènement. Jango cherchait à l'écraser contre le bâtiment, ce qu'Obi-Wan évita de justesse en pivotant sur le côté. Il utilisa son élan pour se relever, puis, d'un coup brusque, tira de toutes ses forces sur la corde.

Le lasso entailla douloureusement ses poignets, mais le choc brutal déséquilibra Jango. Le chasseur de primes perdit son jetpack et glissa le long de la plate-forme d'atterrissage – droit vers le rebord, entraînant Obi-Wan à sa suite… Au moment où Jango Fett allait atteindre le vide, Obi-Wan vit surgir de son armure des griffes qui raclèrent le bitume, telles des ancres, et l'immobilisèrent. Obi-Wan, lui, n'avait pas de moyen pour freiner ; il tomba, ressentant au passage une flambée de satisfaction chez son adversaire... Le filin qui entaillait ses mains devint alors tout mou.

D'un geste automatique, alors qu'il tombait en chute libre dans un abîme battu par la pluie et le vent, Obi-Wan s'empara du câble et, avec l'aide de la Force, chercha à tâtons l'autre extrémité, que Jango venait de libérer. Durant un instant qui lui parut une éternité, il ne put la trouver. Enfin, sa main se referma dessus. Il en appela à la Force pour se propulser sur le côté, vers les grandes colonnes qui soutenaient la plate-forme d'atterrissage. Le cordage s'enroula autour d'une poutre et, dans le choc, lui mordit de nouveau les mains. Mais c'était toujours mieux que d'être englouti dans les vagues furieuses qui bouillonnaient tout en bas. Il tint bon, suspendu entre ciel et terre.

Au-dessous de lui, émergeant des flots, il entrevit une petite avancée – sans doute une sorte de poste de service. Il lâcha le fil et se laissa choir sur le petit promontoire. Comme prévu, il y avait une porte de service. Obi-Wan l'ouvrit et gravit les escaliers quatre à quatre.

Il arriva sur la piste d'atterrissage au moment où le vaisseau de Fett s'élevait dans les airs, flottant une seconde à quelques mètres au-dessus du sol, avant de démarrer à pleins gaz. Il eut à peine le temps d'arracher de sa ceinture un petit traqueur magnétique et de le jeter sur le vaisseau. *Slave 1* partit comme une flèche – mais malgré les claquements de la pluie, Obi-Wan avait entendu le *clang* du traqueur qui se fixait à la coque. Avec un soupir de soulagement, il récupéra son sabre laser. Maintenant, il n'avait plus qu'à les suivre à la trace.

Tatooine n'avait pas changé. Toujours aussi chaude et sèche – Anakin s'étonna de la trouver un peu trop chaude à son goût. Apparemment, il s'était habitué à des mondes plus tempérés. Mais la même foule bigarrée arpentait les mêmes rues couvertes de sable, bordées des mêmes bâtiments disgracieux. Il aurait pu retrouver la décharge de Watto les yeux fermés.

Et pourtant, il ne se sentait pas tout à fait à l'aise. Peut-être parce qu'il avait sillonné l'espace, il voyait maintenant cette planète telle qu'elle était : miteuse et archaïque. Il se souvint du choc de Padmé lorsqu'elle avait découvert qu'il était l'esclave de Watto. Aujourd'hui, il comprenait pourquoi.

Watto n'avait pas changé, lui non plus. En voyant entrer un Padawan Jedi, le petit Toydarien déclara par réflexe :

— Je ne sais pas ce que j'ai fait, mais je suis innocent !

Mais dès qu'il reconnut Anakin, il parut content de le revoir et se montra très coopératif.

— Shmi ne m'appartient plus, dit-il. Je l'ai vendue à un fermier hydroponique du nom de Lars. J'ai entendu dire qu'il lui avait rendu sa liberté et l'avait épousée ! Qu'est-ce que tu en dis ?

Watto fronça son nez crochu. Visiblement, il ne pouvait concevoir qu'on achète une esclave afin de la libérer, quoi qu'on puisse ressentir pour elle.

— Il habite bien loin d'ici – de l'autre côté de Mos Eisley.

Anakin et Padmé prirent donc le petit vaisseau de Naboo qu'ils avaient emprunté et se dirigèrent vers Mos Eisley. Les indications que Watto leur avait données étaient faciles à suivre et, en fin d'après-midi, ils atterrirent près d'un petit domaine en dehors de la ville.

Laissant R2-D2 garder le vaisseau, ils se dirigèrent vers les bâtiments. Un droïde humanoïde penché sur un condensateur se releva en les voyant approcher.

— Puis-je vous aider ? Je suis C…

— C-3PO ? demanda Anakin en souriant.

Il constata que le droïde protocolaire qu'il avait créé était désormais d'une belle teinte dorée.

C-3PO pencha la tête sur le côté.

— Oh ! Mon Maître ! Mon créateur ! Maître Anakin ! Je savais que vous reviendriez !

— Je suis venu voir ma mère, lui dit Anakin.

C-3PO se figea comme si on l'avait désactivé. Anakin sentit une boule d'angoisse lui obstruer la gorge. *Il s'est passé quelque chose. J'en étais sûr.* C-3PO eut un soubresaut et dit :

— Je… Je crois… Peut-être ferions-nous mieux d'entrer.

Anakin le suivit, écartelé entre son désir de savoir ce qui s'était produit et sa peur. Après leur avoir fait traverser la cour, C-3PO présenta à Anakin Owen Lars et son amie Beru. Owen était un homme jeune et trapu qui avait déjà l'attitude solide et tranquille du fermier ; Beru avait l'air pleine de bon sens, ce que soulignaient les tresses blondes qui couronnaient sa tête.

— J'imagine que je suis ton beau-frère, dit Owen. Je sentais que tu finirais par réapparaître un de ces jours.

— Ma mère est là ? explosa Anakin, incapable de perdre son temps en politesses.

— Non, répondit une voix lugubre.

Anakin se retourna. Une petite chaise flottante sortit du bâtiment principal. Elle portait un grand vieillard qui ressemblait à Owen. Une de ses jambes était pansée de frais. L'autre était inexistante.

— Cliegg Lars, dit l'homme en tendant une main malhabile. Shmi est ma femme. Entrez. Nous avons bien des choses à nous dire.

Il suivit l'infirme à l'intérieur, dans la salle à manger souterraine. Beru leur servit des tasses d'ardees pendant que Cliegg commençait son histoire :

— C'était juste avant l'aube, raconta-t-il d'une voix rendue rauque par l'émotion. Ils ont surgi de nulle part. Une meute de pillards Tusken en maraude…

L'esprit d'Anakin se vida. Les Hutts et leur organisation criminelle contrôlaient Tatooine, refuge de voleurs et de trafiquants en tout genre. Mais, même ici, les pillards Tusken étaient considérés comme de redoutables brutes. Ces bourreaux sans scrupule s'étaient emparés de sa mère ? Une vague de froid le glaça. *Non, Maman, non…*

Cliegg continuait de parler. Anakin n'entendait que des bribes.

— Trente d'entre nous se sont lancés à sa recherche… Je ne pouvais plus monter… Cela n'a rien donné… Il y a un mois maintenant… Il y a peu de chances qu'elle ait survécu jusque-là.

Tu ne fais pas les mêmes cauchemars que moi, se dit Anakin. Il regarda autour de la table, vit la compassion de Padmé, le désespoir de Cliegg, l'espérance teintée de lassitude d'Owen. Tous paraissaient très loin, presque irréels, séparés de lui par l'étau glacé de la peur qui enserrait son cœur. Il se leva brusquement.

— Où vas-tu ? demanda Owen.

— Chercher ma mère.

Il entendit à peine les protestations de Padmé et les objections de Cliegg.

— Je sens sa douleur. Je dois la trouver.

Tous le regardèrent, puis Owen dit :

— Prends mon speeder bike.

Lui, au moins, le comprenait.

— Je sais qu'elle est en vie, dit-il en réponse à ce faible signe d'encouragement.

Puis il tourna les talons. En descendant les escaliers, il avait vu un speeder bike garé non loin de là ; ce devait être celui d'Owen.

Padmé le rejoignit en courant. Avant qu'elle ait pu prononcer le moindre mot, il dit :

— Vous allez rester ici. Ce sont de braves gens. Vous serez en sécurité.

Rien ne devait arriver à Padmé. Il avait besoin de quelqu'un vers qui se tourner… après avoir retrouvé sa mère.

Padmé le dévisagea, et il craignit qu'elle ne fasse une scène, mais elle se contenta de dire son nom et de le serrer contre elle. Son geste réchauffa son cœur. Il voulut lui sourire, mais n'y arriva pas.

— Je ne serai pas long, dit-il, et il enfourcha le speeder bike.

Il partit à travers le désert. Le ronronnement du moteur couvrait tous les bruits, et un nuage de poussière lui masqua presque aussitôt Padmé et la demeure des Lars.

Tiens bon, Maman. J'arrive !

CHAPITRE 10

Bien que le traqueur fonctionnât à merveille, Obi-Wan poussa son chasseur stellaire Delta-7 à la vitesse maximale pour filer *Slave 1*. Il ne voulait pas que Jango Fett sorte du rayon d'action de l'appareil. Il l'avait presque rattrapé lorsqu'ils atteignirent un système planétaire – Géonosis, d'après la banque de données du vaisseau. Aussitôt, le signal s'éteignit.

Ils ont sûrement découvert le traqueur. Obi-Wan scanna avec soin le secteur. Fett s'était caché dans une ceinture d'astéroïdes. Dès qu'il comprit qu'Obi-Wan avait retrouvé sa trace, il se mit à balancer des charges soniques. Les deux vaisseaux se pourchassèrent au milieu des astéroïdes, tirant à tout-va en évitant les obstacles. *Voilà pourquoi j'ai horreur de piloter*, pensa Obi-Wan, puis il se retrouva face à Fett et n'eut plus le temps de penser.

Le vaisseau de Fett était plus grand et mieux armé que celui d'Obi-Wan : il lui décocha une torpille guidée. Suivre Fett dans cette boucle d'astéroïdes en se sachant repéré était une erreur, se dit Obi-Wan tout en zigzaguant entre eux. Il était temps de risquer une manœuvre désespérée.

Il choisit un vaste astéroïde et fonça droit dessus. La torpille le suivit aveuglément.

— R4, prépare-toi à lâcher les conteneurs de pièces de rechange, fit Obi-Wan en la voyant approcher.

Le petit droïde émit un bip d'approbation. Obi-Wan en appela à la Force et se concentra en attendant qu'elle lui signale le bon moment.

— Vas-y ! ordonna-t-il, et aussitôt, il fit virer le chasseur stellaire.

La torpille heurta l'astéroïde ; une gigantesque explosion envoya des débris de roche et des pièces dans tout l'espace. Obi-Wan plongea dans un des cratères qui constellaient l'autre face de l'astéroïde et coupa ses propulseurs. Avec un peu de chance, Fett en conclurait que le Jedi s'était écrasé contre l'astéroïde, mais Obi-Wan n'allait pas prendre de risques. Le chasseur de primes aurait peut-être la présence d'esprit d'effectuer un scan pour chercher la trace de ses moteurs, dans l'hypothèse où le chasseur stellaire n'aurait pas été détruit.

Il attendit pendant ce qui lui parut des heures, puis remit les réacteurs en marche et démarra avec un luxe de précautions. Nulle trace de Jango Fett. Obi-Wan eut un soupir de soulagement et se remit à sa poursuite, dans la direction présumée du chasseur de primes : la planète Géonosis.

C'était un monde dénudé et rocailleux. De rouges et poussiéreuses mesas cuisaient le jour, gelaient la nuit. En suivant la trajectoire programmée par R4 – celle empruntée par Jango Fett –, ils se dirigèrent vers la face sombre. Obi-Wan ne vit rien qui ressemblât à une ville, uniquement de grandes colonnes de pierre évoquant des stalagmites. *Sauf que ces dernières se forment généralement dans les grottes. Et Fett semble se diriger droit dessus. Hmmmmm !*

Au bord d'une petite mesa, Obi-Wan repéra une cavité rocheuse suffisamment profonde pour cacher son chasseur stellaire. Il posa le vaisseau, en descendit, examina les alentours, puis se mit en marche.

Tout en haut du chemin, Obi-Wan s'arrêta. Avec ses jumelles électroniques, il étudia la plaine entourant une étrange vrille dressée au beau milieu de nulle part. *Aucun doute, cette aiguille n'est pas naturelle. Et… Qu'est-ce que c'est que ça ?* Il revint sur ses pas et découvrit nombre de vaisseaux nucléaires de la Fédération du Commerce, alignés en bon ordre près de l'aiguille. Sous ses yeux, une faille s'ouvrit dans le sol, révélant une plate-forme d'atterrissage qui s'enfonça dans le vide. Elle réapparut un moment plus tard, portant cette fois des rangs de droïdes de combat squelettiques. *Il doit y avoir une usine souterraine. Voyons cela de plus près !*

Ce fut beaucoup plus facile qu'il ne l'aurait cru. Des vaisseaux nucléaires et les droïdes de combat étaient tous parqués du même côté, probablement l'avant. Obi-Wan n'eut qu'à escalader l'arrière et à s'introduire par une fenêtre. L'intérieur ressemblait plutôt à une ruche, avec ces couloirs étroits qui débouchaient soudain sur d'immenses espaces.

Il atteignit une vaste salle apparemment déserte et s'apprêtait à la traverser lorsqu'il entendit des voix. Il se dissimula derrière un pilier.

Un groupe insolite émergea d'un couloir et traversa la place. L'ensemble comprenait plusieurs Géonosiens insectoïdes ainsi qu'un certain nombre d'étrangers. Obi-Wan cligna des yeux de surprise en reconnaissant deux d'entre eux : Nute Gunray – le Vice-Roi de la Fédération du Commerce qui, dix ans plus tôt, avait mené l'offensive sur Naboo, et l'ancien Jedi, le Comte Dooku en personne ! Il tendit l'oreille pour surprendre ce qu'ils se disaient :

— … persuader la Guilde des Marchands et l'Alliance des Corporations de signer le traité, fit le Comte Dooku.

— Et ce Sénateur de Naboo ? dit Nute Gunray, tordant sa grande bouche. En sommes-nous enfin débarrassés ? Je ne signerai votre traité que lorsque j'aurai l'assurance de sa mort.

— Je suis un homme de parole, Vice-Roi, répondit Dooku.

Nute Gunray et le Comte Dooku ! Responsables des tentatives d'assassinat ! Padmé avait donc vu juste. Obi-Wan se glissa jusqu'au pilier suivant dans l'espoir de se rapprocher d'eux, mais au moment où l'un des Géonosiens abordait le sujet des droïdes de combat, le groupe passa sous une arche et il n'entendit plus rien.

Je dois découvrir ce qui se trame. Obi-Wan vérifia que la voie était libre, puis traversa la salle jusqu'à un escalier situé près de la porte. Par chance, les marches débouchaient sur une longue galerie surplombant la salle suivante. Dooku semblait tenir une conférence importante : outre Nute Gunray et les Géonosiens, Obi-Wan reconnut plusieurs des Sénateurs qui soutenaient le Mouvement Séparatiste ainsi que des représentants de la Guilde des Marchands et du Clan Bancaire Intergalactique.

Tout en les écoutant, Obi-Wan fronça les sourcils. Apparemment, l'Alliance des Corporations et la Fédération du Commerce – avec leurs vastes armées de droïdes – se joignaient aux Séparatistes. Tout indiquait que Dooku entendait bel et bien déclencher une guerre civile. *Maître Yoda doit en être informé sur-le-champ*, se dit-il. Il redescendit les escaliers sans encombre et se dirigea vers son vaisseau.

Minuit était largement passé lorsque Anakin finit par garer son speeder bike au sommet d'une colline dominant le campement des pillards Tusken. Il touchait au but, il le savait. Tout au long de cette nuit, à mesure qu'il se rapprochait, il n'avait cessé de le sentir… il avait la certitude que sa mère était là, dans une de ces huttes recouvertes de fourrure. *Elle souffre tant…* Par un grand effort de volonté, il cessa de trembler. *Je suis tout près, Maman.*

Il releva sa capuche pour masquer son visage et pénétra dans le camp. Il se faufila dans l'ombre pour atteindre l'arrière. Après s'être assuré que personne ne le verrait, il alluma son sabre laser.

La paroi de peau ne résista pas longtemps : en quelques secondes, il se retrouva à l'intérieur. La clarté lunaire filtrant par le trou d'évacuation des fumées lui permit d'entrevoir les bougies éteintes jonchant le sol, la structure de bois au centre de la hutte… et la silhouette de la femme qui y était suspendue.

Anakin trancha d'un revers de sabre laser les cordes qui l'entravaient. Il lâcha son arme et rattrapa la femme avant qu'elle ne tombe. Même à la faible clarté de la lune, il put voir les contusions qui constellaient son visage et ses bras ; ses yeux étaient si enflés qu'ils étaient presque fermés, et tout ce sang… – non, il ne voulait pas le voir, c'était au-dessus de ses forces.

— Maman ! fit-il avec l'intonation du désespoir. Maman !

Sa mère ouvrit les yeux.

— Ani ? dit-elle d'un souffle de voix à peine audible. C'est toi ?

Anakin suffoquait de douleur ; maintenant qu'il la tenait dans ses bras, il ressentait sa souffrance avec encore plus d'acuité. Tout son corps n'était qu'une plaie à vif. *Elle… elle… Il faut que je la ramène à la maison !*

— Je suis là, M'man. Tu es sauvée. Tiens bon ! Oui, je t'en supplie, tiens bon ! Je vais t'emmener loin d'ici.

Mais Shmi ne semblait pas l'entendre. Elle le dévorait des yeux et ses traits torturés se détendirent dans une expression de tendresse.

— Ani ! Comme tu es beau ! Mon fils… Mon grand fils. (Un hoquet lui brisa la voix, et elle continua à grand-peine.) Je suis fière de toi, Anakin. Si fière ! Tu m'as tant manqué. Maintenant, plus rien ne me manque.

— Reste auprès de moi ! Ne me quitte pas, Maman ! supplia Anakin. Je vais te soigner. Tout ira bien.

Il en appela à la Force ; celle-ci pouvait certainement faire quelque chose pour elle, apaiser sa terrible douleur, restaurer sa force vitale qu'il sentait s'écouler comme du sable entre ses doigts. *Gagner du temps !* La Force était là, à sa disposition, mais il ne savait comment s'en servir en pareil cas.

Shmi tenta de lui sourire.

— Je t'… murmura-t-elle.

Puis sa tête retomba, et son corps s'immobilisa.

Anakin la regarda d'un œil vide. *Les Tusken sont responsables. Cliegg les a traités d'animaux – ils sont bien pires. Ils sont… Ils sont… Ce ne sont même pas des êtres, rien d'autre que des choses malfaisantes… des brutes vicieuses, cruelles, meurtrières ! Ils vont me le payer ! Tous, jusqu'au dernier !*

Oh ! Maman ! Maman…

CHAPITRE

11

Après s'être rongé les sangs une bonne partie de la nuit, Padmé finit par entendre la voix de Beru qui s'écriait :

— Il est revenu ! Il est revenu !

Elle bondit hors de la maison pour voir Anakin atterrir avec son speeder bike. *Il est sain et sauf!* pensa-t-elle, puis elle vit son visage alors qu'il soulevait le cadavre de sa mère.

Anakin ne prononça aucune parole ; il porta le corps dans la maison, puis se dirigea vers l'atelier, seul. *Quelle souffrance !* se dit Padmé. Les sourcils froncés, elle fixa longuement la porte close, puis elle passa à la cuisine pour préparer un repas.

Lorsqu'elle le lui apporta dans l'atelier, Anakin manipulait un fer à souder et quelques pièces. Il ne leva pas les yeux.

— Je t'ai préparé un repas, dit Padmé.

Anakin resta penché sur son établi.

— Le changement de vitesse est cassé, dit-il d'une voix blanche qu'elle reconnut à peine. Tout est si simple quand il s'agit de faire revivre des objets. (Son visage se crispa.) Je suis même très bon pour ça. Mais j'ai été incapable...

Il laissa tomber les pièces qu'il manipulait. Lorsqu'il leva les yeux, Padmé vit qu'ils étaient pleins de larmes.

— Pourquoi fallait-il qu'elle meure ? Pourquoi n'ai-je pas pu la sauver ? J'aurais dû savoir...

— On ne peut pas redonner vie à tout, dit doucement Padmé. Tu n'es pas tout-puissant, Ani.

— Je devrais l'être ! s'exclama-t-il. Et un jour, je le serai ! Je deviendrai le plus puissant de tous les Jedi ! J'apprendrai à vaincre même la mort.

— Anakin... fit-elle d'une voix hésitante.

— C'est la faute d'Obi-Wan ! s'écria Anakin. Il est jaloux de moi ! Il sait que je suis déjà plus puissant que lui. Il m'empêche de progresser !

Sous le regard stupéfait de Padmé, il jeta son outil à l'autre bout de la pièce. Ses mains tremblaient : il les regarda comme si elles appartenaient à quelqu'un d'autre.

Ce n'est pas uniquement la mort de sa mère qui le met dans cet état. Il y a quelque chose d'autre. Padmé inspira profondément.

— Ani, qu'y a-t-il ?

La réponse lui glaça le sang :

— Je… je les ai tués, chuchota-t-il. Tous. Ils sont morts, tous, jusqu'au dernier. Pas seulement les hommes, les femmes et les enfants aussi.

Il leva enfin la tête, une expression de panique dans le regard, et Padmé dut faire un effort pour ne pas détourner les yeux.

— Ce sont des animaux, cracha-t-il ; je les ai abattus comme les bêtes malfaisantes qu'ils sont. Je les hais !

Puis son masque de fureur disparut, et il se mit à sangloter.

Sans réfléchir, Padmé s'avança, le prit dans ses bras. Elle restait sous le choc, horrifiée. *Mon Anakin ? Massacrer des femmes et des enfants ?*

— Pourquoi les haïr autant ? articulait-il entre deux sanglots. Je ne… n'arrivais pas à… Je ne savais plus ce que je faisais. J'aurais voulu ne pas les haïr… Mais je ne pouvais leur pardonner.

— La colère est humaine, dit Padmé.

— Un Jedi doit contrôler sa fureur.

Il était bouleversé et son corps était secoué de spasmes violents. *C'est donc ça – il redoute que les Jedi ne veuillent plus de lui. Mais les Jedi ne sont pas des surhommes. Il a mal agi, il le sait. Ils comprendront.*

— Chuuut ! lui dit-elle en le berçant tendrement.

— Non, rétorqua Anakin. Je suis un Jedi. Je devrais être au-dessus de tout ça. Je suis anéanti…

— Tu es un être humain comme les autres. Chut.

Elle resta longtemps à ses côtés, puis le fit manger. Vers midi, Beru vint lui dire qu'Owen et ses droïdes avaient fini de creuser la tombe de Shmi, et ils allèrent assister à la sobre cérémonie.

Celle-ci ne dura pas bien longtemps. Cliegg fit un bref discours, puis Owen et C-3PO descendirent le corps dans sa dernière demeure. Cliegg baissa des yeux pleins de larmes.

— Personne n'aurait pu trouver meilleure compagne. Adieu ! ma chère épouse, et merci !

Anakin s'avança et s'agenouilla devant la tombe. Puis il dit à voix basse :

— Je n'étais pas assez fort pour te sauver, Maman, mais je n'échouerai plus, je te le promets.

Il ajouta dans un murmure que seule Padmé put entendre :

— Tu me manques tellement !

Le silence qui suivit fut rompu par une série de bips et de sifflements. Padmé, furieuse, se retourna et vit R2-D2 qui roulait vers elle.

— Que fais-tu ici, R2-D2 ?

C-3PO s'avança à son tour.

— Il semblerait qu'il porte un message d'un certain Obi-Wan Kenobi, traduisit le droïde protocolaire. Ce nom vous dit-il quelque chose, Maître Anakin ?

Padmé jeta un regard hésitant à Anakin, mais il se contenta d'acquiescer et de se relever. Ils firent des adieux rapides aux Lars, et Owen dit à Anakin d'emmener C-3PO. Puis ils s'empressèrent de regagner le vaisseau de Padmé pour lire le message d'Obi-Wan.

L'enregistrement commençait de façon plutôt paisible par une requête demandant que le message soit transmis à Coruscant. Padmé établit les connexions nécessaires et tous s'installèrent pour regarder.

Les nouvelles étaient plutôt sinistres. Obi-Wan avait trouvé l'assassin, mais avait aussi surpris une alliance secrète entre le Comte Dooku et la Fédération du Commerce.

— Leurs armées sont sous le commandement de Dooku, fit l'image réduite d'Obi-Wan, et forment un… – attendez ! Qu'est-ce que…

Sur l'image, Obi-Wan se faisait attaquer par des droïdekas, les robots de sécurité de la Fédération du Commerce.

Anakin bondit de son siège et se mit à pousser divers boutons, mais malgré ses efforts, il ne put reprendre contact avec Obi-Wan. Il tenta de joindre Coruscant, mais la réponse qu'il reçut n'avait rien de très rassurant.

— En temps voulu, lui dit Maître Mace Windu, nous nous occuperons du Comte Dooku. Pour l'instant, Anakin, il est essentiel que tu poursuives ta mission. (Il fronça les sourcils d'un air sévère.) Tu dois protéger Padmé Amidala à tout prix. C'est ta priorité du moment.

— Compris, Maître, répondit Anakin d'une voix atone.

— Ils n'arriveront jamais à temps ! s'exclama Padmé tandis que l'hologramme s'éteignait. Il doivent traverser la moitié de la Galaxie, alors que Géonosis est à moins d'un parsec d'ici.

— Vous avez entendu Maître Windu, répondit-il de cette même voix d'outre-tombe. Il m'a ordonné de rester ici.

Mais tu m'as dit qu'Obi-Wan était comme un père pour toi – et tu viens de perdre ta mère. Tu ne peux le laisser mourir ! Padmé pinça les lèvres pour s'empêcher de cracher ces mots douloureux. *Et Obi-Wan est mon ami, à moi aussi. Elle abaissa les manettes de décollage du vaisseau.*

— Il t'a ordonné de me protéger, affirma-t-elle, et je pars sauver Obi-Wan. Donc, si tu veux rester mon garde du corps, tu devras venir avec moi.

Un court instant, Anakin la dévisagea, indécis. Puis il eut un sourire chancelant et s'empara des commandes.

J'espère que nous arriverons à temps, se dit Padmé tandis que le chasseur stellaire s'élevait dans le ciel de Tatooine. *Il le faut.*

La cellule dans laquelle les Géonosiens avaient enfermé Obi-Wan n'était pas particulièrement spartiate ; par contre, le champ d'énergie qui l'emprisonnait lui interdisait tout mouvement. Il y eut un crépitement et une douleur aiguë lui vrilla le bras. *Incontestablement, ces chaînes électriques ne sont pas une partie de plaisir*.

Il avait dû commettre une imprudence en regagnant son chasseur stellaire. Si les Géonosiens, ou qui que ce soit d'autre, l'avaient vu espionner la conférence, ils l'auraient arrêté aussitôt, avant qu'il ait pu envoyer son message. *Pourvu qu'Anakin l'ait retransmis directement au Conseil sans prendre une de ses décisions fantaisistes !* À la réflexion, son Padawan lui avait déjà désobéi : que faisait-il donc sur Tatooine ? S'il n'avait pas pensé à élargir le signal lorsque ses tentatives de le joindre sur Naboo s'étaient révélées infructueuses, il n'aurait jamais pu le contacter…

La porte de la cellule s'ouvrit, et le Comte Dooku entra. S'il avait pu bouger, Obi-Wan se serait raidi.

— Bonjour, mon ami, dit le Comte. Tout cela n'est qu'une erreur, une terrible erreur. Ils sont allés trop loin. C'est de la folie !

— Je croyais que vous étiez leur chef, Dooku, fit Obi-Wan en tentant de ne pas grimacer sous les nouvelles secousses que lui envoyaient les chaînes électriques.

— Je ne suis pas responsable de ce fiasco, je vous l'assure, répondit le Comte d'un ton sincère. Je promets de vous faire libérer sur-le-champ.

Il ne peut savoir ce que j'ai vu, se dit Obi-Wan. D'un ton naturel, il déclara :

— J'espère que cela ne traînera pas. J'ai à faire.

— Je déplore que nos chemins ne se soient pas croisés plus tôt, Obi-Wan, continua Dooku. Qui-Gon pensait le plus grand bien de vous. Comme j'aimerais qu'il soit toujours des nôtres !

Et moi donc ! Obi-Wan chassa la douleur qu'il ressentait chaque fois qu'il pensait à son Maître, tué par un guerrier Sith durant la guerre de Naboo.

— J'aurais bien besoin de son aide, continua Dooku tout en regardant Obi-Wan de près.

Malgré lui, Obi-Wan se raidit.

— Qui-Gon Jinn ne se serait jamais rallié à votre cause.

— N'en soyez pas si sûr, mon jeune Jedi. Il fut un temps où il était mon apprenti, comme vous avez été le sien. Il savait tout de la corruption qui gangrenait le Sénat, mais n'aurait jamais accepté sa tutelle s'il avait connu la vérité.

— La vérité ? Quelle vérité peut justifier une guerre civile ?

— Et si je vous disais que la République est désormais sous le contrôle des Noirs Seigneurs Sith ?

— Non, rétorqua Obi-Wan, c'est impossible. Les Jedi l'auraient découvert.

Et pourtant... C'est un Seigneur Sith qui a tué Qui-Gon... Et Maître Yoda a dit qu'ils allaient toujours par deux. Qu'est devenu le second durant ces dix dernières années ?

— Le Côté Obscur de la Force a brouillé leur vision, mon ami, fit tristement Dooku. Des centaines de Sénateurs sont désormais sous l'emprise d'un Seigneur Sith du nom de Dark Sidious.

Obi-Wan tenta d'en appeler à la Force afin de discerner s'il y avait un soupçon de vérité dans les allégations du comte, mais les chaînes électriques crépitèrent et l'empêchèrent de se concentrer.

— Je ne vous crois pas, dit-il à Dooku.

— Le Vice-Roi de la Fédération du Commerce fut jadis complice de Dark Sidious, mais celui-ci l'a trahi. Il est alors venu demander mon aide. Le Conseil des Jedi n'a pas voulu le croire. J'ai tenté de les alerter maintes et maintes fois, mais ils ne m'ont pas écouté. (Dooku se pencha en avant, touchant presque le champ de forces.) Vous devez vous joindre à moi. À nous deux, nous pourrons détruire les Sith.

Obi-Wan le dévisagea. Ses affirmations concernant le Sénat et les Seigneurs Sith étaient troublantes. Mais elles ne changeaient rien à ces deux faits : Dooku avait comploté avec le Vice-Roi de la Fédération du Commerce pour faire assassiner Padmé Amidala ; et il préparait une guerre civile qui ensanglanterait la Galaxie tout entière. *Je suis un Jedi. Je ne peux prendre part à une telle entreprise.*

— Je ne me rangerai jamais de votre côté, Dooku.

Le Comte l'examina encore quelques instants, puis

secoua la tête. Alors qu'il tournait les talons, il dit d'un ton badin :

— Alors, il me sera difficile de vous faire libérer.

Et il s'en alla.

Le message était clair : rejoignez-moi ou restez à croupir dans cette cellule. Cloîtré dans un champ de forces, sans la moindre chance de s'évader ou de transmettre ce qu'il avait appris. Peut-être Obi-Wan devait-il faire semblant de se joindre à Dooku ; puis, une fois libéré, il... Mais non ; cela ne marcherait pas. Dooku avait été un Jedi. Il sentirait la supercherie.

Et si... si Dooku lui avait dit la vérité ? Et si le Sénat était bien sous l'emprise des Sith, si le Conseil des Jedi avait ignoré ses mises en garde... Mais Maître Yoda ne ferait jamais une chose pareille.

Obi-Wan regarda la porte. Il se sentait seul, très seul.

CHAPITRE 12

Le message d'Obi-Wan terminé, Yoda fronça les sourcils. Il avait senti le choc que la trahison de la Fédération du Commerce avait provoqué chez les membres du Conseil. *Mais incomplet, son rapport est*, se dit Yoda. Il regarda Mace Windu.

— Plus de choses qu'il ne nous a dit, il se passe sur Géonosis, je sens, fit-il.

— Je suis d'accord, répondit Mace.

Leur premier geste fut de contacter le Sénateur Palpatine, car la menace qui pesait sur la République était bien plus importante qu'ils ne l'avaient cru. Ils se retrouvèrent dans le bureau du Chancelier en compagnie des Sénateurs Loyalistes qui soutenaient Palpatine.

Tout le monde écouta religieusement le résumé de Mace Windu. Puis Bail Organa secoua la tête :

— Plus aucun doute n'est permis : la Guilde des Marchands prépare la guerre.

— Maintenant, bredouilla le Sénateur Ask Aak, nous avons vraiment besoin de cette armée de clones !

Mais tout le monde savait que le Sénat ne donnerait jamais son approbation – du moins avant qu'il ne soit trop tard. Et les Jedi n'étaient pas assez nombreux pour contenir une armée de droïdes.

— Par la négociation, les Jedi la paix maintiennent, fit remarquer Yoda. De déclarer la guerre, pas question il n'est.

Encore maintenant, il devait être possible de trouver une solution pacifique... Cependant, tandis que les Sénateurs débattaient entre eux de la conduite à suivre, il ne perçut aucune patience dans cette salle. Uniquement de la peur et de la fébrilité.

— Le Sénat doit voter les Pouvoirs Exceptionnels au Chancelier ! finit par suggérer Mas Amedda. Cela fait, il pourra approuver l'usage des clones.

Approuver la guerre, dire vous voulez, pensa tristement Yoda. À quoi peut servir une armée, sinon à combattre ? Cela faisait des siècles que Yoda n'avait tant désiré intervenir dans le drame politique qui se jouait sous ses yeux. Or, il avait déjà dit tout ce qu'il avait à dire. Mais les Sénateurs n'avaient pas saisi cette opportunité. Il garda donc le silence. *Les Jedi pour servir là sont. Les lois, nous n'édictons pas*.

Les Sénateurs se regardèrent. De toute évidence, l'idée de doter le Chancelier de pouvoirs exceptionnels leur plaisait bien, mais aucun ne voulait être à l'origine d'un tel bouleversement politique. Finalement, Jar Jar Binks fit un pas en avant.

— Missa fier proposer la motion pour donner pouvoirs maousses-costauds à Voussa Excellence, dit-il à Palpatine.

Dès lors, l'affaire fut vite entendue : Jar Jar proposerait la motion, les autres Sénateurs la soutiendraient ; ensuite, le Chancelier Palpatine approuverait l'usage de l'armée des clones.

Moins d'une heure plus tard, Yoda alla s'asseoir à côté de Mace Windu et, assis sur le balcon des visiteurs, ils contemplèrent l'agitation qui gagnait le Sénat. La nouvelle avait filtré, et la peur planait sur l'assemblée, aussi dense qu'un épais brouillard. *La peur ouvre le chemin du Côté Obscur*, pensa-t-il. Mais qu'importaient ses explications, le Sénat ne souhaitait pas les entendre.

La motion visant à donner des pouvoirs exceptionnels au Chancelier Palpatine fut proposée et acceptée avec une hâte quasi indécente. Le Sénat acclama le courage de Jar Jar Binks et Palpatine se leva pour prendre la parole :

— C'est à contrecœur que je donne mon accord, dit-il. Ces pleins pouvoirs que vous m'octroyez, j'y renoncerai avec joie dès que la crise sera passée. Doté de cette autorité nouvelle, mon premier acte sera de créer une grande armée de la République, afin de contrer les menaces croissantes que font peser les Séparatistes.

Yoda secoua tristement la tête. À ses côtés, Mace Windu dit d'une voix émue :

— Le sort en est jeté. Je vais emmener tous les Jedi disponibles sur Géonosis pour venir en aide à Obi-Wan.

Il lui laissait une seconde tâche à remplir. Yoda acquiesça d'un hochement de tête.

— Visiter les cloneurs de Kamino, j'irai, et ce qu'ils ont créé, je pourrai voir… *Et s'il existe encore un moyen d'éviter la guerre.*

Anakin n'eut aucun mal à piloter le vaisseau de Naboo jusqu'à Géonosis. En fait, ce lui fut même trop facile : Anakin était encore bouleversé, et il avait besoin d'une activité prenante pour l'empêcher de penser. La peur lui étreignait le cœur : la peur de perdre à nouveau le contrôle de ses émotions, de découvrir que son Maître était déjà mort ; ou la peur qu'Obi-Wan, toujours en vie, ne le méprise lorsqu'il apprendrait son crime. Anakin pouvait toujours se dire qu'Obi-Wan était un Jedi, et donc incapable de connaître la haine. *Je suis un Jedi, et pourtant je hais les pillards Tusken !*

À la seule pensée de l'horrible carnage au campement des brigands, son estomac se serra. Il ravala ses larmes, bien incapable de dire si elles reflétaient les remords ou la haine. Afin de chasser ces idées, il reporta toute son attention sur ses instruments. Peut-être existait-il un raccourci pour atteindre Géonosis…

Durant le reste du trajet, Anakin s'ingénia à tirer le maximum du vaisseau. Lorsqu'ils atteignirent enfin la planète, R2-D2 localisa l'endroit précis d'où provenait le message d'Obi-Wan. Ils s'y dirigèrent aussitôt. Anakin pilota son engin en rase-mottes pour éviter d'être repéré, mais aussi parce qu'il devait se concentrer pour éviter les pitons rocheux. Padmé, elle, scrutait le sol à la recherche d'un lieu où cacher le vaisseau.

— Tu vois ces colonnes de vapeur droit devant ? demanda-t-elle soudain. Ce sont des gaz d'échappement. Je ne sais quelles machines se cachent dessous, mais…

— Ça me va…

Anakin fonça sur l'une des colonnes et se posa au fond d'une déclivité. Alors qu'il coupait les moteurs, Padmé se tourna vers lui :

— Écoute, quoi qu'il arrive, laisse-moi mener le jeu. Je n'ai pas l'intention de déclencher une guerre. Je pourrai peut-être trouver une issue diplomatique à ce fiasco.

Anakin se força à sourire :

— J'ai renoncé à discuter avec vous.

Mais il ne put s'empêcher de se demander si vraiment, après ce qui s'était passé sur Tatooine, un tel rappel s'imposait.

R2-D2 émit un sifflement plaintif en voyant partir Padmé et Anakin. Ce dernier fit un signe de tête en direction des deux droïdes, mais son esprit était occupé par autre chose : Anakin sondait la Force à la recherche de formes de vie indésirables.

Les grands couloirs souterrains semblaient vides, mais Anakin était mal à l'aise. Ce qui ne s'améliora pas au fur et à mesure qu'ils s'enfonçaient dans les entrailles de la ville.

— Attends, dit-il à l'adresse de Padmé.

Il se concentra. Il y avait quelque chose... derrière... derrière et au-dessus d'eux...

Son sabre laser jaillit entre ses mains. Il pivota au moment même où une énorme créature insectoïde se jetait sur lui. Il la faucha d'un revers, mais elle n'était pas seule. Padmé franchit en courant une porte à l'autre bout du couloir. Anakin abattit trois autres créatures et la suivit.

Ils se retrouvèrent sur une passerelle étroite dominant une espèce d'usine, pleine de droïdes, de tapis roulants et de machines bruyantes. D'un coup, la porte se referma sur eux ; et la passerelle se rétracta sous leurs pieds. Un instant plus tard, une troupe de créatures ailées fit son apparition.

Anakin brandit son sabre laser tandis que Padmé faisait de son mieux pour ouvrir la porte, en vain : il n'y avait pas de poignée. La corniche sur laquelle ils se trouvaient ne cessait de se rétrécir. Padmé regarda Anakin, puis, sous ses yeux horrifiés, elle sauta dans le vide.

— Padmé ! s'écria Anakin avant d'en faire autant.

Elle venait d'atterrir sur l'un des tapis roulants et se trouvait à quelques mètres de lui. Anakin courut dans sa direction, mais les créatures ailées passèrent à l'attaque et il dut s'arrêter pour les combattre.

Un de ces êtres ailés s'en prit à Padmé. Anakin se précipita comme un fou vers elle en se frayant un chemin à coups de sabre laser, mais, pour chaque créature qu'il abattait, il semblait en arriver dix. Du coin de l'œil, il vit Padmé arriver tout au bout du tapis roulant et tomber dans une grande cuve. *Au moins, elle y sera en sécurité*, se dit Anakin. Puis il vit la direction que prenait la cuve – celle d'un énorme chaudron rempli de métal en fusion !

— Padmé ! hurla-t-il.

La cuve était profonde, ses parois lisses, sans aucune aspérité – elle ne pouvait pas en sortir. *Elle va mourir ! Oh, non, Padmé…* Alors qu'il luttait pour se frayer un chemin à travers les nuées d'agresseurs, il vit passer une silhouette trapue et cylindrique munie de fusées. Il se demanda une fraction de seconde ce que R2-D2 faisait là, mais il était trop occupé à se battre pour y réfléchir davantage. *Padmé…*

Il glissa, tomba, et son bras se retrouva pris dans les engrenages d'une machine. L'appareil l'emmena avec une lenteur exaspérante… vers une immense lame ! *Elle va me couper en deux ! Non ! Il faut que je sauve Padmé !*

Un sifflement de triomphe retentit au milieu du fracas des machines. *On dirait R2*. Anakin tendit le cou et vit l'une des cuves se renverser sur le côté juste avant d'atteindre le métal en fusion. Padmé roula sur une autre passerelle. *R2-D2 doit avoir trouvé un moyen de reprogrammer l'ordinateur qui dirige ces machines*, se dit-il, puis il vit la lame qui se rapprochait de plus en plus. Il ferait mieux de trouver un moyen de s'extraire de là.

Il se contorsionna en tous sens afin d'éviter la lame. Il tenait toujours son sabre laser, hélas ! de la main coincée dans les engrenages.

La lame descendit à nouveau et écrasa le sabre laser. La prochaine fois, ce serait son bras… Tout d'un coup, la machine s'arrêta.

Anakin leva les yeux et découvrit des droïdekas. Toute une meute. Il était encerclé. Un peu plus loin, Padmé était prise au piège, elle aussi. Une silhouette en armure pourvue d'un jetpack descendit du plafond et braqua un blaster sur le jeune homme. *Le chasseur de primes que nous cherchions !*

— Ne bouge plus, Jedi ! dit le nouveau venu.

Et moi qui voulais assister Obi-Wan, pensa-t-il avec amertume. *Je n'ai pas seulement échoué à sauver ma mère, j'ai aussi livré Padmé à celui qui veut la tuer. J'ai tout gâché !*

Comme les Géonosiens ne semblaient pas disposés à les exécuter sur-le-champ, l'esprit de Padmé se mit à fonctionner à toute allure. Lorsque les gardes les firent entrer, Anakin et elle, dans une vaste salle de conférences, elle était calme, prête à faire face à la situation.

Le Comte Dooku était assis face à une grande table, le chasseur de primes debout à ses côtés. Et bien que leurs geôliers se soient emparés de leurs armes dès leur capture, des gardes géonosiens étaient postés partout. *Ils ne prennent aucun risque*, pensa-t-elle.

Avant que quelqu'un ait prononcé la moindre parole, Padmé s'avança :

— Vous retenez prisonnier un Chevalier Jedi, du nom de Obi-Wan Kenobi, déclara-t-elle de son ton le plus solennel. J'exige qu'il me soit remis sur-le-champ.

Le Comte Dooku l'observa sans se démonter.

— Il est accusé d'espionnage, Mademoiselle, et il sera exécuté pour ce crime. Dans quelques heures, je crois.

Et il eut un sourire, comme si cette idée lui plaisait beaucoup.

— C'est un officier de la République ! s'écria Padmé, outragée. Vous ne pouvez pas faire ça !

— Cette planète refuse d'obéir aux lois de la République, répondit le Comte en souriant toujours. Mais… si Naboo venait à se joindre à notre alliance…

C'était donc ça, l'enjeu ! Elle restait la représentante officielle de Naboo et avait autant de pouvoir que la Reine. Si, au nom de Naboo, elle prêtait allégeance aux Séparatistes, sa planète et la Reine seraient tenues de suivre sa décision. Elle écouta d'une oreille distraite les arguments du Comte. *Je ne peux trahir ma planète et mes principes, pas même pour Obi-Wan, pas même pour Anakin*. Le jeune homme se tenait derrière elle : Padmé ne pouvait pas le voir, et préférait presque qu'il en soit ainsi. Elle n'était pas sûre de pouvoir soutenir son regard. *Oh, Anakin ! Je regrette de t'avoir entraîné dans cette histoire*.

Finalement, elle se tourna vers le Comte et dit d'une voix claire :

— Je refuse de renoncer à tout ce en quoi je crois, à tout ce pour quoi j'ai œuvré. Je ne trahirai jamais la République.

Le Comte eut un soupir.

— Vous préférez trahir vos amis Jedi ? Sans votre coopération, je ne peux rien faire pour empêcher leur exécution.

— Et moi ? fit Padmé en levant le menton. Qu'allez-vous faire de moi ?

— Certains voudraient que vous subissiez le même sort, Mademoiselle, répondit le Comte. Cela n'a rien à voir avec la politique : c'est une affaire personnelle.

Nute Gunray, de la Fédération du Commerce, se dit-elle. *D'après le message d'Obi-Wan, c'est le commanditaire des tentatives d'assassinat. Il m'en veut encore d'avoir mené la contre-attaque victorieuse lorsqu'il a envahi Naboo, il y a dix ans*.

— Je suis sûr qu'ils pèseront de tout leur poids pour que vous soyez exécutée aux côtés de vos amis, continua le Comte. Puisque vous refusez de coopérer, je ne peux rien faire.

Le Comte se rassit. Le chasseur de primes fit signe aux gardes :

— Emmenez-les, dit-il d'une voix dure.

Les gardes géonosiens les placèrent dans des cellules séparées. Padmé eut tout le loisir de réfléchir à la situation, et d'en conclure qu'ils allaient vraisemblablement tous mourir. Les Jedi savaient qu'Obi-Wan était sur Géonosis, mais ils ne pouvaient rien faire sans l'autorisation du Sénat ; et elle avait assez pratiqué cette lourde machine bureaucratique pour savoir que les Sénateurs pouvaient débattre des jours et des jours durant avant de donner leur aval à une entreprise aussi hasardeuse. Elle doutait que les Géonosiens mettent aussi longtemps à se décider.

Elle ne se trompait pas. Quelques heures plus tard, Anakin et elle étaient conduits dans un vaste tribunal. L'Archiduc de Géonosis et son assistant se tenaient à la place du juge. À leurs côtés, Padmé distingua le Comte Dooku, ainsi que plusieurs Sénateurs partisans des Séparatistes. Derrière eux se tenaient des représentants de la Guilde des Marchands, de la Fédération du Commerce et du Clan Bancaire Intergalactique.

Les Géonosiens en vinrent d'emblée au fait :

— Vous avez été jugés coupables d'espionnage, dit l'un d'entre eux.

Sans leur laisser le temps de répondre, l'Archiduc demanda :

— Avez-vous quelque chose à déclarer avant que la sentence ne soit exécutée ?

— C'est un acte de guerre, Archiduc, dit Padmé. J'espère que vous êtes prêt à en subir les conséquences.

L'Archiduc éclata de rire.

— Notre métier est de construire des armes, Mademoiselle ! Bien sûr que nous sommes prêts. (Il fit signe aux gardes.) Emmenez-les dans l'arène !

Padmé sentit s'évanouir ses derniers espoirs. Les gardes les entraînèrent hors de la salle, et les menèrent dans un tunnel sombre et étroit. Là, on les attacha aux flancs d'un petit chariot. *La charrette des condamnés*… Padmé jeta un regard malheureux à Anakin. *Tout est de ma faute. J'ai tenu à t'accompagner, et je n'ai réussi qu'à nous faire tuer.*

— N'ayez pas peur, fit Anakin avec sincérité.

Il semblait s'inquiéter davantage pour elle que pour lui-même.

— Je ne redoute pas la mort, lui dit Padmé.

Elle baissa les yeux. C'était le moment ou jamais de dire la vérité. Elle ne pouvait se mentir à elle-même, et encore moins à Anakin, même par omission.

— Depuis que tu es entré dans ma vie, je me sens mourir à petit feu.

Anakin ouvrit de grands yeux.

— Qu'est-ce que vous racontez ? fit-il comme s'il n'était pas sûr de ce qu'il avait entendu.

— Je t'aime, dit-elle.

— Vous… m'aimez ? Je croyais que nous étions convenus de ne pas tomber amoureux. Que cela nous obligerait à vivre dans le mensonge. Que nos vies seraient détruites…

Elle continua lentement en cherchant ses mots.

— J'ai l'impression que nos vies seront détruites de toute façon. Mon amour pour toi est une énigme, Ani, une énigme que je suis incapable de résoudre. Je n'y peux rien – et maintenant, peu importe.

Elle le regarda droit dans les yeux. Comme elle aurait voulu pouvoir le toucher ! Mais ils étaient attachés de chaque côté de la charrette.

— À l'heure de notre mort, je veux que tu saches que je t'aime vraiment, du plus profond de moi-même.

Les lèvres d'Anakin tremblèrent. Il se pencha vers elle, lentement, comme s'il hésitait encore. Padmé fit de même et, pour la seconde fois, leurs lèvres se rejoignirent.

Puis la charrette des condamnés s'ébranla, les déséquilibrant tous les deux. Padmé se redressa et entendit alors une clameur s'élevant de milliers de voix. Le tollé ne cessa d'enfler jusqu'à ce qu'ils sortent du tunnel pour entrer dans l'arène où tous deux devaient être exécutés.

CHAPITRE

13

Au centre de l'arène des Géonosiens, Obi-Wan se colla au poteau d'exécution et éprouva, une fois de plus, la solidité des chaînes qui maintenaient ses bras au-dessus de sa tête. Qu'attendaient-ils donc ? Cela faisait bien une demi-heure qu'il était là, et la foule s'impatientait. Quoique, il n'était pas particulièrement pressé, mais bon…

La foule poussa un rugissement qui lui fit lever les yeux. Une charrette venait d'entrer dans l'arène. Lorsqu'il vit qui elle transportait, Obi-Wan soupira et ferma les yeux. *Je savais qu'Anakin allait faire une bêtise. Je le savais !*

Mais il eût été bien inutile de le réprimander ; à voir son expression, il était assez puni comme ça. Les Géonosiens enchaînèrent Anakin au poteau jouxtant le sien. Du coin de l'œil, Obi-Wan vit Padmé glisser quelque chose dans sa bouche. Elle fut attachée au poteau suivant, à côté de celui d'Anakin.

— Je me demandais justement si tu avais reçu mon message, dit Obi-Wan alors que les gardes quittaient l'arène.

— Je l'ai retransmis, Maître, comme vous me l'aviez demandé, répondit Anakin. Puis nous avons décidé de venir vous sauver.

Obi-Wan contempla ses mains entravées.

— Beau travail !

Dans les gradins, Nute Gunray et les autres délégués de la Fédération du Commerce s'étaient massés autour de l'Archiduc dans une loge particulièrement luxueuse. Le Comte Dooku, toujours flanqué de son chasseur de primes, se tenait au premier plan. Lorsque la charrette quitta l'arène, l'Archiduc déclara solennellement :

— Que les exécutions commencent !

La foule rugit de plus belle, et plus encore à l'ouverture de trois grandes portes à l'autre bout de l'arène. La première laissa entrer une énorme bête aux larges flancs, dotée d'immenses cornes. *Un reek*, se dit Obi-Wan. *Puissant, mais d'une intelligence limitée*. De la deuxième porte fusa une immense créature féline aux longues griffes – un nexu ; la troisième livra passage à un acklay, un lézard de la taille d'un chasseur stellaire, dont les pinces étaient assez grandes pour couper un homme en deux. Derrière chacun de ces monstres jaillit une horde de picadors géonosiens juchés sur des bêtes plus petites et brandissant de longues lances.

— Tout ceci ne me dit rien qui vaille, commenta Anakin.

— Prends celui de droite, fit Obi-Wan en désignant le reek. Je me charge de celui de gauche.

— Et Padmé ?

Obi-Wan eut un sourire. Padmé avait crocheté la serrure de ses chaînes – *C'est donc ça qu'elle avait dissimulé aux gardes ! Un passe-partout !* – et avait réussi à se hisser au sommet du poteau.

— Elle semble dominer la situation, fit Obi-Wan.

C'est alors que les monstres se ruèrent sur eux.

L'acklay se dirigea tout droit vers Obi-Wan en ouvrant grand ses pinces. *Ces bestioles sont myopes*, pensa-t-il. *Si je calcule bien mon coup...* Au moment où l'acklay allait l'atteindre, il passa derrière le poteau.

Le monstre continua sa course. Ses pinces se refermèrent sur le poteau d'exécution, à l'endroit même où aurait dû se tenir le Jedi, et le bois vola en éclats. Obi-Wan tira sur la chaîne pour finir de se libérer et regarda autour de lui.

Anakin avait sauté sur le dos du reek. Il fit glisser les fers qui entravaient ses mains autour des cornes de la bête. Celle-ci secouait son mufle hideux en tirant sur la chaîne ; les maillons ne tarderaient pas à céder. De son côté, le nexu tentait d'escalader le poteau pour atteindre Padmé. Les yeux écarquillés, Obi-Wan la vit frapper la bête des deux pieds et l'envoyer rouler dans la poussière.

L'acklay acheva de démolir le poteau. Il secoua la tête et observa autour de lui d'un air perplexe, comme pour chercher la friandise promise, qui devait bien être quelque part par là. Puis son regard croisa celui d'Obi-Wan et il chargea de nouveau.

Obi-Wan courut vers la paroi de l'arène, là où se regroupaient les picadors avec leurs grandes lances. Surprise, une de leurs montures se cabra. Pendant que le picador tentait de la maîtriser, Obi-Wan saisit la pointe de sa lance et la lui arracha des mains. Puis il la retourna, la planta dans le sol et, prenant son élan, il s'en servit comme d'une perche pour sauter par-dessus le picador.

Derrière lui, l'acklay entra en collision avec la monture du picador, qui perdit l'équilibre et s'écroula à terre. Le Géonosien eut à peine le temps de hurler avant que les pinces du monstre ne se referment sur lui. Le javelot était une piètre arme, mais si l'on frappait au bon endroit… Il visa avec soin et lança son arme.

Celle-ci frappa l'acklay au cou. La bête eut un mugissement terrifiant, lâcha le cadavre du picador, et fonça sur le Jedi. *C'était bien la peine*, se dit Obi-Wan en se cachant derrière la monture du mort.

L'acklay le poursuivit, mais avec moins de fougue. Obi-Wan restait hors de sa portée, mais n'arrivait pas à gagner du terrain. Puis il vit le reek qui se précipitait vers lui – Anakin et Padmé juchés sur son dos, le nexu sur les talons. Anakin semblait avoir trouvé un moyen de contrôler la créature, sans doute avec l'aide de la Force.

Obi-Wan sauta à califourchon derrière Padmé. En regardant par-dessus son épaule, il vit le nexu attaquer l'acklay blessé. *En voilà deux qui ne font pas attention à nous, du moins pour l'instant.*

Tout autour de l'arène, des portes s'ouvrirent avec un bel ensemble, et des droïdekas firent leur apparition. Ils entourèrent le reek, puis déplièrent leurs longs membres métalliques prolongés de blasters tout en activant leurs boucliers. Le reek renâcla et secoua la tête. Il se mit à tourner en rond pour éviter les droïdes, mais ils l'avaient encerclé. *Nous sommes morts. Pourquoi n'ouvrent-ils pas le feu ?*

Un silence s'abattit sur l'arène. Obi-Wan leva la tête… et demeura bouche bée. Tout autour des gradins jaillissaient des traits bleus et verts. Des éclairs de sabres lasers ! *Il doit y avoir une bonne centaine de Jedi dans l'assistance !* Il se tourna vers la loge de l'Archiduc et écarquilla les yeux. Il était trop loin pour distinguer les traits de l'homme en robe de Jedi qui se tenait derrière le Comte Dooku – mais il n'en avait pas besoin. Un seul Jedi avait un sabre laser violet. *Mace Windu !*

Le Comte Dooku sentit une onde de désespoir. Elle provenait de Jango Fett ; il se tourna pour voir ce qui émouvait son garde du corps.

Mace Windu se tenait à côté de Jango, son sabre laser allumé.

— Maître Windu ! Quelle joie de vous voir parmi nous. Vous arrivez juste à temps pour le moment de vérité. (Il désigna l'arène d'un geste.) Vos deux nouveaux serviteurs manquent un peu d'entraînement.

Mace Windu ne réagit pas. Son visage resta figé en une expression sinistre.

— Navré de vous décevoir, Dooku, fit-il d'une voix rude, mais votre petite fête touche à sa fin.

Dooku plissa les lèvres, amusé et satisfait à la fois. *Je n'en espérais pas tant. Cette centaine de Jedi dans les gradins, plus Maître Windu ici présent. Nous les abattrons tous jusqu'au dernier.*

— Vous êtes aussi courageux que stupides, mon vieil ami. Vous n'êtes pas assez nombreux.

— J'en doute, rétorqua Maître Windu. Les Géonosiens ne sont pas des guerriers. Un seul Jedi doit en valoir une centaine.

— Ce n'est pas à eux que je pensais, fit Dooku, tout sourire. Combien vaut un Jedi face à un millier de droïdes de combat ?

À ces mots, le premier des nouveaux super-droïdes de combat apparut dans le couloir, derrière Mace Windu, et ouvrit immédiatement le feu. Maître Windu n'eut aucun mal à parer les décharges, mais dut pour cela quitter des yeux les spectateurs présents dans la loge. Jango Fett releva aussitôt son lance-flammes et le visa.

Maître Windu évita son tir, mais le jet de flammes caressa le bas de sa robe, qui s'embrasa aussitôt. D'un bond, il passa par-dessus la balustrade pour atterrir dans l'arène, où les droïdes affluaient toujours. Le Comte Dooku hocha la tête en voyant son entêtement et se rassit pour profiter du spectacle. *Voilà qui s'annonçait particulièrement intéressant !*

Le reek se cabra, désarçonnant Obi-Wan. Le Jedi tomba sur le sable de l'arène et, aussitôt, dut éviter une rafale. Les droïdekas venaient d'ouvrir le feu. Il ne pourrait esquiver indéfiniment : il lui fallait un sabre laser.

Comme par magie, un sabre laser surgi de nulle part vola dans sa direction. Il l'attrapa avec adresse et l'activa tout en saluant le Jedi qui le lui avait lancé. Il intercepta quatre décharges et les envoya ricocher contre des droïdes de combat. Anakin s'était lui aussi muni d'un sabre laser, et Padmé avait trouvé un blaster.

Les droïdes étaient trop nombreux ! Autour d'Obi-Wan, les Jedi tombaient sous les coups d'un adversaire infiniment supérieur en nombre. Le sable de l'arène était maculé de sang et jonché de pièces de droïdes. Les trois monstres qui devaient les exécuter étaient morts, mais cela ne faisait pas grande différence.

Brusquement, les droïdes cessèrent de tirer. Obi-Wan baissa ses bras douloureux et regarda autour de lui. Mace Windu, Padmé, Anakin et une vingtaine de Jedi se tenaient au centre de l'arène, encerclés par les nuées de droïdes. *Plus que vingt !* se dit-il, choqué.

La voix du Comte Dooku tonna dans l'arène :

— Maître Windu ! Vous vous êtes bien battus. Votre nom mérite de figurcr dans l'histoire de l'Ordre Jedi. Mais maintenant, il est temps d'en finir. Rendez-vous, et vos vies seront épargnées.

— Vous comptez nous prendre en otages ? Nous ne vous servirons pas de monnaie d'échange, Dooku.

La voix de Mace Windu était ferme, bien qu'il se doutât de la réaction du Comte.

— Alors, je suis désolé, mon vieil ami, fit-il. Vous ne me laissez pas d'autre choix que votre destruction.

Il tendit la main. Les droïdes levèrent leurs armes.

— Regardez ! s'écria Padmé.

Obi-Wan tourna la tête de tous côtés, mais ne vit que les nuées de droïdes. Puis il réalisa que Padmé désignait le ciel. Il leva les yeux. Six vaisseaux de guerre descendaient vers l'arène.

Les appareils, des canonnières de la République, atterrirent en cercle, formant un rempart entre la poignée de Jedi et les droïdes des Géonosiens. L'arène s'illumina d'une lumière blanche et crue : les droïdes venaient d'ouvrir le feu tous ensemble, et leurs décharges rebondissaient sur les boucliers des vaisseaux.

Obi-Wan regarda la scène, émerveillé – et incrédule. *Qui est-ce ? D'où viennent-ils ?*

Les rampes des canonnières s'abaissèrent, et des soldats en armure blanche surgirent par milliers des vaisseaux. Obi-Wan comprit alors. *L'armée des clones !* Les soldats lâchèrent un déluge de feu sur la masse des droïdes, les forçant à reculer.

Maître Yoda apparut sur la passerelle d'une des canonnières et fit signe aux Jedi stupéfaits.

— Montez, vite ! cria-t-il.

Tout le monde courut vers les vaisseaux. En montant à bord du plus proche, Obi-Wan jeta un coup d'œil à la loge de l'Archiduc. Elle était déserte. Abaissant son regard, il vit l'enfant clone, le fils de Jango Fett, près d'un mur. Il était agenouillé devant le casque cabossé de son père. *Maître Windu s'est donc débarrassé de ce chasseur de primes*, se dit Obi-Wan. En pensant à ce garçon, il ressentit une pointe de regret. Qu'allait-il devenir ? Mais pour l'instant, il ne pouvait rien faire.

Nous n'en avons pas encore terminé, se dit-il alors que les vaisseaux prenaient de l'altitude au-dessus de l'arène. Il reste encore tous ces appareils de la Fédération du Commerce.

Sans oublier le Comte Dooku.

CHAPITRE 14

Anakin savait que la lutte était loin d'être terminée, mais il était heureux de pouvoir souffler un peu. Padmé était à bord, saine et sauve, et il n'y avait pas de droïdes de combat pour leur tirer dessus.

Maintenant, les appareils de la Fédération du Commerce étaient attaqués. Des milliers de soldats en armure blanche tiraient sur les formations et, un peu plus loin, Anakin vit des vaisseaux de la République en train d'atterrir pendant que d'autres troupes partaient au combat.

— Regardez ! s'écria Obi-Wan depuis l'autre côté du cockpit. Venez voir !

Anakin regarda par la verrière. Un speeder géonosien s'éloignait de la bataille à vive allure. Le cockpit ouvert laissait voir une sombre silhouette qu'il reconnut tout de suite.

— Dooku ! (Anakin se tourna vers le pilote du vaisseau.) Vite ! Suivez-le !

Le pilote fit tourner le lourd engin. Soudain, une explosion secoua le vaisseau, qui se cabra. Surprise, Padmé roula vers le fond de l'appareil – et la trappe restée ouverte. Anakin tenta de la saisir, mais il était trop loin, et ne put rien faire, sinon la regarder tomber dans l'ouverture.

— Padmé ! cria-t-il horrifié. (Il se tourna à nouveau vers le pilote.) Vite ! Posez-vous !

— Ne te laisse pas aveugler par tes sentiments, lui dit Obi-Wan d'un air sévère. (S'adressant au pilote, il désigna le Comte en fuite.) Suivez le speeder.

Furieux, Anakin regarda son Maître :

— Faites descendre cet engin.

Le pilote hésitait, ne sachant à qui il devait obéir.

— Anakin, je ne peux affronter seul le Comte Dooku, dit-il. J'ai besoin de ton aide. Et si nous l'arrêtons, nous pourrons faire cesser cette guerre, ici et maintenant. Nous devons faire notre devoir.

— Je m'en fiche, rétorqua Anakin. Posez-moi ce vaisseau !

Après tout ce qu'ils avaient vécu, il ne pourrait supporter de perdre Padmé.

— Tu seras radié de l'Ordre des Jedi, le prévint Obi-Wan.

Anakin avala sa salive et regarda vers le bas. Padmé avait atterri sur une dune. Le sable était mou ; *elle n'a pas de mal, semble-t-il*. Mais il n'en était pas sûr, et les droïdes de combat n'étaient pas loin.

— Je ne peux pas l'abandonner, fit-il doucement.

— Reprends tes esprits, répondit Obi-Wan d'un ton ferme.

Anakin leva les yeux, surpris par le ton de son Maître. Puis il croisa ses yeux : bienveillants, emplis de compassion, mais inflexibles.

— D'après toi, reprit-il doucement, que ferait Padmé Amidala si les rôles étaient inversés ?

Anakin aurait bien voulu nier l'évidence, mais il en fut incapable.

— Elle ferait son devoir, reconnut-il.

Obi-Wan donna ses directives au pilote.

Ils suivirent Dooku jusqu'à un hangar flanqué d'une tour. La canonnière s'approcha du sol juste assez pour qu'Anakin et Obi-Wan puissent sauter à terre. Ils trouvèrent le Comte devant un tableau de contrôle. Un voilier solaire, petit mais rapide, se trouvait devant les portes du hangar, prêt à décoller.

Il prépare sa fuite, se dit Anakin en sentant monter sa colère.

— Vous allez payer pour tous les Jedi qui sont morts par votre faute, Dooku ! hurla-t-il tandis que le Comte levait les yeux.

Obi-Wan tira son sabre laser.

— Dirige-toi vers… souffla-t-il.

— Non, fit Anakin.

Sa colère montait. Il allait bientôt éprouver la fureur aveugle et meurtrière qui s'était emparée de lui sur

Tatooine, dans le camp des pillards Tusken. S'il attendait, il ne pourrait plus se contrôler. *Je suis un Jedi ! Je dois pouvoir me maîtriser !*

— Je m'occupe de lui.

— Non, Anakin ! s'écria Obi-Wan.

Le jeune Jedi hésita une seconde. Obi-Wan ne savait rien de ce qui s'était passé sur Tatooine. Mais il ne le saurait pas, jamais. Pour qu'il ne le voie pas en proie à cette rage aveugle, hideuse, il fallait qu'il attaque maintenant, pendant qu'il pouvait encore se maîtriser.

En voyant approcher Anakin, le Comte Dooku eut un sourire. Le jeune Jedi brandit son sabre laser et perçut un soubresaut dans la Force. Dooku leva le bras, et Anakin se sentit projeté dans les airs. Il heurta violemment le mur du hangar et perdit connaissance.

Obi-Wan en appela à la Force. À son grand soulagement, il constata qu'Anakin n'était pas blessé. Mais il ne pouvait attendre que son apprenti reprenne conscience : le Comte Dooku marchait déjà sur lui.

— Comme vous pouvez le constater, dit-il d'un ton badin, mes pouvoirs de Jedi sont largement supérieurs aux vôtres.

— Permettez-moi d'en douter, répondit Obi-Wan.

Mais il savait qu'il avait peu de chances de l'emporter en combat singulier.

Non seulement Dooku était un expert du sabre, mais il était en pleine forme, tandis qu'Obi-Wan subissait le contrecoup du combat dans l'arène. *Je me dois au moins d'essayer*, se dit-il. Il leva son sabre laser.

Dooku sourit et para le premier coup avec une facilité déconcertante. Il évita de même le deuxième et le troisième, sans donner l'impression de bouger.

— Vous me décevez, Maître Kenobi, fit-il. Dire que Maître Yoda vous tient en si grande estime !

Il tente de me distraire. Obi-Wan serra les dents et continua le combat. Il était épuisé, hors d'haleine. Il recula, cherchant un instant de répit.

— Venez, Maître Kenobi, venez, railla le Comte Dooku. Achevez-moi, je souffre trop !

Obi-Wan inspira profondément, raffermit sa prise sur le sabre laser et repartit à l'assaut. Surpris par la férocité de son attaque, Dooku perdit du terrain. Un court instant, Obi-Wan se dit qu'il était peut-être capable de le vaincre. Mais même en puisant dans la Force, il était trop las pour continuer longtemps à ce rythme. Le Comte reprit l'avantage.

En voyant qu'Obi-Wan faiblissait, Dooku attaqua avec une vigueur renouvelée. Il se déplaçait en économisant ses mouvements, mais avec une grande élégance, et son sabre laser semblait s'être démultiplié. Obi-Wan se souvint de ce que lui avait dit Jocasta Nu : *À l'escrime de style traditionnel, il n'a pas son égal*.

Obi-Wan manqua son coup, et la lame de Dooku lui mordit l'épaule. La douleur était au-delà de tout ce qu'il avait jamais connu. Ses gestes s'en trouvèrent ralentis ; le Comte en profita pour lui entailler la cuisse.

Sa jambe le lâcha, et Obi-Wan s'effondra contre le mur tandis que son sabre laser glissait sur le sol. Le Comte leva le bras pour donner le coup de grâce. Obi-Wan se prépara à mourir.

Le Comte Dooku abattit son sabre… contre une barre de lumière bleue éblouissante. Anakin se tenait dressé au-dessus de son Maître, le visage figé en un masque de détermination. Son intervention força Dooku à reculer.

— Eh bien, mon garçon ! fit Dooku très calmement. Je croyais que tu avais retenu la leçon.

— Je suis dur à la détente, fit Anakin, et il partit à l'assaut.

À la stupéfaction d'Obi-Wan, il réussit à prendre le Comte par surprise et le contraignit à reculer. Dooku avait l'air tout aussi effaré qu'Obi-Wan, mais il ne tarda pas à se ressaisir.

— Tes pouvoirs sont exceptionnels, jeune Padawan, releva-t-il. Mais ils ne suffiront pas à te sauver.

— Je n'en suis pas si sûr, répondit Anakin.

Dooku a raison, pensa Obi-Wan, épuisé. *Anakin n'est pas à la hauteur… à moins qu'il ne tente quelque chose d'inattendu*. Avec le peu d'énergie qui lui restait, il en appela à la Force.

— Anakin ! cria-t-il, et il lança son sabre laser à son apprenti.

Anakin attrapa l'arme de sa main libre et attaqua à nouveau. Mais même avec deux sabres lasers, il ne pouvait contenir bien longtemps le Comte. Celui-ci eut un sourire cruel et se mit à jouer avec lui comme un chat avec une souris. Finalement, il lui arracha son second sabre laser.

Bats en retraite, pensa Obi-Wan. *Gagne du temps !* Mais Anakin ne reculait pas, bien au contraire ; il repassait à l'offensive. Soudain, il poussa un hurlement, et son bras droit roula au sol, sectionné au ras de l'épaule. Le jeune homme tomba aux côtés d'Obi-Wan en se tordant de douleur. Dooku regarda les deux Jedi vaincus et s'apprêta à porter le coup de grâce.

Yoda appuya sur le bouton qui actionnait la porte du hangar. La bataille contre les droïdes de la Fédération du Commerce touchait à sa fin ; sa présence n'était plus utile là-bas.

Il entra dans le hangar. *Oui, c'est ici que nécessaire, je suis*, pensa-t-il en voyant le Comte Dooku dominer de toute sa taille Obi-Wan et Anakin. Il s'arrêta et attendit.

Le comte Dooku remarqua sa présence et s'éloigna des deux blessés. Yoda baissa la tête, accablé.

— Comte Dooku.

— Maître Yoda.

La voix du Comte semblait presque méprisante, mais Yoda sentit en lui une tension nouvelle – et quelque chose de beaucoup plus sombre. Le visage de Dooku se durcit :

— C'est la dernière fois que vous vous mêlez de mes affaires.

De vos affaires ? De vos plans de conquête, oui ! pensa tristement Yoda. *Or un Jedi le pouvoir ne recherche pas.* En vérité, Dooku avait bel et bien renié les préceptes des Jedi. Yoda sentit que le Comte rassemblait son énergie et courba la tête sous le poids de la tristesse. Il avait perçu la source des capacités accrues du Comte. Un instant plus tard, Dooku leva les mains et lui décocha un éclair de Force, plus mortel qu'un arc électrique.

Yoda le bloqua automatiquement. C'était, hélas, la preuve incontestable de la voie choisie par le Comte. Seuls ceux qui avaient prêté allégeance au Côté Obscur de la Force dilapidaient ainsi leurs capacités.

— Encore beaucoup à apprendre, tu as, lui dit Yoda.

Dooku parut étonné de voir que son attaque avait lamentablement échoué. Puis il fronça les sourcils, baissa les yeux et répondit :

— De toute évidence, ce n'est pas notre expérience de la Force qui nous départagera, mais notre maîtrise du sabre laser.

Sur ce, il ralluma son arme et la fit tournoyer avec solennité, un cérémonial de salut que Yoda lui avait appris une cinquantaine d'années auparavant.

Yoda tira son propre sabre et répondit à son salut. Peu lui importait de remporter un duel ; par contre, il tenait à mettre fin aux entreprises néfastes du Comte Dooku. Et celui-ci ne lui avait pas laissé le choix.

Le Comte partit à l'assaut. Yoda eut un soupir. *Rien, il n'a appris. De rien, il ne se souvient*. Il ferma les yeux, baissa la tête et sentit la Force qui reliait toute chose, y compris le Comte et lui-même. Son sabre laser évoluait sans le moindre effort, fluide et aérien, pour trouver le point d'équilibre et bloquer les assauts de Dooku.

Les attaques du Comte se firent frénétiques, désespérées, mais sans résultat. Il recula, hors d'haleine, mais Yoda ne le poursuivit pas. Dooku ne pouvait atteindre son voilier solaire sans passer devant Yoda. Il était pris au piège.

— Bien combattu tu as, mon ancien Padawan, dit gentiment Yoda.

Il parlait avec sincérité, bien qu'il sache que le Comte refuserait de l'entendre. Car Dooku ne s'était jamais contenté de « bien » combattre ; il voulait être le meilleur, en tout, toujours.

— Ce n'est qu'un début, feula le Comte.

Yoda sentit un grand remous dans la Force tandis que, d'un revers de sabre, le Comte fauchait une des grues. La masse de métal s'effondra – tout droit vers Obi-Wan et Anakin.

Déjà trop de Jedi, morts aujourd'hui sont.

Yoda se concentra sur la grue. La masse de métal s'immobilisa à mi-chemin, comme si elle avait heurté un obstacle invisible, puis Yoda la repoussa lentement jusqu'à ce qu'elle s'écroule dans un recoin désert du hangar.

Derrière lui, il sentit que les moteurs du voilier solaire venaient de démarrer, et l'appareil disparut dans le lointain. Le Comte avait réussi à s'échapper. Mais Anakin et Obi-Wan étaient en vie.

Pour l'heure, cela lui suffisait.

CHAPITRE

15

Le voilier solaire du Comte Dooku s'approcha de Coruscant avec maintes précautions. Le Comte n'était pas pressé. L'essentiel était de ne pas se faire repérer. Il ne serait pas en retard pour son rendez-vous.

Le vaisseau glissa entre les mailles des systèmes de sécurité de Coruscant sans les activer, et plana vers la surface de la planète. Il se dirigea vers une zone de terre brûlée, abandonnée depuis huit ans. C'était l'endroit qu'il avait choisi pour entrer et sortir de Coruscant sans se faire remarquer.

Il se dirigea vers un bâtiment fantôme précis et se posa à l'intérieur, hors de vue. Lorsqu'il fit descendre la rampe, il vit une silhouette qui l'attendait dans l'ombre, les traits dissimulés sous une capuche. *Il sait tout*, se dit le Comte. *Mais c'est normal. C'est ce qui fait de lui le Maître*.

Dooku descendit de son vaisseau et se dirigea vers la silhouette immobile, puis se courba en guise de salut.

— La Force est avec nous, Maître Sidious.

Son Maître hocha la tête à son tour.

— Bienvenue chez vous, Lord Tyranus, fit Dark Sidious de sa voix basse. Vous avez bien agi.

— Je suis porteur de bonnes nouvelles, Seigneur, dit Dooku. La guerre est déclarée.

Tout Coruscant devait être au courant, mais il avait pour instructions de l'informer du déroulement des opérations – et Dark Sidious avait une façon rapide et déplaisante de se débarrasser de ceux qui n'exécutaient pas ses ordres à la lettre.

— Excellent.

La voix sèche de Sidious semblait presque enthousiaste, et ses lèvres – la seule partie de son corps qu'il puisse voir sous sa capuche – se plissèrent pour former quelque chose qui ressemblait à un sourire.

— Tout se passe comme prévu.

Le Comte Dooku lui rendit son sourire. *Dark Sidious est doué pour concevoir des plans particulièrement retors. Lui et moi serons bientôt les Maîtres de la Galaxie.*

Bientôt.

Obi-Wan et Mace Windu étaient face à la grande place qui s'étendait au-dessous du Temple Jedi. Yoda se tenait non loin de là, dans la chaire du Conseil. C'était bien d'être de retour, se dit Obi-Wan, quoiqu'il ne puisse plus voir Coruscant du même œil. Les troupes de clones en armure blanche étaient partout. Le Sénat croyait qu'ainsi, le peuple se sentirait en sécurité, mais, pour Obi-Wan, ils ne faisaient qu'évoquer des souvenirs de la bataille sur Géonosis et des Jedi qui y avaient perdu la vie.

Un traitement à base de bacta avait guéri ses plaies ainsi que celles d'Anakin, bien que rien ne puisse rendre son bras à son Padawan. Il devrait se contenter d'un substitut mécanique. Il ne serait pas le premier Jedi dans ce cas. *Et certainement pas le dernier*, pensa Obi-Wan, d'humeur lugubre. Le Comte Dooku leur avait échappé, et il ne s'en tiendrait pas là.

Obi-Wan se tourna vers Maître Windu :

— Croyez-vous que le Comte Dooku ait dit vrai en prétendant que Sidious contrôlait le Sénat ? demanda-t-il. Cela ne me sied guère.

— Incontrôlable, le Comte Dooku est devenu, fit Yoda avant que Mace ait pu répondre, puis il baissa la voix : Le Côté Obscur, il a rejoint. Maintenant, le mensonge et la tromperie, il manie.

Maître Windu leva la main.

— Néanmoins, je crois que nous devrions surveiller de plus près le Sénat.

— D'accord je suis, acquiesça Maître Yoda.

Mace Windu se tourna vers Obi-Wan.

— Où est votre apprenti ?

— En route vers Naboo, dit Obi-Wan. Il escorte Padmé Amidala.

Anakin lui avait appris la mort de Shmi : c'était pour la retrouver que Padmé et lui s'étaient rendus sur Tatooine.

La présence de Padmé semblait remonter le moral d'Anakin, et passer quelque temps sur une planète aussi agréable que Naboo lui ferait du bien. Ainsi, il pourrait oublier un peu l'horreur de la bataille de Géonosis.

Celle-ci avait été incroyablement meurtrière. Deux cents Jedi s'étaient rendus sur la planète, et vingt seulement en étaient revenus. Et pourtant, ils avaient gagné.

— Il faut admettre que, sans l'intervention des clones, nous n'aurions jamais remporté la victoire, dit Obi-Wan.

Yoda se dressa sur son fauteuil d'un air indigné :

— Une victoire ? Vous appelez ça une victoire ?

Obi-Wan se retourna. Yoda parcourut des yeux la salle du Conseil presque déserte, et ses oreilles retombèrent tristement.

— Maître Obi-Wan, acquise la victoire n'est pas. À peine commencée, cette guerre des clones est.

Les mots résonnèrent dans l'esprit d'Obi-Wan. Il ferma les yeux et revit les hordes de clones soldats qu'il avait vues sur Kamino. Maintenant, ils étaient tous sur Coruscant – des dizaines de milliers de combattants embarqués à bord des vaisseaux de la République afin de combattre les planètes tombées aux mains des Séparatistes. Ils étaient si nombreux ; et les Kaminoiens se préparaient à en expédier un million supplémentaire. *Il faut plus de combattants pour faire la guerre que pour assurer la paix*, pensa-t-il tristement. Yoda avait raison. Cette guerre ne faisait que commencer.

Les rares fois où Padmé avait pensé à son mariage, elle imaginait plutôt une cérémonie traditionnelle à laquelle ses parents et ses amis assisteraient. Elle n'aurait jamais cru que cela se déroulerait en secret, sur une île isolée, avec deux droïdes pour toute assistance. Mais elle n'aurait pu rêver mieux que le balcon de ce pavillon, là même où elle avait découvert son amour pour Anakin. Dans le jardin, les roses se flétrissaient, et leurs pétales tombaient au moindre souffle de vent. Le parfum des fleurs à l'agonie embaumait l'atmosphère.

Alors qu'ils échangeaient leurs vœux, Anakin avait l'air très sérieux, presque triste et, l'espace d'une seconde, Padmé se demanda s'ils n'étaient pas en train de faire une folie. Mais il était trop tard : tous deux étaient désormais unis par les liens du mariage.

Le Saint Homme les bénit, puis Anakin se tourna vers son épouse. Padmé tenta d'oublier ses doutes pour lui rendre son sourire. Il posa doucement une main sur son épaule – la droite, celle qui n'était désormais qu'une prothèse mécanique. Était-ce son imagination, ou cet assemblage de fils et de métal était-il un peu trop froid contre son cou ?

Les yeux bleus d'Anakin s'assombrirent et son sourire se figea. Avait-il pressenti les doutes qui l'assaillaient, ou était-il tourmenté par ses propres interrogations ? *Cela nous détruirait*, avait-il affirmé d'un ton convaincu, comme s'il savait déjà ce qui allait se passer. Mais il avait tout perdu ; tout, sauf leur amour. *Si nous y renoncions, cela nous détruirait plus sûrement encore*, se dit Padmé. Nous trouverons bien un moyen de vivre ensemble. N'importe quel moyen.

Son mari l'embrassa, et ses doutes se dissipèrent. L'univers cessa d'exister ; il n'y avait plus qu'Anakin, sa tendresse et le parfum des roses qui se mouraient.

ÉPISODE III

LA REVANCHE DES SITH™

PROLOGUE

Il y a bien longtemps, dans une galaxie lointaine, très lointaine…

La République était en guerre. Mille générations durant, Les chevaliers Jedi avaient maintenu la paix, mais leurs talents extraordinaires n'avaient pas suffi à empêcher ce dernier conflit. Sous l'influence d'un ancien Jedi, le Comte Dooku, la coalition Séparatiste avait fait sécession, s'excluant de la République Galactique.

La guerre éclata lors d'une mission de sauvetage sur Géonosis, et bien des Jedi succombèrent. À un moment critique, Maître Yoda intervint avec une armée de clones et remporta la première victoire de la République – mais il ne put empêcher la guerre.

Nombreux furent ceux qui pensèrent que l'armée des clones mettrait vite fin à la sécession. Il n'en fut rien : la Fédération du Commerce et son imposante armée de droïdes rejoignit le camp des Séparatistes. Malgré les techniques avancées des cloneurs, élever un soldat clone prenait plus de temps que fabriquer un droïde de combat. La Guerre des Clones se propagea, embrasant de nombreux systèmes.

Les seuls à ne pas s'en étonner furent les Jedi. En effet, depuis des années, le pouvoir du Côté Obscur ne cessait de croître. Et, sur Géonosis, Obi-Wan Kenobi et son Padawan Anakin Skywalker avaient découvert que le Comte Dooku, un ancien Jedi, s'était tourné vers le Côté Obscur de la Force. Or les Jedi savaient qu'un mouvement Séparatiste soutenu par un Seigneur Noir Sith serait difficile à contenir.

Une fois remis des blessures infligées lors de leur affrontement avec le Comte Dooku, Anakin Skywalker et Obi-Wan Kenobi rejoignirent les combattants. Ils ne tardèrent pas à devenir des héros de la République, soit en menant les clones au combat, soit en effectuant d'audacieuses missions secrètes. En récompense, Anakin Skywalker fut promu chevalier Jedi à part entière tandis qu'Obi-Wan recevait le titre de Maître et un siège au Conseil Jedi.

Personne, pas même les Jedi, ne savait qu'Anakin rêvait de retourner sur Coruscant, où le Sénat Galactique tenait ses sessions. Contrairement aux principes de l'Ordre, il avait épousé en secret la Sénateure Padmé Amidala, qui y passait le plus clair de son temps. Hélas ! le combat s'éternisant, Anakin eut de plus en plus de mal à rejoindre son épouse.

Puis les Séparatistes frappèrent un grand coup au sein même de la République. Une flotte de vaisseaux, commandée par le redoutable général Séparatiste

Grievous, passa la première ligne de défense pour attaquer Coruscant elle-même. Profitant de la confusion, les Séparatistes enlevèrent le Chancelier Suprême Palpatine, leader élu de la République.

Coruscant n'était pas seulement le cœur du gouvernement et la planète où s'assemblait le Sénat Galactique. En ce lieu se trouvait le Temple Jedi. Dès le premier assaut des Séparatistes, un message partit vers la Ceinture Extérieure pour convoquer les plus grands guerriers Jedi. Ceux-ci interceptèrent la flotte Séparatiste avant qu'elle ne puisse quitter le système de Coruscant avec le Chancelier. Vague après vague, les clones pilotes, menés par Obi-Wan et Anakin, pilonnaient leurs vaisseaux…

CHAPITRE 1

Des rayons laser striaient l'espace tout autour de l'intercepteur d'Obi-Wan. Ses doigts dansaient sur ses instruments. Le petit chasseur restait constamment en mouvement, zigzaguant entre les appareils droïdes afin d'éviter les tirs.

Et dire que l'espace est censé être vide ! pensa Obi-Wan.

Il l'était rarement aux environs de Coruscant. Chaque jour, des milliers de vaisseaux transportant diplomates et Sénateurs, touristes et réfugiés, provisions et produits venant d'étoiles lointaines et étranges, convergeaient vers la planète capitale de la République Galactique. À cet instant, seuls des chasseurs, des croiseurs et de lourds appareils de guerre occupaient l'espace.

Au moins, nous sommes assez nombreux, se dit Obi-Wan. Un chasseur droïde explosa un peu trop près et le souffle fit tanguer son intercepteur. Anakin ne l'avait pas raté. Obi-Wan fit la grimace. Il n'appréciait pas la façon de piloter de son ancien apprenti.

— C'est bon pour les droïdes, marmonna-t-il.

Lorsque les flammes se dissipèrent, Obi-Wan remarqua des mouvements dans le champ d'étoiles.

— Attention, lança-t-il dans son comlink. Quatre droïdes, droit devant.

Il vira pour éviter les appareils. Anakin fit de même à sa suite. En un ensemble parfait, ils passèrent sur le flanc de la formation, puis bifurquèrent vers les deux vaisseaux les plus proches. Un droïde voulut les suivre, il percuta celui qui le suivait immédiatement.

Et de deux ! Plus que deux à abattre. Mais les survivants ne se laisseraient pas faire une seconde fois.

— Il faut les séparer ! dit-il dans l'intercom.

— Vire à gauche, répondit Anakin. Passe devant les canons de cette tour.

— Facile à dire ! grogna Obi-Wan en se dirigeant vers le croiseur le plus proche. Pourquoi est-ce toujours moi qui sers d'appât ?

— Ne t'inquiète pas ! Je suis juste derrière toi.

Obi-Wan aurait fait la grimace s'il n'avait été accaparé par ses instruments. Même avec l'assistance de la Force, longer un croiseur de cette taille n'était pas une mince affaire. Les droïdes n'avaient pas tant de problèmes. Ils l'avaient suivi et se rapprochaient.

Des tirs laser ratèrent de peu le chasseur Jedi.

— Anakin, ils me talonnent ! s'alarma Obi-Wan.

— Je suis là ! répliqua Anakin. Déplace-toi sur la

droite pour que j'aie le champ libre. Voilà... D2, prépare la mire !

R2-D2, l'astrodroïde d'Anakin, émit un bip étouffé. Un instant plus tard, l'un des tri-moteurs explosa derrière lui. Obi-Wan se serait réjoui si le second n'avait continué de le mitrailler. Et il visait de mieux en mieux. C'était le problème avec les droïdes : ils ne se laissaient pas distraire.

— Je suis à court de ruses, dit Obi-Wan à Anakin.

Là, dans l'espace dégagé, il constituait une cible facile. Il lui fallait un bouclier. C'est alors qu'un énorme vaisseau de combat Séparatiste surgit devant lui. Certes pas l'idéal, mais c'était tout ce qu'il avait sous la main.

— Je plonge vers le pont, expliqua-t-il à Anakin en évitant de peu un nouveau tir de barrage.

— Bonne idée, fit joyeusement Anakin. J'ai besoin de place pour manœuvrer.

L'espace ne serait-il pas assez grand pour toi ? songea Obi-Wan, cependant trop occupé à piloter pour entamer la discussion. Il passa en rase-mottes au-dessus du pont. À présent, les tirs du vaisseau s'ajoutaient à ceux du droïde à ses trousses. *Tu parles d'une bonne idée !* pensa-t-il en évitant des décharges venant de toutes les directions.

— Romps le combat ! cria Anakin avec, pour une fois, un soupçon d'inquiétude dans la voix. Tu m'entends ? Romps le combat ! Ne le laisse pas prendre l'avantage !

Le comlink crachota, mais il ne le coupa pas.

— Vas-y, R2, ajuste la visée ! Abats-le !

— Fais vite, le pressa Obi-Wan. Ça ne me plaît pas du tout.

Une décharge frappa son aile. L'intercepteur se cabra. Les doigts d'Obi-Wan volèrent d'une commande à une autre. Derrière lui, son astrodroïde émit des bips inquiets.

— Inutile de chercher à réparer les dégâts, R4, lui souffla Obi-Wan. J'ai désactivé les circuits.

De cette façon, il aurait encore plus de mal à éviter les droïdes. Si Anakin ne se dépêchait pas…

Comme s'il lisait ses pensées, Anakin s'écria :

— Voilà. Il est dans notre ligne de mire.

Un instant plus tard, le droïde vola en éclats.

— Bien joué, D2 !

Obi-Wan poussa un soupir de soulagement.

— La prochaine fois, ce sera toi l'appât ! dit-il à Anakin. (Il s'imagina le sourire satisfait de son ex-Padawan et ajouta :) Maintenant, retrouvons le vaisseau amiral, et qu'on en finisse !

— Droit devant ! Celui qui est bourré de droïdes vautours.

— Oui, je le vois.

Il était difficile à louper : par dizaines, ces larges silhouettes aplaties étaient vautrées derrière le bouclier d'énergie bleu protégeant le hangar béant.

— Oh ! un jeu d'enfants, fit Obi-Wan sarcastique.

— Viens, Maître, on va s'amuser !

Bien qu'Anakin ne puisse le voir, Obi-Wan secoua la tête. Ils avaient déjà couru de tels risques et s'en étaient toujours sortis... De justesse. Dans un combat ordinaire, Obi-Wan se serait joint à Anakin. À contrecœur, sans doute, mais sans hésitation. Aujourd'hui, la moindre erreur pouvait coûter la vie au Chancelier.

— Pas cette fois, ordonna-t-il. Les enjeux sont trop importants. Nous avons besoin d'aide.

Il changea de fréquence et appela l'équipe de clones combattants la plus proche.

Il était temps ! Quelques secondes après, un nuage noir s'éleva du hangar : les droïdes fonçaient droit vers Anakin et Obi-Wan, suivis d'un escadron de chasseurs.

En un rien de temps, les droïdes des Séparatistes furent sur eux. Obi-Wan en détruisit un, avant de se rapprocher d'Anakin. D'autres droïdes apparurent derrière le croiseur.

Obi-Wan tira sur l'un d'entre eux, évita les salves de deux autres.

— Anakin, tu en as quatre derrière toi !

— Je sais, je sais, dit Anakin en faisant chalouper son vaisseau pour échapper aux lasers. Eh bien ! Ils devront passer dans le chas de l'aiguille.

Au bout d'une longue tranchée s'élevait une tour de communication juchée sur deux longues barres de métal évoquant des pattes très rapprochées. Anakin avait raison : les droïdes ne pourraient jamais passer dans un espace aussi étroit. Même un Jedi pouvait s'y laisser prendre.

— Trop dangereux, avertit-il. Première règle des Jedi : survivre.

D'autres décharges entourèrent le chasseur d'Anakin, toujours agité de soubresauts.

— Désolé, je n'ai pas le choix. Viens donc en abattre quelques-uns.

Obi-Wan secoua la tête, mais fondit néanmoins sur les huit droïdes vautours, tandis qu'Anakin plongeait vers la cavité et son étroit passage.

Les droïdes ne cessaient de mitrailler le chasseur d'Anakin. *Mais que fabrique Obi-Wan ?* se demanda-t-il. Au même moment, une grande explosion se fit entendre, et il regarda dans son écran arrière. Plusieurs droïdes vautours s'étaient désintégrés dans une grande boule de feu. *Parfait. Si les autres veulent bien me suivre…*

La tour se rapprochait dangereusement. R2-D2 eut un bip nerveux.

— Ne t'en fais pas, R2, le rassura Anakin. Ce n'est pas la première fois.

— Sers-toi de la Force, conseilla Obi-Wan dans son comlink. Visualise-toi en train de passer, et ton appareil suivra.

Comme si je ne le savais pas ! Anakin détestait que son ancien Maître le traite encore en Padawan et non en chevalier Jedi, aussi capable qu'Obi-Wan lui-même. *Voire meilleur !* Cependant, ce n'était pas le moment de s'offusquer. La tour était en vue.

R2-D2 eut un couinement terrifié. Anakin fit pencher le vaisseau, juste à temps pour se glisser dans l'ouverture.

— Je suis passé ! annonça-t-il à Obi-Wan.

Et il s'éloigna. Sous ses yeux, Obi-Wan transforma le dernier droïde en une boule de feu qui s'écrasa sur le pilier de la tour. *Tu n'aurais pas dû chercher à me suivre*, se rengorgea Anakin, satisfait.

Obi-Wan vira de bord bien avant la tour et rejoignit l'intercepteur d'Anakin. Autour d'eux, clones chasseurs et droïdes vautours s'affrontaient en un ballet mortel illuminé par les flammes et les rayons laser. Toutefois, les droïdes étaient largement supérieurs en nombre.

— Allons les aider ! s'écria Anakin en faisant virer son chasseur.

— Non, répondit fermement Obi-Wan. Ils font leur travail afin que nous puissions faire le nôtre. Retrouvons plutôt le vaisseau de commandement !

Anakin obéit, ravalant son irritation, dirigée pour une fois contre lui-même. Il avait failli oublier que l'important n'était pas de gagner la bataille, mais de libérer le Chancelier Suprême Palpatine.

Deux tri-droïdes d'assaut se dressèrent devant eux et lâchèrent leurs missiles. Anakin avertit Obi-Wan tout en pivotant sur la droite. Les deux projectiles le suivirent. *Voyons ce qu'ils ont dans le ventre*, pensa Anakin en effectuant un looping. Les missiles s'entrechoquèrent et explosèrent. Anakin souriait quand la voix d'Obi-Wan lui parvint.

— Je suis touché !

Anakin chercha frénétiquement des yeux le vaisseau d'Obi-Wan. Intact, à première vue… mais grouillant de droïdes vibreurs rampant sur sa coque comme des araignées, tailladant la tôle et arrachant les câbles. À cette allure, ils le mettraient en pièces en quelques minutes.

— Des droïdes vibreurs, expliqua-t-il à Obi-Wan. Je les vois.

Le temps de digérer l'information, Obi-Wan resta silencieux. Puis il réagit.

— Va-t'en, Anakin, lança-t-il d'une voix presque résignée. Tu ne peux rien faire.

Je trouverai bien quelque chose.

— Je ne t'abandonnerai pas, Maître.

— Pense à la mission, Anakin, lui rappela Obi-Wan comme s'il donnait une dernière leçon à un élève dissipé. Va au vaisseau maître et libère le Chancelier.

Anakin hésita. Le Chancelier Palpatine était, à ses yeux, davantage que le leader de la République : son ami et son conseiller. Plus d'une fois, sa sagesse bienveillante avait aidé le jeune homme. D'un autre côté, Obi-Wan était le compagnon et le professeur d'Anakin depuis qu'il avait neuf ans. C'était le père qu'il n'avait jamais eu, le frère qu'il s'était imaginé, le collègue de travail qui lui avait souvent sauvé la mise et que lui-même avait sauvé à d'innombrables reprises. Anakin fit la moue.

— Pas sans toi.

— Ils coupent tous mes systèmes, Anakin.

Anakin avala sa salive. Les droïdes vibreurs avaient déjà neutralisé l'astrodroïde d'Obi-Wan afin qu'il ne puisse réparer les dégâts. Privé de commandes, Obi-Wan partirait en vrille dans l'espace. Bien avant qu'on ne le trouve, il serait à court d'oxygène, même si ses systèmes de survie restaient intacts. Et les droïdes vibreurs ne tarderaient pas à s'y attaquer.

Non! Anakin s'approcha du vaisseau d'Obi-Wan selon un angle inhabituel et ouvrit le feu, désintégrant plusieurs droïdes vibreurs… et une partie de l'aile gauche d'Obi-Wan.

— Ça ne m'est pas d'un grand secours, remarqua ce dernier.

— C'est vrai, admit Anakin, c'était une mauvaise idée. *Je dois faire quelque chose, mais quoi ? Vire sur la droite… Stabilise…*

Il se rapprocha de l'appareil d'Obi-Wan. Encore plus près…

— Stop ! hurla Obi-Wan. Tu vas nous tuer tous les deux !

On aurait dit qu'Anakin l'inquiétait davantage que les droïdes vibreurs.

Le jeune homme l'ignora, habitué aux réactions d'Obi-Wan dès qu'il tentait une manœuvre osée. Mais le Jedi pouvait toujours râler, du moment qu'il stabilisait son vaisseau. Anakin s'approcha encore plus près. Ses ailes arrachèrent bien quelques droïdes vibreurs, mais malgré ses précautions, la manœuvre endommagea leurs deux vaisseaux et l'un des deux droïdes restants se précipita sur l'aile de son propre chasseur. *Mieux vaut ne pas recommencer la manœuvre.*

Derrière lui, R2-D2 eut un bip furieux. *Lui peut s'en occuper*, réfléchit Anakin, *il peut même les avoir tous les deux !*

— Débarrasse-nous-en, D2 !

— Vise les yeux ! compléta Obi-Wan.

Anakin entendit une décharge électrique, et le droïde vibreur glissa le long de son aile pour disparaître dans l'espace. Un de moins.

Le vaisseau d'Obi-Wan crachait un nuage de fumée. Anakin se rapprocha encore pour que D2 puisse atteindre le dernier droïde.

— Dépêche-toi ! fit Obi-Wan. Je ne contrôle plus rien.

Mais tu peux encore diriger cette épave, pensa Anakin. Cependant, sans ses instruments, il n'était qu'une cible d'entraînement pour les droïdes vautours. Anakin chercha désespérément une cachette… et vit le croiseur de la Fédération du Commerce dressé droit devant eux.

Oh, il ne manquait plus que ça… Un instant, c'est exact, il nous manquait cela !

— Colle-toi contre mon aile, enjoignit-il à Obi-Wan. Le vaisseau amiral est là.

R2-D2 salua la destruction du droïde de quelques bips satisfaits. La fumée environnant l'appareil d'Obi-Wan se dissipa. Un peu plus tard, la voix paniquée d'Obi-Wan résonna aux oreilles d'Anakin.

— Anakin ! On va lui rentrer dedans.

Anakin sourit. Son Maître était si prévisible.

— C'est le but du jeu. Dirige-toi vers le hangar.

Sur leurs écrans, le vaisseau ne cessait de grandir.

— Tu as remarqué que son bouclier d'énergie est activé, n'est-ce pas ? observa Obi-Wan.

— Pardon, Maître !

Anakin passa devant lui pour détruire le générateur, évitant ainsi que le vaisseau incontrôlable d'Obi-Wan ne le percute. Un instant plus tard, les deux Jedi jaillissaient dans le hangar. Les portes se refermèrent derrière eux. L'appareil d'Obi-Wan s'écrasa tout au bout du hangar. Aussitôt, des droïdes de combat surgirent de toutes parts et les encerclèrent.

CHAPITRE 2

Sans attendre que son chasseur touche le sol, Obi-Wan activa son sabre laser. D'un geste rapide, il découpa un trou dans le cockpit et sauta au-dehors. Quelques secondes plus tard, l'épave volait en éclats.

À la vue d'Obi-Wan, les droïdes ouvrirent le feu, mais le Jedi leur renvoya leurs décharges. Il perçut plus qu'il ne vit Anakin courir le rejoindre. Ensemble, ils décimèrent les droïdes de combat.

Lorsque le dernier s'écroula, Obi-Wan désactiva son sabre laser et regarda son ancien apprenti. Il savait qu'il devrait le réprimander pour avoir pris tant de risques. Il avait mis en danger leur mission – et la survie du Chancelier –, préférant suivre ses sentiments. Néanmoins, si Anakin n'avait pas montré une telle témérité, lui-même serait probablement mort à présent. Il fronça les sourcils. *Il a encore tant à apprendre... et, à vrai dire, moi aussi.*

R2-D2 roula vers lui.

— Entre dans l'ordinateur de bord, lui ordonna Anakin.

R2-D2 bipa et roula vers une prise dans le mur. Ils ne tardèrent pas à savoir où se trouvait le Chancelier : dans des quartiers somptueux tout en haut de la flèche. Anakin s'inquiéta.

— Je sens la présence du Comte Dooku.

Comme c'est étonnant ! se dit Obi-Wan. Le Jedi renégat était arrivé avant eux sur Géonosis. À cause de lui, Anakin avait aujourd'hui une main mécanique. Seule l'arrivée de Maître Yoda leur avait épargné la mort. À qui d'autre les Séparatistes confieraient-ils une mission si importante ? Et cette fois, Maître Yoda était occupé ailleurs.

— Ça sent le piège.

— Que fait-on ? demanda Anakin.

— On l'évite, répondit Obi-Wan en souriant.

Anakin lui rendit son sourire et acquiesça. Ils laissèrent R2-D2 dans le hangar et se frayèrent un chemin dans le vaisseau. Ils tombèrent plusieurs fois sur des droïdes de combat, mais ceux-ci n'avaient pas la moindre chance face aux Jedi. Ils ne tardèrent pas à atteindre l'ascenseur menant aux quartiers de l'équipage. Lorsque les portes s'ouvrirent, Obi-Wan regarda soigneusement autour de lui. Pas un droïde en vue. Pourtant, quelque chose clochait. Et il restait cette autre présence…

— Il est tout proche, murmura Anakin.

— Le Chancelier ?

— Le Comte Dooku.

Les deux Jedi descendirent prudemment les marches menant de l'ascenseur au quartier général. L'énorme salle était tout à fait vide, hormis le fauteuil à l'autre bout. Le Chancelier Suprême Palpatine y était attaché.

Apparemment, on ne lui a fait aucun mal, se dit Obi-Wan en courant vers lui. Cependant, il n'a pas l'air content. Quoique... Vu les circonstances, on ne peut l'en blâmer.

— Vous voilà, par bonheur ! fit Anakin alors qu'ils arrivaient à hauteur du Chancelier.

— Anakin, répondit-il tranquillement, des droïdes.

Il fit un petit geste des doigts, tout ce que ces liens lui permettaient.

Les deux Jedi se retournèrent comme un seul homme. Quatre superdroïdes s'étaient glissés derrière eux. Anakin sourit.

— Soyez sans crainte, Chancelier. Les droïdes ne nous font pas peur.

Ne sois pas si sûr de toi, jeune Padawan, faillit dire Obi-Wan, mais il ne pouvait le faire en présence du Chancelier. D'autant que, en riposte, Anakin risquait de se montrer encore plus intrépide. Et il restait...

Avant qu'il ne puisse achever cette pensée, le Comte Dooku, grand, élégant et gracieux, s'avança sur le balcon. Son visage arborait le même sourire vaguement amusé qui avait frappé Obi-Wan lors de leur dernière rencontre.

— Cette fois, on le prend ensemble, déclara Obi-Wan à Anakin.

Pourvu que son ancien Padawan ne fasse pas de difficultés. Ils ne pouvaient se permettre de perdre ce combat.

À sa grande surprise, Anakin acquiesça.

— J'allais le dire !

Il a peut-être plus appris que je ne le crois. Obi-Wan passa d'un pied sur l'autre en attendant ce qui allait se passer.

— Cherchez de l'aide ! les pressa Palpatine. Vous n'êtes pas de taille. C'est un Seigneur Sith !

Et où va-t-on trouver cette aide, Chancelier ? Obi-Wan lui jeta un sourire rassurant.

— Les Seigneurs Sith sont notre spécialité.

Obi-Wan et Anakin allumèrent leurs sabres laser au moment même où le Comte Dooku sautait du balcon. Ce dernier se reçut souplement, et Obi-Wan sentit jaillir le Côté Obscur de la Force tout autour de lui.

— Vos armes, je vous prie, Maîtres Jedi. Autant ne pas offrir un spectacle déplaisant au Chancelier.

Obi-Wan et Anakin ignorèrent ses propos et se dirigèrent vers lui. Au moment où Dooku prenait son propre sabre laser, ils foncèrent. Dooku eut un sourire moqueur.

— Ne vous croyez pas supérieurs parce que vous êtes deux contre un, dit-il.

Le Comte Dooku méritait sa réputation de Maître du style classique dans le combat au sabre. Même face à deux adversaires, il semblait parfaitement à son aise. Les Jedi avaient beau puiser dans tout leur répertoire, sautant et frappant en tous sens, Dooku parait leurs coups avec facilité. *Mais lui non plus ne nous atteint pas*, songea Obi-Wan. *C'est déjà ça !*

Anakin semblait penser comme lui. Durant un temps mort, il décocha à Dooku un sourire effrayant.

— Je suis deux fois plus fort que la dernière fois, Comte.

Non, Anakin. Ne te moque pas de lui. La colère nourrit le Côté Obscur, et Obi-Wan ne voulait pas affronter un adversaire encore plus puissant qu'il ne l'était.

— Bien, répondit le Comte, très calme. Plus l'orgueil est démesuré, plus dure est la chute. J'attendais cette rencontre, Skywalker.

Malgré l'assurance du Comte, les Jedi le repoussaient peu à peu, abattant en route les superdroïdes présents. Tous trois finirent par atteindre les premières marches menant au balcon. Alors que le Comte montait les premiers degrés, Obi-Wan rompit le combat pour emprunter l'autre escalier afin de le prendre à revers.

Il ne peut se battre de deux côtés à la fois, se dit Obi-Wan en arrivant derrière le Comte. *Si nous parvenons…*

Le Comte Dooku se retourna à moitié et leva la main. Une décharge de puissance obscure souleva de terre Obi-Wan et lui coupa le souffle. Il en appela à la Force, mais l'attaque de Dooku avait été trop brutale. Déjà le Comte se tournait et repoussait Anakin de tout son poids. Anakin tomba en arrière et envoya Obi-Wan bouler par-dessus le balcon.

Obi-Wan se reçut sur le sol en contrebas et resta là, à demi assommé. De loin, il sentit un jaillissement dans le Côté Obscur, puis un pan de balcon s'effondra sur lui. *Maintenant, c'est à Anakin de jouer.* Ce fut sa dernière pensée avant de perdre conscience.

Alors que le balcon s'effondrait sur Obi-Wan, Anakin se rua sur le Comte et lui décocha un coup de pied qui propulsa ce dernier par-dessus le rebord. Il accompagna aussitôt le mouvement. *Maintenant, c'est à moi de jouer. Je ne peux laisser la moindre brèche à Dooku.* Il aurait voulu courir vers la pile de débris sous laquelle gisait Obi-Wan. Il tenta de se concentrer sur son adversaire, mais avait du mal à oublier ses craintes pour Obi-Wan.

Dooku sourit.

— Je sens une grande peur en toi, Skywalker. (Il secoua la tête, comme si Anakin n'était qu'un élève difficile.) Tu as la force, tu as la colère… Mais tu ne t'en sers pas.

Et je ne m'en servirai pas. C'est la voie du Côté Obscur. Anakin ravala sa frayeur, tentant d'oublier, et le balcon écrasant Obi-Wan, et l'expression du Chancelier regardant la bataille qui déciderait de son destin. *Se concentrer sur le combat, uniquement sur le combat.*

Les droïdes d'assaut étaient tous à terre ; ne restaient plus qu'Anakin et Dooku. Et ils s'affrontèrent sur toute la longueur de l'immense table. *Il est vieux*, se dit Anakin. *Il se fatiguera peut-être plus vite que moi.* En rien : la puissance du Côté Obscur l'environnait de tous côtés ; elle soutiendrait le Comte le temps qu'il faudrait. *Que vais-je faire ? Il faut le vaincre, ou Obi-Wan et le Chancelier sont morts. Moi de même, d'ailleurs...*

Derrière lui, le Chancelier Palpatine rugit, et ses paroles résonnèrent au-dessus des crépitements des sabres laser.

— Sois sans pitié, Anakin ! Appelles-en à ta colère et concentre-la, ou tu n'as pas une chance.

Anakin hésita. Le Chancelier n'était pas un Jedi. Il ne connaissait pas les dangers du Côté Obscur. *Son seul souci est de sauver sa vie. Et elle dépend de moi.* Il pouvait prendre ce risque afin de sauver Obi-Wan et Palpatine. Rien que cette fois... Il regarda Dooku et laissa libre cours aux émotions qu'il refoulait soigneusement.

La fureur l'envahit. Cet homme l'avait humilié, avait enlevé Palpatine et presque tué Obi-Wan ; il avait tranché sa propre main et tenté de faire assassiner Padmé. Anakin se servit de sa rage, la laissant guider son sabre laser comme il en usait habituellement avec la Force.

Il se déplaça de plus en plus vite, puis abattit sa lame, tranchant les deux mains du Comte Dooku.

Anakin ramassa le sabre laser du Comte. La colère courait toujours dans ses veines. Il posa les deux lames contre la gorge du Sith et resta là, haletant, faisant un effort pour se contrôler.

— Bien, Anakin, bien ! dit Palpatine en souriant d'un air soulagé. Je savais que tu en étais capable.

En entendant cette voix douce et familière, Anakin se détendit. Puis Palpatine ordonna :

— Maintenant, tue-le. Tue-le !

Choqué, Anakin regarda le Chancelier. Dooku semblait tout aussi étonné.

— Achève-le, Anakin ! répéta Palpatine.

Le jeune Jedi avala sa salive, luttant contre l'instinct féroce qui brûlait toujours en lui.

— Je ne dois pas…

— Allez ! rétorqua le Chancelier.

Dooku tenta de parler, mais les mains d'Anakin le devancèrent. Les lames lui sectionnèrent le cou sans difficulté. Anakin regarda le corps décapité. *Je n'ai pas pu m'en empêcher. Je n'ai pas…* Il désactiva les sabres laser, tout en s'interrogeant sur ce que Dooku avait cherché à lui dire.

— Tu as bien agi, Anakin, assura Palpatine. Il était trop dangereux pour qu'on le laisse vivre.

— C'était un prisonnier désarmé, fit amèrement Anakin.

Il jeta un regard lourd de reproches à Palpatine, puis s'aperçut que le Chancelier était toujours attaché à son fauteuil. Il en appela à la Force pour détacher les menottes à énergie. *Bien sûr*, se dit-il, *le Chancelier ne peut pas comprendre*. Palpatine n'était pas un Jedi. En outre, il était captif. De son point de vue, la mise à mort de Dooku était sa seule chance de s'en sortir. Et pourtant, Anakin chercha à s'expliquer.

— Je n'aurais pas dû, Chancelier. Ce n'est pas digne d'un Jedi.

Palpatine se leva en se frottant les poignets.

— C'est tout naturel. Il t'avait mutilé, et tu voulais te venger. Ce n'est pas la première fois, Anakin.

Le jeune Jedi secoua la tête. Il saisit l'allusion de Palpatine. Jadis, le Peuple des Sables avait massacré sa mère et tous les autres – hommes, femmes et enfants – et quelquefois, leur souvenir venait hanter ses rêves. Palpatine et Padmé étaient les seuls à savoir ce qu'il avait fait. Padmé avait été horrifiée, tant par la douleur d'Anakin que par son geste. Palpatine avait qualifié le massacre de « regrettable ». Ni l'un ni l'autre ne réalisaient ce que cela signifiait pour un Jedi. Et lui ne pouvait en parler à un autre Jedi, pas même à Obi-Wan. Surtout pas à Obi-Wan.

Le Chancelier acquiesça, comme s'il lisait dans les pensées d'Anakin.

— Maintenant, il faut partir d'ici, ajouta-t-il pour tout commentaire.

Comme pour souligner la phrase du Chancelier, le sol chavira alors que les générateurs à gravité faiblissaient. Anakin courut vers le balcon qui écrasait Obi-Wan. Grâce à la Force, il repoussa les gravats et s'agenouilla aux côtés de son ami. *Il respire normalement, il n'a rien de cassé*. Anakin eut un soupir de soulagement.

— Nous n'avons pas le temps ! pressa Palpatine en montant les marches menant à l'ascenseur. Laisse-le, ou nous ne sortirons pas d'ici vivants.

— Son destin sera le nôtre, répliqua d'un ton doux mais ferme Anakin.

Jamais plus il ne perdrait quelqu'un qu'il aimait ainsi qu'il avait perdu sa mère. Il ramassa le corps inanimé d'Obi-Wan et le passa par-dessus ses épaules. Il tituba sous son poids, rétablit son équilibre et marcha d'un pas assuré vers l'ascenseur.

CHAPITRE

3

Obi-Wan reprit peu à peu conscience. Il lui semblait avoir été roué de coups – sa tête résonnait encore douloureusement. Et quelque chose pesait sur son estomac. Il ouvrit les yeux avec précaution. La seule image qui lui parvint fut celle, déformée, du Chancelier Palpatine tendant le bras vers une sorte d'écran. En dessous de lui, c'était le noir complet.

Obi-Wan cligna des yeux. Le Chancelier ne tendait pas la main vers lui ; il se trouvait sous lui. Il s'accrochait à quelque chose. Ce noir était une sorte de puits.

— J'ai raté quelque chose ?

— Tiens bon, fit la voix étouffée d'Anakin. On a comme un problème.

Ah. Le poids sur son estomac était l'épaule d'Anakin, et le Chancelier se retenait à sa cheville. Obi-Wan salua poliment Palpatine d'un hochement de tête.

— Bonjour, Chancelier. Tout va bien ?

Palpatine regarda le vide sous ses pieds.

— Je l'espère.

La tête d'Obi-Wan s'éclaircit peu à peu.

— Où est le Comte Dooku ?

— Mort, répondit Anakin, laconique, pour en finir avec ce sujet.

— Dommage, fit Obi-Wan. Il nous aurait été plus utile vivant.

— On peut en reparler plus tard ? rétorqua Anakin. Le vaisseau se désagrège.

Tu es bien susceptible ! Mais Anakin lui avait sauvé la vie une fois de plus et avait libéré le Chancelier à lui tout seul. Il avait le droit d'être à cran. Obi-Wan regarda ce puits qui semblait sans fond.

La gravité se modifia et, soudain, ils se retrouvèrent sur une pente escarpée. Obi-Wan entendit un drôle de claquement au-dessus de lui. Quelque chose venait vers eux. Le plafond ?

— Qu'est-ce que c'est que ça ?

— R2, répondit Anakin. Je lui ai demandé d'activer l'ascenseur.

— Oh.

Donc, ils étaient dans le puits de l'ascenseur. Anakin en avait-il eu assez d'attendre ? *Je préfère ne pas savoir comment on s'est retrouvé dans ce pétrin*, décida Obi-Wan. *Il me suffira d'en sortir vivant.*

Anakin cria à R2-D2 dans son comlink de couper l'ascenseur.

— Trop tard, dit Obi-Wan. Saute !

Ce qu'ils firent. Plusieurs étages plus bas, ils heurtèrent la paroi du puits et glissèrent jusqu'à la cabine qui montait rapidement. La gravité changea encore jusqu'à ce que le puits soit à l'horizontale. La pente qu'ils dévalaient devint un plancher, les ralentissant. Mais l'ascenseur en folie bougeait toujours.

— Arrête la cabine, R2 ! hurla Anakin alors que tous trois se relevaient.

L'ascenseur s'immobilisa dans un grincement abominable, puis repartit de plus belle. Les trois hommes se mirent à courir, talonnés par la cabine. *Les commandes doivent être endommagées*, se dit Obi-Wan.

L'engin prit de la vitesse. Anakin cria de nouveau dans son comlink. Puis Palpatine tituba. Obi-Wan saisit son bras et le força à continuer.

— Il ne tiendra pas longtemps à ce rythme. Trouve quelque chose, Anakin !

Soudain, toutes les portes des étages s'ouvrirent. Obi-Wan, Anakin et Palpatine se laissèrent tomber sur le palier, évitant de justesse la cabine folle.

Ils s'adossèrent au mur le temps de reprendre leur souffle. *Rien ne vaut une bonne course pour vous éclaircir les idées*. Obi-Wan finit par se redresser.

— Rendons-nous au hangar. Il reste peut-être un appareil en état de voler.

Dans cette partie du vaisseau, la gravité semblait normale – en tout cas, les couloirs étaient dans leur sens habituel. Alors qu'ils couraient le long de l'un d'entre eux, un rideau de lumière bleue apparut droit devant. Obi-Wan s'arrêta net, tendant le bras pour empêcher Palpatine de le traverser. D'autres boucliers à rayons apparurent derrière eux puis de tous côtés, les prenant au piège.

— Comment est-ce possible ? grogna Obi-Wan. Nous sommes plus malins que ça.

— Il faut croire que non, rétorqua Anakin. C'est un piège vieux comme le monde. (Obi-Wan lui jeta un regard noir, mais Anakin haussa les épaules.) C'est toi le chef, et je me suis laissé distraire.

— Parce que tout d'un coup, c'est ma faute ?

— C'est toi le Maître. Je ne suis qu'un héros.

Obi-Wan eut une grimace de dérision.

— Pour le moment, je suis ouvert à toute suggestion.

Derrière eux, le Chancelier s'éclaircit la gorge.

— Pourquoi ne pas les laisser nous emmener au général Grievous ? Maintenant que Dooku est mort, nous pourrons peut-être négocier notre libération.

Obi-Wan regarda Anakin et lut sur son visage la même incrédulité que devait refléter le sien. *Le général Grievous, négocier ? Quand il neigera sur Tatouine…*

— Soyons, hum… patients, répondit Anakin au bout d'un moment.

— Patients ? C'est ça, ton idée ?

— Deux droïdes ne tarderont pas à venir désactiver les boucliers, expliqua-t-il, et nous les détruirons. Les patrouilles de sécurité sont toujours composées de petits droïdes de combat. Ils ne sont pas bien dangereux.

Comme pour lui donner raison, deux droïdes de combat apparurent.

— Remettez-nous vos armes, articulèrent-ils d'une voix mécanique.

— Vous voyez, murmura Anakin d'un air arrogant. Aucun problème !

Le duo se tenait devant une grande ouverture derrière laquelle une rangée de droïdes d'assaut était massée. Obi-Wan en vit de nouveaux de l'autre côté de l'entrée. Et puis de nouveaux encore. Tous ces superdroïdes formaient une forêt de membres métalliques. C'est ce moment que choisit R2-D2 pour faire son entrée par une voie distincte... et s'arrêter net. Obi-Wan secoua la tête. Anakin et lui auraient peut-être pu affronter un tel déploiement de force, s'ils n'avaient dû assurer la protection du Chancelier.

— C'est quoi, ton plan B ? lança Obi-Wan à Anakin.

Anakin regarda les droïdes, puis le Chancelier Palpatine, puis à nouveau les droïdes.

— La suggestion du Chancelier me convient parfaitement.

Ce n'est pas mon jour, songea Obi-Wan en laissant les droïdes lui prendre son sabre laser.

Par toute la galaxie des êtres étaient prêts à jurer que le grand général Grievous n'éprouvait pas plus de sentiments que ses droïdes. Il était originaire de Kalee et, avant même de devenir un cyborg – mi-Kaleesh, mi-droïde –, il était déjà impitoyable. Maintenant, disait-on, il ne ressentait plus rien.

Ces êtres se trompent, pensa Grievous. *Il existe une émotion commune à l'homme et à la machine : la satisfaction.* Celle qu'il ressentait en voyant Obi-Wan Kenobi et Anakin Skywalker arpenter son pont, entravés par des électroliens. Si le masque de métal lisse qui lui servait de visage le lui avait permis, il aurait souri.

Les gardes avaient aussi amené le Chancelier et un petit droïde bleu. Ne leur avait-il pas ordonné de lui livrer tous les intrus qu'ils captureraient ? Et les droïdes suivaient ses instructions à la lettre. Le petit robot n'avait aucune importance. Une fois de retour en territoire Séparatiste, ils n'auraient qu'à le reprogrammer.

Un de ses gardes lui apporta les sabres laser des Jedi. Grievous les soupesa de sa griffe de métal. Chaque Jedi fabriquait son propre sabre, de manière à produire une arme – une œuvre d'art qui ne convienne qu'à lui. Un examen attentif de chaque lame en dirait long sur celui qui l'avait conçue. Mais cela pouvait attendre.

Grievous se tourna vers les captifs en se redressant de toute sa taille. À la dernière révision de ses membres mécaniques, il avait fait rallonger ses jambes afin de dominer tous les êtres qu'il voulait intimider. Il aimait lire la terreur dans leurs yeux lorsqu'ils contemplaient son faciès de métal.

Hélas ! ces Jedi ne semblaient guère impressionnés. Mais cela viendrait.

— Vous parlez d'un sauvetage… ironisa-t-il.

Ils ne réagirent pas. Mais il avait un moyen infaillible de briser leur carapace. Il fit virevolter sa cape, dévoilant les nombreux sabres laser accrochés à la doublure.

— J'ai hâte d'ajouter les vôtres à ma collection. Ce sont des trophées de valeur.

Obi-Wan sourit.

— Grievous, vous semblez oublier que c'est moi qui commande.

Cet homme était-il fou ? Il était entravé, entouré de droïdes hostiles, sans personne pour voler à son secours, et il se prenait pour le Maître ? Grievous le dévisagea.

— Tu es bien sûr de toi, Kenobi, susurra-t-il. Mais ta fin est proche.

— Vas-y, R2 ! s'écria Skywalker.

Aussitôt, une fumée s'échappa du droïde. Surpris, Grievous se tourna, et une main invisible lui arracha un des sabres laser. Ce dernier atterrit dans les mains d'Obi-Wan, qui l'activa, puis taillada ses électroliens. Une seconde plus tard, Anakin était libre à son tour.

Une autre main invisible lui arracha le second sabre laser avec un raclement métallique. Stupéfiant ! Les deux Jedi étaient libres, adossés l'un à l'autre pour mieux repousser les tirs. Même le petit robot avait abattu un de ces superdroïdes avec une sorte de câble.

Grievous recula, laissant son garde droïde entre lui et les décharges. Après tout, c'est à ça que servent les gardes du corps. Certains de ses officiers Neimoidiens avaient déjà été touchés par les ricochets ; il n'allait certainement pas prendre de tels risques. Que les droïdes se chargent des Jedi.

Au milieu du chaos, un des pilotes l'appela.

— Monsieur ! Nous sortons de notre orbite. Les cellules de commande de la proue sont mortes.

— Gardez le cap, répondit automatiquement Grievous.

Il continua son chemin tout en effectuant de rapides calculs. Si les systèmes de la proue étaient morts, pourraient-ils effectuer un bond dans l'hyperespace ? *Non.* En outre, dès que les droïdes mécaniciens finissaient de réparer quelque chose, les chasseurs de la République le détruisaient à nouveau. Ils ne pouvaient…

Les générateurs à gravité chancelèrent. Soudain, le plafond prit la place du plancher.

— Magnétisez ! rugit un des pilotes dans un comlink.

Quelques droïdes d'assaut réagirent assez vite pour rester fixés au sol. La plupart tombèrent au plafond, les Jedi avec eux. Grievous remarqua que ceux-ci semblaient s'adapter très vite au changement. Ils avaient même profité du basculement de gravité pour taillader plusieurs droïdes.

— Le vaisseau se désintègre ! hurla le pilote.

Ces Neimoidiens paniquent pour un rien, se rassura Grievous. Car en fait, ce dernier semblait avoir raison. Inutile de continuer ce combat. Autant laisser les Jedi brûler avec le vaisseau.

Soudain, la gravité redevint normale. Les Jedi se reçurent à terre et se mirent à courir. Il n'y avait presque plus de droïdes ; maintenant, c'est à lui qu'ils s'en prenaient. Trop tard ! Grievous se tourna et projeta son bâton électrostatique vers la verrière, endommageant l'épais matériau transparent. Les Jedi étaient presque sur lui, lorsque Grievous bondit de toute la force de ses jambes mécaniques.

La verrière mise à mal se brisa sous sa masse, et l'air se précipita par la brèche. Grievous se laissa emporter avec les pièces de droïdes et de machines et les cadavres des matelots. Du coin de l'œil, il aperçut les deux Jedi et le Chancelier cramponnés à une console, puis l'espace l'aspira.

Ce faisant, il se tourna vers la coque et actionna le câble incorporé à son bras. L'ancre s'y accrocha fermement, l'arrimant au vaisseau. Il laissa le câble se dévider jusqu'à ce que l'écran automatique se referme sur la verrière brisée, coupant le flot d'air s'écoulant du vaisseau. Puis il se balança vers la coque. Les griffes métalliques incorporées à ses bottes s'accrochèrent au métal.

Un corps de droïde a ses avantages, se dit Grievous en rampant sur le flanc du vaisseau. Un humain ordinaire suffoquerait sans air, souffrirait du vide spatial et aurait besoin d'un équipement spécial pour rester accroché au vaisseau. Grievous ne connaissait pas tous ces problèmes.

Il chercha une trappe d'accès et l'ouvrit. Ses calculs étaient bons : il se retrouva dans une des baies contenant les capsules de sauvetage. Il se dirigea vers la première venue, puis hésita. *Pourquoi ne pas jouer un sale tour à ces maudits Jedi ?* Le général se dirigea vers le panneau de contrôle, dégrafa les embarcations, rangée après rangée. Jusqu'à ce qu'il n'en reste plus qu'une.

J'aimerais bien voir comment ils vont s'en sortir maintenant ! Grievous monta dans la dernière capsule et abandonna l'épave. Il y avait assez d'appareils de la Fédération toute proche pour ramasser le vaisseau, et les clones chasseurs étaient trop occupés avec les droïdes pour se soucier d'une capsule désarmée. Il s'en était sorti.

En outre, avec un peu de chance, il pourrait faire endosser ce fiasco au Comte Dooku, qui ne risquait pas de le contredire. *Oui, bien vu !* Le général se dirigea vers le vaisseau de combat le plus proche.

CHAPITRE

4

Anakin sentit tressaillir le vaisseau pendant qu'Obi-Wan et lui abattaient les derniers superdroïdes. Des signaux d'alarmes résonnaient de toute part.

— La coque est en flammes ! cria Palpatine.

Anakin jeta un œil par ce qui restait de la verrière. Des étincelles jaillissaient à l'avant du croiseur. Il voyait toujours l'espace piqueté d'étoiles : ils n'étaient pas encore dans l'atmosphère. Mais si le vaisseau était déjà brûlant… Il se dirigea vers le poste du navigateur pour lire les écrans, Obi-Wan à sa suite.

— Quelqu'un a largué toutes les capsules de sauvetage, observa-t-il. Certainement un coup du général Grievous ! Si nous avions été un peu plus rapides, nous le tiendrions !

Obi-Wan examina les écrans, puis les instruments.

— C'est toi le pilote d'élite, Anakin, déclara-t-il d'un ton léger. Sauras-tu manœuvrer un tel monstre ?

Obi-Wan qui me demande de prendre les commandes ?

Serait-il vraiment inquiet ? Pourtant, ils n'avaient pas le choix.

— Tu veux dire, est-ce que je peux faire atterrir ce qui reste de cet engin ? répliqua Anakin sur le même ton léger.

Obi-Wan acquiesça. Anakin s'assit sur le fauteuil du pilote : au moins, la configuration du pont était peu ou prou semblable à celle de tout appareil, qu'il soit de la République ou de la Fédération du Commerce. Puis il se tourna vers les écrans, juste au moment où une vaste portion du vaisseau se séparait de la coque.

— Alors ? questionna Obi-Wan tandis que l'engin vibrait et tressautait.

— Vu les circonstances, peu importe que je puisse le piloter ou non. Attachez vos ceintures.

Il sentit vaguement qu'Obi-Wan et Palpatine suivaient son conseil et que R2-D2 se branchait aux commandes auxiliaires, tandis que ses doigts pianotaient déjà sur les instruments peu familiers. *D'abord, faire cesser le feu. Ce bouton ? Non… Voilà.* Il s'empressa de rédiger un message pour les clones chasseurs de la République : *Le Maître Jedi Kenobi et moi avons pris possession de ce vaisseau. Le Chancelier est en sécurité. Cessez le feu.* Il signa de son nom, ajouta le code authentifiant son message et l'envoya.

Il ne pensa plus à rien d'autre qu'à contrôler cette épave. *Autant vouloir piloter une pierre.* Le croiseur n'avait plus d'ailes, ni de train d'atterrissage. Les moteurs étaient partis avec la poupe. Les quelques réacteurs de poussée étaient presque tous morts ; les quelques autres étaient si mal en point qu'il était impossible de prédire ce qui se passerait s'il les allumait.

D'ailleurs, il n'avait pas le temps de les tester. Le vaisseau venait d'atteindre la stratosphère, et la pression échauffait ce qui restait de la coque. L'appareil trembla comme une feuille, et d'autres pièces s'en détachaient.

De son poste de navigateur, Obi-Wan demanda des informations sur la température de la coque, l'altitude, la vitesse. Anakin se concentra sur les commandes, une part de lui-même intégrant les données afin d'en jouer au mieux. Chance, instinct ou hasard ? Il réussit à prendre le contrôle du vaisseau.

Ils rentrèrent dans l'atmosphère, bien trop vite, cependant. Anakin ouvrit tous les volets et toutes les vannes qui fonctionnaient encore, cherchant à tirer profit de la chaleur due aux frottements pour réduire la vitesse.

Un instant, cela parut fonctionner. Un instant seulement : dans un grand soubresaut, le vaisseau reprit de la vitesse.

— On a encore perdu un morceau, annonça Anakin.

— On a *tout* perdu, rectifia Obi-Wan, sauf ce hangar.

Anakin jeta un œil au Chancelier, qui se cramponnait à son siège. *C'est un bureaucrate ; il n'a pas l'habitude des situations critiques*. Mais il n'avait pas le temps de lui expliquer ce qui se passait, du moins s'ils voulaient survivre à cette épreuve.

— Je vais changer d'angle pour tenter de ralentir.

— On est en surchauffe, avertit Obi-Wan.

Il énuméra les chiffres transmis par les instruments. *Je sais, je sais*. Anakin jongla avec les manettes de commande, des volets aux réacteurs à poussée : tout ce qui pouvait ralentir cette masse de métal.

Obi-Wan interrompit sa litanie.

— Vaisseaux anti-incendie à bâbord et tribord.

Anakin abaissa une manette. La voix d'un des pompiers résonna sur le pont.

— Suivez-nous. Nous allons éteindre tout ce que nous pouvons.

Vous suivre ? Comment ? Mais des coordonnées apparaissaient sur l'écran. Ils avaient dégagé une plateforme dans le secteur industriel. Suffisante pour arrêter ce qui reste de ce tas de ferraille, et assez éloignée des quartiers résidentiels pour qu'on ne risque pas de détruire tout un lotissement. *Ils ont pensé à tout*.

— Quelle vitesse ? interrogea Anakin.

Obi-Wan se remit à réciter des chiffres.

À travers la verrière sinistrée, Anakin entrevit les bâtiments de Coruscant qui défilaient en contrebas. *Trop bas, trop tôt*, lui signala R2-D2 à coups de bip frénétique. Anakin lui fit de grands gestes.

— Reste à l'horizontale, lui intima-t-il avant de reprendre ses tentatives pour les ralentir.

— Redresse, lança Obi-Wan. Cinq mille.

— Cramponnez-vous, intima Anakin. L'atterrissage risque d'être rude. On a perdu nos écrans ignifugés.

— Le terrain est droit devant, indiqua Obi-Wan un instant plus tard.

Trop bas, trop vite, trop chaud... Trop tard. Ce n'est pas un atterrissage, juste un crash volontaire. Et pas si bien contrôlé que ça! Par contre, quelqu'un avait prévu le coup: la plate-forme était entourée de vaisseaux anti-incendie. *Il s'agit de ne pas la rater...*

Anakin vit un speeder filer en vitesse juste avant qu'ils ne se vautrent sur la plate-forme. Puis leur champ de vision limité disparut sous une couche de mousse ignifugée. Un instant, il redouta que leur élan ne les entraîne au-delà de la plate-forme. Mais le vaisseau s'arrêta dans un ultime soubresaut.

— Sortons de là, fit Anakin en dégrafant sa ceinture.

Obi-Wan et le Chancelier l'imitèrent. Ils ne tardèrent pas à passer par une trappe d'évacuation. Une navette les attendait pour les ramener au Sénat.

À bord de la navette, pendant que le personnel médical examinait le Chancelier secoué, Anakin et Obi-Wan débattirent du dernier stade de leur mission.

— Toute cette opération était ton idée, dit Anakin à Obi-Wan. Tu l'as préparée. Cette fois, c'est à toi d'en recevoir les lauriers.

— Désolé, mon ami, répliqua Obi-Wan. C'est toi qui as tué le Comte Dooku. (Anakin grimaça, mais

Obi-Wan ne remarqua rien.) Tu as sauvé le Chancelier et tu as posé ce tas de ferraille. Tu…

— Grâce à ton enseignement, Maître, fit Anakin avec sincérité. Tout le mérite te revient.

Et je ne veux certes pas recevoir de louanges pour avoir tué le Comte Dooku.

Obi-Wan secoua la tête.

— Ah, ces discours ! Anakin, il faut regarder la vérité en face : cette fois-ci, c'est toi le héros. C'est ton jour de gloire devant ces politiciens.

La navette avait atteint la plate-forme d'atterrissage du Sénat. Anakin vit que Maître Windu et une douzaine de Sénateurs étaient venus accueillir le Chancelier – et s'assurer de sa sécurité. Il n'était plus temps d'ergoter.

— Alors tu as une dette envers moi, reprit Anakin. Et pas juste parce que je t'ai sauvé la vie pour la dixième fois.

— La neuvième, corrigea Obi-Wan. Cet incident sur Cato Nemoidia ne compte pas. (Anakin leva les yeux au ciel, et Obi-Wan sourit.) À bientôt, au briefing.

Anakin ne put s'empêcher de lui rendre son sourire, mais celui-ci se fana lorsqu'il suivit le Chancelier vers la sortie. Quoi qu'en dise Obi-Wan, cette fois-ci, il n'était pas un héros. *Un héros n'aurait pas agi comme je l'ai fait*.

Mace Windu s'avança vers le Chancelier Palpatine. Ils échangèrent quelques mots secs, puis les Sénateurs présents entourèrent le Chancelier pour le congratuler à l'occasion de son retour.

Anakin les regarda un moment, complètement perdu. Une série de bips résonna derrière lui, puis une voix sévère se fit entendre.

— N'exagère pas ! Ce n'était pas si terrible.

C-3PO ! Si le droïde de protocole était là, Padmé devait être là, elle aussi. Oubliant son cafard, Anakin étudia la foule des Sénateurs, cherchant son épouse.

Il ne la trouva pas. Il fit un pas en arrière. Les Sénateurs s'éloignèrent de la plate-forme pour se diriger vers le bâtiment du Sénat.

Le Sénateur Bail Organa d'Aldeeran l'aperçut et s'éloigna de la troupe entourant Palpatine pour rejoindre Anakin. Ensemble, ils suivirent le groupe.

— Le Sénat ne sait comment vous remercier, lui dit Bail. La mort du Comte Dooku marquera certainement la fin de cette guerre et des mesures d'exception prises par le Chancelier.

Anakin fit la grimace, pourtant, il se sentait un peu mieux. Il savait qu'il n'aurait pas dû tuer Dooku alors qu'il était à sa merci, mais ce n'était peut-être pas si grave. Le Chancelier Palpatine semblait considérer cette exécution comme nécessaire, et si elle mettait effectivement fin à la guerre, ainsi que le pensait Bail, des millions de vies seraient épargnées. Cela devait bien compter ? *Et je ne violerai plus jamais le code Jedi*, se promit-il. Cette idée lui remonta le moral.

Bail attendait patiemment sa réponse. Anakin s'empressa de rectifier le dernier commentaire du Sénateur.

— Les combats continueront jusqu'à ce que le général Grievous soit réduit en pièces détachées. Le Chancelier a été très clair sur ce point.

Bail fronça les sourcils et ânonna une réponse, mais Anakin ne l'écoutait plus. Il sentait que quelqu'un les suivait de près. Il sentait…

— Excusez-moi, dit-il à Bail, puis il se dirigea vers la rangée de colonnes bordant le hall.

— Bien sûr, fit le Sénateur dans son dos.

Pendant qu'Organa s'empressait de rejoindre Palpatine et les autres Sénateurs, Anakin se glissa dans l'ombre de la colonne. Il était sûr que… Il se retourna, et Padmé se lova dans ses bras.

Anakin oublia instantanément Dooku, Palpatine et tout le reste. Il serra Padmé dans ses bras, l'embrassa, et se sentit enfin apaisé. Heureux.

— Dieu merci, tu es revenu. Je suis à nouveau moi-même, dit-elle.

Moi-même.

— Tu m'as manqué, Padmé, tu m'as tant manqué !

Elle frissonna entre ses bras.

— Des rumeurs disaient que tu avais été tué. J'étais folle d'angoisse.

Elle s'accrocha à lui comme pour s'assurer qu'il était bien réel. Anakin la prit par les épaules et la secoua doucement.

— Je suis revenu. Tout va bien.

Padmé sourit. Il l'étreignit à nouveau.

— On dirait que nous sommes séparés depuis une éternité, dit-il. Et si le Chancelier n'avait pas été enlevé, je crois qu'on ne nous aurait jamais fait revenir de la Ceinture Extérieure assiégée.

Il voulut l'embrasser, mais elle se détourna.

— Attends. Pas ici.

— Si ! fit Anakin en l'enlaçant de nouveau.

Elle ne savait pas à quel point il avait besoin de sa sérénité, de son affection. Elle n'était pas au courant pour Dooku.

— J'en ai assez de toutes ces cachotteries. Peu importe s'ils savent que nous sommes mariés !

— Ne dis pas une chose pareille, Anakin, le réprimanda Padmé. Tu es important pour la République, pour gagner cette guerre. (Elle eut un sourire rassurant, comme si elle sentait sa détresse.) Je t'aime plus que tout, mais je ne veux pas que tu abandonnes ta carrière de Jedi pour moi.

— J'ai voué mon existence à l'ordre Jedi, murmura Anakin, sincèrement. Mais je donnerais ma vie pour toi.

— Ça ne me plairait guère, fit Padmé pensive. Pas du tout, même, ajouta-t-elle en souriant.

Anakin voulut l'étreindre, une fois encore ; elle se déroba.

— Patience, mon beau Jedi. Reviens auprès de moi plus tard.

Elle s'écarta, pas assez vite cependant pour échapper aux réflexes Jedi. Il la serra – et cette fois, lorsque le doux choc s'estompa, il sentit qu'elle tremblait.

— Padmé, tout va bien ?

— C'est le plaisir de te voir, avança-t-elle d'une voix suraiguë et en détournant les yeux.

Perturbé, Anakin étendit ses sens Jedi.

— Ce n'est pas ça. Il y a autre chose. Quoi donc ? Dis-moi ce qui se passe !

À son grand désarroi, Padmé se mit à pleurer.

— Tu es parti pendant cinq mois, hoqueta-t-elle entre ses larmes. Ce fut très dur pour moi. Jamais je ne me suis sentie si seule. Je…

C'en était plus qu'Anakin n'était capable de supporter. Il n'y avait qu'une seule chose que Padmé puisse vouloir lui cacher.

— C'est tout ?

À sa grande surprise – et son grand soulagement –, elle cessa de pleurer.

— Non ! fit-elle avec une sincérité mêlée de colère éloquente. Tu as beau refuser de me faire confiance, rien n'a changé !

Il y avait pourtant quelque chose de neuf. Il le sentait avec encore plus de précision.

— C'est que… Je ne t'ai jamais vue dans un tel état.

— Il n'y a rien. (Padmé se retourna un moment, puis le regarda à nouveau.) Si, il s'est passé quelque chose. Quelque chose de merveilleux.

Elle hésita. *Merveilleux ?* se dit Anakin. *Alors pourquoi as-tu si peur ? Pourquoi pleures-tu ?*

— Ani, je... Je suis enceinte.

Anakin en resta bouche bée. C'était bien la dernière chose à laquelle il s'attendait. *Un enfant ? On va avoir un enfant ?*

Padmé le regardait, attendant sa réaction. *On va avoir un enfant.*

— C'est... merveilleux.

Padmé ferma les yeux et posa sa joue sur sa poitrine.

— Qu'allons-nous faire ?

Toutes sortes de pensées indésirables traversèrent l'esprit d'Anakin. Ils auraient du mal à garder le secret. « Tu es important pour la République, pour gagner cette guerre », avait déclaré Padmé, mais si les Jedi avaient vent de leur mariage, il devrait quitter l'Ordre. Après ça, comment pourrait-il aider la République ? Que dirait Obi-Wan en découvrant que son apprenti et ami lui mentait depuis tout ce temps ? Et qu'adviendrait-il de Padmé ?

Finalement, Anakin chassa ces idées noires.

— Tout ira bien, affirma-t-il. Pour l'instant, soyons sans soucis. (Il se tut, puis eut un grand sourire.) On va avoir un enfant ! C'est le plus beau jour de ma vie !

CHAPITRE 5

Tandis que la vedette Neimoidienne descendait vers Utapau, le général Grievous observa le panorama qu'il voyait par la verrière. La surface de la planète n'était qu'un paysage de montagnes sinistres, ponctuées d'immenses cratères où étaient bâties les cités souterraines. La navette descendit vers l'un des plus grands et plus profonds de ces cratères. Là, accrochée à la paroi, se dressait une plate-forme d'atterrissage entourée de droïdes de combat et de superdroïdes. L'appareil s'y posa sans heurts.

Grievous descendit la passerelle à longues enjambées, et un des droïdes vint à sa rencontre.

— La planète est à nous, monsieur, dit-il. La population est sous notre coupe.

Bien sûr qu'ils sont à notre botte, ces vermisseaux sans cervelle ! pensa Grievous. Il méprisait les autochtones. Seul comptait son rendez-vous avec le Conseil Séparatiste.

L'un de ses gardes du corps s'approcha à son tour.

— Un message vous attend sur le canal spécial, chuchota-t-il.

Grievous oublia complètement le Conseil et se précipita vers la zone hologrammique. Une lumière bleue clignota au-dessus du disque de réception, puis transmit l'image d'une silhouette au visage dissimulé sous une capuche. Grievous fit une profonde révérence au véritable leader des Séparatistes, la vraie éminence grise qui menait cette guerre.

— Oui, Seigneur Sidious ? dit Grievous.

— Je vous conseille de transférer le Conseil Séparatiste sur Mustafar, ordonna le leader de sa voix douce et glaciale.

— Oui, Maître.

— Bien. Les Jedi perdront du temps et des ressources à vous rechercher. Je ne veux pas qu'ils sachent où vous êtes tant que nous ne serons pas prêts.

Ce qui veut dire que les combats ne recommenceront pas de sitôt, pensa Grievous. Il cacha sa déception.

— Avec tout le respect que je vous dois, Maître, pourquoi ne m'avez-vous pas laissé tuer le Chancelier quand j'en avais l'occasion ?

— Le moment n'était pas venu. Soyez patient. Cette guerre touche à sa fin, général, et croyez-moi, la victoire est déjà nôtre.

Grievous acquiesça. Mais malgré sa puissance et son assurance, Dark Sidious n'était pas un combattant.

A-t-il seulement idée du coût de ce raid inutile sur Coruscant ? Grievous tenta sa chance.

— Et la perte du Comte Dooku ?

Le sourire de Dark Sidious était à peine visible sous sa capuche.

— La mort du Seigneur Tyranus était une perte nécessaire. J'aurai bientôt un nouvel apprenti – bien plus jeune et plus puissant que lui.

Grievous hocha la tête, vaguement rassuré. Mais lorsque la transmission s'éteignit, il resta là, à fixer l'endroit où s'était tenue l'image de Dark Sidious. Les Seigneurs Sith étaient retors et sournois. Il partagerait davantage l'assurance de Dark Sidious s'il comprenait mieux ses plans.

Padmé s'éveilla en sursaut. Elle était seule dans son grand lit. Elle resta un instant allongée, le temps de rassembler ses pensées. Depuis quelques mois, elle dormait mal. Après qu'elle avait découvert qu'elle était enceinte, en fait. Mais cette nuit, il y avait quelque chose de différent. Elle était seule.

— Anakin ?

Pas de réponse. Padmé fronça les sourcils et se glissa du lit pour chercher son mari.

Elle le trouva sur la véranda, à regarder les lumières de Coruscant. Ce soir, elles étaient discontinues. De grands espaces vides et noirs trahissaient les quartiers détruits par les Séparatistes. Çà et là, la fumée des ruines encore chaudes brouillait les lumières des véhicules de secours cherchant inlassablement à sauver les êtres pris au piège sous les débris.

Padmé rejoignit Anakin. Il ne la regarda pas, même lorsqu'elle lui prit la main, mais la lumière diffuse éclairait ses joues. Il avait pleuré.

— Qu'est-ce qui te perturbe ? demanda-t-elle, tout en pensant connaître la réponse.

— Rien, fit-il à voix basse.

— Anakin, dit-elle doucement, quand arriverons-nous enfin à nous exprimer avec franchise ?

Un instant, elle crut qu'il garderait le silence.

— C'était un rêve, finit-il par dire.

Il parlait à grand-peine, comme si prononcer ces mots risquait de donner corps à quelque chose qu'il préférait repousser au plus profond de son âme.

Un rêve ? Elle ne s'attendait pas à ça.

— Un cauchemar ?

— Comme ceux où figurait ma mère avant sa mort.

Padmé retint son souffle. Pendant des mois, Anakin avait vu en rêve les tourments et les souffrances qu'avait endurés sa mère. Il avait fini par aller la rejoindre, contre l'avis et les ordres des Jedi... Hélas ! il était arrivé trop tard. Il ne se l'était jamais pardonné. Parfois, Padmé croyait qu'il n'avait jamais non plus pardonné à l'Ordre Jedi. Elle le regarda. Aujourd'hui, ce n'était pas son échec qui le torturait.

— Et alors ? insista-t-elle.

Anakin avala sa salive.

— J'ai rêvé de toi.

De moi ? Un frisson parcourut Padmé, et sa main se porta au collier qu'elle gardait toujours autour de son cou – le morceau de japor qu'Anakin lui avait donné « pour lui porter chance ». Elle avait alors neuf ans et lui quatorze.

— Ne me cache rien.

— Ce n'était qu'un rêve, dit-il en détournant les yeux.

En ce cas, pourquoi te met-il dans un tel état ? Mais Padmé préféra ne rien dire, pour ne pas le rendre plus malheureux. Elle se contenta d'attendre. Au bout d'un moment, Anakin inspira profondément.

— Tu mourais en couches, énonça-t-il froidement.

— Et le bébé ? questionna Padmé d'un souffle.

— Je ne sais pas.

— Ce n'était qu'un rêve, dit Padmé, sans guère y croire.

Les prémonitions d'Anakin s'étaient trop souvent vérifiées. *J'aurais peut-être dû consulter un droïde médical plus tôt*, pensa-t-elle. Mais elle n'avait pas osé, de peur de dévoiler leur secret.

Anakin passa son bras autour de ses épaules.

— Je ne laisserai pas ce rêve devenir réalité.

Elle se détendit, confiante et rassurée, sans pour autant s'illusionner. Anakin l'avait sauvée des horreurs de la guerre, d'assassins, de droïdes de combat et de monstres ; là, il ne pouvait la tirer d'affaire à coups de sabre laser.

Padmé leva les yeux sur son mari et, pour la première fois, tenta de lui expliquer toutes les peurs qu'elle avait gardées au fond d'elle ces cinq derniers mois.

— Anakin, dit-elle lentement, ce bébé va tout changer. Je doute que la Reine me permette de continuer à siéger au Sénat. (Anakin parut effondré, mais elle s'empressa de continuer :) Et si le Conseil découvre qui est le père, tu seras exclu de l'Ordre Jedi.

— Je sais.

Son ton indiquait qu'il avait déjà pensé à tout ça. Sauf qu'il n'avait eu que quelques heures pour y réfléchir ; elle avait eu des mois pour tourner et retourner ces hypothèses dans sa tête. Des mois pour étudier chaque centimètre du piège qui se refermait sur eux.

Elle avait accepté l'idée de devoir renoncer à son poste au Sénat. C'était dur, mais une ex-Sénateure trouverait toujours moyen de continuer à servir son monde. Vu son expérience, elle n'aurait aucun mal à trouver une place parmi le personnel d'un autre Sénateur. Et il lui faudrait élever son enfant. Tandis qu'Anakin, lui…

En mille ans, seuls vingt êtres avaient quitté l'Ordre Jedi. Anakin les avait mentionnés une fois en parlant du Comte Dooku, le dernier des Vingt Égarés. Anakin avait toujours voulu être un Jedi. Il avait voué son existence à l'Ordre – et quoi qu'il dise, Padmé était sûre qu'il sacrifierait tout à son devoir de Jedi. Il était devenu un héros en acceptant des missions particulièrement dangereuses, et il avait failli plusieurs fois y laisser la vie. Et s'il lui fallait abandonner tout cela ? Qu'adviendrait-il de lui ?

Padmé exprima alors l'idée qui la hantait ces derniers temps.

— Anakin, crois-tu qu'Obi-Wan pourra nous aider ?

Anakin se crispa aussitôt.

— Tu lui en as parlé ?

— Non, le rassura-t-elle. Mais c'est ton mentor, ton meilleur ami – il doit bien se douter de quelque chose.

— Il est un père pour moi, mais il reste membre du Conseil. Ne lui dis jamais rien !

Padmé soupira.

— N'aie crainte, Anakin.

Du moins tant que tu n'as pas compris que c'est inévitable.

— Nous n'avons pas besoin de lui, poursuivit Anakin un peu trop fermement, comme pour s'en convaincre lui-même. Ce bébé n'est pas un problème, mais une bénédiction.

Plutôt les deux, songea Padmé, lasse de toujours ressasser les mêmes idées. Elle se blottit contre Anakin, tentant de puiser dans son assurance. Inutile de vouloir tout régler ce même soir. Pour l'instant, plutôt penser au bonheur que l'avenir leur réservait que de se concentrer sur les soucis. Du moins jusqu'à…

Être invité dans les quartiers personnels de Maître Yoda était un privilège et un honneur. Aujourd'hui cependant, Obi-Wan s'en serait bien passé. *Une rencontre secrète, en l'absence du Conseil... Je n'aime pas ça.* Et à voir leurs mines, Maître Yoda et Mace Windu pensaient de même. Le Côté Obscur les enveloppait comme un nuage étouffant, brouillant l'avenir. Entre cette présence et la guerre, la peur s'infiltrait dans le sanctuaire Jedi. *La peur mène au Côté Obscur. Qu'est-ce qui nous arrive ?*

Puis l'information était tombée.

— À prendre le contrôle des Jedi, le Chancelier cherche, dit Yoda.

— Sous le prétexte d'assurer notre sécurité, ajouta Obi-Wan.

Durant les premières années de la guerre, Palpatine s'était arrogé une bonne partie des pouvoirs du Sénat et en avait fait des prérogatives personnelles. Ce qui le mènerait fatalement à l'Ordre Jedi. C'était une question de temps.

— Je sens qu'il complote pour détruire les Jedi, déclara Mace Windu.

Yoda le regarda d'un air vaguement désapprobateur. Maître Windu était un grand guerrier, mais il avait tendance à voir des menaces et des complots partout. Cependant, après huit cents ans d'entraînement Jedi, Yoda se montrait parfois trop patient. Il semblait incroyable que le Chancelier puisse vouloir détruire l'Ordre Jedi. Comme s'il sentait les réserves d'Obi-Wan, Mace continua.

— Le Côté Obscur entoure le Chancelier.

— Comme il entoure les Séparatistes, objecta Obi-Wan pensif. La Force a changé d'équilibre – nous le sentons tous. Si le Chancelier subit l'influence du Côté Obscur, cette guerre ne serait rien d'autre qu'une manœuvre des Sith pour renverser la République.

— Pures spéculations ! s'enflamma Yoda. Sur des théories aussi fumeuses, nous ne pouvons nous baser. (Il jeta un regard impartial à Mace et à Obi-Wan.) De preuves, nous avons besoin avant d'en parler au Conseil.

OK, mais comment et où en trouver ? se demanda Obi-Wan. Puis il répondit à sa propre question.

— Nous en aurons lorsque Grievous sera éliminé.

Mace Windu et Yoda se regardèrent. Mace pinça les lèvres. Puis il dit ce qu'ils avaient tous évité de formuler.

— Si le Chancelier ne met pas fin à la guerre une fois le général Grievous éliminé, il devra être déposé.

— Arrêté ?

Obi-Wan se sentit glacé. Débattre d'une telle éventualité était dangereusement proche de la trahison.

— Vers des contrées périlleuses, ce raisonnement nous mènera, déclara Yoda, reflétant ses pensées. Très attention, nous devons faire.

En effet. Mais si le Chancelier ne mettait pas fin au conflit, auraient-ils le choix ?

CHAPITRE

6

Maître Yoda examinait Anakin Skywalker. Le jeune Jedi ne venait pas souvent le consulter, et il était plus rare encore qu'il demande dans l'urgence une entrevue privée. *Et à cette heure – important pour nous tous, ce doit être. Mais pourquoi ?*

— Une prémonition, répondit-il à voix haute.

C'était un talent rare chez les Jedi, mais il y avait des précédents. En certaines occasions, Yoda lui-même avait fouillé l'avenir. Cependant, cela faisait des années que personne ne l'avait fait de façon délibérée ; la croissance du Côté Obscur avait rendu de telles explorations dangereuses et peu fiables. Et Anakin était en phase avec la Force, peut-être plus que tous les autres Jedi que Yoda avait connus en huit cents ans. Il était clair qu'il n'avait pas délibérément souhaité ces visions, bien qu'il rechigne à dire ce qu'il avait vu. Yoda acquiesça d'un air encourageant.

— Tes visions…

Anakin baissa les yeux.

— Rien que de la douleur, des souffrances, souffla-t-il à voix basse. La mort.

Et peur elles te font. De quoi ? Pour qui ? Yoda devait être diplomate, sinon il n'en apprendrait pas plus, et ne pourrait rien faire.

— De toi-même, tu parles, ou de quelqu'un que tu connais ?

— Quelqu'un…

Anakin ne termina pas sa phrase. Il serra les poings comme s'il retenait quelque chose.

— Un proche ? insista Yoda.

— Oui, murmura Anakin.

— Prudent tu dois être lorsque tu sondes le futur, Anakin, dit Yoda. La peur de perdre un être aimé est un des chemins qui mènent au Côté Obscur.

Et maintenant que le Côté Obscur est devenu si fort, si proche, il est bien aisé de s'y égarer.

Au grand désespoir de Yoda, Anakin ne sembla même pas l'entendre. Il fixa le vide, les dents serrées, comme si des visions défilaient devant ses yeux. *Ses souvenirs, il revoit*, interpréta Yoda sans pourtant ressentir les perturbations de la Force qui accompagnent en général ce genre de phénomène.

Finalement, Anakin reprit la parole.

— Je refuse que ces visions deviennent réalité, Maître Yoda, déclara-t-il avec une détermination sinistre.

Hélas ! mon garçon. La Force a beau être en toi, pour contenir la mort elle-même, assez puissant nul

Jedi n'est. Yoda en appela à son expérience couvrant des siècles, au souvenir des milliers de créatures éphémères qu'il avait éduquées, aimées et avec lesquelles il avait œuvré.

— Réjouis-toi pour tous ceux qui se fondent dans la Force et font un avec elle, dit-il d'une voix douce. Porter leur deuil tu ne dois pas. À la jalousie, l'attachement mène. L'ombre de l'avidité.

Anakin acquiesça lentement ; néanmoins, Yoda sentit une résistance en lui.

— Que dois-je faire, Maître ?

— Tout ce que tu redoutes de perdre, apprends à le rejeter, lui conseilla Yoda.

Une leçon bien douloureuse, mais nécessaire. Et que lui-même avait apprise encore et encore, pensa tristement Yoda à l'évocation des centaines de Jedi qui avaient déjà succombé à la Guerre des Clones.

Durant des heures, la conversation avec Maître Windu et Maître Yoda continua de tracasser Obi-Wan. Il y pensait toujours, en examinant les derniers messages du Sénat, en préparant le briefing et même en montrant aux Jedi les dernières zones de combat, puis en répondant à leurs questions. Pourtant, la cause de son inquiétude n'était ni le Chancelier ni le Conseil Jedi. C'était Anakin.

Maître Yoda et Maître Windu embrassaient la situation dans son intégralité – les relations entre le Chancelier, le Sénat et les Jedi, et la façon dont ils se répartissaient différents pouvoirs et autorités. Ils étudiaient les propositions de transferts et de délégation ainsi que les requêtes comme on examinerait le déplacement des pions d'un jeu de dejarik.

Anakin ne voyait pas plus loin que le domaine des relations personnelles. Cela n'avait pas fait problème tant qu'ils menaient bataille dans la Ceinture Extérieure – après tout, lorsqu'un droïde de combat vous tire dessus, on n'a pas vraiment le temps de considérer les enjeux géopolitiques. De retour sur Coruscant, Anakin aurait à considérer les implications de ses actes – et de ceux des autres. Obi-Wan s'alarmait de la façon dont il réagissait aux derniers développements. *Quelqu'un doit le prévenir*. Obi-Wan soupira : en l'occurrence, ce quelqu'un ne pouvait être que lui. Si toutefois Anakin daignait l'écouter…

La porte de la salle de réunions s'ouvrit. Obi-Wan leva les yeux de ses cartes et de ses hologrammes et vit Anakin courir vers lui.

— Tu as raté le rapport sur les sièges de la Ceinture Extérieure, remarqua Obi-Wan.

— J'ai été retenu.

Anakin semblait tendu et préoccupé. Puis il secoua la tête.

— Désolé. Je n'ai aucune excuse.

Obi-Wan se tourna pour éteindre les dernières cartes électroniques.

— En deux mots, tout va plutôt bien, reprit-il. Saleucami est tombée et Maître Vos a déployé ses troupes à Boz City.

Commencer par un résumé du briefing lui permettrait peut-être d'en venir à des sujets plus politiques. Mais Anakin fronça les sourcils.

— Alors qu'est-ce qui ne va pas ? questionna-t-il sans détours.

Au temps pour la manière douce !

— Le Sénat s'apprête à accorder un supplément de pouvoir exécutif au Chancelier.

— Ce qui veut dire moins de débats et plus d'action, répondit Anakin d'un air satisfait.

L'expression d'Obi-Wan l'intrigua.

— Est-ce si terrible ? Nous pourrons gagner cette guerre plus facilement.

Ce n'est pas si simple ! Obi-Wan ravala ses mots. Anakin n'était pas un diplomate ; pour lui, c'était aussi simple que cela.

— Anakin, méfie-toi de ton ami le Chancelier.

— Me méfier de lui ? fit Anakin, plus intrigué encore.

— Il a requis ta présence.

— Pourquoi ?

— Il n'en a rien dit.

Le jeune Jedi fronça les sourcils.

— Même au Conseil Jedi ? C'est pour le moins inhabituel.

— Tout est inhabituel dans cette histoire, observa Obi-Wan. Et je n'aime pas ça.

Anakin l'écoutait attentivement. Pour une fois.

— Les relations entre le Conseil et le Chancelier sont tendues.

Anakin parut encore plus soucieux.

— Je sais que le Conseil s'inquiète de la puissance que prend le Chancelier, mais n'avons-nous pas tous le même but : sauver la République ? Alors, pourquoi une telle méfiance ?

Parce qu'on ne peut courir plus d'un lièvre à la fois, se dit Obi-Wan. *Le Chancelier peut chercher à sauver la République et, en même temps, souhaiter accroître son propre pouvoir. Et si nous le laissons faire, il sera plus puissant que jamais lorsque la guerre sera terminée*. Mais voilà des pensées qu'il serait dangereux de formuler à voix haute, même au cœur du Temple Jedi.

— La Force devient obscure, Anakin, releva Obi-Wan. Elle nous affecte tous. Surveille tes propres sentiments.

Anakin acquiesça. Et tandis qu'ils quittaient ensemble la salle de réunions, Obi-Wan espérait avoir été suffisamment convaincant.

Le bureau du Chancelier Suprême offrait l'une des plus belles vues de Coruscant. D'habitude, les fenêtres du Sénat laissaient à peine entrevoir des canyons gris et sombres. Les hauts bâtiments couvrant la planète tout entière formaient comme une muraille qui fermait la perspective.

Du bureau du Chancelier, plus élevé que les autres, ces gratte-ciel ressemblaient moins à des montagnes qu'à une forêt d'arbres pétrifiés. Aujourd'hui, une brume rousse cachait cette forêt. Des trous béants au milieu des pointes marquaient les bâtiments détruits au cours des combats. *Les Séparatistes auront bien des comptes à rendre*, pensa Anakin.

Le Chancelier Palpatine finit par briser le silence.

— Anakin, cet après-midi, le Sénat va me demander de prendre la tête du Conseil Jedi.

Anakin ouvrit de grands yeux. Obi-Wan avait dit que le Chancelier recevrait de nouvelles attributions, mais il ne s'attendait pas à cela.

— Les Jedi ne répondront plus devant le Sénat ? fit-il incrédule.

— C'est devant moi et moi seul qu'ils s'expliqueront, désormais. Le Sénat est trop divisé pour mener une guerre.

— Je partage votre avis, acquiesça avec empressement Anakin. (Puis, se souvenant des paroles d'Obi-Wan, il ajouta :) Cependant, le Conseil Jedi peut voir les choses différemment. Avec tout le respect que je vous dois, monsieur, le Conseil n'est pas d'humeur à accepter d'autres amendements à la Constitution.

— En ce cas précis, répondit presque tristement Palpatine, je n'ai pas le choix. Il faut gagner cette guerre.

— Tout le monde est d'accord sur ce point, répondit Anakin.

Encore que ! J'ai parfois l'impression que le Conseil Jedi est si préoccupé de politique qu'il en oublie le vrai problème. Aussitôt, Anakin regretta cette pensée. Le Conseil avait envoyé ses propres membres au combat – et tous n'étaient pas rentrés. *C'est le retour sur Coruscant qui me donne de telles idées. Je deviens claustrophobe.* Et pour l'instant, il ne voulait pas penser à ses rêves.

Palpatine parlait toujours ; le jeune homme se concentra de nouveau sur ses paroles.

— T'es-tu jamais demandé pourquoi on t'empêche de siéger au Conseil ?

— Ce sera en temps voulu, répondit mécaniquement Anakin. Lorsque je serai plus âgé, plus sage.

Mais ce temps ne viendra pas. Plus maintenant. Dès qu'ils sauront pour Padmé et le bébé, je devrai quitter l'ordre. Soudain, il se sentit vide, comme lorsqu'il avait neuf ans et que le Conseil avait décrété qu'il était trop vieux pour suivre l'entraînement Jedi. « Que puis-je faire maintenant ? » avait-il demandé à Maître Qui-Gon Jinn. Il était devenu son pupille, mais même à neuf ans, cela ne lui avait pas suffi. Après la mort de Qui-Gon, le Conseil était revenu sur sa décision, sans pour autant encourager sa vocation.

— J'espère que tu as confiance en moi, Anakin, reprit le Chancelier.

— Bien sûr, répondit Anakin.

Il se sentait toujours coupable. Il ne se fiait pas suffisamment au Chancelier pour lui parler de Padmé, ou de leur enfant. Mais sur ce sujet, il ne faisait confiance à personne. Pas encore.

— J'ai besoin de toi, mon fils.

J'ai raté quelque chose ?

— Comment ça ?

— Je redoute les Jedi. Le Conseil demande sans cesse plus de pouvoir. Ils sont jaloux de leurs secrets et ne pensent qu'à garder leur autonomie – des soucis qui me semblent incompréhensibles en démocratie.

Anakin, exaspéré, se retint de lever les yeux au ciel. Obi-Wan avait dit à peu près la même chose du Chancelier. Pourquoi ne pouvaient-ils pas cesser ces querelles pour penser à cette guerre ?

— Je peux vous assurer que les Jedi restent fidèles aux valeurs de la République, monsieur.

— Leurs actions seront plus éloquentes que leurs discours, répondit Palpatine. Je compte sur toi.

— Pour faire quoi ? fit Anakin éberlué. Je ne comprends pas.

— Pour être les yeux, les oreilles et la voix de la République.

Que veut-il dire par là ? Le Chancelier était la voix du Sénat, et le Sénat celle de la République. En quoi

Palpatine avait-il besoin d'un Jedi comme assistant ? Il n'y comprenait goutte.

— Anakin, reprit Palpatine après un silence, je te nomme mon représentant personnel au Conseil Jedi.

Voilà qui était plus clair. Il se tut le temps de comprendre ce qui lui était proposé.

— Moi ? Un Maître ?

Le plus jeune membre de toute l'histoire du Conseil Jedi ! Et peut-être du coup me laisseront-ils rester, même s'ils apprennent… Il chassa cette idée. C'était un espoir trop grand et trop fragile. De plus…

— Je vous suis reconnaissant, monsieur, mais le Conseil choisit lui-même ses membres. Ils n'accepteront jamais qu'on leur force la main.

— Je n'en serais pas si sûr, répliqua le Chancelier avec une fermeté paisible, et d'autant plus convaincante. Ils ont plus besoin de toi que tu ne le crois.

CHAPITRE

7

Anakin résista de toutes ses forces à l'envie de faire les cent pas devant la chambre du Conseil Jedi. Il avait le vertige. Voilà quelques heures à peine, Palpatine lui avait dit qu'il voulait qu'il entre au Conseil Jedi, et le Sénat venait de donner au Chancelier le pouvoir de rendre effective cette nomination. Alors pourquoi avait-il l'impression de traîner là depuis des jours ?

La porte s'ouvrit enfin, et Anakin entra. La Chambre du Conseil lui sembla bien plus grande que dans ses souvenirs. Il s'y était rendu de nombreuses fois depuis le début de la Guerre des Clones pour faire le rapport des missions qu'il avait remplies avec Obi-Wan, mais il ne se rappelait pas qu'il faille si longtemps pour atteindre le centre. Les Maîtres l'attendaient, impassibles, chacun à sa place – Mace Windu, Eeth Koth, Yoda, les hologrammes de Plo Koon et Ki-Adi-Mundi. Même le visage d'Obi-Wan ne lui donna pas le moindre indice quant à leur décision.

Il finit par atteindre le centre de la salle, s'arrêta et salua le Conseil.

Mace Windu prit la parole, en tant que chef du Conseil Jedi et déclara, selon les formes :

— Anakin Skywalker, nous avons accepté ta nomination au poste de représentant du Chancelier auprès du Conseil.

— Je ferai de mon mieux pour respecter les principes de l'Ordre Jedi, fit Anakin.

Il répondit de façon tout aussi formelle, bien qu'il eût du mal à contenir sa joie. Il aurait voulu sauter sur place en criant de joie… ou au moins sourire.

Maître Yoda dut percevoir ses sentiments, car il lui décocha un regard sévère.

— De bon cœur, le Conseil n'accepte pas. Dérangeante est cette requête du Chancelier.

— Je comprends, fit Anakin.

— Tu feras partie du Conseil, reprit Mace, sans pour autant avoir le titre de Maître.

Quoi ? Anakin sentit monter sa colère, et il en oublia son ton contenu.

— Comment osez-vous ? Je suis plus fort que n'importe lequel d'entre vous ! Comment puis-je faire partie du Conseil sans être un Maître ?

— Assieds-toi, jeune Skywalker, lui ordonna Mace d'une voix glaciale.

Anakin avala sa salive. Intérieurement, il brûlait de

rage, mais en se forçant, arriva à bafouiller de plates excuses.

Puis il gagna une des places libres. *Le Chancelier compte sur moi. Ils ne nous feront confiance ni à l'un ni à l'autre s'ils pensent que je ne sais pas me contrôler. Personne n'a jamais siégé au Conseil sans être un Maître ! Et je le mérite amplement. Tout le monde le sait.*

Ki-Adi-Mundi s'éclaircit la gorge, et tous en vinrent aux affaires courantes.

— Nous avons passé en revue tous les systèmes de la République sans trouver la moindre trace du général Grievous.

— Se cacher dans la Ceinture Extérieure, il doit, suggéra Yoda. Les systèmes externes, vous devez fouiller.

— Cela pourrait prendre du temps, remarqua Obi-Wan. Nous sommes à court de vaisseaux.

— Et nous ne pouvons en retirer du front, ajouta Mace.

Malgré sa colère, Anakin se surprit à acquiescer. La République avait déjà du mal à protéger ses frontières.

— Cependant, si les armées droïdes se regroupent, elles pourraient nous porter un coup fatal, déclara Obi-Wan.

Anakin était d'accord aussi sur ce point.

— Maître Kenobi, contacter nos espions tu dois, dit Yoda. Puis nous attendrons.

Anakin fronça les sourcils. *Attendre ? Voilà qui donnera à Grievous le temps de rassembler ses forces. Mais si nous n'avons pas assez de chasseurs à lui envoyer, que faire d'autre ?*

L'hologramme bleu représentant Ki-Adi-Mundi leva une main.

— Et cet atterrissage de droïdes sur Kashyyyk ?

Tous convinrent qu'ils ne pouvaient abandonner Kashyyyk, la planète des Wookies. Elle se trouvait sur la route du quadrant sud-ouest. Anakin se porta aussitôt volontaire pour mener un groupe d'assaut ; comme il connaissait bien ce système, cette mission serait vite achevée. Mace Windu l'arrêta d'un geste.

— Ta mission est ici, auprès du Chancelier.

Anakin ravala sa déception. Il n'avait pas réalisé que son nouveau poste l'empêcherait de monter au front. *Ils ne me laissent pas faire ce qui me réussit le mieux, et refusent de me nommer Maître, si bien que je ne peux accomplir correctement mon travail. Ce n'est pas juste !*

Comme pour enfoncer le clou, Yoda reprit :

— De bonnes relations avec les Wookies, j'ai gardé. J'irai.

Et l'acceptation immédiate de Mace Windu n'arrangea rien. Durant la suite de la rencontre, pendant que le Conseil distribuait les missions et préparait sa stratégie, Anakin bouillonna de colère. Il se maîtrisa jusqu'à la fin du Conseil. Mais dès qu'Obi-Wan et lui sortirent, il ne put y résister.

— Qu'est-ce que c'est que cette mascarade ? gronda-t-il. Je siège au Conseil sans être un Maître ? C'est une première dans l'histoire des Jedi. Je me sens insulté.

— Calme-toi, dit Obi-Wan. On t'a fait un grand honneur. Personne d'aussi jeune que toi n'a jamais siégé au Conseil.

Anakin eut un reniflement de mépris. *Mais jamais non plus un Jedi n'a été aussi fort que moi.*

— Écoute-moi, reprit Obi-Wan d'un ton si grave qu'il attira son attention. Le fait est que tu es trop proche du Chancelier, et le Conseil n'aime pas le voir se mêler des affaires des Jedi.

Trop proche du Chancelier ? Est-ce qu'il s'imagine…

— Je te jure que je n'ai pas demandé à entrer au Conseil, dit Anakin.

Si c'est ce que croyaient les autres Jedi, rien d'étonnant qu'ils fassent des difficultés !

— Pourtant c'est ce que tu voulais, reprit Obi-Wan. Peu importe comment c'est arrivé, tu te retrouves dans une situation délicate.

— Pris entre deux feux, vous voulez dire.

Mais nous sommes tous du même bord, non ?

Obi-Wan secoua la tête.

— Je t'avais prévenu des tensions entre le Conseil et le Chancelier. Je croyais avoir été très clair là-dessus. Pourquoi n'as-tu pas voulu m'écouter ? Tu es tombé dans son piège.

C'était tout Obi-Wan. Toujours à voir des complots et des machinations partout. Cette fois, il refusait de voir ce qui était là, sous son nez.

— Le Conseil m'en veut parce que je suis le plus jeune membre de l'histoire, affirma Anakin.

— Non ! rétorqua Obi-Wan exaspéré. (Il hésita, puis poursuivit plus calmement :) Anakin, je m'inquiète de t'entendre parler d'orgueil et de jalousie. Ce n'est pas digne d'un Jedi. Ce sont des notions dangereuses.

— Maître, vous plus que tout autre devriez avoir confiance en mes capacités. (Obi-Wan acquiesça. Rassuré, Anakin reprit :) Je sais où va ma loyauté.

Obi-Wan le regarda, puis détourna les yeux.

— Je l'espère.

Perturbé, Anakin attendit que son ex-Maître continue. Comme il ne disait rien, il reprit.

— Je sens que tu ne me dis pas tout.

— Anakin, si le Conseil a accepté ta nomination, c'est uniquement parce que le Chancelier a confiance en toi.

Et alors ?

Anakin en avait assez de tous ces sous-entendus. *Pour une fois, tu ne peux pas dire les choses comme elles sont ?*

— Écoute, Anakin, je suis de ton côté, reprit Obi-Wan d'un ton malheureux. Je n'avais aucune envie de te voir dans une situation pareille.

— Quelle situation ?

Il ne pouvait parler de sa nomination au Conseil ! Obi-Wan était son ami. Il savait à quel point il tenait à ce poste.

Obi-Wan s'arrêta et se tourna vers Anakin. Il hésita, comme s'il cherchait ses mots. Puis il inspira profondément.

— Le Conseil veut que tu lui rapportes tout ce qui se passe chez le Chancelier. Ils veulent savoir ce qu'il mijote.

Anakin regarda Obi-Wan, stupéfait. Une petite voix chuchotait dans son esprit, *ne demande plus jamais à Obi-Wan de dire les choses comme elles sont*, mais il cherchait surtout à assimiler ce qu'il venait de lui expliquer.

— Ils veulent que j'espionne le Chancelier ?

Obi-Wan acquiesça.

— C'est une trahison !

— Nous sommes en guerre, Anakin, fit Obi-Wan sans joie. Et le Conseil Jedi est tenu à faire respecter les principes de la République, même si le Chancelier ne les suit pas.

Quelque chose ne tourne pas rond.

— Pourquoi le Conseil ne m'a-t-il pas confié cette mission durant la session ?

Obi-Wan parut encore plus malheureux.

— Parce qu'elle ne doit pas être archivée. Le Conseil m'a chargé de t'en informer de vive voix.

Ils savaient bien qu'ils ne pouvaient lui demander une chose pareille. Et malgré cela… La tête lui tournait.

— Le Chancelier n'est pas mauvais, geignit-il désespérément. C'est mon ami. Depuis que j'ai débarqué ici, il a toujours pris soin de moi.

Obi-Wan comprenait sûrement. *Nous sommes du même bord ! Pourquoi sont-ils incapables d'assimiler ça ? On devrait espionner… Le général Grievous et les Séparatistes, pas un brave homme qui poursuit les mêmes buts que nous !*

Mais Obi-Wan secoua la tête.

— C'est précisément pour ça que tu dois nous aider, poursuivit Obi-Wan sans toutefois regarder Anakin dans les yeux. Nous répondons devant le Sénat, mais son leader, non… Qui a réussi à rester en poste longtemps après l'expiration de son mandat.

Anakin le regarda, incrédule. *Ils ne peuvent reprocher ça au Chancelier !*

— Maître, c'est le Sénat lui-même qui a demandé au Chancelier de prolonger son mandat !

— Suis ton instinct, Anakin, le pressa Obi-Wan. Il y a réellement quelque chose qui cloche.

— Tu me demandes de trahir le Code Jedi, répondit amèrement Anakin. Ainsi que les principes de la République. D'espionner un mentor… Et un ami. *Voilà* ce qui ne va pas ! Pourquoi me faire une chose pareille ?

— C'est la volonté du Conseil.

Anakin regarda son ami. Il se sentait mal. *Pas plus tard qu'hier, je me suis juré de ne plus jamais trahir le Code Jedi !* Et maintenant, le Conseil lui-même lui disait que le Code n'avait pas d'importance s'il était contraire à leur intérêt. Et c'est Obi-Wan qui lui demandait une chose pareille !

— Je sais où va ma loyauté, répéta-t-il, mais ces mots qui, une minute avant, venaient du fond de son cœur, semblaient soudain vides de sens.

Obi-Wan y vit une réponse et acquiesça d'un air soulagé.

CHAPITRE

8

Lorsque Padmé revint enfin du Sénat, le soleil se couchait. En apparence, le Sénat soutenait aveuglément le Chancelier Palpatine ; en réalité, d'énormes tensions étaient sensibles. À présent, elle passait le plus clair de ses journées à débattre de ce qu'il convenait de faire du Chancelier, s'il fallait prendre des mesures et sous quelle forme. Padmé elle-même commençait à s'inquiéter du pouvoir croissant de Palpatine.

Cela faisait des années qu'elle travaillait avec le Chancelier – depuis qu'elle était devenue représentante de Naboo au Sénat après avoir fini son mandat de Reine élue – et elle avait confiance en lui. Elle-même s'était élevée contre l'ancien Chancelier Valorum, préparant de fait la prise du pouvoir par Palpatine. *Aurais-je agi ainsi si j'avais su ce que Palpatine allait faire de ce même pouvoir ?*

Elle n'aurait pu le dire, mais elle savait qu'elle ne pouvait laisser la situation se détériorer. Leur débat frôlait la trahison, elle en était consciente. Après tout, le Chancelier Palpatine n'avait rien fait d'illégal. Souvent, Padmé se demandait ce que ses amis Jedi penseraient s'ils savaient ce qu'elle manigançait. Et surtout, elle redoutait ce qu'en dirait Anakin.

L'airspeeder s'arrêta devant la plate-forme d'atterrissage. Padmé se secoua. *Assez travaillé pour aujourd'hui*. Elle avait mal au dos et aux pieds ; la robe cachant sa grossesse était lourde et trop chaude, et elle était presque trop lasse pour réfléchir. Elle avait bien mérité un peu de repos. Et elle ne pouvait s'empêcher d'espérer qu'Anakin réussirait à s'échapper du Temple Jedi. Il ne pouvait la rejoindre toutes les nuits, mais cela faisait si longtemps…

À peine descendue du speeder, elle renvoya le Capitaine Typho et ses deux femmes de chambre.

— J'ai besoin d'un peu de temps, leur expliqua-t-elle.

C-3PO la suivit d'un air circonspect jusqu'à ce qu'elle l'envoie vérifier les droïdes de sécurité.

Enfin seule ! Appuyée contre la rambarde de la véranda, Padmé admira le coucher de soleil, heureuse de ne plus avoir à surveiller ses moindres paroles au risque de provoquer l'ire d'un Sénateur susceptible.

Elle était là depuis un certain temps lorsqu'elle sentit une présence derrière elle. Surprise, elle se retourna et découvrit Anakin tout près d'elle.

— Tu m'as fait peur ! se plaignit-elle alors même qu'elle tendait les bras vers lui.

— Comment te sens-tu ? dit-il lorsqu'ils se séparèrent enfin.

— Il ne cesse de donner des coups de pied, répondit Padmé en riant.

— *Il ?* répéta Anakin en ouvrant de grands yeux. Qu'est-ce qui te fait dire que c'est un garçon ?

— Mon instinct maternel !

Même si elle avait consulté un droïde médical, elle ne lui aurait pas posé la question. Durant ces interminables mois passés loin d'Anakin, se demander s'il s'agissait d'une fille ou d'un garçon avait été un de ses rares plaisirs secrets. Elle prit la main de son mari et la posa sur son estomac afin qu'il puisse sentir les petits pieds à l'intérieur d'elle. Anakin écarquilla grand ses yeux.

— Ben, dis donc ! Il n'y a qu'une fille pour donner de tels coups de pied, répliqua-t-il malicieusement

Elle sourit, appréciant sa façon de lui retourner ses propres railleries, et il en fit autant. *Si seulement la vie pouvait toujours être ainsi*, pensa-t-elle en se cramponnant à lui. Et elle avait appris la bonne nouvelle qui prolongerait ce moment de bonheur.

— Bravo pour ta nouvelle affectation, Anakin. Je suis si fière de toi.

À sa grande surprise, il se rembrunit.

— Je suis peut-être au Conseil, fit-il avec colère, mais ils refusent de m'accepter en tant que Maître.

Ce fragile moment de bonheur se brisa.

— Patience ! dit-elle. Ils finiront bien par reconnaître tes capacités.

— Ils me traitent toujours comme si je n'étais qu'un Padawan, poursuivit-il poings serrés. Le problème, c'est qu'ils ont peur de moi, de ma puissance.

— Anakin !

Elle n'aimait pas l'entendre raisonner ainsi – aigri, furieux et prêt à rejeter la faute sur quelqu'un d'autre. *Pourquoi toujours blâmer l'autre ? C'est la vie. Il suffit de s'en accommoder et de passer à autre chose.*

— Parfois, continua Anakin, je me demande ce que devient l'Ordre Jedi. Cette guerre détruit les principes mêmes de la République.

Cette fois, il semblait plus triste, voire blessé, que furieux. Padmé le regarda, stupéfaite. Cela faisait des années qu'elle le connaissait, pourtant elle ne l'avait jamais entendu parler ainsi. En général, il refusait de s'exprimer sur tout ce qui touchait à la politique. C'était même l'un de leurs rares points de désaccord. Seulement, maintenant, il semblait voir au-delà de sa prochaine mission. Du coup, Padmé se sentit le courage de lui révéler ce à quoi elle pensait depuis des mois, alors que le Chancelier Palpatine amassait toujours plus de pouvoir.

— Tu ne t'es jamais demandé si tu n'étais pas du mauvais côté ?

Anakin se raidit et la regarda d'un air suspicieux.

— Que veux-tu dire ?

— Et si cette démocratie que nous croyons servir n'existait déjà plus ? fit Padmé, exprimant sa peur la plus secrète. Et si la République était devenue cette entité maléfique que nous cherchons à détruire ?

— Je n'y crois pas, répondit-il avec un peu trop de véhémence. On dirait les propos d'une Séparatiste !

— Anakin, insista Padmé, cette guerre est un constat d'échec. Tu es plus proche du Chancelier que quiconque. Je t'en prie, demande-lui de faire cesser les combats et de revenir à une démocratie normale.

Elle tendit la main vers lui, mais il la repoussa.

— Ne me demande pas une chose pareille ! C'est l'affaire du Sénat, alors dépose donc une requête ! Je ne suis pas ton coursier, ajouta-t-il en se détournant. Ni pour toi, ni pour personne !

Quelque chose cloche. Padmé mit de côté ses propres inquiétudes et lui toucha doucement le bras.

— Qu'y a-t-il ?

— Rien !

Mais son ton trahissait sa douleur et sa colère.

Elle attendit qu'il se calme et lui explique ce qui se passait, mais il se mura dans un silence entêté.

— Arrête, dit Padmé, ne me rejette pas alors que je ne demande qu'à t'aider.

— C'est impossible, répondit tristement Anakin en tentant de sourire. C'est moi qui essaie de t'aider. Je sens que tu ne m'as pas tout dit.

Padmé le dévisagea. *A-t-il eu vent des discussions du Sénat ? Mais je ne peux lui poser la question. Sinon, je trahirais la confiance de ceux qui comptent sur moi. Et lui demander de garder le secret serait injuste, surtout s'il n'est pas d'accord avec notre position.*

— J'ai l'impression que tu ne me dis pas tout, reprit-elle dans l'espoir qu'il finisse par se confier.

Anakin ouvrit de grands yeux et détourna le regard. *J'avais raison : il y a quelque chose. Mais il ne dit rien. Peut-être a-t-il juré de garder le secret, tout comme moi.*

Elle secoua la tête pour chasser cette image où ils seraient là tous les deux, si proches, et cependant incapables de franchir le mur invisible qui les séparait.

— Serre-moi dans tes bras, implora-t-elle.

Padmé tendit les mains vers lui afin de briser ce mur, ou, au moins, d'y forer le trou qui laisserait passer un peu de l'espoir et du bonheur qu'elle ressentait quelques instants auparavant.

— Serre-moi comme au bord de ce lac de Naboo, voilà si longtemps, lorsqu'il n'y avait rien d'autre que nous deux. Ni politique, ni complots…

Anakin fit la grimace, comme si lui aussi avait bien voulu retrouver cette époque magique qui appartenait au passé. *Non, elle ne peut être définitivement révolue. Non, par pitié.* Il la prit dans ses bras au moment où elle terminait sa phrase.

— … ni guerre.

Il l'enlaça plus fort encore. Mais malgré sa chaleureuse présence, elle eut l'horrible impression qu'ils étaient plus éloignés qu'autrefois, lorsqu'elle était sur Coruscant et lui dans la Ceinture Extérieure.

Je n'aime pas ces adieux, pensa Obi-Wan en regardant Mace Windu et Yoda, qui se tenaient de l'autre côté du vaisseau lourdement armé. Il se demanda d'où venait cette idée. Les Jedi ne cessaient de partir en mission ; cela ne l'avait jamais dérangé, que ce soit lui ou un autre qui s'en aille. *C'est la guerre*, décida-t-il. *Trop de Jedi s'embarquent pour ne jamais revenir.*

— La mission d'Anakin n'a pas l'air de l'enthousiasmer, observa Obi-Wan, rompant le silence.

— Beaucoup trop sous la coupe du Chancelier, il est, ajouta Yoda.

— C'est dangereux de les laisser faire, fit Mace. Je ne sais si Anakin peut résister à son influence.

— Tout ira bien, affirma Obi-Wan avec une assurance qu'il était loin de ressentir. Je lui fais confiance.

— Pas moi, répondit Mace.

Surpris, Obi-Wan le regarda. Ils ne remettaient pas en question la loyauté d'Anakin, tout de même ? Ce n'était peut-être pas le chevalier Jedi idéal, mais il avait maintes et maintes fois démontré ses capacités. De plus…

— Avec tout le respect que je vous dois, Maître, n'est-il pas l'Élu ? Celui qui détruira les Sith et rétablira l'équilibre de la Force ?

— C'est ce que dit la prophétie, fit Mace sceptique.

— La prophétie, mal comprise on peut avoir, souligna Yoda.

— Anakin ne nous a jamais fait défaut, insista Obi-Wan. Il n'en sera pas autrement cette fois-ci.

— J'espère que tu as raison, soupira Yoda tandis que le vaisseau se posait.

Les portes s'ouvrirent. Le petit Jedi se leva.

— Et maintenant, détruire les armées droïdes sur Kashyyyk, tu dois. Que la Force soit avec toi.

Mace et Obi-Wan répétèrent ce salut formel. Yoda gravit la rampe d'un pas lourd et s'en fut inspecter les troupes d'assaut clones prêtes à partir. Obi-Wan regarda s'élever le vaisseau, qui se dirigea vers le Temple Jedi. Il fronça les sourcils. Jamais un autre Maître n'avait aussi clairement exprimé ce qu'il pensait d'Anakin. Et il ne put s'empêcher de se demander…

Comment Anakin peut-il se fier à nous si nous n'avons pas confiance en lui ?

CHAPITRE

9

Même en pleine guerre, les opéras restent des hauts lieux de luxe et d'élégance. Les membres les plus en vue de la Galaxie s'y amassaient, cherchant à oublier, quelques heures du moins, la violence des combats.

Mais jusque dans ces oasis de paix, se dit Anakin, *la guerre a tout changé*. Les Sénateurs et les administrateurs y étaient moins nombreux ; les sièges étaient occupés par des êtres moins prestigieux, plus désœuvrés. Des gardes en tenues rouges surveillaient l'entrée de la loge privée du Chancelier, plus attentifs aux couloirs qu'à la représentation. L'infâme Baron Papanaida traînait non loin de là. *Que fait-il ici ?* Cependant, personne ne prêta la moindre attention à Anakin, bien qu'avec sa robe de Jedi, il se sentît un peu déplacé au milieu de toute cette munificence.

Les gardes le laissèrent entrer dans la loge du Chancelier. Anakin attendit que ses yeux s'accoutument à la pénombre. Palpatine était assis à l'avant pour mieux voir la scène ; Mas Amedda et Sly Moore se tenaient derrière lui. Le Chancelier leva la main et lui fit signe d'approcher.

— Bonne nouvelle, dit-il à voix basse alors qu'Anakin se penchait pour l'écouter. Nos Unités d'Espionnage clones ont découvert où se trouve le général Grievous. Il se cache dans le système d'Utapau.

— Enfin ! s'écria Anakin.

Mas Amedda lui jeta un regard noir. Gêné, il continua à voix basse :

— Cette fois-ci, il ne nous échappera pas.

Palpatine sourit et acquiesça, sans qu'Anakin puisse savoir si ce geste lui était destiné ou s'il s'adressait aux danseurs Mon Calamari enfermés devant lui dans un globe liquide.

— Tu es le plus à même de remplir cette mission, reprit Palpatine, mais les résolutions du Conseil ne sont pas toujours appropriées.

— Ils font de leur mieux, répondit Anakin.

Il se rappela alors ce qu'Obi-Wan lui avait demandé. *Tu crois, vraiment ?*

— Assieds-toi, proposa Palpatine. (D'un geste, il renvoya Amedda et Sly Moore, puis se pencha vers Anakin.) Tu sais que je ne peux me fier au Conseil Jedi. S'ils ne t'ont pas encore entraîné dans leur complot, cela ne tardera pas.

— Je ne suis pas sûr de comprendre, souffla Anakin hésitant.

Espionner le Chancelier était une faute, mais ce n'était pas un complot. Les Jedi voulaient juste des informations.

— Le Conseil Jedi veut prendre le contrôle de la République, fit Palpatine. Ils vont me trahir.

Non ! Mais Anakin n'en était plus aussi sûr qu'il l'était quelques jours plus tôt.

— Je ne crois pas…

— Réfléchis bien, Anakin, dit gentiment Palpatine. Tu sais ce qu'il en est, hein ?

— Je sais qu'ils se méfient de vous.

Cette simple déclaration était déjà une trahison. Mais Palpatine devait le savoir déjà. Il eut un sourire triste.

— Ou du Sénat, ou de la République. Ou encore de la démocratie même.

— Je dois avouer que ma foi en eux a été ébranlée, dit Anakin.

— Comment ?

Anakin ne sut que dire. Il ne pouvait mentir au Chancelier, mais tout lui révéler ne ferait qu'empirer les choses. *Nous sommes du même bord ! Nous devrions œuvrer ensemble.*

Palpatine hocha la tête comme si Anakin s'était exprimé à voix haute.

— Ils t'ont demandé de m'espionner, n'est-ce pas ?

Il sait ! Anakin baissa les yeux.

— Je ne sais que dire. Je suis tiraillé.

Il ne pouvait se résoudre à confirmer les soupçons du Chancelier.

— Souviens-toi de tes premiers enseignements, Anakin. Tous ceux qui ont du pouvoir redoutent de le perdre. Même les Jedi, ajouta-t-il après un silence.

— Les Jedi utilisent leurs pouvoirs pour le bien !

Aurais-je dû tuer le Comte Dooku ? Anakin chassa cette idée. *Je ne voulais pas. C'est... arrivé, comme ça. Je savais que c'était mal, que ce n'est pas ainsi qu'un Jedi se sert de son pouvoir.* Mais une petite voix intérieure lui chuchota : *Et pourtant, tu l'as fait.*

— Le bien n'est qu'une question de point de vue, Anakin. Et celui des Jedi n'est pas le seul valable. (Palpatine se radossa confortablement dans son fauteuil.) Les Seigneurs Noirs des Sith aussi veulent la justice et la sécurité, et pourtant, on les juge...

— ... maléfiques.

Anakin était content que Palpatine énonce quelque chose dont il était sûr. Pour une fois.

Le Chancelier sourit.

— Maléfiques... du point de vue des Jedi. Et pourtant, Sith et Jedi sont similaires en tout point, y compris dans leur recherche de puissance. La différence est que les Sith n'ont pas peur du Côté Obscur de la Force. C'est pour ça qu'ils sont plus puissants.

— Les Sith tirent leur force de leur passion, répliqua Anakin. Ils sont tournés vers leur moi intérieur et ne pensent qu'à eux.

— Et les Jedi ? reprit Palpatine en haussant les épaules.

— Les Jedi sont altruistes. Ils ne se soucient que du bien d'autrui.

Palpatine eut un sourire.

— Du moins c'est ce qu'on t'a fait croire à force d'endoctrinement. Alors que t'ont-ils demandé qui te gêne tant que ça ?

— Je ne sais si c'est vraiment si grave.

Pour lui demander une chose pareille, le Conseil devait avoir de bonnes raisons. *Mais ils n'ont pas voulu me dire lesquelles*. Un vide profond se creusa en lui. *Et si nous n'étions pas tous du même bord ?*

— T'ont-ils demandé de trahir le Code Jedi ? reprit Palpatine. La Constitution ? Une amitié ? Tes propres valeurs ?

Anakin avala sa salive et ne répondit pas.

— Réfléchis, insista Palpatine. Étudie leurs motivations. Débarrasse-toi de tes préjugés. La peur de perdre le pouvoir est ce qui fait la faiblesse des Sith comme des Jedi.

Anakin l'entendait à peine. Il était un Jedi ; c'était tout ce qu'il désirait être, le seul rêve qu'il ait jamais caressé. *Je voulais devenir le meilleur de tous les Jedi !* Parfois, il avait eu du mal à se conformer au Code. Comme lorsqu'il avait tué Dooku. Il avait toujours pensé qu'il avait plus de difficultés que les autres parce qu'il avait commencé tard son entraînement, mais s'il se trompait ? Si personne ne suivait le Code à la lettre ? Soudain, il aurait bien voulu qu'Obi-Wan soit là pour lui administrer un de ses sermons sévères sur l'importance du Code. L'intensité de ce sentiment l'étonna lui-même. *Je lui en parlerai plus tard*, décida-t-il. Peut-être que lui l'éclairerait. D'une façon ou d'une autre.

Le Chancelier s'était retourné pour regarder le spectacle. Au bout d'un moment, il demanda :

— As-tu entendu parler de la légende de Dark Plagueis le Sage ?

— Non, répondit Anakin, heureux de changer de sujet.

Il ne voulait plus évoquer les Jedi. Son esprit était trop embrouillé.

— Je m'en doutais. (Il se pencha en arrière pour étudier Anakin dans la pénombre.) Un Jedi ne te raconterait pas une histoire comme celle-ci. C'est une légende Sith. Dark Plagueis était un des Seigneurs Noirs des Sith. Il connaissait si bien le Côté Obscur qu'il pouvait même empêcher la mort de ceux qu'il aimait.

Padmé ! Aussitôt, Anakin oublia tout du Conseil Jedi, d'Obi-Wan et du Code.

— Il pouvait sauver la vie de qui il voulait ?

— Le Côté Obscur est le chemin qui mène à bien des capacités que certains regardent comme surnaturelles, répondit Palpatine d'une voix douce.

Anakin se rappela où ils se trouvaient et baissa la voix.

— Que lui est-il arrivé ?

— Malheureusement, il a enseigné tout ce qu'il savait à son apprenti – et celui-ci l'a tué dans son sommeil. (Palpatine eut un petit sourire.) Ironie du sort : il pouvait empêcher la mort des autres, pas la sienne.

Anakin se souvint s'être penché sur sa mère mourante. Il *savait* qu'il devait y avoir un moyen de la sauver, mais était incapable de voir lequel. *Je savais que la Force pouvait arracher quelqu'un à la mort ! Je le savais ! Si je peux découvrir le savoir de Dark Plagueis, je pourrai sauver Padmé*. S'efforçant de cacher son intérêt avide, il demanda :

— Est-il possible d'apprendre ses secrets ?

— Pas pour un Jedi, affirma Palpatine.

Le ballet touchait à sa fin. Palpatine se joignit aux applaudissements, puis fit signe à Anakin de sortir avant lui. Celui-ci acquiesça. Les révélations de Palpatine le taraudaient toujours. Les archives Jedi contenaient bien des informations sur les Sith, mais l'accès en était limité aux Maîtres Jedi. *Et je ne suis pas un Maître*. Il pinça les lèvres. La colère et la détermination s'affrontaient en lui. *Peu importe comment : je vais apprendre ce qu'a découvert Dark Plagueis. Je ferai tout pour la sauver.*

Tout.

Yoda laissa retomber ses longues oreilles. Il regardait l'hologramme de Mace Windu. Le Jedi répétait inlassablement les mêmes arguments : si le Chancelier ne mettait pas fin à la guerre dès qu'ils auraient éliminé le général Grievous, il faudrait procéder à son arrestation. Ce serait la preuve flagrante de ses intentions.

— Troublé, je suis, dit Yoda.

— Maître Yoda, j'ai besoin de votre suffrage, fit Mace exaspéré. Nous ne pouvons plus attendre. Le Chancelier a déjà des soupçons.

Yoda fit la grimace.

— De plusieurs Jedi tu auras besoin pour cette arrestation.

— J'en ai déjà choisi trois parmi les meilleurs.

Mace semblait lutter pour ne pas exploser. Yoda réprima un reniflement de dérision. En effet, Mace Windu n'était pas réputé pour sa patience.

— Retors, Palpatine est, l'avertit Yoda. Prendre par surprise, il ne se laissera pas.

— Alors tu soutiens mon plan ?

Yoda hésita. *Il ne m'écoute pas. Et pourtant, agir nous devons, avant qu'il ne soit trop tard.*

— Mon vote, tu as. Que la Force soit avec toi !

— Merci, Maître.

Tandis que l'hologramme se fanait, Yoda entendit un tumulte derrière lui. Il se tourna pour voir deux Wookies face à un des commandants clones.

— Laisse-le passer, Chewie, dit Yoda.

Le commandant clone entra et salua.

— Les clones sont en position, lui annonça-t-il.

De penser à l'instant présent, il est temps. Yoda hocha la tête et sortit sur le balcon, d'où le commandant et lui pourraient observer et diriger la bataille imminente. Sa longue pratique lui permit de se concentrer sur l'immédiat, néanmoins, le problème du Chancelier restait comme une tumeur au fond de son esprit. Qu'arriverait-il lorsqu'ils auraient enfin vaincu le général Grievous ?

CHAPITRE 10

Anakin a du mal à se faire à sa nouvelle position, remarqua Obi-Wan alors que tous deux se dirigeaient vers la baie d'embarquement. Son ancien apprenti avait directement porté la nouvelle du Chancelier au Conseil Jedi : le général Grievous se trouvait sur Utapau. Mais Anakin semblait désolé qu'Obi-Wan ait été chargé de mener l'assaut – seul. *Tout ce qu'il lui faut, c'est du temps. Rejoindre le Conseil nécessite des ajustements.*

La recommandation du Chancelier Palpatine ne jouait pas en faveur d'Anakin. *Palpatine ne comprend-il pas à quel point il est difficile de se présenter au Conseil et dire : « Le Chancelier désire que je dirige l'assaut » ? Anakin passe pour un arrogant alors qu'il ne fait que transmettre la requête de Palpatine.* Mais le Chancelier ne risquait pas d'écouter les conseils d'Obi-Wan sur la façon de traiter son ex-Padawan.

Une fois sur la plate-forme dominant le quai d'embarquement, Anakin finit par rompre le silence.

— Cette fois, tu auras besoin de moi, Maître.

— Je suis d'accord.

Lorsqu'ils avaient sauvé le Chancelier, Grievous s'était montré trop rapide pour eux. Comment Obi-Wan pourrait-il le vaincre seul ? Il se força à sourire.

— Ce n'est peut-être qu'une fausse piste, dit-il, cherchant à se rassurer lui-même autant qu'Anakin.

Ce dernier allait s'exprimer. Obi-Wan attendit, puis comme Anakin gardait le silence, il tourna les talons. Les milliers de soldats clones n'avaient pas besoin de lui pour embarquer, mais il pouvait toujours vérifier que tout se passait bien.

— Maître !

Obi-Wan s'arrêta et jeta un œil en arrière. Anakin marchait vers lui, tête baissée comme pour s'excuser.

— Maître, je t'ai déçu. Je me suis montré arrogant. Je n'ai pas apprécié ton enseignement à sa juste valeur. Je m'en excuse. Mais le Conseil m'exaspère. Ton amitié est tout pour moi.

Toute l'affection qu'éprouvait Obi-Wan pour cet apprenti difficile, têtu et bourré de talent, monta en lui. Anakin avait des défauts, mais c'était quelqu'un de bien. Il finissait toujours par s'en tirer. Obi-Wan sourit et posa la main sur l'épaule d'Anakin.

— Tu es fort et sage, Anakin. Je suis très fier de toi. (Un peu gêné par l'intensité de ses sentiments, il ajouta d'un ton plus léger :) C'est la première fois que nous travaillons chacun de notre côté. J'espère que ce sera la dernière.

Anakin acquiesça. Le cœur allégé, Obi-Wan monta la rampe pour rejoindre les soldats clones. Soudain, il comprit qu'Anakin s'inquiétait pour lui autant que lui-même s'inquiétait pour Anakin. Il se retourna.

— Ne t'en fais pas, lui dit-il. J'ai avec moi assez de clones pour envahir trois systèmes de la taille d'Utapau. (Il désigna les rangées de clones en armure blanche et sourit.) Je crois pouvoir m'en sortir, même sans ton aide.

— Eh bien, il y a un début à tout, répondit Anakin.

Son sourire malicieux cachait mal son ton un peu forcé.

Obi-Wan éclata de rire.

— Au revoir, mon vieil ami. Que la Force soit avec toi.

— Que la Force soit avec toi, répondit Anakin, mais sa voix était grave – presque sombre.

En se dirigeant vers le croiseur, Obi-Wan se sentit mal à l'aise. *Ce n'est qu'une mission de routine. Je serai de retour dans un mois ou deux. Si quelque chose tracasse Anakin, nous pourrons en reparler à ce moment.*

Et cependant, pour une raison obscure, il eut l'impression d'avoir salué son ex-apprenti et meilleur ami pour la dernière fois.

Anakin resta là jusqu'à ce que le dernier soldat clone soit monté à bord. Ce n'est qu'une fois le vaisseau parti qu'il se détourna. Il avait l'impression d'aller à la dérive, sans point d'ancrage. *Et je n'ai même pas pu lui parler du Conseil Jedi.*

Sans réfléchir, il se dirigea droit vers les appartements de Padmé. Elle avait passé ces dix dernières années presque entièrement sur Coruscant, mais sa chambre offrait le calme et le confort typiques de Naboo, sa planète natale. Tout ce dont il avait besoin en ce moment.

Par contre, elle devrait monter le chauffage, pensa-t-il en entrant. Il ne put s'empêcher de sourire. C'était un vieux sujet de discussion entre eux. Sa propre planète natale, Tatouine, était désertique et, bien qu'il se fût habitué aux climats des différents mondes de la République, il préférait la chaleur.

Il se détendit quelque peu, puis il s'assit pour rédiger son rapport au Conseil. Il se plaisait ici. Il s'y sentait toujours le bienvenu. Là, il pouvait être lui-même et rien de plus, un homme qui dînait et dormait avec sa femme comme n'importe quel autre humain. Il était chez lui.

Padmé entra dans la pièce, et avec elle, le parfum d'une présence familière. Anakin abaissa son scanner à données.

— Obi-Wan est passé te voir ? demanda-t-il.

— Oui, ce matin, confirma Padmé.

Probablement juste avant la réunion du Conseil, pensa Anakin. *Pourquoi ne m'en a-t-il pas parlé ?*

— Que voulait-il ?

— Il se fait du souci. Pour toi.

Pourquoi Obi-Wan viendrait-il trouver Padmé s'il s'inquiétait pour lui ? À moins que…

— Tu lui as dit pour nous deux ? fit Anakin sans pouvoir dissimuler sa colère.

Padmé le fixa sans un mot, puis passa dans sa chambre. Anakin la suivit et attendit.

— C'est ton meilleur ami, dit-elle enfin. Il sait que tu es soumis à toutes sortes de tensions.

— Et pas lui ?

— Ces derniers temps, tu es bien lunatique.

— Ce n'est pas vrai ! rétorqua-t-il.

Il aurait voulu pouvoir le crier au visage d'Obi-Wan. *Tous me parlent comme à un enfant !*

— Ani ! (Padmé le regarda d'un air si triste que son cœur se brisa.) Ne fais plus jamais ça.

Anakin se détourna. Comment lui expliquer ? *Contrairement au Code, j'ai tué un prisonnier sans défense. Le Conseil Jedi m'a demandé d'espionner le Chancelier, ce qui est aussi contraire au Code. Le Chancelier dit que le Conseil veut dominer la République. Le Chancelier dit que le Conseil est trop puissant. Qui croire, à quoi me fier ? Et j'ai tellement peur de te perdre que je ne peux plus réfléchir, et rien d'autre n'a d'importance…*

— Je ne sais pas, finit-il par dire. J'ai l'impression d'être… dépassé.

— Dépassé ? (Padmé le regarda d'un air soucieux.) Toi qui es toujours si sûr de toi ? Je ne comprends pas.

— Obi-Wan et le Conseil ne me font pas confiance.

Et je ne sais si je peux me fier à eux.

Padmé secoua la tête.

— Ils te confieraient leurs vies, Anakin. Et Obi-Wan t'aime comme un fils.

Obi-Wan, peut-être. Pourtant, il est parti seul affronter le général Grievous. Il essaya encore :

— Il se passe quelque chose. Je ne suis pas le Jedi que je devrais être.

Padmé secoua de nouveau la tête. D'un geste de la main, il l'arrêta.

— Je suis un des plus puissants Jedi, mais je ne peux m'en satisfaire. J'en veux davantage, bien que je sache que j'ai tort.

— Tu n'es qu'un humain, Anakin, lui dit gentiment Padmé. Personne ne peut dépasser sa propre nature.

Oui, c'est ce qu'ils veulent. Et moi aussi. Voilà pourquoi Obi-Wan ne cessait de parler d'orgueil, d'ambition et de jalousie – et pourquoi lui, Anakin, détestait tant ces sermons. Parce qu'il savait qu'Obi-Wan avait raison. Un chevalier Jedi ne devrait pas penser ainsi. Anakin ferma les yeux. Padmé ne pouvait pas comprendre. Normal ! Elle n'était pas une Jedi.

Elle était juste… la mère de son enfant. À cette idée, Anakin ressentit une pointe de frayeur et d'excitation.

— J'ai trouvé un moyen de te sauver, dit-il.

— Me sauver ?

— De mes cauchemars.

Elle ne pouvait les avoir oubliés. Padmé eut un vague sourire.

— C'est donc ça qui te tracassait…

— Padmé, je ne veux pas te perdre.

— Ne t'en fais pas, Anakin. Je ne mourrai pas en couches. Je te le promets.

— Non, c'est moi qui te le promets !

Et il fit ce vœu, sans pourtant posséder les moyens de le réaliser. Mais pour Anakin, l'histoire de Dark Plagueis, loin d'être une légende, était la vérité. Il le sentait. Et si Dark Plagueis avait pu découvrir ce secret, pourquoi pas lui ? Il avait tout son temps.

— Je deviendrai assez fort pour t'arracher aux portes de la mort.

Padmé croisa son regard et le soutint.

— Tu n'as pas besoin de puissance, Anakin, énonça-t-elle lentement et sérieusement. Tout comme toi, je sais que tu peux me protéger contre toutes les menaces qui viendraient à se présenter.

Et je le ferai, se répéta Anakin en la prenant dans ses bras. *Je te protégerai. À tout prix.*

CHAPITRE 11

Durant le voyage jusqu'à Utapau, Obi-Wan réfléchit au meilleur moyen de trouver et d'annihiler le général Grievous. L'attaquer de front ? Grievous s'enfuirait une fois de plus – le général droïde avait toujours une navette de secours non loin de son poste de commandement. Il était même possible qu'il ne se trouve pas en compagnie de ses hommes. Son poste de commandement pouvait parfaitement se cacher quelque part dans le système d'Utapau pendant que ses droïdes se regroupaient pour passer à l'assaut sur une planète éloignée.

Obi-Wan décida donc de survoler discrètement le système avant de se poser. Ainsi, lorsque ses troupes débarqueraient, ils seraient au moins sûrs d'être au bon endroit.

Comme prévu, le Commandant Cody accepta ses directives sans broncher. Les clones avaient été génétiquement conçus pour n'obéir qu'aux ordres ; c'est pourquoi il fallait un général Jedi pour diriger chaque offensive importante. Et malgré ses longues années passées à combattre aux côtés des clones, leur capacité à accepter n'importe quel ordre, aussi absurde soit-il, mettait Obi-Wan mal à l'aise. *Des êtres doués de raison ne devraient pas se montrer si... obéissants.*

Obi-Wan secoua la tête. Combien de fois avait-il protesté contre l'indiscipline et l'entêtement d'Anakin ? Et voilà qu'il se plaignait de la docilité des clones ! S'il apprenait cela, Anakin se tordrait de rire.

Vue d'en haut, la planète Utapau lui sembla bien paisible. Pas la moindre trace d'une armée de droïdes. Les cités paraissaient tranquillement nichées dans leurs cratères. Bien sûr, il ne s'attendait pas que Grievous se montre si facilement. Il lui faudrait fouiller le reste du système.

Il prépara son atterrissage sans difficulté. Un administrateur local à l'air soucieux vint même l'accueillir. Obi-Wan le salua poliment.

— Avec votre permission, je voudrais remplir mes réservoirs et prendre votre cité comme base pour inspecter les systèmes voisins.

L'administrateur fit un geste. Des employés se précipitèrent pour s'occuper du chasseur.

— Que cherchez-vous ainsi ? demanda-t-il comme s'il s'agissait d'une question sans importance.

— Une armée de droïdes. Dirigée par le général Grievous.

L'Utapauien resta un moment immobile. Puis il se pencha, faisant mine d'examiner le bas du vaisseau d'Obi-Wan, rapprochant du même coup son visage de celui du Jedi, et se rendant ainsi invisible depuis les fenêtres du bâtiment.

— Grievous est ici, déclara-t-il impassible. Nous sommes ses otages. Ils nous surveillent.

— Je comprends, répondit Obi-Wan du même ton.

Il devait faire attention. Au moindre faux pas, les droïdes massacreraient des millions de civils. Il comprenait pourquoi l'administrateur semblait inquiet !

— Niveau dix, ajouta l'administrateur en se redressant.

Obi-Wan acquiesça et retourna au chasseur. Il plongea sous la coque avec ostentation, comme s'il étudiait ce que l'Utapauien lui avait montré. Puis il remonta dans le cockpit.

Pendant que les employés finissaient leur travail, Obi-Wan se brancha sur un canal de communication sécurisé et contacta les troupes clones.

— J'ai localisé le général Grievous, annonça-t-il à leur commandant. Prévenez immédiatement le Conseil Jedi. Je reste ici.

Il coupa le signal, puis donna quelques instructions rapides à son unité avant de redescendre de l'autre côté du cockpit, dissimulé par le fuselage. Lorsque le chasseur décolla, il se faufilait dans les ombres de la ville. Maintenant, il n'avait plus qu'à descendre au niveau dix et vaincre Grievous.

Ce fut plus facile qu'il ne l'aurait cru. Certes, les escaliers étaient bloqués et les ascenseurs mis hors d'usage, mais personne n'avait pris la peine de faire garder les cloisons ouvertes du cratère. Obi-Wan utilisa un de ces lézards géants que les Utapauiens enfourchaient pour se déplacer. Celui-ci descendit sans mal la paroi du cratère, et Obi-Wan se retrouva bien vite au niveau dix, à la recherche de la salle de contrôle.

Il la repéra immédiatement. Difficile, en effet, de rater les hordes de droïdes d'assaut qui l'entouraient, encerclant de ce fait les membres du Conseil Séparatiste réunis à l'autre bout de l'esplanade. Voilà qui lui compliquait la tâche. Il ne pouvait tous les affronter d'un coup – et leurs monstrueux gardes du corps avec eux. Pas seul, en tout cas. Par contre, s'il parvenait à s'approcher assez près pour entendre leur conversation, il pourrait découvrir une partie de leurs plans. Il descendit du lézard et se glissa sur une passerelle étroite et élevée. Lorsqu'il serait à leur hauteur, il espérait que leurs voix porteraient jusqu'à lui.

Le général Grievous toisa avec dégoût le Conseil Séparatiste – les Nemoidiens, Nute Gunray et Rune Haako, qui représentait la Fédération du Commerce ; l'archiduc Poggle le Moindre, qui avait l'air bien féroce, même pour un banquier ; Shu Mai, San Hill, Wat Tambor et les autres. Pour la énième fois, Grievous était heureux que son visage de métal ne trahisse pas la moindre émotion. Mieux valait que ces êtres ignorent à quel point il les méprisait.

Le Conseil s'anima. S'il les laissait reprendre leurs palabres, ils y passeraient la journée. Ils avaient déjà perdu bien assez de temps en questions et propositions solennelles, toutes plus ineptes les unes que les autres. Puisqu'il le fallait, il les forcerait à agir.

— Les armées de la République ne tarderont pas à nous retrouver, commença-t-il sans ambages. Rendez-vous au système Mustafar, dans la Ceinture Extérieure. Vous y serez en sécurité.

Note Gunray toisa Grievous de ses grands yeux bulbeux évoquant un crapaud.

— En sécurité ? balbutia-t-il. Général, le Chancelier Palpatine était entre vos mains, et il a réussi à vous échapper. Je doute de votre capacité à assurer notre protection.

Les autres conseillers émirent des murmures approbateurs. Grievous se redressa de toute sa taille, puis plongea ses yeux dans ceux du Neimoidien indigné.

— Vice-roi, soyez content de ne pas être entre mes mains, lança-t-il d'une voix menaçante.

Gunray parut se tasser et les murmures cessèrent. Grievous voulait s'assurer qu'ils avaient tous compris.

— Votre vaisseau vous attend, dit-il au groupe.

Tout d'un coup, le Conseil Séparatiste sembla on ne peut plus pressé de s'en aller. Grievous resta là, immobile et menaçant, pendant que les conseillers partaient en jetant des regards nerveux dans sa direction. *Il en faut si peu pour terrifier les êtres ordinaires. Et la peur est si utile…*

Maintenant, Grievous n'avait plus qu'à attendre sur Utapau que ce maudit Jedi tombe dans son piège. Avec un peu de chance, cela ne tarderait pas.

Pendant que le Conseil Séparatiste quittait les lieux, Obi-Wan resta immobile dans l'espoir qu'une partie des droïdes de combat suivrait le mouvement. Vainement. *Bon. Tant pis*. Obi-Wan prit encore un instant pour se recentrer au cœur de la Force. Puis il retira sa cape, et d'un bond, se propulsa face au général Grievous.

Le visage de métal lisse du général droïde ne laissa rien paraître : seule sa voix trahit son étonnement.

— Ton comportement est irresponsable. Tu te rends bien compte que tu es mort ?

— J'ai deux légions en renfort, répondit Obi-Wan. Cette fois-ci, vous ne m'échapperez pas.

Grievous fit un signe. Ses quatre gardes du corps s'avancèrent en faisant virevolter leurs bâtons statiques.

Obi-Wan se baissa et activa son sabre laser. Il feinta pour que les droïdes se concentrent sur son arme. En même temps, il en appela à la Force pour faire tomber du plafond un rectangle de duracier.

Sa tactique s'avéra plus efficace qu'il ne l'avait espéré. Le bloc écrasa trois des gardes ; le quatrième se retrouva coincé et se débattit pour se dégager. D'un coup sec, Obi-Wan le découpa proprement en deux, et se tourna vers le général Grievous.

D'autres droïdes se ruèrent dans la pièce, mais Grievous leur fit signe de sortir. À son tour, il rejeta sa cape, dévoilant sa ceinture ornée des sabres laser de tous les Jedi qu'il avait tués. Il en prit deux dans chaque main. *À quoi joue-t-il ?* Puis les bras métalliques du général s'ouvrirent et se dédoublèrent dans un cliquetis mécanique. Obi-Wan se retrouva face à un adversaire à quatre bras, chacun prolongé d'un sabre laser.

— Le Comte Dooku m'a appris l'art des Jedi, dit Grievous, et il passa aussitôt à l'attaque.

Il fit virevolter deux des sabres laser, frappant avec les deux autres chaque fois qu'une ouverture se présentait.

C'était comme affronter quatre adversaires à la fois. Obi-Wan para les coups du mieux qu'il put, mais il ne pourrait tenir ce rythme indéfiniment. *Tentons une autre approche*. Il bondit par-dessus Grievous et atterrit derrière lui.

Grievous n'eut même pas besoin de se retourner. Il se contenta de faire pivoter son torse de métal jusqu'à ce qu'il soit face à Obi-Wan. Néanmoins, le temps que lui prit l'opération suffit au Jedi pour forcer sa garde. Deux de ses bras mécaniques, enserrant toujours les sabres laser, s'abattirent au sol.

Avant que Grievous ait pu réagir et attaquer avec les deux derniers, Obi-Wan invoqua la Force. Il souleva le général de terre et l'envoya bouler contre l'un des piliers soutenant le niveau supérieur. La force de l'impact lui arracha les sabres laser. D'un saut, Grievous franchit le rebord pour atteindre le niveau inférieur.

La salle s'emplit alors de tirs de blasters : les soldats clones s'occupaient des droïdes. Obi-Wan courut vers le rebord à temps pour voir Grievous se précipiter vers un scooter monoplace. *Je le savais ! Il a garé un vaisseau quelque part par là et compte pouvoir s'échapper pendant que ces droïdes me retiennent ! Eh bien, pas cette fois !*

En un jaillissement de lumière, Obi-Wan envoya une volée de tirs aux droïdes de combat et siffla son lézard. Au même moment le général fit démarrer son scooter. Obi-Wan enfourcha son lézard, et se lança à sa poursuite.

La mine soucieuse, Anakin marchait d'un pas saccadé le long des couloirs du Sénat. Il n'avait pas aimé la façon dont Mace Windu lui avait parlé au Conseil Jedi, malgré les bonnes nouvelles dont il était porteur. *Le commandant clone nous a fait savoir qu'Obi-Wan a retrouvé le général Grievous*. Pour une fois, la transmission avait été fort claire, sans les brouillages et crachotis qui accompagnaient les hologrammes lorsque les canaux étaient encombrés. Dans le fond, Anakin avait même vu des soldats clones se préparant à l'assaut.

Il s'attendait que les membres du Conseil se pâment. Mais ils avaient conservé leur air sévère et avaient fait des remarques ambiguës concernant la réaction du Chancelier. *La guerre sera bientôt finie. Bien sûr qu'il va s'en réjouir ! Qu'est-ce qu'ils s'imaginent ?*

Mais en entendant la nouvelle, le Chancelier Palpatine garda la même expression grave que les membres du Conseil.

— Ce n'est pas tout de retrouver ce général droïde, murmura-t-il. Encore faut-il le vaincre. Pourvu que Maître Kenobi soit à la hauteur.

— Je devrais être à ses côtés, dit Anakin.

— Cela m'agace de voir que le Conseil refuse d'apprécier tes talents à leur juste valeur. Pourquoi refusent-ils de te nommer Maître Jedi ?

— J'aimerais bien le savoir. (Anakin secoua la tête.) Je sais qu'il y a des choses qu'ils me cachent à propos de la Force.

— Ils n'ont pas confiance en toi, Anakin. (Palpatine se tut, puis ajouta :) Ils veulent mettre la main sur le Sénat.

— Ce n'est pas vrai, répondit sans réfléchir Anakin.

Les Jedi se moquent du pouvoir. Mais alors, pourquoi le Conseil Jedi s'inquiète-t-il tant à propos du Chancelier ?

— En es-tu sûr ? reprit Palpatine. Et si j'avais raison et qu'ils complotent vraiment pour s'emparer de la

République ? (Le Chancelier secoua la tête, irrité.) Anakin ! Regarde au-delà des mensonges qu'ils t'ont inculqués ! Je suis ton ami. Laisse-moi t'aider à apprendre la vraie voie de la Force !

Anakin se sentit glacé. Palpatine n'était pas un Jedi. Et en ce cas...

— Comment pouvez-vous connaître la voie de la Force ?

— Mon mentor m'a tout appris, répondit avec calme Palpatine. Même la nature du Côté Obscur.

— Vous connaissez le Côté Obscur ?

Anakin se figea sous le choc. Il comprit alors pleinement les implications de ce que disait le Chancelier.

— Vous êtes un Seigneur Sith ! s'écria-t-il en activant son sabre laser.

CHAPITRE 12

Le Chancelier Palpatine, ou plutôt Dark Sidious, puisque tel était son nom Sith, regarda calmement le jeune Jedi furieux brandissant son sabre laser. Après toutes ces années, il se trouvait juste là où ses plans et ses manipulations l'avaient amené.

— Oui, je suis un Seigneur Sith. Et aussi celui qui a empêché la République de se désintégrer, en ces temps troublés. Je ne suis pas ton ennemi, Anakin.

Il perçut la confusion du jeune homme et réprima un sourire. Ces Jedi s'attendaient que tous les Seigneurs Sith ressemblent à Dark Maul, son apprenti, ou à Dark Tyranus – prêts à dégainer leur sabre à peine étaient-ils démasqués. Mais un sabre était une arme tellement évidente. Lui préférait les mots. Avec un sabre laser, le mieux qu'on puisse faire était de tuer son adversaire. Par les mots, on pouvait le faire changer d'esprit. Obtenir qu'il vous aide au lieu de vous combattre. C'était ça, le vrai pouvoir.

Et Anakin l'écoutait. Il était temps de passer à la dernière partie du plan, celle qui convertirait pour de bon Anakin au Côté Obscur. Palpatine prit le ton assuré d'un professeur donnant son cours :

— Anakin, celui qui veut comprendre un grand mystère doit en étudier chaque aspect, et pas seulement le point de vue étriqué et dogmatique des Jedi. Si tu veux acquérir la sagesse d'un vrai dirigeant, tu dois avoir une vision plus étendue de la Force.

Il se tut le temps qu'Anakin assimile ce qu'il lui disait. Puis il continua en changeant délibérément de ton.

— Méfie-toi des Jedi, Anakin. Ils ont peur de toi. Le moment venu, ils te détruiront. (Il prit un ton suppliant, comme l'oncle bienveillant qu'il prétendait être depuis si longtemps :) Laisse-moi t'éduquer, Anakin. Je peux te montrer la vraie nature de la Force.

Anakin réfléchit à sa proposition, mais finit par secouer la tête.

— Je refuse d'être un pion sur votre échiquier politique, Chancelier. Les Jedi sont ma famille.

Il doit bien y avoir un moyen d'ébranler sa confiance ! Ah, oui, il y a un moyen.

— Je suis le seul qui puisse te permettre d'amasser un pouvoir supérieur à celui des Jedi. Apprends à contrôler le Côté Obscur de la Force, Anakin, et tu pourras sauver Padmé d'une mort certaine.

— Que… De quoi parlez-vous ?

— Je sais ce qui te tourmente, affirma Palpatine d'un ton doucereux. Écoute-moi. Je t'en supplie, profite de mes pouvoirs !

— Je ne veux pas devenir un Sith ! s'exclama Anakin avec un peu trop de passion, comme pour s'en convaincre lui-même. Je devrais vous tuer !

Mais tu ne l'as pas fait, n'est-ce pas, mon cher Jedi ? Tu t'interrogeais déjà sur la réalité des enseignements Jedi les plus élémentaires, et maintenant, tu constates que je n'agis pas à la façon d'un Seigneur Sith. Il s'en faut de peu que tu me rejoignes. Pas forcément tout de suite, mais bientôt. Lorsque tu auras le temps de te calmer et réfléchir.

Je ne dois pas précipiter les choses, se dit Palpatine. Un simple faux pas pourrait annuler des années de préparation.

— Bien sûr que tu le souhaites, reprit Palpatine. Sauf que nous avons le même but, tous les deux – faire en sorte que la République ait un avenir.

— Vous n'avez cessé de tromper votre monde !

— C'était douloureux, mais nécessaire.

Ce gamin ne pensait quand même pas qu'il allait commencer par annoncer à toute la galaxie qu'il était un de ces Seigneurs Sith tant haïs et redoutés, pour ensuite chercher à se faire élire Chancelier ?

— La République pourrissait de l'intérieur. Il fallait revoir le système tout entier. Et pourtant, personne ne pouvait agir ; ni le Sénat, ni les assemblées, pas même le Conseil Jedi. J'étais le seul à avoir le courage de faire le ménage.

Palpatine sentit affluer sa fureur, et Anakin sembla convaincu par ses paroles.

Il se tut. *Laissons-le réfléchir*. Palpatine étudia avec ostentation le sabre laser d'Anakin.

— Tu vas me tuer ? demanda-t-il calmement, comme si c'était une question sans grande importance.

— Cela me plairait bien, grogna Anakin.

— Je n'en doute pas. (Palpatine se permit un sourire en se détournant.) Je sens la colère qui te consume, concentrée, et qui te rend fort. La seule question est : me tueras-tu au risque de plonger la galaxie dans un chaos éternel et une lutte sans merci ?

Si je le pousse trop loin, trop vite... Sous le regard apparemment indifférent de Palpatine, Anakin abaissa son sabre laser, puis suspendit son geste.

— Je vais vous remettre entre les mains du Conseil Jedi, déclara-t-il.

— Pourtant, tu n'es pas certain de leurs intentions, n'est-ce pas ?

Tandis que les yeux d'Anakin le dévisageaient, Palpatine continua de sourire. *Je dois le gagner à ma cause*, pensait-il par-devers lui.

— Réfléchis à ma proposition, poursuivit-il sereinement. Je connais le pouvoir du Côté Obscur. Le pouvoir de sauver Padmé.

Anakin le fixa un long moment avant de désactiver

son sabre et de le ranger dans son étui, tandis que le Chancelier se dirigeait vers son bureau, comme si rien d'inhabituel ne s'était produit.

— Mon sort est entre tes mains, ajouta Palpatine en s'asseyant.

Mon offre, aussi, pensait-il secrètement.

— À toi de décider. Me tuer ou m'aider à diriger la galaxie. Pour le bien de *tous*.

Les sens de Jedi d'Anakin réagiraient sans nul doute à ce dernier argument. Si ce n'était sa peur pour Padmé, son ambition le ramènerait à Palpatine.

Une fois encore, il ne resterait que deux Seigneurs Sith, le Maître et son apprenti.

Et ils dirigeraient la galaxie, pour mille ans.

Grievous conduit encore moins prudemment qu'Anakin, remarqua Obi-Wan alors que son lézard pistait le scooter du général. Des tirs de blasters striaient l'air, venant des soldats clones comme des droïdes de combat – sans parler des transports blindés remplis de clones et de droïdes. Le scooter évoluait entre ces obstacles comme si la voie était libre, évitant un accident après l'autre, écrasant quiconque se mettait sur son chemin. Le lézard d'Obi-Wan avait bien du mal à suivre le rythme.

Une balle perdue siffla à l'oreille d'Obi-Wan. Il chercha son sabre laser : il n'était pas à sa ceinture. *Il a dû tomber lorsque je suis monté sur le lézard*, se dit Obi-Wan. *J'espère qu'Anakin ne le saura jamais*. À présent, il devait guider le lézard entre les tirs au lieu de les repousser.

Alors qu'ils s'enfonçaient au plus profond de la cité, les couloirs devinrent de plus en plus peuplés. Obi-Wan dut se faufiler entre les droïdes et les véhicules, perdant encore plus de terrain. Cette foule ralentissait aussi Grievous. Obi-Wan vit son scooter grimper contre un mur afin d'éviter un groupe de droïdes de combat courant en sens inverse.

Obi-Wan sourit : son lézard pouvait effectuer des manœuvres dont le scooter du général était incapable. Il le força à monter sur le mur, puis à courir au plafond. La bête se servit de ses capacités naturelles pour se propulser tête en bas, et Obi-Wan en appela à la Force pour rester sur son dos. Comme personne d'autre ne prenait le plafond pour autoroute, ils regagnèrent du terrain.

Droit devant, Obi-Wan vit que le tunnel donnait sur une petite plate-forme d'atterrissage. Il éperonna le lézard qui fit un bond en avant. Il était maintenant tout près de Grievous, assez pour pouvoir le frapper, si toutefois il avait encore son sabre laser. Malheureusement, Grievous n'avait pas lâché son bâton électrostatique et lui aussi était assez près pour atteindre Obi-Wan.

Obi-Wan saisit le bâton au vol et tira dessus, déséquilibrant Grievous. Employant la Force, il sauta de son lézard pour désarçonner le général. *Bonne idée !* Grievous et Obi-Wan roulèrent sur le sol de la plate-forme, et le bâton électrostatique s'envola.

Le général Grievous ne chercha même pas à le rattraper. Il dégaina son blaster. Obi-Wan s'en empara et l'envoya hors de portée des bras mécaniques. Obi-Wan roula sur lui-même et s'empara du bâton statique. Cela ne valait pas un sabre laser, mais il s'en contenterait.

Une décharge atteignit Grievous, au niveau de la taille, la seconde au bras. Le membre de métal plia sans se rompre. Obi-Wan ne put réagir assez vite : rapide comme l'éclair, son adversaire le frappa de son second bras.

Obi-Wan eut l'impression de recevoir un coup de barre à mine. Son épaule et son flanc s'engourdirent, puis la douleur explosa. Le bâton électrostatique s'éleva une fois de plus, et Obi-Wan put à peine parer le coup. *Quelle brute ! J'ai intérêt à ne plus me laisser surprendre.*

Obi-Wan en appela à la Force. Il bondit et, de toute sa puissance, tenta un coup de pied. Grievous parut à peine le sentir. L'armure de duracier recouvrant son corps était plus dure que celle de n'importe quel droïde.

Il doit bien y avoir un moyen de l'atteindre ! Obi-Wan évita un autre coup. Du coin de l'œil, il vit bouger un coin de la plaque ventrale de Grievous. *Elle a dû se dessouder lorsque je l'ai touchée avec le bâton statique. Peut-être puis-je lui arracher un peu de son armure…*

Lorsque le général frappa de nouveau, Obi-Wan se pencha et se rapprocha de lui. Il saisit le coin de la plaque disjointe et tira dessus. Celle-ci céda – tandis que les bras métalliques empoignaient Obi-Wan, le soulevaient de terre, et l'envoyaient valdinguer de l'autre côté de la plate-forme. Étourdi, il glissa, passa par-dessus le rebord, mais s'agrippa à la dernière minute et se cramponna, les jambes pendant au-dessus du vide du cratère – loin, très loin.

Obi-Wan entrevit le général Grievous qui ramassait le bâton électrostatique puis se dirigeait vers lui. Il lutta pour reprendre conscience : *Il me faut une arme !* se dit-il.

C'est alors qu'il vit le blaster du général gisant à quelques mètres de lui.

Grâce à la Force, il attira le blaster à lui, le prit en main et ouvrit le feu sur l'estomac découvert du cyborg. Ce dernier émit un hoquet métallique, puis il y eut une petite explosion à l'intérieur de son corps, suivie de plusieurs autres. Finalement, des flammes s'échappèrent de ses orbites, et le général Grievous s'effondra en un amas fumant.

Grievous était mort. Obi-Wan poussa un soupir de soulagement, puis repartit vers le tunnel retrouver son lézard. Il réalisa alors qu'il tenait toujours l'arme de son adversaire. D'un air dégoûté, il la balança pardessus la plate-forme.

Il ne reste plus qu'à prévenir le Conseil… et le Chancelier. Ensuite, nous verrons quelles sont ses véritables intentions.

CHAPITRE

13

Quand Anakin trouva Maître Windu dans le hangar du Temple Jedi, la tête lui tournait toujours. Mace Windu, accompagné de trois autres Jedi, était sur le point d'embarquer dans un vaisseau ; l'irruption d'Anakin ne lui plut guère.

— Qu'y a-t-il, Skywalker ? questionna durement Maître Windu. Nous n'avons pas une seconde à perdre. Nous venons d'apprendre qu'Obi-Wan a éliminé le général Grievous. Nous allons nous assurer que le Chancelier délègue ses pouvoirs exceptionnels au Sénat.

— Il ne les rendra pas, répondit Anakin. (Il sentit le regard de Mace Windu tomber sur lui et avala sa salive.) Le Chancelier Palpatine est un Seigneur Sith.

— Un Seigneur Sith ? (Maître Windu semblait aussi horrifié que l'avait été Anakin.) Comment le sais-tu ?

Parce qu'il me l'a dit lui-même.

— Il connaît la voie de la Force. Il a été initié au Côté Obscur.

Mace Windu le regarda longuement, puis finit par acquiescer.

— En ce cas, nos pires craintes sont avérées. Nous devons faire vite si nous voulons que les Jedi gardent le contrôle.

Mace Windu fit signe aux autres Jedi de monter à bord. Anakin insista.

— Maître, le Chancelier est très puissant. Si vous voulez l'arrêter, vous aurez besoin de mon aide.

Mace Windu prit un air irrité.

— Pour ton propre bien, ne te mêle pas de ce conflit, ordonna-t-il d'un air sévère. Je te sens fort tiraillé, jeune Skywalker. La peur brouille ton jugement.

— C'est faux, Maître ! protesta Anakin.

— Nous verrons. Si ce que tu dis est vrai, tu auras mérité ma confiance. Pour l'instant, tu restes ici. Attends notre retour dans la Chambre du Conseil.

Il ne me fait toujours pas confiance. Il ne m'a jamais fait confiance. Mais Mace Windu était un ancien du Conseil, un Maître. Tant qu'Anakin serait un Jedi, il devrait suivre ses ordres.

— Oui, Maître, consentit-il malgré sa colère.

Mace acquiesça sèchement et grimpa dans le vaisseau. Anakin resta immobile, à le regarder décoller, dans l'espoir que Mace Windu change d'avis. L'appareil disparut dans le flot incessant de la circulation, alors seulement, Anakin tourna les talons et rentra au Temple Jedi.

La Chambre du Conseil était vide et guère éclairée. Anakin s'assit sur un des sièges et tenta de méditer. Son esprit et son cœur étaient sens dessus dessous. Une fois seul, il ne cessa de repasser dans son esprit ce qu'avait dit le Chancelier. *Apprends à contrôler le Côté Obscur de la Force, et tu pourras sauver Padmé d'une mort certaine*. Anakin se sentit glacé. Il se souvint des cris qui résonnaient dans ses rêves et du cri d'adieu de son épouse : « Anakin ! Je t'aime ! »

La voix du Chancelier s'éleva dans son esprit, mais il ne répéta pas ce qu'il avait déjà dit. « Tu sais que si les Jedi m'éliminent, tu perdras toute chance de sauver Padmé. »

Non ! Anakin décida de se concentrer uniquement sur celle qu'il aimait. Padmé. Alors il sentit sa présence, comme si elle était là avec lui, pas seulement dans la Chambre du Conseil, mais dans son cœur et son esprit. Une véritable communion à travers la Force.

Padmé était seule dans la pièce centrale de ses appartements lorsqu'elle ressentit la présence d'Anakin. *Que fait-il ici, à une heure pareille ?* Elle regarda autour d'elle, cligna des yeux, puis secoua la tête. La salle était déserte, mais un instant, elle avait cru voir la Chambre du Conseil Jedi.

Puis le lien s'établit pour de bon, et elle sut qu'Anakin était bien là. Seul dans la Chambre du Conseil, et en même temps avec elle, dans cette pièce. Elle sentit son amour et sa peur pour elle – cette terrible angoisse qui lui rongeait le cœur. La crainte de la perdre.

Je n'ai pas peur de mourir. C'est ce qu'elle lui avait dit sur Géonosis, tandis qu'on les faisait entrer dans l'arène. Et c'était toujours vrai. Elle craignait juste qu'il ne prenne jamais la pleine mesure de son amour. Alors que la connexion faiblissait, elle répéta ce qu'elle lui avait dit lorsqu'il lui avait avoué son amour pour la première fois. Bien sûr, Anakin ne pouvait l'entendre, mais peut-être sentirait-il l'affection dont vibraient ces mots, cet amour plus fort et plus profond qu'il ne l'avait jamais été.

« Je t'aime pour de vrai, pour de bon, fit la voix de Padmé dans l'esprit d'Anakin. Je veux que tu le saches avant que je meure. »

Ce qui restait du lien avec la Force se fana, mais ses mots continuèrent de résonner dans son esprit. *Avant que je meure, avant que je meure, avant que je meure*. Anakin frissonna. *Non, Padmé !* Mais la connexion était rompue, elle n'était plus là, et il demeurait seul dans la Chambre du Conseil. Et il demeurait seul, partout et toujours, une fois que Padmé serait morte.

— Non !

Ce mot s'échappa de ses lèvres. Il se retrouva debout, essoufflé comme après une course. *Je ne peux pas la laisser mourir sans rien faire !* Il se rua hors de la

Chambre du Conseil et se précipita vers la plate-forme où il avait laissé son speeder.

Le trajet jusqu'au Sénat lui sembla durer une éternité. Sans se soucier ni des klaxons furieux des autres conducteurs ni des cadrans de son tableau de bord, tous dans le rouge, il atteignit le bureau du Chancelier, d'où s'élevait le bourdonnement d'un sabre laser.

Il s'immobilisa dans l'embrasure de la porte, paralysé par le spectacle qui se déroulait sous ses yeux. La grande verrière dominant Coruscant était en miettes, laissant passer des bourrasques de vent. Le sol était jonché d'éclats de verre et trois silhouettes de Jedi en robes étaient affalées au sol. Un seul se tenait encore debout – Mace Windu, qui menaçait Palpatine de son sabre laser.

— Vous êtes en état d'arrestation, monsieur, notifiait-il au Chancelier, tout en faisant signe à Anakin de rester en arrière.

Palpatine ne regardait pas Mace Windu.

— Anakin ! cria-t-il. Je te l'avais bien dit ! C'est la vérité ! Les Jedi veulent prendre le pouvoir !

Mais... Mais... Ce n'est pas vrai. Ils sont venus parce que je leur ai dit que vous étiez un Seigneur Sith, pas pour vous déposer. « Mais ils avaient déjà décidé d'arrêter Palpatine lorsqu'il leur avait annoncé la nouvelle », soufflait une voix dans sa tête.

— Votre complot pour prendre le contrôle de la République a échoué, dit Mace Windu. Vous avez perdu.

— Non ! fit Palpatine en levant les mains. Vous allez mourir !

Des éclairs bleus jaillirent de ses mains et filèrent vers Mace. Anakin fit un pas en avant.

— C'est un traître, Anakin ! hurla le Chancelier en crachant d'autres éclairs.

— C'est lui, le traître ! rétorqua Windu, grimaçant sous l'effort pour repousser les décharges. Arrête-le !

Le regard d'Anakin passa de l'un à l'autre. Windu n'arrivait plus à refouler les éclairs de Force. Il avait l'air de souffrir. Et le Chancelier semblait vieillir sous ses yeux. Ses cheveux se raréfièrent, sa peau se crispa. Des rides profondes apparurent sur son front. Ses mains devinrent noueuses et virèrent au gris.

— Aide-moi ! glapit-il. Je ne tiendrai pas longtemps !

Anakin restait figé sur place. Épuisé, Palpatine finit par s'effondrer.

— J'abandonne, murmura ce dernier de la voix chuintante d'un vieillard. Je suis… trop faible. Ne me tuez pas. J'abandonne.

Mace Windu braqua son sabre sur le Chancelier.

— Espèce de cancer Sith, feula le Jedi. Je vais mettre fin à tes manigances.

— Vous ne pouvez le tuer, Maître ! protesta Anakin. Il doit être jugé !

— Il a trop d'influence sur le Sénat et les tribunaux, répondit Mace. Il est trop dangereux pour que je le laisse en vie !

— Ce n'est pas la voie du Jedi.

Mais le Chancelier avait dit la même chose du Comte Dooku. Si les Maîtres Jedi et les Seigneurs Sith employaient les mêmes arguments, étaient-ils vraiment si différents ? Et j'ai besoin de lui pour sauver Padmé.

Mace leva son sabre, prêt à porter le coup fatal. Anakin retrouva l'usage de ses membres : d'un même élan, il se précipita sur Mace et activa son propre sabre laser. Mace ne s'y attendait pas : d'un geste fluide, Anakin lui arracha l'arme…

Palpatine avait plus de ressources qu'il n'en laissait paraître. Soudain, son regard se fit plein de malice. Il lâcha une nouvelle décharge d'éclairs sur Mace Windu. Celui-ci n'avait plus rien pour se protéger : la décharge le frappa de plein fouet. *Palpatine faisait semblant ! Il n'était pas épuisé du tout !*

Mace hurla de douleur et battit en retraite.

— Le pouvoir ! hurla le Chancelier en éclatant d'un rire de dément. Le pouvoir absolu !

Une autre décharge envoya Mace bouler en arrière. Puis le Chancelier le souleva de terre et le repoussa au-delà des fenêtres fracassées. Il resta un instant suspendu entre ciel et terre, puis tomba comme une pierre vers le sol, à des centaines de mètres en contrebas. Anakin regarda le spectacle, horrifié.

— Qu'ai-je fait ? murmura-t-il.

— Tu as suivi ta destinée, répondit calmement Palpatine.

Son vieillissement accéléré n'était pas une illusion. Il avait l'air différent, et sa voix avait changé. Mais cette différence aida Anakin à changer d'attitude. Enfin, il pouvait dire ce qu'il avait sur le cœur.

— Je ferai tout ce que vous me demanderez, déclara-t-il. Pourvu que vous m'aidiez à sauver la vie de Padmé.

Je ne peux vivre sans elle. Je ne la laisserai pas mourir.

Palpatine sourit et fit un geste éloquent. Anakin s'agenouilla devant lui, et les mots lui vinrent naturellement – comme il avait prêté allégeance aux Jedi, mais de façon différente, puisqu'il avait changé.

— Je suis votre vassal, dit-il. Je me voue à la voie des Sith.

— Anakin Skywalker, tu ne fais qu'un avec l'Ordre des Seigneurs Sith, répondit Palpatine. Ainsi, tu porteras le nom de… Dark Vador.

— Merci, Maître.

Dark Sidious, alias le Chancelier Palpatine, était seul dans son immense bureau. Il avait envoyé son nouvel apprenti au Temple Jedi avec un bataillon de soldats clones. *Voilà qui mettrait au pas les Jedi de Coruscant.* Sous sa capuche, il fut pris d'un soupçon. Il avait la nette impression que son apprenti n'était pas aussi fidèle au Côté Obscur qu'il devrait l'être. Eh bien !

détruire les Jedi de Coruscant concourrait certainement à le rapprocher de son identité Sith – celle de Dark Vador.

Son air soucieux fut remplacé par un sourire avide. Il était temps de s'occuper des autres Jedi. Il programma son projecteur d'hologrammes et attendit.

L'image du premier commandant clone apparut devant lui.

— Oui, Seigneur ?

Dark Sidious savoura chaque mot. *Enfin, après mille ans, la vengeance est enfin à notre portée.*

— Notre heure est venue. Exécute l'Ordre Soixante-Six.

— Bien, Seigneur, répondit le commandant, et son image disparut.

Dark Sidious se brancha sur une nouvelle fréquence, et un autre hologramme identique se présenta. Il répéta encore et encore la même directive à chaque commandant clone, l'un après l'autre, monde après monde. Et à chaque message, son sourire s'élargissait.

Les soldats clones obéissaient aux ordres. C'est même pour ça que chaque bataillon était censé être dirigé par un Jedi. Sauf que – et les Jedi avaient oublié cet élément – les clones servaient la République, pas les Jedi… Et lui, Dark Sidious, était le Chancelier Suprême de la République. Les clones suivraient aveuglément tous ses ordres. Y compris celui de tuer leurs dirigeants Jedi.

C'était précisément l'objet de l'Ordre Soixante-Six.

Dark Sidious se rassit en souriant. Il pouvait s'imaginer ce qui se passait dans toute la galaxie. Sur des planètes diverses, des Jedi, censés être en sécurité à leurs postes de commandement, mouraient des mains de leurs propres soldats. Il ignorait les détails de ces exécutions, mais chaque fois qu'un Jedi mourait, il sentait le Côté Obscur se renforcer.

Son seul regret : ne pas être là pour les voir succomber, les uns après les autres.

CHAPITRE

14

L'ennui avec ces tas de ferraille, c'est qu'ils n'ont pas de cervelle, pensa Obi-Wan en se frayant un chemin au milieu des droïdes encombrant toujours les tunnels de la ville souterraine d'Utapau. Une armée d'êtres vivants aurait compris que le combat était perdu d'avance et aurait abandonné. Pas les droïdes.

Au moins, il avait récupéré son sabre laser. L'un des clones l'avait trouvé et le lui avait rendu. *Je n'aimerais pas devoir affronter des droïdes de combat muni juste d'un blaster*. Il guida son lézard vers le mur du cratère pour prendre un angle favorable. Ces droïdes…

Soudain, Obi-Wan ressentit une perturbation dans la Force et fit pivoter son lézard. Celui-ci se détourna juste à temps : la décharge de laser les envoya tous deux bouler contre le mur du cratère au lieu de les annihiler. Alors qu'il tombait vers le fond, Obi-Wan vit que les tirs provenaient de ses propres troupes ! Les clones cherchaient à le tuer ! *Ça ne me plaît pas du tout*, se dit-il avant de heurter les eaux stagnantes du fond du cratère.

D'autres tirs frappèrent la surface des flots. Mais, entraînés par leur chute, Obi-Wan et sa monture plongèrent au plus profond de la mare, là où les décharges ne pouvaient les atteindre. Il farfouilla dans les compartiments de sa ceinture, trouva son masque respiratoire et l'enfila. Maintenant, il pouvait demeurer sous l'eau jusqu'à ce que les clones abandonnent la partie.

Ce qui prit un certain temps. On pouvait dire bien des choses des clones, hormis qu'ils manquaient de patience. Ils durent donc conclure que cette terrible chute l'avait tué.

Heureusement, les clones ne savaient rien du vaisseau que Grievous gardait en réserve. Obi-Wan leur avait juste dit que le général était mort, sans entrer dans les détails. *Si je peux trouver cet appareil, je m'en sortirai. Il est aux couleurs de la Fédération du Commerce – même si les croiseurs en orbite le repèrent, ils me prendront pour un Séparatiste qui cherche à s'échapper*. Cependant, pour atteindre la plate-forme secrète, il devrait passer au milieu de milliers de soldats clones, mais au moins, ceux-ci ne seraient pas à sa recherche.

Et une fois loin d'Utapau, il pourrait découvrir ce qui se passait. Les clones n'étaient pas censés trahir la République, ne serait-ce que parce qu'ils n'en avaient pas les capacités. Un problème avait surgi quelque part. Un gros, très gros problème.

La bataille de Kashyyyk était terminée. À la surface, les clones et les Wookies ramassaient des pièces de droïdes fracassés pour réparer leurs propres équipements. Yoda les avait laissés faire. Les clones n'avaient pas besoin d'un commandant pour ramasser des débris, et la salle de réunion des Wookies était si calme qu'elle s'avérait un endroit parfait pour la méditation. Les deux commandants Wookie, Chewbacca et Tarfluff, surveillaient chaque côté de l'entrée ; les officiers clones gardaient un œil sur l'entrée et les troupes massées à l'extérieur, s'assurant que les messages ne dérangeraient pas leurs chefs.

Après des siècles d'entraînement, Yoda n'avait aucun mal à dissocier son esprit de son corps pour baigner dans la Force. Ces derniers temps, il avait profité de toutes les occasions pour le faire. Car s'il était vrai que le Côté Obscur n'avait cessé de croître au fil des années, il croyait aussi que quelqu'un cherchait à le contacter du fond de ce puits de ténèbres.

Les yeux clos, Yoda s'adonna à la Force. Oui, voilà – cette impression que quelqu'un cherchait à le contacter. Il faillit presque réussir. Quelque chose passa tout près de Yoda… Non, quelqu'un, quelqu'un qu'il connaissait. Puis, soudain, des ondes de choc traversèrent la Force. Les Jedi se meurent.

Yoda ouvrit de grands yeux. Deux officiers clones s'avançaient derrière lui. *Pour demander mon avis, ils prétendent venir…* Mais Yoda pouvait sentir le côté obscur qui leur pendait aux basques. Pas de doute, quelque chose ne collait pas.

Aussi ne fut-il pas surpris quand les deux clones dégainèrent leurs armes. Son sabre laser bourdonna dans sa main. L'instant suivant, deux têtes casquées s'abattaient au sol, aussitôt suivies de leurs corps.

D'autres, il y aura. Les officiers n'auraient jamais agi ainsi sans ordres explicites, et un millier d'autres soldats l'attendaient là dehors. Il avait besoin d'aide.

Heureusement, celle-ci n'était pas loin. Les deux Wookies avaient assisté à la scène et se remirent vite de leur étonnement. Yoda leur expliqua ce dont il avait besoin. Les Wookies hochèrent la tête et émirent des commentaires dans leur langue tout en grognements. Chewbacca prit Yoda sur son dos. Puis Tarfluff et lui empruntèrent un chemin détourné – juste à temps : à peine étaient-ils partis qu'un char clone posté sur une colline toute proche ouvrait le feu. La salle de réunion explosa dans un geyser de flammes.

Dès que les clones s'aperçurent que Yoda n'avait pas sauté avec le hall, ils se mirent en chasse. Les soldats s'égaillèrent selon un schéma précis. Les Wookies avaient eu le temps de cacher Yoda sur l'une de leurs petites embarcations. Mais il ne pouvait y rester. C'était trop dangereux, pour lui comme pour les Wookies. De plus, il devait quitter cette planète afin de découvrir ce qui se passait dans la galaxie.

Lorsqu'il leur expliqua le problème, les Wookies acquiescèrent et échangèrent des aboiements si secs qu'il était impossible de suivre la conversation, même pour Yoda. Ils se tournèrent vers Yoda et lui proposèrent une de leurs capsules de sauvetage. Yoda accepta aussitôt. L'ennui, c'était que pour atteindre la capsule, il lui faudrait passer devant les soldats clones.

Le Sénateur Bail Organa regardait les premières lueurs de l'aube dans son élégant airspeeder. Il était préoccupé : depuis hier soir, bien des rumeurs avaient circulé au Sénat. D'abord, elles furent encourageantes – les Séparatistes avaient abandonné la partie, la guerre était finie, les Jedi avaient tué le général Grievous. Avant même qu'on ait pu les confirmer, d'autres bruits effrayants les avaient remplacées – on parlait de rébellion, de trahison, de meurtres. Bail ne croyait ni aux unes, ni aux autres, mais au cours de la nuit, la rumeur n'avait cessé de s'enfler. Finalement, il avait décidé de voir par lui-même ce qu'il en était.

La première chose qu'il remarqua fut un nuage de fumée noire s'échappant du Temple Jedi. En se rapprochant, il vit qu'il y avait des soldats clones partout. *Où sont les Jedi ? Les Séparatistes ont-ils attaqué le Temple ?*

Comme il n'y avait pas trace de combat, il décida de se poser. Il pourrait peut-être en découvrir davantage. Il choisit une plate-forme d'atterrissage proche de l'entrée du Temple. Quatre clones gardaient la porte.

Ils baissèrent leurs armes en reconnaissant sa robe de Sénateur.

— Pas d'inquiétude, monsieur, déclara l'un d'entre eux. Nous avons la situation en main.

— Que se passe-t-il ? demanda Bail d'un ton naturel alors qu'il bouillait d'impatience.

— Il y a eu comme une rébellion, monsieur.

Une rébellion ? Soudain, les volutes de fumée prirent une nouvelle signification sinistre. Les Jedi se sont rebellés ? Ou serait-ce... Les clones eux-mêmes ? C'était invraisemblable !

— C'est impossible !

— Pas d'inquiétude, monsieur, répéta le clone. Nous avons la situation en main.

Sceptique, Bail se dirigea vers les portes. Puisqu'il n'y avait aucun danger, autant voir par lui-même. Mais les clones s'interposèrent.

— Désolé, monsieur. Personne n'est autorisé à entrer.

Le clone se tut et, à la grande stupéfaction de Bail, leva son blaster.

— Il est temps pour vous de partir, monsieur, dit-il d'un ton lourd de sous-entendus.

À contrecœur, Bail rebroussa chemin. Se faire tuer ne le mènerait qu'à la tombe – et il n'avait aucune envie de vérifier si les clones oseraient vraiment ouvrir le feu sur un Sénateur.

Il atteignait son véhicule lorsqu'il entendit des coups de feu. Il se retourna et aperçut un jeune garçon, de dix ans tout au plus, brandissant un sabre de Jedi, l'air désespéré. Des clones le poursuivaient. Ils lui tiraient dessus !

Sous ses yeux horrifiés, l'un des clones le désigna du doigt.

— Occupez-vous de lui, lança-t-il aux quatre soldats qui gardaient la porte avant de reprendre le combat.

Bail sauta sur son speeder juste avant que les décharges de blaster ne strient l'air autour de lui. Son véhicule n'était pas blindé : les clones n'auraient aucun mal à le détruire – et lui avec. Son seul espoir résidait dans la fuite.

D'autres clones sortirent du Temple Jedi. Ils devaient avoir abattu ce garçon. Furieux, Bail fit rugir son speeder. Quelques tirs isolés accompagnèrent sa fuite, mais les clones tournèrent vite les talons et rentrèrent dans le Temple. *Pourquoi se soucieraient-ils de moi ? Je ne suis pas un Jedi.*

Sur le chemin de son bureau, Bail eut le temps de réfléchir. Les soldats clones n'agissaient que sur ordres, et une seule personne pouvait leur avoir ordonné d'attaquer le Temple Jedi : le Chancelier Palpatine. Et celui-ci était méthodique. Il devait avoir prévu un moyen de régler leur compte aux Jedi disséminés dans l'espace. Si Palpatine apprenait qu'il était passé au Temple, il s'occuperait aussi de son cas. Bien sûr, il n'avait pas donné son nom. Si les clones ne l'avaient pas reconnu, le Chancelier ne serait pas prévenu. Mais Bail était trop fin renard pour compter là-dessus.

Il activa son comlink et aboya quelques ordres. Lorsqu'il arriva à son bureau, ses assistants avaient empaqueté ses documents les plus importants et se tenaient prêts à partir. Il y eut un moment d'angoisse lorsque deux des gardes rouges du Chancelier demandèrent à contrôler leurs papiers, mais ils se contentèrent de sa carte de Sénateur. Néanmoins, lorsqu'ils purent monter à bord du croiseur Alderaanien, Bail poussa un soupir de soulagement.

Son pilote, le Capitaine Antiles, était déjà à bord avec le reste de son équipage. Bail ne perdit pas une minute en salamalecs :

— Avez-vous pu vous procurer une balise Jedi ?

— Oui, monsieur, répondit Antiles. Nous n'avons rencontré aucune opposition. Les clones ont l'air désorientés.

Pas étonnant, s'ils ont tué tous leurs commandants Jedi. À cette idée, Bail frissonna. Il savait que ce désordre ne durerait pas – mais au moins, il leur avait permis de quitter Coruscant.

Il donna le signal du décollage. S'ils avaient la balise Jedi, ils n'avaient plus rien à faire ici. Avec un peu de chance, quelques Jedi pourraient être interceptés avant… la catastrophe. Seulement, combien en restait-il pour répondre au signal de la balise ? Il éluda la question.

CHAPITRE 15

Padmé perçut le bruit d'un véhicule et se rua sur sa véranda. Le soulagement la gagna à la vue du chasseur Jedi – et d'Anakin descendant du cockpit.

— Tu n'as rien ? demanda-t-elle, bien qu'à l'évidence, il fût indemne. J'ai entendu parler d'un assaut sur le Temple Jedi. La fumée est visible d'ici.

— Je vais bien.

Sa voix grave trahissait sa lassitude, et il parlait sèchement. Sa façon de se déplacer semblait différente.

— Je suis venu m'assurer que vous êtes sains et saufs, le bébé et toi.

— Le Capitaine Typho est là pour nous protéger, affirma-t-elle. Tout est pour le mieux. Que s'est-il passé ?

Dans son dos, elle entendit C-3PO poser la même question à R2-D2.

— Rien de bon. Le Conseil Jedi a tenté de renverser la République.

Padmé le dévisagea, bouche bée. Non, il ne plaisantait pas. Il avait l'air très sérieux.

— Je n'arrive pas à le croire, finit-elle par dire.

— Moi non plus, au début. C'est pourtant la vérité. J'ai vu de mes yeux Mace Windu tenter d'assassiner le Chancelier.

Comment était-ce possible ? Padmé tira une chaise et s'assit. Lorsqu'elle put parler, elle reprit :

— Que vas-tu faire maintenant ?

— Je ne trahirai pas la République, dit Anakin. (Il avala sa salive avant de continuer :) Je suis fidèle au Chancelier et au Sénat. Et à toi.

À moi ! Ça, je veux bien le croire. Il avait l'air sincère, et elle n'avait jamais douté de sa loyauté. Cependant, sa voix avait pris un ton étrange lorsqu'il avait parlé du Chancelier et du Sénat. Anakin ne s'intéressait pas à la politique. Il ne s'occupait que des autres. De Padmé et de…

— Et Obi-Wan ?

Anakin se détourna pour qu'elle ne puisse voir son visage.

— Je ne sais pas. Bien des Jedi ont été tués.

Pas Obi-Wan ! Mais…

— A-t-il pris part à la rébellion ? demanda-t-elle, bien qu'elle ne fût pas sûre de vouloir connaître la réponse.

— Nous ne le saurons peut-être jamais.

— Comment cela a-t-il pu arriver ?

Elle leva les yeux et vit la silhouette d'Anakin se découper sur la ville. Le jour commençant était rouge et enfumé – la fumée du Temple Jedi en flammes. Après l'assaut des Séparatistes, le ciel était resté embrumé pendant des jours. Tout le monde répétait que la guerre était presque terminée, et pourtant, il y avait sans cesse plus d'actes de violence.

— Je veux partir, dit-elle soudain. Aller là où nous serons en sécurité.

Anakin parut sincèrement étonné.

— Pourquoi ? Tout est différent maintenant. Un nouvel ordre est en place.

Tout est trop différent. Partout, je ne vois que guerre, mort et duplicité. Mes amis du Sénat sont au bord de la trahison, et je ne suis même pas sûre qu'ils aient tort. Et je ne peux t'en parler, car tu serais tenu de les arrêter. Et moi aussi.

— Je veux élever notre enfant dans un endroit sûr, expliqua-t-elle.

— Tout comme moi. Et cet endroit est ici.

Oh ! non. Tu ne vois pas comme Coruscant est devenue dangereuse ? Mais Anakin était un guerrier ; cela faisait des mois qu'il était au front. Après tout ce qu'il avait vécu, Coruscant devant lui sembler calme et tranquille.

— J'apprends de nouvelles façons d'utiliser la Force, s'empressa-t-il d'ajouter. Bientôt, je pourrai te protéger de tout !

— Oh, Anakin, fit-elle, j'ai peur.

Peur pour notre enfant. Peur pour la République. Peur pour moi-même. Peur pour toi.

— Aie confiance, mon amour, affirma-t-il en la prenant dans ses bras. Bientôt, tout va redevenir normal. Les

Séparatistes sont rassemblés dans le système de Mustafar. Je me rends là-bas pour mettre fin à cette guerre.

Padmé secoua la tête, incapable de parler. Combien de fois avait-elle entendu dire qu'il suffisait de faire tel acte, gagner telle victoire, tuer tel commandant pour mettre fin à la guerre ? Et pourtant, celle-ci continuait. Padmé en venait à se demander si elle se terminerait un jour.

— Attends mon retour, supplia Anakin. Tout sera différent, je te le promets. (Il l'embrassa longuement, passionnément.) Je t'en prie, attends-moi.

Même si elle ne croyait plus voir la guerre se terminer, elle pouvait toujours le croire, lui.

— Je t'attendrai, répondit-elle avant de le prendre dans ses bras.

Anakin sourit, soulagé, et lui rendit son étreinte. Puis il la relâcha à contrecœur et se tourna vers son chasseur. Padmé le laissa partir avec regret. Elle sentit des larmes brûler ses yeux, mais refusa de les laisser couler. Anakin avait une tâche à accomplir, elle ne le retarderait pas, malgré son désir de le garder encore.

C-3PO se recula en saluant R2-D2 de la main. Le chasseur décolla. Tandis qu'il s'éloignait dans l'aube sanglante, Padmé libéra enfin ses larmes. Jamais de sa vie, elle ne s'était sentie aussi seule, sans pouvoir dire pourquoi. Après tout, il lui restait Anakin.

Traverser les tunnels d'Utapau, jusqu'au vaisseau de secours du général Grievous, exigeait plus que d'éviter les clones qui se bousculaient dans les couloirs et les escaliers. Obi-Wan avait été leur commandant. Il connaissait leurs façons de mener les recherches et savait quelles zones ils fouilleraient en premier. Mais ces boyaux abritaient aussi des créatures Utapauiennes hostiles, dont certaines étaient grandes, féroces et affamées. Plus d'une fois, Obi-Wan dut se battre pour pouvoir passer.

Il atteignit enfin la petite plate-forme, et constata avec plaisir que les clones n'avaient pas encore découvert le vaisseau. Les alentours étaient aussi déserts que lors de sa lutte contre le général Grievous. Osant à peine y croire, il monta à bord du chasseur. Toujours pas de tirs laser. Il étudia brièvement le vaisseau, puis démarra.

Il pilota en rase-mottes, le plus près possible de la surface, jusqu'à ce qu'il soit loin du cratère et des armées de clones. Ceux-ci ne s'attendraient pas à trouver Obi-Wan dans un vaisseau de la Fédération du Commerce, mais cela ne les empêcherait pas de l'abattre tout de même. Les Séparatistes étaient toujours l'ennemi – *à ma connaissance, du moins !* Inutile de prendre des risques.

Puis Obi-Wan plongea dans l'espace. Une fois hors de portée des scanners, il se connecta au principal canal de communication entre Jedi. À sa grande surprise, il n'obtint que des crachotis électrostatiques.

Il s'inquiéta, tenta une autre fréquence, et obtint le même résultat. Et ainsi de suite. Finalement, il brancha l'appareil en mode recherche. Une minute plus tard, celui-ci émit des bips réguliers. *Une balise Jedi ! Mais il ne devrait pas y avoir d'autre Jedi dans le coin.* Il saisit son comlink.

— Code d'Urgence 93, dit Obi-Wan. Aucun contact sur aucune fréquence. Y a-t-il encore des Jedi quelque part ?

Un hologramme chancelant apparut sur l'écran. Obi-Wan s'empressa de stabiliser l'image. Quel ne fut pas son étonnement quand il reconnut le Sénateur Bail Organa, d'Alderaan. *Qu'est-ce qu'il fait avec une balise Jedi ?*

Au moins, ce dernier semblait heureux de le voir.

— Maître Kenobi ?

— Sénateur Organa, répondit-il, mes soldats clones se sont retournés contre moi. J'ai besoin d'aide.

Bail Organa n'eut pas l'air surpris. La raison devint vite évidente.

— Nous venons de sauver Maître Yoda. Apparemment, des embuscades du même type se sont produites à peu près partout. Suivez mes coordonnées.

Dark Sidious regarda les coordonnées qu'il venait de recevoir et fronça les sourcils. Mustafar ? Il ne s'attendait pas à recevoir déjà un message de cette planète. Y avait-il un problème ? Il appuya sur le bouton de réponse, et un hologramme bleu apparut. C'était un Neimoidien – le vice-roi de la Fédération, Nute Gunray. *Alors mon apprenti n'a pas encore atteint Mustafar.*

Gunray se courba. Derrière lui, Dark Sidious put voir le reste du Conseil Séparatiste.

— Tout s'est passé comme vous nous l'aviez promis, Seigneur, lui dit le Neimoidien.

— Vous avez bien agi, Vice-roi, répondit automatiquement Dark Sidious. Avez-vous désactivé l'armée des droïdes ?

— Oui, Seigneur.

— Excellent ! répondit-il, tout sourire. Mon nouvel apprenti, Dark Vador, est-il arrivé ?

— Il vient d'atterrir.

— Parfait, parfait. Il prendra bien soin de vous.

Il savoura particulièrement l'ambiguïté de sa phrase. Il s'apprêta à couper la transmission, s'arrêta à mi-chemin.

Les visages bleu transparent se tournèrent pour voir quelque chose qui se trouvait hors champ. Leurs expressions passèrent de la surprise à l'ahurissement, puis à la frayeur. Dark Sidious se pencha en avant pour mieux voir.

Un sabre laser luisant entra dans le champ. Une tête s'abattit – *celle de Poggle le Moindre*, nota Sidious – puis le corps s'affala à son tour. Les autres membres du Conseil s'enfuirent en hurlant tandis que la transmission était coupée à l'autre bout. *Je vois que mon apprenti est arrivé*, ricana-t-il intérieurement. *Et il prend bien soin de vous*.

CHAPITRE 16

Bail Organa était plus près qu'Obi-Wan ne l'aurait cru. Il ne tarda pas à atteindre le croiseur Alderaanien. La première chose qu'il vit en entrant fut Maître Yoda, tranquillement assis aux côtés d'un Sénateur à l'air bien marri.

— Enfin, vous voilà ! s'écria le Sénateur Organa.

— Maître Kenobi, des temps bien sombres, nous vivons.

Après tout ce qui s'était passé, la voix rocailleuse de Yoda était d'une familiarité rassurante.

— De te voir, c'est bien agréable.

— Toi aussi, tu as été attaqué par tes propres clones ? demanda Obi-Wan.

— Sans l'aide des Wookies, jamais sorti je ne m'en serais, acquiesça Yoda.

Pour que Maître Yoda admît qu'il s'en était tiré de justesse, cela avait dû être vraiment difficile ! *Hélas, il ne voudra jamais le raconter dans le détail.*

— Combien d'autres Jedi ont-ils réussi à survivre ?

Yoda baissa la tête.

— Pour autant que nous le sachions, pas un seul.

Pas un seul ? Obi-Wan en resta sans voix.

Bail Organa acquiesça pour confirmer ses dires.

— J'ai vu des milliers de soldats attaquer le Temple Jedi. C'est pour ça que je suis venu chercher Yoda.

— Avez-vous contacté le Temple ?

Il devait bien rester quelqu'un. Maître Windu… Kit Fisto… Anakin ! Anakin était sur Coruscant ! Était-il allé au Temple ?

— Reçu le signal codé, nous avons, dit Yoda.

Celui qui demandait à tous les Jedi de retourner sur Coruscant. Mais si les clones avaient pris le contrôle du Temple…

— La guerre est bien finie, dit Bail Organa avec amertume.

L'un des pilotes apparut dans l'embrasure de la porte.

— Un message issu du bureau du Chancelier.

— Envoyez-le-moi.

Un peu plus tard, la voix doucereuse de Mas Amedda, l'assistant en chef du Chancelier Palpatine, emplit la pièce.

— Sénateur Organa, le Chancelier Suprême de la République requiert votre présence à une session spéciale du Sénat.

— Dites-lui que je m'y rendrai, répondit Bail.

— Très bien.

Mas Amedda mit fin à la communication. Bail regarda Yoda et Obi-Wan.

— D'après vous, c'est un piège ?

— Je ne crois pas, répondit Obi-Wan après un instant de réflexion. Le Chancelier ne pourra jamais contrôler des milliers de systèmes solaires sans l'assistance du Sénat.

Bail scruta les deux Jedi d'un air soucieux. Obi-Wan répondit à la question qu'il n'osait formuler.

— Nous devons retourner au Temple. Si d'autres le font, ils tomberont dans le piège et se feront tuer.

Yoda acquiesça. Il n'avait rien à ajouter. Ils se rendraient au Temple Jedi et détruiraient la balise appelant les Jedi à rentrer – pour en fait y être assassinés. Et peut-être – peut-être seulement – découvriraient-ils comment tout cela avait pu arriver.

Bail déposa Obi-Wan et Yoda sur la plate-forme d'atterrissage du Sénat. Les deux Jedi employèrent leur don psychique pour passer devant les gardes, rabattirent leurs capuches et s'en allèrent. Bail les regarda s'éloigner. Il n'était pas convaincu. Bien sûr, ces deux-là comptaient parmi les meilleurs Jedi, peut-être les plus puissants, et ils étaient au courant de la situation, prêts à réagir – mais les clones soldats et les gardes étaient des milliers. S'ils étaient découverts et devaient combattre…

Lui ne pouvait rien y faire. Il enjoignit au Capitaine Antiles de se tenir prêt à décoller à tout moment. Puis il fit signe à ses assistants, et ils se dirigèrent vers le Sénat.

À son grand étonnement, le bâtiment avait l'air tout à fait… normal. Et comme à l'accoutumée, le flot incessant de la circulation s'écoulait à tous les niveaux et dans toutes les directions. Sa surprise grandit encore à la vue de la silhouette encapuchonnée et sinistre sur le plateau central, flanquée de Mas Amedda et Sly Moore. La voix ressemblait à celle du Chancelier Palpatine, pourtant…

Bail entendit alors ce qu'il disait.

— Cette tentative d'assassinat m'a laissé défiguré, mais croyez-moi, ma résolution est plus ferme que jamais.

Au moins, cela explique la capuche. Bail rata les quelques phrases qui suivirent : il cherchait les représentants de Naboo. Padmé Amidala devait savoir ce qui se passait. Il courut vers elle.

— J'ai été retenu, expliqua-t-il à voix basse. Qu'est-il arrivé ?

Padmé lui jeta un regard voilé.

— Le Chancelier parle d'un complot des Jedi pour renverser le Sénat.

— C'est un mensonge !

— Il a présenté preuve après preuve tout l'après-midi durant.

Et le Sénat va le croire, comme toujours. Mais pourquoi le Chancelier voulait-il détruire les Jedi ? Maintenant que la guerre était finie…

Comme s'il lisait dans les pensées de Bail, l'homme sur le podium central annonça :

— La guerre est terminée ! Les Séparatistes ont été vaincus, la rébellion Jedi contrecarrée. Nous sommes au seuil d'une ère nouvelle !

Le Sénat applaudit. Bail fixa la silhouette encapuchonnée, stupéfait. Maintenant, le Chancelier devait renoncer à ses pouvoirs d'exception et rendre à la République son statut de démocratie. Mais les Jedi…

Le tonnerre d'applaudissements finit par décroître. Le Chancelier leva la main pour demander le silence. Lorsqu'il l'obtint, il déclara :

— Afin de garantir notre sécurité et la stabilité des institutions, la République va être réorganisée pour former le Premier Empire Galactique ! Et je vous l'assure, son règne durera dix mille ans !

Un empire ? Bail en resta sans voix. Padmé avait l'air tout aussi bouleversée. De toutes les éventualités, en voilà une qu'ils n'auraient jamais envisagée ! Et le Sénat l'acclamait ! Palpatine continua son discours, décrivant le nouvel Empire en terme élogieux. À chaque phrase, les applaudissements repartaient de plus belle. Padmé détourna les yeux. Bail vit des larmes strier ses joues.

— C'est donc ainsi que meurt la liberté, souffla-t-elle doucement. Sous un tonnerre d'applaudissements…

L'esprit de Bail se débloqua enfin. Il était Sénateur ; il pouvait s'élever contre cette… abomination. Il allait se lever, Padmé le retint. Il la dévisagea, interdit.

— Nous ne pouvons laisser faire une chose pareille !

Elle ne pouvait qu'être d'accord ! Mais Padmé secoua la tête.

— Pas maintenant ! fit-elle suppliante.

Elle regarda vers le podium, puis vers les sorties. Pour la première fois, Bail remarqua les gardes rouges et les soldats clones, discrets mais bien présents. Apparemment, ils étaient là depuis le début ; d'abord pour prendre part à la cérémonie et en témoignage de respect envers le Sénat, puis plus tard, durant la guerre, afin d'assurer la sécurité des Sénateurs. Leur présence était si habituelle qu'il ne les remarquait même plus. Mais qui protégeaient-ils maintenant ?

Glacé jusqu'à l'os, Bail se radossa à son siège. Padmé acquiesça tristement.

— Au moment voulu nous agirons, reprit-elle, mais cela ressemblait plus à un rêve ou à un espoir qu'à une certitude.

Oui ! Au moment voulu. Bail regarda la silhouette sur le podium, et son visage se durcit. Il avait consacré sa vie à défendre la démocratie. Et il passerait le temps qui lui restait à vivre à tenter de restaurer ce que le Chancelier – non, l'Empereur – avait renversé.

Obi-Wan souffrait de voir ce nuage de fumée noire qui s'échappait du Temple Jedi. Et plus encore d'y entrer pour voir des clones en robes de Jedi attendre qu'un vrai chevalier passe les portes. Mais le pire était encore ces corps qui jonchaient le sol, ceux d'êtres qu'il connaissait et côtoyait depuis des années. Ni les Padawan ni les jeunes n'avaient été épargnés. Il n'y avait pas de survivants.

Plus dérangeant encore, certains avaient été tués à coups de sabre laser, pas de blaster. *Un Seigneur Sith ! Qui d'autre affronterait un Jedi au sabre laser ?* Obi-Wan avala sa salive. *C'était forcément les Sith. Personne n'irait... C'était forcément ça !*

Obi-Wan et Yoda n'eurent aucun mal à se débarrasser des premiers clones qu'ils croisèrent. Une fois à l'intérieur, il leur fut facile d'éviter les autres. Le Temple Jedi était un labyrinthe de passages et de chambres ; les nouveaux venus mettaient des années avant de pouvoir s'y retrouver. Et les clones étaient là depuis vingt-quatre heures à peine.

Néanmoins, cela leur coûta du temps. Il faisait nuit noire lorsqu'ils atteignirent la salle de contrôle centrale. Pendant que Yoda montait la garde, Obi-Wan régla la balise, puis pratiqua quelques manipulations afin de dissimuler sa manœuvre. Yoda, impatient, lui décocha un regard irrité. Il s'expliqua :

— J'ai recalibré le code afin qu'il avertisse tout éventuel Jedi survivant de ne pas s'aventurer au Temple.

— Bien, approuva Yoda. Découvrir la recalibration, du temps cela demandera. Pour la modifier, encore plus. (Il désigna la porte.) Vite !

Obi-Wan secoua la tête et se dirigea vers la section des hologrammes. Il tendait la main vers la manette qui permettait de repasser les enregistrements, mais Yoda dit gentiment :

— Maître Obi-Wan, la vérité, vous savez déjà. La confronter ne causera que colère et douleur.

Non. Il voulait voir de ses yeux le visage du Seigneur Sith qui avait aidé à massacrer tous les Jedi du Temple.

— Il faut que je sache, Maître.

Un hologramme jaillit, montrant le carnage dans toute sa sordide réalité. Les clones soldats ouvraient le feu sur des Jedi stupéfaits. Puis un sabre laser s'alluma. Une silhouette encapuchonnée abattait Jedi après Jedi. Obi-Wan se pencha en avant. La silhouette se tourna vers lui. Anakin.

— Non ! fit Obi-Wan éperdu. Ce n'est pas possible !

Mais l'hologramme n'en avait cure. Il repassa le combat tel qu'il s'était déroulé. Obi-Wan dut regarder Anakin massacrer les siens. Puis une autre silhouette entra dans le champ. Elle aussi dissimulait ses traits sous une capuche. Horrifié, Obi-Wan vit Anakin s'agenouiller devant le nouveau venu.

— Ces traîtres ont été éliminés, Seigneur Sidious, dit Anakin.

— Bien, bien.

Cette voix – c'était celle du Chancelier Palpatine ! C'était donc lui, Dark Sidious, le Seigneur Sith ?

— Tu as bien agi, mon nouvel apprenti. Sens-tu croître ta puissance ?

— Oui, Maître, répondit-il, et Obi-Wan tressaillit.

— Seigneur Vador, jamais un Sith passé ou présent n'a égalé tes dons. Maintenant, va ramener la paix dans l'Empire.

L'Empire ? Obi-Wan s'empressa de couper l'hologramme, éteignant cette scène insupportable. Il chercha les holovid et trouva un bulletin d'informations. Quelques secondes plus tard, les Jedi surent ce qui s'était passé au Sénat pendant qu'ils arpentaient les couloirs du Temple. Le Chancelier Palpatine, ou plutôt le Seigneur Sith Dark Sidious, avait remplacé la République par un Empire. Une fois de plus, les Sith dominaient la galaxie.

Obi-Wan éteignit l'hologramme. Les deux Jedi restèrent là, en silence. Depuis combien de temps Dark Sidious préparait-il son coup d'État ? De toute évidence, il avait pris la guerre comme prétexte – le Comte Dooku était un Sith, lui aussi. Obi-Wan se souvint alors du premier Sith qu'il avait rencontré quand il était encore Padawan. Celui au double sabre laser qui avait tué Qui-Gon Jinn, son Maître. Le complot remontait-il vraiment aussi loin dans le temps ?

Oui, forcément. À présent seulement, il prenait la mesure de l'intelligence et la subtilité de leur plan. Les Jedi savaient que, lorsqu'il était sur Naboo, Dark Sidious avait poussé la Fédération du Commerce à déclarer cette guerre. Maintenant, il voyait la véritable utilité du conflit : donner au Chancelier Palpatine l'occasion de devenir Chancelier Suprême. Ce dernier avait dû influencer le Comte Dooku et l'entraîner vers le Côté Obscur, afin que, lorsque son mandat toucherait à sa fin, les Séparatistes fussent prêts à lancer une guerre plus importante. Face à la menace Séparatiste, le Sénat avait supplié Palpatine de garder son poste et lui avait donné toujours plus de « pouvoirs exceptionnels », dans cet effort pour gagner une guerre qui semblait sans cesse toucher à sa fin, mais n'était jamais vraiment gagnée. Même les soldats clones. Les Jedi avaient accepté sans sourciller que Maître Sifo-Dyas commande une armée. Mais Sifo-Dyas était mort depuis longtemps. Et ce chasseur de prime, n'avait-il pas dit à Obi-Wan qu'il avait été recruté par un nommé Tyranus ? Obi-Wan avait cru à un autre mensonge : ils n'avaient trouvé personne du nom de Tyranus. *Je parie qu'il aurait fallu chercher un Dark Tyranus ! Pourquoi n'y ai-je pas pensé à ce moment-là ?*

La guerre avait fait des ravages dans les rangs Jedi, et ceux qui restaient étaient éparpillés sur bien des mondes, devenant des proies faciles lors de l'assaut final. Et maintenant, là, sur Coruscant, ils n'étaient plus que deux.

Yoda finit par rompre le silence pour dire ce qu'ils savaient tous les deux.

— Détruire les Sith, nous devons.

Les Sith. Pas uniquement l'Empereur Palpatine. Ils vont toujours par deux, un Maître et un apprenti. Et nous sommes deux. Et l'un d'entre eux est…

Obi-Wan baissa la tête.

— Envoie-moi tuer l'Empereur. Je ne veux pas combattre Anakin.

Yoda le regarda sévèrement.

— Pour abattre Dark Sidious, pas encore assez fort, tu n'es.

Je sais, mais…

— Anakin est comme un frère pour moi ! Je ne peux pas faire ça !

— Perverti par le Côté Obscur, le jeune Skywalker est devenu, fit Yoda avec fermeté. Le garçon que tu as entraîné n'est plus. Dark Vador l'a dévoré.

Obi-Wan frémit.

— Comment peut-on en être arrivé là ?

— De s'interroger, il n'est pas temps.

Yoda partit vers la porte de la salle de commandes.

— Je ne sais où l'Empereur peut l'avoir envoyé, fit Obi-Wan en une dernière tentative pour échapper à cette mission qui, pourtant, lui revenait. Où irai-je le chercher ?

— Utilise ton instinct, Obi-Wan, et tu le trouveras, fit Yoda comme s'il s'adressait à un Padawan entêté. Aller trouver le nouvel Empereur, ma tâche est. (Il regarda Obi-Wan avec compassion et compréhension, mais sans apitoiement.) Que la Force soit avec toi.

— Que la Force soit avec toi, Maître Yoda.

Yoda avait raison, comme toujours. Il savait où chercher Anakin.

CHAPITRE

17

Padmé était encore éveillée lorsque le signal d'alarme retentit. Elle tendit la main vers le pistolaser qu'elle gardait près de son lit, mais la sonnerie se tut presque aussitôt. Une fausse alerte ? Un coup d'œil aux écrans de contrôle lui apprit que C-3PO l'avait désactivé. Elle s'empressa de passer une robe de chambre et descendit au rez-de-chaussée. C-3PO ne laisserait pas volontairement entrer un ennemi, mais on pouvait le duper. Et de nos jours, il était difficile de distinguer un allié d'un adversaire.

Depuis les escaliers, elle entendit des voix. C-3PO s'adressait à…

— Maître Kenobi ! (Padmé dévalait les dernières marches pendant que le droïde de protocole se retirait discrètement.) Oh, Obi-Wan, Dieu merci, vous êtes vivant !

— La République a vécu, Padmé, dit gravement Obi-Wan. L'Ordre Jedi n'existe plus.

Padmé le regarda et aperçut de nouvelles rides sur ses traits.

— Je sais. C'est à peine croyable. (Elle inspira profondément.) Mais le Sénat est toujours là. Il reste un espoir.

— Non, Padmé. C'est fini. À nouveau, les Sith gouvernent la galaxie, comme ils le faisaient avant la République.

Padmé le regarda fixement.

— Les Sith ?

C'était Palpatine qui dirigeait l'Empire. Obi-Wan ne voulait tout de même pas dire que Palpatine était un Seigneur Sith !

— Je cherche Anakin, continua Obi-Wan. Quand l'as-tu vu pour la dernière fois ?

— Hier, fit-elle prudemment.

Elle en avait le vertige. Anakin lui avait affirmé qu'il restait fidèle à la République et au Chancelier… Mais si le Chancelier était un Sith et que la République n'était plus, que voulait-il dire ? Et s'il y avait bel et bien un complot Jedi… ? Non, elle ne pouvait le croire, et pourtant… Elle ne pouvait trop en dire à Obi-Wan. Pas tant qu'elle-même ne comprenait pas mieux ce qui se passait.

— Sais-tu où il est maintenant ?

Elle ne pouvait pas lui mentir, pas face à son visage las et soucieux. Elle baissa les yeux.

— Non.

— Padmé, j'ai besoin de ton aide. Il court un grave danger.

— Des Sith ?

Padmé se sentit soulagée. Anakin était un Jedi ; si, d'une façon ou d'une autre, les Sith étaient derrière tout ce qui s'était passé, elle comprenait qu'il soit en danger. Mais Obi-Wan secoua la tête. Avant même qu'il n'ouvre la bouche, elle se sentit glacée.

— Anakin s'est tourné vers le Côté Obscur.

— C'est faux ! cria-t-elle. Comment peux-tu dire ça ?

— Je l'ai vu, en hologramme, assassiner… des jeunes Jedi.

— Pas Anakin ! protesta Padmé. Il ne pourrait jamais !

Et pourtant, il l'avait déjà fait au moins une fois, lorsqu'il avait massacré les pillards qui avaient tué sa mère. Mais il était fou de rage et de douleur. Il avait perdu l'esprit. Il ne pourrait… Non !

Obi-Wan parlait toujours, débitant des horreurs : Palpatine était un Seigneur Sith et Anakin son nouvel apprenti.

— Je ne te crois pas ! balbutia Padmé. Je ne peux pas.

Sa voix lasse se tut. Il ne reprit la parole qu'au bout d'un moment.

— Je dois le retrouver.

— Mais s'il est… Si tu crois qu'il est un Sith… Tu vas le tuer, n'est-ce pas ?

Obi-Wan ne nia pas. Il baissa la tête et ajouta doucement :

— Il est devenu très dangereux.

Secouée jusqu'au fond de son être, Padmé se laissa tomber sur le fauteuil le plus proche. Elle vit Obi-Wan changer d'expression et s'aperçut qu'elle avait déplacé sa robe de chambre, révélant son ventre rebondi. Elle rajusta les pans de sa robe, trop tard.

— Je ne peux…

— Anakin est le père, n'est-ce pas ? dit avec douceur Obi-Wan. (Comme elle ne répondait pas, il secoua la tête.) Je suis vraiment désolé.

Il rabattit sa capuche et se dirigea vers un airspeeder posé sur la véranda. *C'est donc lui qui a déclenché le signal d'alarme*. Padmé se sentait déchirée. Si Obi-Wan avait raison, elle devait le rappeler et lui indiquer où se trouvait Anakin. Mais elle ne pouvait pas le trahir. Pourtant…

L'airspeeder décolla. Obi-Wan était parti. Padmé aurait voulu qu'Anakin soit là, avec elle, pour lui expliquer toutes ces horreurs. Mais il était sur Mustafar.

Plus tard, bien plus tard, Padmé leva les yeux. Elle avait pris sa décision. Elle décrocha un comlink.

— Capitaine Typho, veuillez me préparer un vaisseau interstellaire.

Sur ce, elle retourna dans sa chambre pour se changer. Si Anakin était sur Mustafar, elle l'y trouverait.

Obi-Wan sortit des ténèbres bordant la plateforme d'atterrissage. Il n'avait eu aucun mal à filer Padmé. Elle s'était retrouvée plusieurs fois en situation dangereuse, et pourtant, elle n'avait jamais appris à rester à l'affût du moindre danger, et ses gardes n'avaient aucune raison de penser qu'on puisse la suivre. *Elle est toujours incapable de voir le mal jusqu'à ce qu'on l'y oblige*, pensa-t-il tristement. Une telle confiance devrait être une force, pas une faiblesse.

Visiblement, en ce moment, le Capitaine Typho n'était pas du tout content de sa supérieure hiérarchique.

— Madame, dit-il, laissez-moi venir avec vous.

— Je ne risque rien, répondit Padmé. Les combats sont finis… Et c'est une affaire personnelle.

Ils doivent se disputer ainsi depuis qu'ils ont quitté ses appartements, se dit Obi-Wan.

Le Capitaine Typho s'arrêta au pied de la rampe et salua.

— Comme vous voudrez, Madame, admit-il formellement. Mais je précise que je m'y oppose.

— Tout ira bien, Capitaine. C'est quelque chose que je dois faire seule.

Padmé attendit que le Capitaine ait regagné son speeder et décollé. Alors seulement, son droïde de protocole et elle remontèrent dans leur propre vaisseau. Les réacteurs vrombirent et la rampe commença à se rétracter.

C'est le moment, se dit Obi-Wan en bondissant. Il s'accrocha à la rampe et plongea dans le vaisseau juste avant que la porte se referme. Padmé et son droïde se trouvaient dans le cockpit. Ils ne remarquèrent pas son intrusion, et lorsque le vaisseau aborda l'espace intersidéral, Obi-Wan dénicha une cachette. Il n'avait plus qu'à attendre.

Yoda s'arrêta devant la porte souterraine, à la base du Sénat. C'était le domaine de Mas Amedda, ex-vice-chancelier du Sénat, maintenant Chancelier – ou plutôt majordome de l'Empereur Palpatine. C'est là qu'il préparait les sessions du Sénat, c'était de cette pièce que le podium du Chancelier s'élevait pour gagner le centre du Sénat. *Et ce soir*, lui disait la Force, *c'est là que Palpatine visionne la réussite de son plan maléfique*.

Yoda s'approcha lentement de la salle. Les quatre personnes présentes – deux gardes en rouge, Mas Amedda et la silhouette encapuchonnée de Dark Sidious – étaient trop obnubilées par l'hologramme au centre de la pièce pour le remarquer. L'image 3D de Dark Vador, celui qui avait été le Jedi Anakin Skywalker, faisait son rapport.

— ... Occupé, Maître, disait-il.

— Très bien, très bien, répondit Sidious. Envoie un message à tous les vaisseaux de la Fédération. Dis-leur que les dirigeants Séparatistes ont été éliminés.

— Tout de suite, Seigneur.

— Tu as bien agi, Seigneur Vador.

— Merci, Maître.

Alors que l'hologramme s'éteignait, Yoda fit irruption dans la pièce. Avant que les gardes ne puissent réagir, il se servit de la Force pour les envoyer bouler contre les murs. Ils s'effondrèrent, inconscients. Yoda se tourna vers le Seigneur Sith.

— Un nouvel apprenti, vous avez, Chancelier. Ou Empereur, dois-je vous appeler ?

— Maître Yoda ! fit l'Empereur en s'inclinant. Vous avez survécu.

— Surpris ?

— Votre arrogance vous aveugle, Maître Yoda, siffla Dark Sidious. Maintenant, vous allez connaître l'étendue du pouvoir du Côté Obscur.

Il leva les bras, et la Force se mit à pulser. Puis des éclairs bleus envoyèrent Yoda à l'autre bout de la pièce.

Mas Amedda regarda le Chancelier, puis Yoda, et il prit soudain un air malicieux. Il tourna les talons et sortit de la pièce. Un autre jaillissement d'énergie sombre souleva Yoda de terre et le projeta contre le mur. Yoda utilisa la Force pour amortir le choc, tout en feignant d'être assommé. *Le surprendre, je vais*.

— Cela fait longtemps que j'attends ce moment, mon petit ami vert, railla Dark Sidious.

Il fit un pas en avant. Yoda se précipita vers lui. Il renversa Dark Sidious et le regarda.

— De ton règne, voilà la fin, dit Yoda à l'Empereur. Et assez court, celui-ci fut.

Il actionna son sabre laser, l'abattit… et croisa la lame Sith rouge sang de l'Empereur.

Et le combat s'engagea.

CHAPITRE

18

Même depuis l'espace, Mustafar luisait comme une braise incandescente. Padmé vit des rivières de lave et des océans de pierre fondue. Les flammes provenaient du noyau de la planète, jaillissant par mille fissures, leur fumée s'élevant sur la surface noircie. Les courants aériens étaient tels qu'il était difficile de contrôler le vaisseau. Mais C-3PO finit par trouver un endroit où atterrir.

À travers la vitre du cockpit, elle aperçut Anakin fonçant vers la plate-forme d'atterrissage. Elle s'empressa de défaire sa ceinture pour l'accueillir. Son étreinte la rassura ; dans ses bras, elle se sentait en sécurité.

— Tout va bien, murmura-t-il. Maintenant, tu es en sécurité. (Alors qu'elle levait vers lui des yeux reconnaissants, il lui dit :) Que fais-tu là ?

Soudain, tout ce qu'elle avait tenté de chasser de son esprit depuis son départ de Coruscant lui revint. Elle baissa les yeux.

— Obi-Wan m'a raconté des choses terribles.

Elle sentit Anakin se raidir.

— Quelles choses ?

— Il prétend que tu t'es tourné vers le Côté Obscur, bafouilla-t-elle. Que tu as tué des jeunes Jedi.

Sa voix résonnait comme une accusation, même à ses propres oreilles. Ce n'était pas de la sorte qu'elle voulait présenter la situation. Elle désirait juste savoir la vérité.

— Obi-Wan tente de te dresser contre moi, répondit-il, et sa voix vibrait d'une colère terrifiante, dévastatrice.

— Il s'inquiète pour nous. Il veut t'aider.

— Ne me mens pas, Padmé. (Anakin laissa retomber ses bras.) Je suis désormais plus puissant que n'importe quel Jedi a jamais rêvé l'être. Et je l'ai fait pour toi. Pour te protéger.

Quel rapport avec Obi-Wan ? Ou avec ce que j'ai dit ? C'est son excuse pour se disculper de ses actes ? Comme si d'avoir agi par amour pour elle arrangeait tout. Padmé releva la tête.

— Je ne veux pas de ton pouvoir. (Elle avala sa salive.) Je ne veux pas de ta protection. Anakin, fit-elle d'un ton suppliant, tout ce que je désire, c'est que tu m'aimes !

Elle lui prit la main. Pourquoi ne pouvait-il redevenir l'homme que son cœur avait choisi ?

— L'amour ne te sauvera pas, répliqua-t-il. Seuls mes nouveaux pouvoirs en sont capables.

Dans sa bouche, on aurait dit une menace.

— Mais à quel prix ? s'insurgea Padmé. Tu es quelqu'un de bon. Ne cède pas au mal.

— Je refuse de te perdre comme j'ai perdu ma mère !

— Viens avec moi. (Elle posa la main sur son ventre distendu.) Aide-moi à élever notre enfant. Abandonnons tout ceci pendant qu'il en est encore temps.

— Tu ne comprends donc pas ? s'écria-t-il avec passion. Nous n'avons plus de raisons de fuir. Grâce à moi, la paix est revenue sur la République. Je suis plus puissant que le Chancelier. Il me suffit de le renverser pour que toi et moi régnions sur la galaxie. Nous pourrons la refonder à notre gré !

Padmé eut un geste de recul.

— Je n'en crois pas mes oreilles ! Obi-Wan avait raison. Tu as bien changé.

— Je ne veux plus entendre parler d'Obi-Wan ! explosa Anakin.

Soudain, Padmé eut très, très peur de lui. Il dut le lire sur son visage, car il fit un effort manifeste pour se contrôler.

— Les Jedi se sont retournés contre moi, expliqua-t-il d'un ton radouci. Et la République aussi. Tu ne vas pas en faire autant ?

Je ne suis pas en guerre contre toi, mais contre ce que tu as fait. Et ce que tu entends faire.

— Je ne te reconnais plus.

Était-il aveugle à ce point ? Ne voyait-il pas qu'il lui brisait le cœur ?

— Je ne cesserai jamais de t'aimer, mais tu as pris une voie que je refuse de suivre.

De désespoir, elle tenta de rétablir la liaison qu'ils avaient eue via la Force, quand, pourtant séparés, tous deux avaient été plus proches que jamais.

Cependant, même un Jedi ne pouvait instaurer une connexion avec la Force à volonté, et Padmé n'était pas Jedi. Malgré ses efforts, elle ne perçut qu'un fil ténu, plus mince qu'une toile d'araignée, qui néanmoins ressuscita chez Anakin une lueur familière, un peu… *De bonté ?* Elle s'y raccrocha, s'adressant à cette partie de lui, tentant d'en appeler à cet Anakin qui était son mari, son amant, le père de son enfant.

— Arrête tout, supplia-t-elle. Reviens-moi ! Je t'aime !

Un instant – bien bref –, elle crut y parvenir. Puis le visage d'Anakin se contorsionna.

— Menteuse ! cracha-t-il.

Il regardait un point derrière elle. Padmé se retourna et vit Obi-Wan se découper dans l'embrasure de la porte de son vaisseau. *Il m'a trompée.*

— Non ! s'écria-t-elle, bien qu'elle sût que, maintenant, Anakin ne voudrait jamais l'écouter.

— Tu m'as trahi !

Son visage était contorsionné par la fureur. Elle ne le reconnaissait même plus. Il leva les poings. Soudain, Padmé se sentit étouffer.

Non ! Ne tue pas notre enfant ! Mais elle n'avait plus le souffle de le dire, et l'infime lien avec la Force s'était dissous. Tout devint noir, elle se sentit tomber. Sa dernière pensée consciente fut un sentiment de soulagement. Elle préférait mourir ici et maintenant plutôt que d'affronter ce qu'était devenu Anakin.

En voyant Padmé s'effondrer, Obi-Wan se précipita. Il fit virevolter sa cape et se pencha sur son corps inanimé. Elle était en vie, et il sentit qu'elle ne se trouvait pas en état critique. Mais Anakin était sur lui, avec sur le visage un masque de fureur.

— Tu l'as dressée contre moi ! s'écria-t-il.

— Inutile. Tu t'en es chargé tout seul.

En présence d'Anakin, Obi-Wan sentit ce que l'hologramme ne pouvait lui montrer : le nuage bouillonnant et obscur entourant son jeune apprenti. Ce qui lui facilita un peu la tâche. Un tout petit peu.

— Tu avais délaissé le Côté Obscur jusqu'à... Maintenant tu es devenu exactement ce que tu t'étais juré de détruire.

— Ne me force pas à te tuer, dit Anakin.

Ces mots frappèrent Obi-Wan au cœur. Pour qu'il dît ça, il devait bien rester quelque chose de son ancien élève et ami ? Néanmoins, même si c'était le cas, aucun Jedi n'était jamais revenu du Côté Obscur. Yoda les avait tous prévenus, encore et encore. Si quelqu'un s'engage sur la voie obscure, elle domine sa destinée à tout jamais. Et Anakin l'avait fait. Il était trop tard pour le sauver.

— Je suis loyal à la République, À la démocratie, rappela tristement Obi-Wan.

— Tu es avec moi ou contre moi, rétorqua Anakin.

— Seul un Seigneur Sith raisonne de façon aussi simpliste, Anakin.

Obi-Wan activa son sabre laser. *À moi de faire ce pour quoi je suis venu.*

Anakin eut une grimace de défi, alluma son propre sabre.

Et le combat commença.

Fort, ce Seigneur Sith est, se dit Yoda alors que leurs sabres s'entrechoquaient et dansaient un ballet lumineux. Cela n'avait rien pour le surprendre. En toute logique, comme le Côté Obscur ne cessait de croître, les Sith devaient gagner en puissance. Jadis, ses propres années d'étude et d'exercice couplés à sa connaissance de la Force lui avaient toujours valu la victoire. Cette fois, il n'était pas si sûr de l'emporter.

Palpatine, de son côté, n'en était pas plus convaincu. Soudain, il se propulsa dans les airs et fila vers la porte. Yoda effectua un saut périlleux arrière, rebondit sur le mur et atteignit l'ouverture avant lui.

— Si vous êtes si fort, pourquoi de fuir, vous essayez ?

— Tu ne pourras pas m'arrêter, coassa le nouvel Empereur. Dark Vador est devenu bien plus puissant que n'importe lequel d'entre nous.

— Trop foi en votre nouvel apprenti, peut-être vous avez.

Et en le Côté Obscur de la Force. Même si Palpatine le tuait ici et maintenant, le Côté Obscur ne l'emporterait pas vraiment. Car il se composait de haine, de peur, de désespoir – un pouvoir qui ne menait qu'à la ruine et la corruption. Ils étaient très doués pour abattre et détruire, mais ils ne pouvaient rien construire de durable. Palpatine pouvait être satisfait si son Empire Galactique « de dix mille ans » tenait seulement jusqu'à sa mort.

Cette idée redonna de l'énergie à Yoda. Il attaqua de nouveau, repoussant Palpatine à l'autre bout de la salle, jusqu'au podium du Chancelier. Palpatine heurta le tableau de bord, et le tout s'éleva, l'entraînant vers la chambre du Sénat. Mais le podium était bien lent. Yoda eut tout le temps d'effectuer un nouveau saut périlleux qui l'amena derrière l'Empereur.

Le combat s'intensifia. Par deux fois, Yoda faillit faire tomber Palpatine du podium. Ils étaient maintenant si haut qu'une telle chute serait certainement fatale, même à un Seigneur Sith. Ou à un Maître Jedi. Ils n'avaient pas beaucoup d'espace pour manœuvrer.

— Vous éliminer, je vais, dit Yoda d'un ton sinistre. Tout comme Maître Kenobi, votre apprenti, va détruire.

Le Seigneur Sith redoubla ses assauts. Il décocha des éclairs de Force tout en reculant jusqu'au bord de la plate-forme. Le suivre équivalait à vouloir marcher en plein ouragan. Jamais Yoda n'avait rencontré un être en telle osmose avec le Côté Obscur. Avant qu'il ne soit à sa portée, une décharge plus puissante que les autres jeta Yoda hors du podium.

En franchissant le rebord, Yoda réalisa que Palpatine avait raison sur un point. Lui-même, Yoda, s'était montré arrogant. *Un défaut très répandu chez les Jedi*, avait-il un jour dit à Obi-Wan. *Trop sûrs d'eux-mêmes, ils sont*. Et lui-même venait de tomber dans ce piège.

Il atterrit, plus tôt qu'il ne l'aurait cru, dans une nacelle sénatoriale vide, flottant sous celle du Chancelier. Tandis qu'il se relevait, un soubresaut l'envoya bouler au sol. Avec l'aide du Côté Obscur, Palpatine libérait d'autres coques et les envoyait s'écraser contre celui du Jedi pour le déséquilibrer.

À deux, ce jeu on peut jouer. Yoda en appela à la Force, se saisit de l'une des coques et la renvoya à Palpatine, qui l'évita de justesse. Puis Yoda bondit de l'une à l'autre afin de se retrouver au niveau du Chancelier.

Le Seigneur Sith lui décocha alors un nouveau jet d'éclairs bleus qui lui arracha son sabre laser. Les lèvres de Palpatine se retroussèrent en un rictus carnassier. Le Côté Obscur pulsa, amassant un maximum d'énergie avant de porter le coup de grâce.

Yoda intercepta la décharge. Il la pétrit dans ses mains pour former une boule d'énergie bleue. Il entendait la balancer à son adversaire dès que celui-ci cesserait d'attaquer. Hélas, Palpatine ne s'arrêta pas : les éclairs de Force jaillissaient en un flot continu, de plus en plus puissant, au-delà de ce que le Sith et le Jedi pouvaient endurer. L'explosion d'énergie les projeta tous les deux au bas du podium.

Plus grand et lourd, Palpatine réussit à se cramponner au rebord. Yoda était petit et léger. La décharge l'envoya valdinguer dans les airs, sans rien pour interrompre sa chute. À demi assommé, il entama sa longue descente jusqu'au sol du Sénat.

CHAPITRE

19

Alors qu'Anakin braquait son sabre bourdonnant sur lui, une certitude placide s'empara d'Obi-Wan. Anakin allait le tuer. Mais il pouvait au moins lui donner du fil à retordre. Il se battrait jusqu'à son dernier souffle. Pourtant il savait, avec l'assurance que donne une prémonition venue de la Force, qu'il finirait par succomber.

Il para instinctivement. Ils s'étaient affrontés si souvent que chacun connaissait les coups préférés de l'autre. Ils descendirent le hall, puis la salle de commande dans le crépitement de leurs sabres laser. Tout cela était étrangement familier, comme s'ils étaient encore à l'entraînement, à part les appareils qui explosaient tout autour d'eux.

Les mêmes émotions se reflétaient sur le visage d'Anakin.

— Ne me force pas à te tuer, répéta-t-il. (Sa bouche se plissa en un rictus méprisant.) Tu n'es pas de taille à affronter le Côté Obscur.

— On me l'a déjà dit, mais je ne pensais pas l'entendre de ta bouche.

Ils débouchèrent dans la salle de conférences. Le sol était jonché de corps décapités et mutilés ; Obi-Wan reconnut plusieurs leaders Séparatistes. *Anakin est déjà passé par là*. Mais il continua de parer les coups mortels de son apprenti.

Anakin fit un saut périlleux arrière et retomba sur une table pour bénéficier d'une position élevée. Obi-Wan s'attendait à une telle ruse et ne le suivit pas. Au contraire, il partit dans une longue glissade et renversa Anakin.

En tombant, le jeune homme lâcha son sabre laser. Obi-Wan l'attrapa machinalement et le regarda, surpris. Comment peut-il me tuer sans son sabre ? Puis Anakin lui fonça dessus. Avant qu'Obi-Wan n'ait pu lever son arme, il fut sur lui. Sa main droite se referma sur le poignet d'Obi-Wan, l'empêchant de lever son arme, tandis que sa main mécanique cherchait à reprendre son propre sabre.

Les servomoteurs et le duracier étaient plus forts que la chair et le sang. Anakin lui arracha son sabre et attaqua de nouveau.

Ils repassèrent dans le hall, puis sur un balcon dominant une rivière de lave. Un mince tuyau courait du centre de contrôle à un entrepôt situé de l'autre côté du gouffre. Comme Anakin intensifiait ses attaques,

Obi-Wan se vit contraint de monter sur le tube. Un simple faux pas, et il finirait en cendres.

Yoda chercha à ralentir sa chute grâce à sa science experte de la Force. Celle-ci suffit juste à le sauver. Il atterrit, sans douceur mais sans trop de mal.

Couvert de bleus et d'égratignures, mais bien vivant, il rampa dans un tube de service. Il n'aurait pas une seconde chance de tuer l'Empereur : déjà celui-ci ordonnait aux soldats clones de le rejoindre pour assurer sa protection. Yoda ne pourrait les affronter tous. Une seule solution : fuir.

Il activa son comlink pour appeler la seule personne de tout Coruscant en qui il puisse avoir encore confiance – Bail Organa. Le Sénateur ne perdit pas de temps en explications et suivit les instructions de Yoda aussi soigneusement que l'aurait fait un Jedi. Plus tôt qu'il ne l'aurait cru, Yoda se laissa tomber d'une trappe, atterrit dans le speeder de Bail et disparut au cœur de la nuit.

Une fois à bonne distance du Sénat, Bail lui jeta un regard interrogateur ; Yoda lui dit la seule chose qui comptait :

— Échoué, j'ai.

Bail acquiesça sobrement et prit la direction du spatioport.

— Obi-Wan, nous allons chercher. Plus de chance, peut-être il a eu.

Du haut du podium, Dark Sidious regarda ses soldats clones fouiller la pénombre. Mas Amedda les avait appelés, mais trop tard pour qu'ils puissent faire autre chose que le ménage.

Sidious savait qu'il devrait se féliciter du résultat du combat. Il l'avait emporté. De peu, certes. Mais un étrange malaise croissait en lui, l'impression qu'il restait encore une menace.

En contrebas, le commandant clone monta sur un cocon Sénatorial qui s'éleva jusqu'au podium.

— Pas la moindre trace de son corps, monsieur, fit-il en saluant.

— Alors c'est qu'il n'est pas mort, répondit Mas Amedda.

Sidious acquiesça et en appela au Côté Obscur, cherchant à avoir une idée du lieu où se terrait son ennemi. Son impression de danger ne fit que croître. Il comprit soudain. Ce n'était pas lui qui était menacé, mais son apprenti. Il devait s'en occuper personnellement.

— Intensifiez vos recherches, dit-il au commandant clone, bien qu'il doutât du résultat.

Il se tourna vers Mas Amedda.

— Dites au capitaine Kagi de préparer ma navette pour un décollage immédiat. Je sens que le Seigneur Vador est en danger.

— Oui, Maître, opina Mas Amedda.

Traverser ce tuyau s'avéra difficile, même pour un Jedi. À un moment donné, Obi-Wan glissa et faillit s'abîmer dans la lave. Seuls ses réflexes et son agilité lui permirent de se rattraper. De son côté, Anakin attaqua encore, le poussant contre les plaques à l'autre bout du tube.

Celles-ci n'étaient pas conçues pour supporter le poids de deux hommes. Et durant leur combat dans la salle de contrôle, ils avaient fracassé les générateurs d'écran protégeant l'entrepôt de la chaleur, affaiblissant la structure. Un jet de lave fit fondre un des piliers. C'était la touche finale. Une grande section de la plate-forme s'effondra pour s'engloutir dans la lave, entraînant les combattants.

Mais même alors, pendant que la tour qui dominait la plate-forme s'enfonçait dans la lave, le combat continua. Sans qu'aucun prenne l'avantage sur l'autre.

Ce n'est pas tout à fait vrai, pensa Obi-Wan. Anakin et lui n'aimaient pas devoir tuer leur adversaire. Mais Anakin s'était tourné vers le Côté Obscur, et la douleur et le désespoir ne faisaient que le renforcer. Ce qui lui donnait un avantage qu'Obi-Wan ne pouvait surmonter. À moins qu'il n'évacue son propre désespoir et laisse la Force s'écouler en lui – la Force qui unissait tout ce qui vivait, même Obi-Wan et Dark Vador, ce double maléfique d'Anakin.

C'était difficile. Peut-être le plus difficile de toute sa vie. Car évacuer sa douleur et son désespoir impliquait de se débarrasser de cet Anakin qui était son élève, son frère et son meilleur ami. Il lui fallait admettre que, cette fois-ci, il ne pouvait rien pour celui à qui il devait la vie et qu'il avait lui-même sauvé tout aussi souvent d'une mort certaine.

Obi-Wan ne put s'y résoudre. Alors que la tour s'enfonçait encore plus dans la lave, il chercha par où s'échapper. Une plate-forme droïde flottait non loin de là. Obi-Wan décocha un revers à Anakin, puis s'empara d'un câble et se laissa tomber. Il sillonna l'air surchauffé. Au point le plus haut, il lâcha le câble et se laissa choir sur la plate-forme.

Celle-ci oscilla, mais soutint son poids. Il se pencha sur le côté afin de l'éloigner de la tour. Peut-être la lave ferait-elle ce qu'il avait été incapable de terminer.

Mais lorsqu'il regarda derrière lui, il vit Anakin debout sur un travailleur droïde. Il gagnait du terrain.

— Tu n'as jamais été très doué au combat, railla ce dernier. On t'appelle le Négociateur parce que tu ne sais pas te battre !

— J'ai échoué, Anakin. Je n'ai jamais pu t'apprendre à réfléchir.

— J'aurais dû me douter que les Jedi complotaient pour prendre le pouvoir, acquiesça Anakin.

— Des mains des Sith, Anakin ! s'écria Obi-Wan choqué. Le Chancelier Palpatine est le Mal incarné !

— Du point de vue des Jedi ! rétorqua Anakin. Pour moi, ce sont les Jedi qui représentent le Mal.

Ces mots frappèrent Obi-Wan, bien qu'il sache qu'ils étaient dictés par sa douleur. Il sentit croître le Côté Obscur, nourri par ses angoisses. Puis, lorsque Anakin fut assez proche pour frapper à nouveau, le Jedi en lui se réveilla et, enfin, il put faire ce dont il se croyait incapable.

Il évacua ses sentiments. Il se retrouva calme, concentré, libéré – du moins pour un moment – de sa tristesse et son désespoir. Baignant dans la Force, Obi-Wan Kenobi regarda son ancien élève et ami, et fit un geste inattendu. D'un bond prodigieux, il se retrouva sur la rive la plus haute de la rivière de lave.

— C'est fini, Anakin, dit-il en baissant les yeux. J'ai l'avantage de l'altitude. Ne fais pas l'idiot.

— Ne sous-estimez pas le pouvoir du Côté Obscur, rétorqua Anakin, et il bondit à son tour.

Mais le sabre d'Obi-Wan l'attendait. Il taillada les jambes d'Anakin et remonta pour trancher la main qui lui restait. Le sabre laser d'Anakin s'abattit aux pieds d'Obi-Wan. Ce qui restait du jeune homme s'abattit à son tour sur le sable noir, au bord du précipice.

Anakin – *non*, se rappela Obi-Wan, *Dark Vador* – racla le sable de son bras de métal pour s'éloigner de la rivière de lave. Obi-Wan regarda le corps mutilé et, enfin, des larmes lui piquèrent les yeux. Ce n'était pas Dark Vador qu'il pleurait, mais feu son ami Anakin, dont Dark Vador avait dévoré l'âme.

— Tu étais l'Élu. Tu étais censé détruire les Sith, non devenir l'un d'eux. Tu devais rétablir l'équilibre dans la Force, pas l'abandonner aux ténèbres.

Il avala sa salive. À travers ses larmes, il pouvait à peine voir son corps ; il apercevait juste la lumière de son sabre laser posé à ses pieds.

— Je te déteste ! hurla Vador.

Alors qu'Obi-Wan se penchait pour ramasser son sabre laser, Dark Vador glissa un peu trop près des flammes, et ses vêtements s'embrasèrent. En un instant, les flammes l'enveloppèrent, et il poussa un hurlement. Obi-Wan le regarda, paralysé par l'horreur. Mais lorsque les flammes diminuèrent, il répondit au dernier cri de haine et de colère de Dark Vador.

— Tu étais mon frère, Anakin. Je t'aimais.

Les hurlements et les flammes décrurent, puis le calme retomba. Obi-Wan essuya ses larmes, se détourna – et vit une navette se poser. Qui que ce fût, Obi-Wan n'avait aucune envie de le voir. Il courut vers le vaisseau de Padmé. C-3PO et R2-D2 avaient déjà conduit Padmé à bord. Obi-Wan s'en réjouit. Maintenant, tout ce qu'il voulait, c'était partir d'ici. Plus tard… Plus tard, il pourrait réfléchir à ce qu'il convenait de faire désormais.

CHAPITRE 20

Alors que la navette impériale repliait ses ailes et se posait sur une plate-forme particulièrement haut placée, Dark Sidious remarqua un petit vaisseau qui fuyait Mustafar. Mais il ne pouvait donner l'ordre de le poursuivre : son sentiment de malaise, lié à cette planète et pas au vaisseau, était plus fort que jamais.

Les soldats clones débarquèrent en premier, se répandant entre les bâtiments silencieux pour s'assurer que rien ne menacerait leur Empereur. Ils ne découvrirent que des cadavres. Puis, alors que Dark Sidious examinait la salle de contrôle, l'un d'entre eux entra par une porte extérieure.

— Nous avons trouvé quelque chose.

Voilà. Dark Sidious s'empressa de le suivre au-dehors, sur l'étendue de sable noir marquant les rives de la rivière de lave. Là, un amas noirci gisait sur le côté. *Non, ce n'est pas possible !*

Et pourtant si. Son nouvel apprenti si prometteur, destiné à être le plus grand Sith de tous les temps, gisait là, mutilé et calciné, mort peut-être. Dark Sidious grinça des dents de colère. Il avait envie de tourner les talons et de laisser ce qui restait de Dark Vador se consumer dans le flot de lave. Même s'il était en vie, s'il était encore possible de le sauver, Dark Vador resterait un infirme. Et il ne suffisait pas de lui donner des membres mécaniques. Il fallait de la chair pour manipuler la Force.

C'est une grande perte, se dit Dark Sidious en maîtrisant sa colère, *mais peut-être pas irréparable*. Même diminué, Vador resterait très fort, et il n'y avait plus de Jedi pour le défier. Dark Sidious s'en était assuré. Il continua donc son chemin, puis se pencha sur le corps. À sa grande surprise, son apprenti était encore vivant.

Le soulagement noya ses doutes.

— Faites immédiatement venir une capsule médicale, ordonna Dark Sidious, et les clones se hâtèrent d'obéir.

Il se pencha et posa une main sur le front de Dark Vador, utilisant la Force pour le maintenir en vie.

En fuyant Coruscant, Yoda laissa Bail Organa choisir leur destination. Le Sénateur sélectionna une planète peu connue, un projet archéologique sur un astéroïde nommé Polis Massa. Là, ils installèrent une balise et attendirent Obi-Wan.

Comme il n'y avait rien à faire, Yoda trouva aussitôt une salle tranquille et s'assit pour méditer. L'être qui avait cherché à le contacter ne pourrait certainement pas percer le brouillard du Côté Obscur, pas maintenant qu'il avait gagné en puissance, mais il en avait pris l'habitude. À sa grande surprise, cette fois-ci, le contact s'établit.

Qui-Gon Jinn! Rien d'étonnant à ce que la présence lui semble familière. *Tant à apprendre, il y a encore.*

« Patience, répondit Qui-Gon. Tu auras le temps que je n'ai pas eu. Avec mon aide, tu pourras te fondre à volonté dans la Force tout en gardant ta conscience individuelle. »

La vie éternelle, se dit Yoda émerveillé.

D'une certaine façon, l'histoire de Dark Plagueis était vraie. Il est possible de défier la mort, mais uniquement pour soi. Dark Plagueis n'y était jamais parvenu. Seul un Chaman des Whills y est arrivé, mais un Seigneur Sith en est incapable. C'est un état qu'on atteint à force de compassion, pas d'avidité.

Se fondre dans la Force, et de l'influence, encore avoir. Cette notion était extraordinaire. *Un pouvoir supérieur à tout autre, c'est.* Yoda baissa la tête. *Un grand Maître Jedi, tu es devenu, Qui-Gon Jinn. Ton apprenti, je deviens avec reconnaissance.*

Il sentit l'approbation de l'ancien Jedi, puis Bail Organa entra pour lui dire qu'Obi-Wan se posait. Le contact fut rompu, mais Yoda savait qu'à partir de maintenant, Qui-Gon n'aurait aucun mal à le joindre, maintenant qu'il l'avait réussi une première fois. Enfin, il avait de bonnes nouvelles pour Obi-Wan.

Dès que le vaisseau atterrit, Obi-Wan sauta du siège de pilote et souleva délicatement Padmé, toujours inconsciente. Yoda et Bail l'attendaient au bas de la rampe. Bail jeta un regard douloureux à Padmé et dit :

— Emmenez-la au Centre Médical, vite.

Ainsi, ils ont un centre médical. Parfait. Obi-Wan craignait que, sur un astéroïde aussi isolé, ils n'aient pas le nécessaire pour s'occuper de Padmé. Elle aurait dû reprendre ses esprits lorsque Vador l'avait lâchée, mais hélas... Quoique Obi-Wan ne s'y connût guère quant aux femmes enceintes. Peut-être y avait-il autre chose.

Il remit Padmé aux droïdes médicaux avec soulagement et alla s'asseoir dans la salle d'observation avec Bail et Yoda. Un peu plus tard, un des droïdes vint les trouver.

— Médicalement, expliqua-t-il, elle est en pleine santé. Mais, pour des raisons qui nous échappent, elle est en train de nous glisser entre les doigts.

— Elle se meurt ? fit Obi-Wan horrifié.

Non ! Non ! Il ne supporterait pas de perdre encore un être cher. Mais le droïde médical hocha la tête.

— Nous ne savons pas pourquoi. Elle a perdu le goût de vivre.

J'en connais la raison. Anakin lui a brisé le cœur.

— Nous devons opérer sans plus tarder si nous voulons sauver les bébés, continua le droïde. Elle porte des jumeaux.

— Les sauver, vous devez, ordonna Yoda. Ils sont notre dernier espoir.

Les droïdes médicaux se mirent au travail. Ils voulurent qu'Obi-Wan se joigne à eux, bien qu'il ne sût trop ce qu'il pouvait faire. Mais les droïdes pensaient qu'elle avait besoin d'un contact humain, et… c'était les enfants d'Anakin, voilà la dernière chose qu'il pût faire pour son ami défunt. Il resta là, à tenir la main de Padmé, à se sentir inutile.

Lorsque le premier enfant apparut, Padmé regarda Obi-Wan d'un air étonné, puis les droïdes, et parut comprendre ce qui se passait.

— C'est une fille ? murmura-t-elle.

— Un garçon, annonça le droïde médical en le soulevant.

Le bébé était ridé et rougi, les yeux fermés pour se protéger de la lumière, mais Padmé sourit et tendit les bras.

— Luke, dit-elle, ses doigts effleurant son front.

Enfin, le second bébé naquit : une fille.

Contrairement à son frère, elle ouvrait de grands yeux et fixa Padmé comme si elle voulait se souvenir de ses traits.

— Tu as des jumeaux, Padmé, dit Obi-Wan. Ils ont besoin de toi. Tiens bon !

Padmé fit rouler sa tête sur l'oreiller.

— Je ne peux pas, murmura-t-elle.

Elle fit la grimace et prit la main d'Obi-Wan : il tenait quelque chose – un morceau de bois gravé au bout d'une longue corde.

— Économise tes forces ! fit Obi-Wan.

Padmé se cramponna au morceau de bois comme s'il s'agissait de quelque chose de précieux.

— Obi-Wan, hoqueta-t-elle. Il y a du bien en lui. (Elle s'arrêta le temps de reprendre son souffle.) Je… Le… Sais…

Sa voix faiblit, sa main retomba. Et Obi-Wan sentit la vie la quitter.

Jusqu'à la fin, elle a cru en Anakin, se dit-il, et il baissa la tête. Il ne savait s'il pleurait Padmé, son ami perdu, ou les deux.

La capsule médicale maintint Dark Vador en vie durant le voyage jusqu'à Coruscant. Suite au message de l'Empereur, des droïdes médicaux du Centre Impérial de Réhabilitation, le meilleur de la galaxie, l'attendaient à son arrivée et l'examinèrent aussitôt. Il y avait beaucoup à faire, dirent-ils. Les amputations n'étaient pas graves : il suffirait de remplacer les membres perdus. Mais les brûlures compliquaient tout. Il faudrait procéder à des opérations complexes pour hâter le processus de cicatrisation. De plus, les poumons de Dark

Vader avaient été calcinés. Il lui faudrait rester constamment sous système respiratoire.

— Allez-y, dit sèchement l'Empereur.

Les droïdes acquiescèrent et se mirent au travail. Dark Sidious attendit en tournant comme un lion en cage. Même un Empereur, même le Seigneur Sombre des Sith, avec toutes les ressources du nouvel Empire Galactique à sa disposition, ne pouvait hâter le processus de guérison.

Beaucoup plus tard, un droïde médical revint.

— Seigneur, nous avons terminé le travail de reconstitution, dit-il. Le patient vivra.

— Bien, fit Dark Sidious, l'air soulagé. Bien.

Le droïde le mena à la salle d'opération. Une silhouette noire gisait sur la table. Des gants et des bottes noires recouvraient les prothèses mécaniques, et un masque noir luisant cachait son visage défiguré. La table bascula pour l'amener en position verticale. Sidious entendit une respiration caverneuse.

Parfait, se dit-il. *Son apparence terrifiera les plus endurcis. Et même s'il n'est pas aussi puissant que je l'aurais voulu, il restera le plus fort.*

— Seigneur Vador, dit-il, vous pouvez vous lever.

— Oui, Maître, répondit une voix grave déformée par les haut-parleurs incorporés au masque.

Le casque pivota comme si les yeux brûlés examinaient la salle tout en ajustant les écrans palliant sa vision défaillante.

— Où est Padmé ? Comment va-t-elle ?

Et maintenant, la touche finale, pensa Dark Sidious. *Ce qui l'asservira à tout jamais au Côté Obscur. Et ce n'est même pas un mensonge.*

— Je crains qu'elle n'ait succombé, dit-il avec une nuance de tristesse et de reproche dans la voix. Apparemment, dans un accès de colère, tu l'as tuée.

Vador eut un grognement de protestation. Puis il poussa un hurlement. Il se pencha en avant, brisant les lanières qui le retenaient à la table, et hurla de nouveau. Autour de la pièce, des instruments explosèrent et toutes sortes de choses furent projetées partout – des pièces de rechange, des droïdes, tout ce qui n'était pas fixé au sol.

Et pendant qu'il donnait libre cours à sa douleur et à son désespoir, Dark Sidious sourit, maintenant, son apprenti lui appartenait – maintenant et pour toujours.

La salle de conférences du croiseur de Bail Organa ressemblait à toutes celles où Obi-Wan s'était déjà assis. Il n'avait aucune envie d'être là. Il n'avait aucune envie de prendre des décisions concernant l'avenir, et certainement pas de penser au passé. Mais Yoda, Bail et lui étaient les derniers qui pussent s'en charger. Ils devaient décider de la destination du corps de Padmé et du sort des deux enfants. Ils étaient peut-être le dernier espoir de la galaxie.

— Sur Naboo, le corps doit être envoyé, dit Yoda. Enceinte, elle doit sembler être. Cachés, en sécurité, les enfant doivent être mis.

— Là où les Sith ne pourront percevoir leur présence, acquiesça Obi-Wan.

— Séparés, ils doivent être.

Bail Organa leva la tête.

— Ma femme et moi prendrons la fille. Nous avons toujours parlé d'en adopter une. Nous l'aimerons comme notre propre enfant.

Cachée au vu de tous, pensa Obi-Wan en opinant.

— Et le garçon ?

— Rendons-le à sa famille. Sur Tatouine.

Obi-Wan fit la grimace au souvenir de cette planète sèche et aride. Mais ils n'avaient pas d'autre choix, et Tatouine restait un monde marginal – les chefs de gang Hutt qui la dirigeaient n'avaient jamais été rattachés à la République Galactique.

— Je l'y emmènerai et veillerai sur lui, dit Obi-Wan. (Il se tourna vers Yoda, cherchant une assurance qu'il ne pouvait lui donner.) Maître Yoda, pensez-vous que les jumeaux pourront vaincre Dark Sidious ?

— Dans la lignée des Skywalker, profond est le lien avec la Force, répondit Yoda. Espérer, nous pouvons, et rien d'autre. (Il se tourna vers Bail.) Décidé, cela est. Jusqu'au moment venu, disparaître, nous allons.

Bail acquiesça et alla donner des ordres au pilote. Obi-Wan se leva pour partir à son tour.

— Un instant, Maître Kenobi, dit Yoda.

Il se tourna. Quoi encore ?

— Pour meubler ta solitude sur Tatouine, de l'entraînement j'ai à te donner.

— De l'entraînement ?

Il n'avait jamais entendu parler d'exercices destinés aux Maîtres Jedi.

Yoda sourit.

— Un vieil ami, le chemin de l'immortalité a découvert – ton ancien Maître, Qui-Gon Jinn.

— Qui-Gon ? répéta Obi-Wan stupéfait. Mais... Comment ?

— Les secrets de l'Ancien Ordre des Whilles, étudié il a. Comment communiquer avec lui, je t'enseignerai.

— Je pourrai lui parler ?

Yoda acquiesça. Obi-Wan sentit se dissiper les reliefs de douleur qui restaient en lui depuis la mort de son Maître.

— À te fondre dans la Force, je t'apprendrai. Lorsque plus qu'un avec elle, tu ne feras, ta conscience tu garderas. Peut-être même ton enveloppe physique.

Quelle ironie de découvrir cette possibilité maintenant que les Jedi ne sont plus, songea Obi-Wan. Puis il regarda Yoda. Non, les Jedi n'étaient pas éteints. Pas encore. Il entendit le faible gémissement d'un enfant résonner entre les murs et faillit sourire. Il y avait encore de l'espoir pour l'avenir.

ÉPILOGUE

La Sénateure Padmé Amidala reçut des funérailles d'État. Toute une foule se massa sur les trottoirs pour témoigner son respect envers son ancienne Reine, tandis que son cercueil jonché de fleurs remontait l'avenue. Elle portait encore le collier de japor qu'Anakin lui avait offert il y avait si longtemps, lorsqu'il avait neuf ans, elle quatorze, lorsque la guerre était impensable et que les Seigneurs Sith figuraient un mauvais rêve.

Obi-Wan et Yoda regardèrent la cérémonie depuis le croiseur de Bail Organa. Ils ne pouvaient se permettre de s'approcher davantage. L'Empereur devait surveiller les funérailles de près, et il serait excessivement risqué de gagner Naboo.

Peu après, l'Empereur emmena son nouvel apprenti dans une région éloignée de la galaxie, là où venaient de commencer les travaux de construction d'une nouvelle arme de destruction massive – une gigantesque station spatiale assez puissante pour détruire des mondes entiers d'une seule décharge.

Lorsque la cérémonie se termina, Bail Organa entreprit son voyage vers Alderaan, selon un itinéraire calculé avec soin. Peu après son départ de Naboo, il lança deux nacelles de sauvetage vers des directions opposées dans la Ceinture Extérieure. L'une envoyait Maître Yoda vers la planète Dagobah, un monde marécageux inhospitalier et désert. L'autre mènerait le Maître Jedi Obi-Wan Kenobi et un nouveau-né vers Tatouine. Comme prévu, la fille suivrait Bail sur Aldeeran, où elle serait traitée comme la princesse de la Reine d'Aldeeran, l'épouse de Bail Organa. Les droïdes R2-D2 et C-3PO l'y rejoindraient.

Une fois sur Tatouine, Obi-Wan vendit sa nacelle pour ses pièces détachées. Dans une ville de criminels comme Mos Eisley, il serait vite impossible de retrouver sa trace. Grâce au fruit de la vente, Obi-Wan acheta une bête eopie pour les transporter jusqu'à la ferme hydroponique où vivait encore Owen Lars, le beau-frère d'Anakin. Owen et sa femme Beru acceptèrent d'élever l'enfant. Il leur dit juste que ses deux parents, Anakin et Padmé, étaient morts, mais sans plus de précisions.

Alors que les deux soleils se couchaient, Obi-Wan s'enfonça dans le désert de Tatouine. Dans son paquetage, il emportait le sabre laser d'Anakin. Il le garderait durant son long exil, comme un souvenir – en attendant ce jour lointain où il pourrait le donner au fils d'Anakin, Luke Skywalker.

Cet ouvrage a été composé par
Fr&co – 61290 Longny-au-Perche

Cet ouvrage a été imprimé
en Espagne par
Industria Grafica Cayfosa
(Impresia Iberica)

Dépôt légal : juillet 2015

MIXTE
Papier issu de
sources responsables
FSC® C003309

Pocket Jeunesse, une marque d'Univers Poche,
est un éditeur qui s'engage pour
la préservation de son environnement
et qui utilise du papier fabriqué à partir
de bois provenant de forêts gérées
de manière responsable.

www.pocketjeunesse.fr
POCKET JEUNESSE

12, avenue d'Italie – 75627 PARIS Cedex 13